HEYNE <

Das Buch

London, 1910: Daniel Pitt, Sohn des berühmten Sir Thomas Pitt, hat sein Studium der Rechtswissenschaft abgeschlossen und seine erste Stelle in einer Anwalts-Sozietät angetreten. Der juristische Alltag mit seinen Aktenbergen beginnt ihn schon zu langweilen – da erhält er plötzlich doppelte Gelegenheit, sich zu beweisen: Sein Vater verschafft ihm den Auftrag, einen alten Bekannten zu verteidigen, es geht um nicht weniger als Leben und Tod. Nahezu zeitgleich soll er außerdem einen erfahrenen Kollegen in einem spektakulären Mordfall unterstützen, der im berühmten Londoner Strafgerichtshof Old Bailey verhandelt wird: Russell Graves ist angeklagt, seine Ehefrau auf grausame Weise ermordet zu haben. Alles spricht gegen Graves, und seine dünkelhafte Art gestaltet die Verteidigung nicht eben leichter. Nur wenige Wochen Frist bleiben, ihn vor dem Galgen zu bewahren. Ein Wettlauf gegen die Zeit beginnt.

Die Autorin

Die Engländerin Anne Perry, 1938 in London geboren, verbrachte einen Teil ihrer Jugend in Neuseeland und auf den Bahamas. Schon früh begann sie zu schreiben. Ihre historischen Kriminalromane, in denen sie das England des späten neunzehnten und frühen zwanzigsten Jahrhunderts wiederauferstehen lässt, begeistern ein Millionenpublikum. Anne Perry lebt und schreibt in Schottland.

Todesurteil im Old Bailey ist der erste Roman um den jungen Anwalt Daniel Pitt. In der Reihe um seinen Vater Thomas Pitt, den Leiter des Staatsschutzes, sind zahlreiche Bücher im Heyne Verlag lieferbar, zuletzt erschienen: *Letzte Stunde im Hyde Park*.

ANNE PERRY

TODESURTEIL IM OLD BAILEY

Ein Daniel-Pitt-Roman

Aus dem Englischen
von K. Schatzhauser

WILHELM HEYNE VERLAG
MÜNCHEN

Die Originalausgabe
TWENTY-ONE DAYS
erschien 2017 bei Headline Publishing Group, London

MIX
Papier aus verantwortungsvollen Quellen
FSC® C014496
FSC www.fsc.org

Verlagsgruppe Random House FSC® N001967

Vollständige deutsche Erstausgabe 04/2019

Neumarkter Straße 28, 81673 München
Printed in Germany
Redaktion: Dr. Uta Dahnke
Umschlaggestaltung: Hauptmann & Kompanie Werbeagentur, Zürich,
unter Verwendung eines Fotos von © Valentino Sani / Trevillion Images
Satz: Schaber Datentechnik, Austria
Druck und Bindung: GGP Media GmbH, Pößneck

ISBN: 978-3-453-42300-8

www.heyne-verlag.de

Für Aviva Layton in
freundschaftlicher Verbundenheit

KAPITEL 1

Sie befanden sich allein in dem kleinen Besucherraum, in dem der Anwalt mit dem Angeklagten sprechen durfte.

»Man wird mich zum Tod durch den Strang verurteilen, nicht wahr?«, fragte Roman Blackwell leise mit um Festigkeit bemühter Stimme. Doch Daniel erkannte die Angst in seinen Augen. Was sollte er dem Mann sagen? Schon den ganzen Tag hatte er sich vor diesem Moment gefürchtet. Erst seit einem knappen Jahr war er als Strafverteidiger zugelassen, der vor höheren Gerichten bei Kapitalverbrechen plädieren durfte. Da war es kein großes Wunder, dass der Prozess, in dem es für seinen Mandanten um Leben und Tod ging, ungünstig stand.

Wie aber hätte er das Mandat ablehnen können? Sein Vater, Sir Thomas Pitt, hatte den Leiter der Anwalts-Sozietät gefragt, ob er bereit sei, Daniel den Fall anzuvertrauen. Blackwell war als privater Ermittler tätig gewesen, und aufgrund seiner Abenteurernatur war es durchaus vorgekommen, dass er hier und da Aufträge übernommen hatte, die nicht ganz einwandfrei waren, wie auch der eine oder andere seiner Auftraggeber nicht unbedingt ein Unschuldsengel war.

In den Jahren, in denen Pitt Leiter der Polizeiwache in der Bow Street im Herzen Londons gewesen war, lange bevor er zum Staatsschutz gegangen war, hatte Blackwell als Polizeibeamter zu seiner Dienststelle gehört. Pitt hatte ihn wegen seines bisweilen skurrilen Humors und trotz seiner mitunter etwas fragwürdigen Moralvorstellungen gut leiden können. Mehr als einmal hatte er ihn vor den Folgen seiner Handlungsweise, bei der er sich nur selten an die Vorschriften hielt, bewahrt. Blackwell seinerseits hatte gelegentlich auch Pitt aus der Patsche geholfen. Dennoch war schließlich der Augenblick gekommen, in dem Pitt ihm nahegelegt hatte, den Polizeidienst zu quittieren, bevor er sich etwas zuschulden kommen ließ, wobei man nicht wie bisher ein Auge hätte zudrücken und anschließend wieder zur Tagesordnung hätte übergehen können. Zögernd hatte Blackwell diesen Rat befolgt.

Pitt hatte sein nahezu freundschaftliches Verhältnis zu Blackwell nie vergessen, und jetzt, da der Mann wegen eines schweren Gesetzesverstoßes vor Gericht stand, hatte er nichts Besseres für ihn tun können, als seinen Sohn Daniel darum zu bitten, dass er, wie von Blackwell gewünscht, dessen Verteidigung übernahm.

Unmöglich hätte Daniel sich dieser Bitte versagen können. Auch er konnte seinen Mandanten gut leiden, vermutlich aus denselben Gründen wie sein Vater: der Mann besaß Humor, Vorstellungskraft und war von einem durch nichts zu erschütternden Optimismus.

Wenn er sich selbst gegenüber ehrlich war, musste Daniel zugeben, dass ihn die Juristerei mittlerweile ziemlich anödete. Das Studium der Rechtswissenschaft hatte ihn begeistert, aber der juristische Alltag mit seinen Aktenbergen langweilte ihn. Seine anfänglichen Träume von glanzvollen Kämpfen, die es im Dienst der Gerechtigkeit auszutragen galt, waren zerplatzt wie Seifenblasen.

Seine Situation als unerfahrener Neuling bedrückte ihn.

Sein Gegenspieler war Douglas Sefton, ein ebenso fähiger wie wortgewandter Anklagevertreter, der fest entschlossen war, im fünften Anlauf endlich einen Schuldspruch gegen Roman Blackwell zu erwirken. Immerhin lautete die Anklage diesmal auf Mord.

Aufmerksam sah Blackwell Daniel an. Er wartete auf eine Antwort. Der Mann würde es sofort merken, wenn er ihn belog. Und welchen Sinn hätte es im Übrigen, ihm die Unwahrheit zu sagen? Er würde ihn damit nur gegen sich aufbringen.

»Ja«, gab Daniel ähnlich leise zurück. »Und genau deshalb müssen wir beweisen, dass nicht Sie John Hintons Mörder sind.«

»Sie wollen auf ›begründeten Zweifel‹ plädieren?«, fragte Blackwell mit einem Anflug von Hoffnung.

»Damit würden wir nicht durchkommen«, antwortete Daniel, bemüht, es ihm so schonend wie möglich beizubringen. »Das Gericht wird darauf bestehen, dass wir stichhaltige Gründe vorbringen. Außerdem müssen wir den Geschworenen einen glaubhaften Verdächtigen präsentieren, damit die nicht Sie schuldig sprechen.«

»Aber ich habe nichts damit zu tun!«, stieß Blackwell mit brüchiger Stimme hervor. Einen kurzen Augenblick lang lag unverhüllte Verzweiflung darin. »Ich habe die Waffe ja nicht mal angefasst!«

»Den Fingerabdrücken nach aber auch sonst niemand …«

»Was für Fingerabdrücke?«, fiel Blackwell ihm ins Wort. »Da waren ja gar keine!«

»Stimmt, aber jemand hat einen Schuss daraus abgegeben«, hielt Daniel dagegen.

»Vielleicht mit Handschuhen?«, fragte Blackwell mit einem plötzlichen Aufleuchten seines Gesichts. »Dann muss das jemand gewesen sein, der sich mit Fingerabdrücken auskennt und weiß, dass sie bei jedem Menschen anders sind.«

»Das ist den Chinesen seit Jahrhunderten bekannt.« Daniel schien das Phänomen als solches ausgesprochen interessant. Es war gerade einmal fünf Jahre her, dass ein britisches Gericht im Jahre 1905 erstmals zwei Mörder anhand ihrer Fingerabdrücke überführt und verurteilt hatte.

»Klar ist: Wenn nicht Sie die Tat begangen haben, muss es ein anderer gewesen sein. Denn es steht unverrückbar fest, dass Hinton erschossen wurde. Bedauerlicherweise gibt es aber keinerlei Zweifel daran, dass Sie den Mann gut kannten und mit ihm in Streit geraten sind, weil er Ihnen Geld schuldete …«

»Das waren doch nur ein paar Pfund«, sagte Blackwell aufgebracht. »Für einen so läppischen Betrag bringe ich doch niemanden um!«

»Parks Aussage nach ging es um vierhundert Pfund«, erinnerte ihn Daniel. »Das ist ein Haufen Geld.«

»Das können Sie laut sagen«, gab ihm Blackwell recht. »Und so viel soll ich einem windigen Burschen wie Hinton geliehen haben? Da hätte ich schön blöd sein müssen!«

Mit einem trübseligen Lächeln erwiderte Daniel: »Von Ihnen ist bekannt, dass Sie mitunter großzügig sind. Außerdem …«

»So großzügig nun auch wieder nicht«, hielt Blackwell dagegen und strich sich die pechschwarzen Haare aus der Stirn.

»… weiß man, dass Sie gelegentlich zu tief ins Glas schauen und dann nicht mehr wissen, was Sie getan haben«, schloss Daniel.

»In Geldangelegenheiten bin ich nicht vergesslich«, begehrte Blackwell auf. »Schon gar nicht, wenn es um so hohe Beträge geht!«

»Nicht mal dann, wenn Sie …«, sagte Daniel und zögerte kurz, »… sturzbetrunken sind?«

»Das könnte ich nicht mal vergessen, wenn ich es wollte.« Blackwell schüttelte den Kopf. »So viel hatte ich damals übrigens gar nicht intus, und ich hatte auch nicht so viel Geld.«

»Können Sie das beweisen?« Daniel wusste, dass der Mann dazu nie und nimmer imstande wäre.

»Ich hab es nicht getan«, wiederholte Blackwell mit einer Stimme, in der Verzweiflung über diese absurde Anschuldigung lag. »Warum hätte ich einem Nichtsnutz wie Hinton überhaupt so viel Geld leihen sollen? Das ergibt doch gar keinen Sinn.«

»Man wird sagen, dass Sie zur Tatzeit betrunken waren«, gab Daniel kühl zurück. »Sie müssen einsehen, dass es unsinnig wäre, etwas zu behaupten, wofür wir keinen Beweis liefern können.« Er beugte sich leicht über den Tisch vor, der zwischen ihnen stand. »Es gibt nur eine einzige Möglichkeit, die Geschworenen zu einem Sinneswandel zu bewegen: Wir müssen erreichen, dass sie einen ernsthaften Verdacht gegen einen anderen hegen. Sofern Hinton nicht so harmlos war, wie ihn die Anklage hinstellt, hatte er vermutlich andere Feinde. Überlegen Sie gründlich. Wer könnte das sein, und was für Motive könnten sie haben? Nennen Sie mir Namen – Leute, die er betrogen, belogen, verleumdet oder in Schwierigkeiten gebracht hat. Leute, gegen die er vor Gericht als Zeuge aufgetreten sein könnte.«

Blackwell dachte angestrengt nach. Er war nicht besonders groß, aber breitschultrig und kräftig gebaut. In den letzten Minuten schien er auf seinem harten Holzstuhl geschrumpft zu sein.

Daniel überlegte, womit er ihn ermutigen könnte. Sein Motiv dafür war keineswegs reine Menschenfreundlichkeit, sondern Blackwell war für ihn der Einzige, durch den er an Informationen gelangen konnte, die es ihm vielleicht ermöglichen würden, andere mit dem Mord in Verbindung zu bringen oder zumindest eine andere Taktik anzuwenden.

Mit einem Ausdruck der Hoffnungslosigkeit hob Blackwell den Blick.

Oscar Park war der Hauptzeuge gegen ihn, und es war Daniel bisher nicht gelungen, einen Schwachpunkt in dessen Aussagen zu entdecken. Nun kam es ihm so vor, als klammerte er sich an Strohhalme. »Um zu erreichen, dass die Geschworenen Parks Aussage anzweifeln, müssen wir etwas über ihn herausbekommen – aber was? Ein toter Hinton hätte Ihnen jedenfalls nichts genutzt, denn er hat Ihnen Geld geschuldet.«

»Als er noch lebte, hat er auch keinem genützt«, gab Blackwell mit einem sarkastischen Lächeln zurück. »Glauben Sie, dass das für das Gericht eine Rolle spielt?«

Daniel fühlte sich angesichts der Aussichtslosigkeit der Sache so verzweifelt, dass er das Lächeln nicht erwidern konnte.

»Was könnte das Motiv dafür sein, dass Park im Zeugenstand lügt? Immerhin geht er damit ein hohes Risiko ein, denn er steht unter Eid. Offenkundig hat er einen Grund dafür. Den müssen wir herausbekommen.«

»Den Grund kenne ich nicht«, sagte Blackwell matt. »Ich hab dem Mann nie was getan.«

Daniel beugte sich noch ein wenig weiter vor. »Es muss gar keine so direkte Beziehung zwischen Ihnen beiden dahinterstecken. Sie haben doch bestimmt genug Fantasie, um sich vorzustellen, was stattdessen der Anlass sein könnte. Was wissen wir mit Sicherheit? Ganz gleich, was Hinton Ihnen schuldig geblieben ist oder nicht, Sie haben ihm nie und nimmer vierhundert Pfund geliehen – dafür bekommt man schließlich schon ein kleines Haus. Woher könnte Park von der Sache erfahren haben? Hat Hinton ihm das Geld geschuldet?«

»Vielleicht. Park war jedenfalls knapp bei Kasse«, gab Blackwell zurück. »Ich hab ihm früher mal fünfzig Pfund geliehen. Davon hab ich nie wieder was gesehen.«

»Ja, vielleicht geht es in die Richtung. Hatte er möglicherweise auch bei anderen Schulden? Wenn ich nur wüsste, wer das sein könnte. Ich brauche unbedingt etwas Handfestes.« Daniel hörte die Schärfe in seiner eigenen Stimme und mahnte sich zur Selbstbeherrschung.

Blackwell schwieg.

Angestrengt suchte Daniel nach einem plausiblen Zusammenhang. »Und was ist mit Rache als Motiv? Hasst Park Sie? Haben Sie ihm etwas getan?«

»Nein, aber ich hätte große Lust dazu«, gab Blackwell in feindseligem Ton zurück. »So ein Schweinehund. Wenn ich bedenke, wie viel Geld ich dem geliehen habe.« Sein Gesicht verzog sich vor Abscheu.

Daniel ergriff über den Tisch hinweg Blackwells Handgelenk. »Er schuldet Ihnen Geld und lohnt Ihnen das auf diese Weise? Das ist schlimmer als Undank.«

»Es geht nicht nur um das Geld«, sagte Blackwell rasch und schüttelte den Kopf.

»Worum denn noch?«, erkundigte sich Daniel.

»Um nichts, was Sie vor Gericht verwenden können«, erklärte Blackwell in einem Ton bitterer Selbstironie. »Die Sache war ein bisschen ungesetzlich. Ein Grenzfall, nur auf der falschen Seite der Grenze. Wenn das rauskommt, locht man mich auf jeden Fall dafür ein, weil die Gelegenheit so günstig ist.«

Daniel überlegte kurz, ob er der Sache nachgehen sollte.

»Lassen Sie es lieber«, riet ihm Blackwell, als könnte er Daniels Gedanken lesen. »Es ist besser, Sie wissen nichts davon. Es geht um ein Schriftstück mit einer … nicht ganz einwandfreien Unterschrift.«

»Und davon weiß Park?«, fasste Daniel rasch nach. Der bekümmerte Blick seines Gegenübers zeigte ihm, dass Blackwell das bewusste Schriftstück für Park gefälscht hatte. »Das wäre ein möglicher Grund, Ihnen schaden zu wollen«, sagte Daniel. Vielleicht lieferte ihm das eine Handhabe.

Blackwell hob die Brauen. »Ich hab ihm einen Gefallen getan.«

»Er hat Schulden gemacht. Warum zahlt er sie nicht zurück? Entweder kann er nicht, oder er will nicht.«

»Wie alt sind Sie?«, fragte Blackwell.

»Fünfundzwanzig.«

»Und schon so ein Zyniker«, sagte Blackwell und seufzte theatralisch.

»Das liegt daran, dass ich Anwalt bin. Raus mit der Sprache: Welchen Gefallen haben Sie ihm getan?«

Blackwell schwieg eine ganze Weile.

Daniel packte sein Handgelenk fester. »Wir dürfen keine Zeit vergeuden. Man kann uns jeden Augenblick in den Gerichtssaal rufen. Was haben Sie für Park getan, dass er Sie in der Hand zu haben glaubt und es nicht für nötig hielt, Ihnen das Geld je zurückzuzahlen?«

»Ich habe es Ihnen schon gesagt – ich habe keine Beweise!«, wiederholte Blackwell.

»Ach was, das kann er doch gar nicht wissen«, entgegnete Daniel in scharfem Ton. »Erzählen Sie mir Genaueres ...«

Blackwell schwieg weiter.

»Sie haben mich gefragt, ob man Sie hängen wird«, stieß Daniel zwischen den Zähnen hervor, und ihm war der Klang seiner eigenen Stimme zuwider. »Ja! Und in solchen Fällen ist es so gut wie unmöglich, zu erreichen, dass ein einmal gefälltes Urteil noch revidiert wird.«

»Na schön. Ich hab für ihn ein paar Schriftstücke abgefasst ... aber nur ein einziges Mal. Außerdem ein Empfehlungsschreiben. Lauter zusammenfantasierte Sachen.« Blackwell verzog das Gesicht. »Muss ich Ihnen das in Einzelheiten erzählen?«

»Was war denn daran schlimm? Inwiefern haben Sie damit die Wahrheit verdreht?«, wollte Daniel wissen.

»Indem ich geschrieben habe, dass er eine ehrliche Haut ist und eine Vertrauensstellung in einer Firma hatte, die im Ausland Geschäfte macht.«

»Das entsprach aber nicht der Wahrheit?«

»Die Firma gab es gar nicht. Ich hab mit dem Namen eines Toten unterschrieben«, erklärte Blackwell mit kläglicher Miene.

»Und hat Park die Stellung noch?«

»Ja, und zwar aufgrund meines Empfehlungsschreibens.«

»Hat er seine Position für unredliche Zwecke genutzt?« Daniel konnte sich die Antwort denken. Sie ließ sich an Blackwells Gesicht ablesen, auf dem sich Stolz und Beschämung mischten.

»Aber die Firmeninhaber wissen noch nichts davon, und falls ich jetzt rede, muss ein anderer dafür geradestehen«, erwiderte er.

»Und falls mir nicht der Nachweis gelingt, dass der Mann unzuverlässig ist, wird ein anderer für den Mord geradestehen müssen – nämlich Sie!«

Bevor Blackwell darauf antworten konnte, wurde die Tür aufgerissen. Eine nicht sonderlich große, aber bemerkenswert gutaussehende Frau mit üppigem Busen und breiten Hüften stand auf der Schwelle. Eine weiße Strähne über der Stirn betonte die Schwärze ihrer zu einem Knoten hochgesteckten Haare. Ihre olivfarbene Gesichtshaut war vor Anstrengung und vielleicht auch aufgrund einer gewissen Gereiztheit gerötet.

Mit schwarzen Augen, die Blitze sprühten, sah sie Daniel an, ohne Blackwell eines Blickes zu würdigen. »Es wird Zeit, dass Sie etwas unternehmen, junger Mann! Ich bezahle Sie nicht dafür, dass Sie nett sind – wenn das was nützen würde, könnte ich das selber tun!«

Daniel erhob sich, um sie zu begrüßen. Sie war Blackwells Mutter, und von ihr war offiziell die Anregung ausgegangen, Daniel mit der Verteidigung ihres Sohnes zu betrauen, was Marcus fford Croft, der Leiter der Anwalts-Sozietät fford Croft & Gibson mit gemischten Gefühlen aufgenommen hatte.

Sie schloss die Tür und trat an den Tisch. Blackwell erhob sich und bot ihr seinen Stuhl an, doch sie setzte sich nicht. Sie war nicht gekommen, um sich mit Höflichkeit und Ausflüchten abspeisen zu lassen.

»Nun? Was werden Sie unternehmen? Auf welche Weise gedenken Sie gegen diese elenden Kreaturen vorzugehen?« Sie brauchte keine näheren Erklärungen abzugeben. Die kurze Mittagspause, in der sich Pitt mit seinem Mandanten unterhalten konnte, hatte man ihnen eingeräumt, während Park seine Aussage machte.

Bevor Blackwell den Mund auftun konnte, um die Aussichtslosigkeit seiner Lage zu erläutern, sagte Daniel rasch: »Wir werden unsererseits zum Angriff übergehen, Mrs. Blackwell.«

»Gut. Gegen wen?«

»Gegen den Mann, dessen Aussage Ihren Sohn am meisten belastet und der allen Grund hat, die Unwahrheit zu sagen«, gab Daniel zur Antwort, bemüht, seine Stimme zuversichtlich klingen zu lassen.

Sie nickte zustimmend, doch ihr Blick gab zu erkennen, dass sie skeptisch war. Sie wollte Beweise, bevor sie zu hoffen wagte.

Daniel wusste, was sie hören wollte. Er holte tief Luft. »Park. Der Mann ist angreifbar, und inzwischen kenne ich auch seinen Schwachpunkt.«

Sie nickte bedächtig. Er war überzeugt, dass sie Einzelheiten von ihm verlangt hätte, wenn sie allein gewesen wären, aber ein rascher Blick zu ihrem Sohn hatte ihr dessen Verzweiflung gezeigt. Es war Daniel bewusst, dass sie nicht daran dachte, ihm etwas zu ersparen. Inzwischen war ihm das Geplänkel zwischen den beiden vertraut, und er erkannte hinter den Scheingefechten und heftigen Auseinandersetzungen die unverbrüchliche und unerschütterliche Loyalität der Mutter gegenüber dem Sohn. Sie kritisierte ihn nach Strich und Faden und würde nicht davor zurückschrecken, ihn zu schlagen, wenn er sie bis aufs Blut reizte, aber wehe dem Außenstehenden, der etwas gegen ihn sagte! Er würde den Tag verfluchen, an dem er sich dazu hatte hinreißen lassen.

Daniel erwog noch, welche nähere Erklärung er abgeben könnte, da kehrte der Gerichtsdiener mit der Mitteilung zurück, dass die Pause zu Ende sei, und führte Blackwell wieder auf die Anklagebank.

Bevor auch Daniel erneut seinen Platz im Gerichtssaal, den er insgeheim als Kampfarena bezeichnete, aufsuchen konnte, wandte sich Mercedes Blackwell ihm zu, ehe sie ihrerseits auf die Zuschauergalerie zurückkehrte. »Haben Sie wirklich einen Plan, junger Mann?«, fragte sie. Ihre schwarzen Augen schienen ihm Löcher in den Kopf brennen zu wollen, um seine Gedanken lesen zu können.

Er nahm an, dass das ihre Art war, nicht zu zeigen, wie besorgt sie war. Auch seine Mutter verstand es, ihren Standpunkt durchzusetzen, wenn sie das für erforderlich hielt. Mindestens zwanzig seiner fünfundzwanzig Lebensjahre hindurch hatte er reichlich Gelegenheit gehabt, ihr wieder und wieder standzuhalten. Auch seine ältere Schwester Jemima hatte bei den Auseinandersetzungen der Geschwister während der Kindheit und frühen Jugend bewiesen, dass sie keinesfalls auf den Mund gefallen war. Mithin war Daniel der Umgang mit wortgewaltigen Frauen alles andere als fremd.

»Ja. Ich kann mir gut vorstellen, dass Park der Mörder ist. Ich werde den Geschworenen vor Augen führen, warum er die Tat begangen und anschließend versucht hat, sie Ihrem Sohn in die Schuhe zu schieben. Je länger ich darüber nachdenke, desto plausibler erscheint mir dieser Hergang. Wir müssen lediglich die Geschworenen davon überzeugen, dass nicht Ihr Sohn der Täter war, sondern ein anderer.« Die Zuversicht, mit der er das sagte, empfand er keineswegs, doch war er entschlossen, das bei seinem Plädoyer vor den Geschworenen keinesfalls zu zeigen.

Er lächelte und bot ihr den Arm.

Nach einigem Zögern nahm sie ihn. Ihm war bewusst, dass ihr Vertrauen vorläufig war und erst ein positiver Ausgang des Prozesses es rechtfertigen würde.

Er konnte es sich nicht leisten, an ein Scheitern auch nur zu denken. Er verdrängte den Gedanken an diese Möglichkeit und schritt so sicher durch den hallenden Gang in den Gerichtssaal, als bestünde an seinem Erfolg nicht der geringste Zweifel. Er musste mit größter Selbstsicherheit auftreten, damit auch Park diesen Eindruck gewann.

Oscar Park, ein hochgewachsener, elegant gekleideter Mann, hatte den Zeugenstand betreten. Dadurch, dass sich dieser mehrere Stufen über dem Boden des Gerichtssaals befand, wirkte Park noch eindrucksvoller. Daniel sagte sich, dass der Mann damit eher exponiert war. Wäre es übertrieben, ihn als angreifbarer anzusehen?

»Mr. Park«, begann er, »Sie sagen, der Angeklagte, Mr. Blackwell, habe dem Opfer, Mr. Hinton, einen hohen Geldbetrag geliehen.«

Park, der sich sehr gefasst gab, nickte. »Ja. Es wirkte großzügig – geradezu verschwenderisch.« Aus seiner erhöhten

Position lächelte er geringschätzig auf Daniel herab. War ihm bewusst, wie jung und unerfahren er war?

»Hat Sie das überrascht?« Daniel musste versuchen zu erreichen, dass ihm Park vertraute. Vor allem aber musste er um das Vertrauen der Geschworenen werben; auf sie, und auf sie allein, kam es an.

»Offen gesagt, ja«, gab Park zurück. »Ich hätte ihn nicht für so töricht gehalten.«

»Haben Sie Hinton denn so gut gekannt, dass Sie einen Grund gesehen haben, ihm nicht zu trauen?«, erkundigte sich Daniel in harmlosem Ton.

Park bemühte sich, den Eindruck von Bescheidenheit zu erwecken, was ihm misslang. »Ich denke, ich kann mich rühmen, ein guter Menschenkenner zu sein, wenn ich das von mir selbst sagen darf«, erklärte er mit dem Anflug eines affektierten Lächelns.

»Und bei Hinton hatten Sie also mit Ihrer Einschätzung recht, dass es sich bei ihm um einen unbedeutenden Geldverleiher handelte, der zu hohe Risiken einging?«

»Ja. Die Ereignisse haben mir das bestätigt«, stimmte ihm Park zu.

»Im Hinblick auf Blackwell hingegen hatten Sie sich geirrt?«

Park sah verärgert drein; rote Flecken auf den Wangen zeigten seine Verlegenheit.

Daniel erkannte auf dem Gesicht einzelner Geschworener einen Anflug von Belustigung.

»Er scheint den Bezug zur Wirklichkeit verloren zu haben«, gab Park in beißendem Ton zurück, wobei er sich mit einer Hand auf das Geländer des Zeugenstandes stützte.

»Da gebe ich Ihnen recht«, sagte Daniel lächelnd und bekräftigte das mit einem Nicken. »Wer die Beherrschung verliert und einen Menschen erschießt, der ihm Geld schuldet, darf nicht damit rechnen, es zurückzubekommen. Das geht jetzt wohl an Hintons Erben, nicht wahr? Natürlich erst, wenn der Erbschein ausgestellt ist – und das kann dauern.« Daniel bemühte sich um einen möglichst neutralen Gesichtsausdruck. »Ich nehme an, dass Blackwell das nicht bedacht hat.«

Park war erkennbar unsicher geworden. »Er hat Hinton eben falsch eingeschätzt.«

»Und ihn deshalb erschossen?«, fragte Daniel sarkastisch.

Der Anklagevertreter, Mr. Sefton, erhob sich mit gelangweiltem Gesichtsausdruck. »Euer Ehren, der Zeuge hat bereits gesagt, dass er den Angeklagten nicht als so gefährlich eingeschätzt hatte. Ich habe den Eindruck, dass mein *verehrter*«, er sagte das Wort in leicht spöttischem Ton, »Kollege … das Wesentliche nicht erfasst hat.«

»Gewiss, gewiss.« Der Richter hob die Hand zu einer eleganten Geste leichter Zurückweisung. »Mr. Pitt, es kommt mir so vor, als ob Sie Ihre eigenen Schlussfolgerungen infrage stellten. Würden Sie bitte Ihren Gedankengang erneut aufgreifen, diesmal aber so, dass man erkennen kann, worauf Sie hinauswollen?«

Daniel konnte den Richter gut leiden, doch mahnte ihn die Schärfe in dessen Worten zur Vorsicht. Mit der Erwiderung »Danke, Euer Ehren!« bestätigte er, die Ermahnung verstanden zu haben. Seine Gedanken überschlugen sich. Er hatte die Absicht, zu zeigen, dass Park selbst bei Blackwell in der Kreide stand, konnte das aber nur auf Umwegen tun. »Danke«, wiederholte er.

Erneut wandte er sich Park zu. »Entspricht es der Wahrheit, dass Sie John Hinton deshalb nicht vor einer ihm von Mr. Blackwell drohenden Gefahr gewarnt haben, weil Sie keinen Grund dazu gesehen haben?«

»Ich glaube, das habe ich bereits gesagt«, antwortete Park und hob die Brauen.

»Das stimmt«, sagte Daniel mit einem Lächeln. »Obwohl Mr. Hinton bis zum Hals verschuldet war und nicht die geringste Aussicht bestand, dass er die gewaltigen Beträge würde zurückzahlen können.«

»Auch das habe ich gesagt«, erwiderte Park mit einem Kopfschütteln.

»Aber es bestand keine Gefahr, denn Mr. Blackwell verfügte, jedenfalls nahmen Sie das an, über beträchtliche Geldmittel und war äußerst großzügig.«

Wieder erhob sich Sefton. »Euer Ehren, die Anklage ist durchaus bereit, einzuräumen, dass der Zeuge Mr. Blackwells Wesen nicht zutreffend eingeschätzt hat, doch beharrt Mr. Pitt grundlos auf dieser belanglosen Einzelheit. Es ist meine feste Überzeugung, dass Mr. Park bedauert, Mr. Hinton nicht gewarnt zu haben, doch liegt darin kein schuldhaftes Verhalten. Der Angeklagte hatte ihm keinen Anlass zu der Vermutung gegeben, dass er mit einer selbstzerstörerischen Gewalttat reagieren würde.« Er erweckte den Eindruck eines Mannes, dem es gegen den Strich ging, dass man seine Zeit auf diese Art und Weise vergeudete.

Mit milder Miene fragte der Richter Daniel: »Mr. Pitt, wollen Sie auf etwas Bestimmtes hinaus?«

»Ja, Euer Ehren«, gab Daniel sogleich zur Antwort. Er hatte den ersten Schritt getan und durfte jetzt nicht den geringsten Fehler machen. »Ich bin sicher, dass Mr. Park ein solch ungewöhnliches Abweichen von Mr. Blackwells üblichem Verhalten nicht vorausgesehen hat …«

»Warum hacken Sie dann so auf diesem Punkt herum?«, fragte Sefton.

In verweisendem Ton wandte sich der Richter an den Anklagevertreter: »Mr. Sefton, es ist *meine* Aufgabe, den Herrn Verteidiger zu maßregeln, wenn das erforderlich ist. Sie sind dazu nicht befugt.«

Sefton sah verärgert drein, doch blieb ihm nichts anderes übrig, als sich zu entschuldigen.

»Danke, Euer Ehren«, murmelte Daniel und richtete, bevor der Richter auch noch die Geduld verlor, nun die entscheidende Frage an Park: »Sie hatten einen Grund für Ihre Einschätzung, nicht wahr?«

Park zwinkerte unbehaglich. Offensichtlich war ihm aufgegangen, dass er sich in eine Zwickmühle manövriert hatte.

»Sir …?« Daniel ließ ihm keine Zeit, nach einem Ausweg zu suchen. »Es gibt einen ganz einfachen Grund dafür, dass Sie John Hinton nicht davor gewarnt haben, dass Mr. Blackwell vor allem dann leicht die Geduld verliert, wenn ihm jemand Schulden nicht zurückzahlt: Sie selbst schuldeten ihm einen erheblichen Betrag. Genauer gesagt, Sie schulden ihm das Geld nach wie vor! Und trotzdem hat Sie niemand erschossen …«

»Das geht nur ihn und mich was an!«, stieß Park hervor. Dabei sah er erst zu dem Richter und dann zu Sefton. »Außerdem war es nicht besonders viel. Falls ich damit Blackwells Zorn gesteigert haben sollte … tut mir das leid. Aber woher hätte ich das wissen können?«

»Wie praktisch für Sie«, bemerkte Daniel. »Wenn man ihn wegen Mordes an Hinton hängen würde, könnte er sein Geld nicht von Ihnen zurückfordern, nicht wahr?«

Im Gerichtssaal entstand Unruhe. Park hatte sich mit zornrotem Gesicht über das Geländer des Zeugenstandes gebeugt.

Die Geschworenen sahen einander an. Einer schien nur mit Mühe einen Hurraruf zu unterdrücken.

Sefton war aufgesprungen, um zu protestieren.

Die Zuschauer auf der Galerie reagierten teils aufgebracht, teils erheitert.

Der Richter gebot Ruhe.

Daniel befürchtete, zu weit gegangen zu sein.

Genau in diesem Augenblick spürte er ein Zupfen am Ärmel. Als er sich umwandte, sah er Apperly dicht neben sich, den Anwaltsgehilfen der Sozietät fford Croft & Gibson. Dieser Mann von unbestimmtem Alter war klüger, als die meisten ihm zutrauten. Er wirkte zerzaust und atemlos, das Haar stand ihm wirr um den Kopf, und er machte einen zutiefst unglücklichen Eindruck. »Entschuldigung …«, begann er.

Daniel schnitt ihm das Wort ab. »Was wollen Sie? Mir ist klar, dass ich in der Klemme bin, aber ich stehe das durch. Ich musste …«

»Das geht nicht«, sagte Apperly und schüttelte den Kopf. »Dunham ist bei einem Verkehrsunfall ziemlich schwer verletzt worden.«

Mitgefühl erfasste Daniel. »Der arme Kerl. Wie geht es ihm? Wird er durchkommen?«

»Ja, aber das wird seine Zeit dauern. Sicher ein paar Wochen. Auf jeden Fall kann er jetzt Kitteridge nicht unterstützen, der in einem äußerst schwierigen Fall vor dem Zentralen Strafgerichtshof Old Bailey die Verteidigung übernommen hat …«

»Ich weiß«, sagte Daniel knapp. »Graves oder so ähnlich. Soll seine Frau ermordet haben.«

»Ja«, bestätigte Apperly mit kläglicher Stimme. »Es sieht für ihn überhaupt nicht gut aus.« Er wirkte aufgeregt.

»Das tut mir sehr leid, aber ich kann da nichts tun. Wenn überhaupt jemand dazu fähig ist, den Mann rauszuhauen, dann Kitteridge.« Das entsprach den Tatsachen. Toby Kitteridge war nicht nur der gewiefteste Anwalt der ganzen Sozietät, sondern wusste das auch und hatte es Daniel mehr als einmal unter die Nase gerieben. »Sie sehen selbst, dass mein Fall hier … auf eine Katastrophe zuschlittert.«

»Trotzdem.« Apperly ließ nicht locker. »Sie müssen den Fall hier unbedingt heute noch abschließen und dann morgen am Old Bailey für Dunham einspringen. Mr. fford Croft besteht darauf. Ich weiß nicht, warum, aber ihm liegt sehr an diesem Fall.«

»Jeder Beliebige in der Kanzlei kann Kitteridge zuarbeiten«, flüsterte Daniel. »Genau genommen, braucht er gar keine Hilfe, denn er schafft das sowieso allein. Der arme Dunham hat doch ohnehin nur dabeigesessen und ein unterwürfiges Gesicht gemacht.«

Apperly schüttelte den Kopf. »Mr. fford Croft hat das persönlich angeordnet. Sie müssen morgen früh dort sein.«

»Nein.« Daniel konnte selbst kaum glauben, wie abweisend seine Stimme klang. Niemand widersetzte sich Marcus fford Croft ungestraft. »Ich muss den Fall hier zu einem zufriedenstellenden Ende bringen …«

»Dieser Blackwell ist doch ein ganz windiger Bursche«, erklärte Apperly mit Nachdruck. »Er wird mit seiner Art auf die Dauer nicht durchkommen. Es lohnt sich nicht, Ihre Karriere für ihn aufs Spiel zu setzen.«

»Ich bin fest von seiner Schuldlosigkeit überzeugt«, gab Daniel leise zurück. Ihm war bewusst, dass sowohl Sefton als auch der Richter aufmerksam zu ihm herübersahen. »Und selbst wenn er schuldig wäre, hätte er es verdient, dass man ihn anständig verteidigt. Außerdem habe ich ihm mein Wort gegeben … Ich komme ins Old Bailey, um Kitteridge die gewünschten Hand- und Spanndienste zu leisten, sobald dieser Fall erledigt ist.« Er konnte vor Anspannung kaum atmen und merkte, dass ihm am ganzen Körper der Schweiß ausbrach. Stand er im Begriff, leichtfertig seine Zukunft aufs Spiel zu setzen?

Das würde ihm sein Vater nie verzeihen. Nein – das stimmte nicht. Sicher wäre er von ihm enttäuscht, aber noch enttäuschter wäre er, wenn sein Sohn Blackwell einfach seinem Schicksal überließe. Pitt hatte im Laufe der Jahre selbst zahlreiche Risiken auf sich genommen und wusste, wie wichtig es war, dass man Wort hielt.

Allmählich trat im Gerichtssaal wieder Ruhe ein.

Der Richter warf einen besorgten Blick auf Daniel. »Sind Sie bereit fortzufahren, Mr. Pitt?«

»Ja, Euer Ehren. Der Anwaltsgehilfe meiner Sozietät hat mir soeben …«

Apperly trat vor. »Ich bitte um Vergebung, Euer Ehren.« Er verneigte sich fast so tief, als stünde er vor dem König. »Mr. Dunham, einer unserer Strafverteidiger, hatte einen schweren Verkehrsunfall, und Mr. Pitt soll an seine Stelle treten.«

»Etwa sofort?«, fragte der Richter mit unverhüllter Missbilligung.

»Nein, Euer Ehren, morgen Vormittag. Ich werde ihn mit dem Fall vertraut machen, sodass er die Abendstunden dazu nutzen kann, sich in die Akten einzuarbeiten. Ich bitte um Entschuldigung, Euer Ehren, wenn ich die Verhandlung gestört habe.«

»Das haben Sie nicht, Mr. Apperly«, beschied ihn der Richter knapp. »Zu der Unterbrechung war es bereits vor Ihrem Eintreffen gekommen. Und jetzt, da die Ordnung wiederhergestellt ist, werden wir, wenn es Ihnen recht ist, den Fall ›Krone gegen Roman Blackwell wegen Mordes an John Hinton‹ fortsetzen. Mr. Pitt, Ihnen bleibt ungefähr eine halbe Stunde, bis die Verhandlung vertagt wird. Nutzen Sie die Zeit nach Kräften.«

Daniel schluckte. »Danke, Euer Ehren. Ich erlaube mir, dem Gericht ins Gedächtnis zu rufen, dass der Zeuge eingeräumt hat, Mr. Blackwell eine beträchtliche Summe zu schulden, die er bisher nicht zurückgezahlt hat. Auch sieht er sich zur Zeit, soweit mir bekannt ist, dazu nicht in der

Lage. Daher gebe ich dem Gericht zu bedenken, dass er in der Angelegenheit bei Weitem nicht so unvoreingenommen ist, wie er behauptet hat. Ich denke, dass damit ein hinreichender Anlass für einen begründeten Zweifel gegeben ist, Euer Ehren.«

Alle Geschworenen sahen wie gebannt zu ihm hinüber. Sie spürten, dass ein Kampf auf Biegen und Brechen in der Luft lag.

KAPITEL 2

Daniel nutzte die letzten Augenblicke des Nachmittags, um festzustellen, wie hoch Parks Schulden bei Blackwell waren. Ihm war bewusst, dass seine Beschuldigung des Mannes auf schwachen Füßen stand, aber etwas anderes hatte er nicht.

Als er das Gerichtsgebäude verließ, schwirrte ihm der Kopf. Der Gedanke, Kitteridge assistieren zu müssen, und sei es auch nur der Form halber, erschreckte und reizte ihn zugleich. Er mochte den Mann nicht besonders, der etwa zehn Jahre älter und unendlich erfahrener war als er selbst, was dieser ihm in geradezu widerwärtiger Weise zu verstehen gegeben hatte.

Andererseits bedeutete diese Aufgabe für ihn eine unerwartet frühe und günstige Gelegenheit. Selbst wenn man ihn lediglich mit Botendiensten innerhalb des Gerichts betraute, würde er doch im altehrwürdigen Old Bailey, das immerhin auf das Jahr 1585 zurückging, an der Seite eines Mannes von Kitteridges Kaliber sitzen. Eine ganze Reihe der bedeutendsten Fälle in der Geschichte des Landes waren vor diesem Zentralgericht verhandelt worden.

So tief war Daniel in Gedanken versunken, dass er in der Gray's Inn Road an der Bushaltestelle vorüberging, ohne es zu merken. Er musste umkehren und auf den nächsten Omnibus warten, der ihn zu seiner Unterkunft bringen würde.

Zwar waren es bis dorthin nur gut drei Kilometer, doch schien ihm das für einen Fußmarsch nach einem langen Arbeitstag zu weit. Er musste unbedingt eine Lösung finden, wie er Roman Blackwell am nächsten Morgen beistehen könnte. Das war seine Pflicht, und er hatte versprochen, alles dafür zu tun. Auch war ihm bewusst, dass in diesem späten Stadium des nahezu aussichtslosen Prozesses niemand außer ihm dazu imstande sein würde.

Gäbe es doch nur eine Möglichkeit nachzuweisen, wie unglaubwürdig der Hauptzeuge Park war, und damit den Zweifel an Blackwells Täterschaft zu verstärken! Je länger Daniel darüber nachdachte, desto mehr war er davon überzeugt, dass Park selbst den Mord begangen hatte. Aber wie sollte er das beweisen? Nach außen hin war der Mann das Musterbild eines ehrbaren Bürgers.

Bisher hatte niemand seine Rechtschaffenheit infrage gestellt. Es würde schwer werden, das zu tun, es sei denn, man konnte ihn dazu bringen, sich zu widersprechen. Je mehr Park redete, desto eher könnte das gelingen.

Als Daniel die Haltestelle wieder erreichte, wartete dort inzwischen eine lange Schlange. Unmittelbar vor ihm standen drei Männer. Zwei von ihnen trugen Aktentaschen, die aber weder so neu noch so hochwertig waren wie Daniels. Sein Vater hatte sie ihm zum Studienabschluss geschenkt, und jedes Mal, wenn er sie in die Hand nahm, freute er sich – nicht nur, weil es ein edles Stück war, sondern auch, weil er an den stolzen Blick seines Vaters denken musste. Es war ihm wichtig, dessen Erwartungen nicht zu enttäuschen. Gerade weil sein Vater diese nicht in Worte fasste, fühlte sich Daniel ganz besonders angespornt.

Die Männer vor ihm traten ungeduldig von einem Fuß auf den anderen. Einer nahm die Aktentasche aus der Rechten in die Linke, vermutlich war sie schwer.

Wo der Bus nur blieb? Hatte er womöglich einen verpasst?

Er ließ den Blick durch die Straße voller Fuhrwerke und Kraftfahrzeuge wandern. Für den Heimweg eine Droschke zu nehmen, konnte er sich nicht leisten. Strafverteidiger, die wie er am Anfang ihrer Laufbahn standen, wurden schlecht bezahlt, und er dachte nicht daran, seinen Vater um einen Zuschuss zu bitten. Das würde ihn nur moralisch unter Druck setzen, auch wenn sein Vater derlei nie sagen würde. Gewiss, finanzielle Sicherheit war wichtig, aber noch wichtiger war Daniel seine Freiheit.

Ihm stand noch genau ein Vormittag zur Verfügung, um Park in die Falle zu locken und Blackwell vor dem Galgen zu bewahren. Was war einem Menschen wie Park wichtig? In erster Linie ging es ihm wohl darum, seine Haut zu retten, aber er war auch scharf auf Geld. Seine Geldgier hatte ihn in die Situation gebracht, in der er sich befand – und natürlich das von ihm errichtete Lügengebäude.

Vielleicht käme er dem Ziel näher, wenn er dem Mann einige weitere Fragen dazu stellte, wer außer ihm noch wem Geld schuldete. Bei den in diesen Fall verwickelten Männern schien Geld die Grundlage aller ihrer Beziehungen zu bilden. Daniel nahm sich vor, die Akten noch einmal gründlich durchzugehen und zu sehen, ob er ihnen etwas entnehmen konnte, was ihm bisher entgangen war.

Endlich kam der Bus. Er war so voll, dass keiner der neu Zugestiegenen einen Sitzplatz fand. Daniel tröstete sich mit dem Gedanken, dass er nicht einmal in scharfen Kurven würde umfallen können, denn die Fahrgäste standen dicht an dicht. An der James Street stieg er aus und ging die wenigen hundert Schritte bis zu seiner Unterkunft. Sein Zimmer war ruhig, sauber und meist auch gut geheizt. Was ihn besonders freute, war, dass aus dem Fenster der Blick auf den

Garten fiel. Mrs. Portiscale, der das Haus gehörte, eine Frau, die etwa so alt war wie seine Mutter, aber keine Kinder hatte, bemutterte ihn geradezu. Das war ihm nicht immer recht, doch im Großen und Ganzen empfand er ihre Gegenwart als angenehm. Nicht nur aus seinem Elternhaus war er Gesellschaft gewohnt; auch in seinem College in Cambridge war er nicht einmal dann allein gewesen, wenn er das Bedürfnis danach verspürt hatte. Meist aber war er froh gewesen, jemanden um sich zu haben.

Ursprünglich hatte er sich über die Unabhängigkeit des Alleinlebens gefreut. Niemand würde ihn unterbrechen, um ihn um dies oder jenes zu bitten oder ihn nach seiner Meinung zu fragen. Mitunter allerdings fühlte er sich einsam, und bei solchen Gelegenheiten wäre ihm die Gesellschaft anderer mehr als recht gewesen. Die meisten Männer in der Anwalts-Sozietät waren deutlich älter als er, und er achtete sorgfältig darauf, nicht den Eindruck zu erwecken, als stehe ihm einer von ihnen näher als die anderen. Er hatte früh gemerkt, dass es dort unterschwellige Bündnisse und Rivalitäten gab. Da ihm bewusst war, dass er sich mit einer einzigen Fehleinschätzung in größte Schwierigkeiten bringen konnte, war er darauf bedacht, in nichts verwickelt zu werden und für niemanden Partei zu ergreifen.

Die Wärme der geräumigen Diele, in der es angenehm nach Möbelpolitur mit Lavendelduft roch, hüllte ihn ein.

»Sind Sie das, Mr. Pitt?«, rief die Zimmerwirtin aus der Küche am anderen Ende des Ganges. »Möchten Sie eine Tasse Tee?«

»Gern, Mrs. Portiscale«, gab er zurück. Er nahm ihre Angebote stets an, weil er fürchtete, dass sie damit aufhören würde, wenn er einmal ablehnte. Ganz davon abgesehen, war es ein angenehmes Gefühl, im Hause willkommen geheißen zu werden.

Er setzte sich in den Aufenthaltsraum, in dem die Zimmerherren Besuch empfangen durften. Mrs. Portiscale war sehr darauf bedacht, dass die jungen Männer keine Damen mit auf ihre Zimmer nahmen. »Selbstverständlich vertraue ich Ihnen, Mr. Pitt«, hatte sie bei seinem Einzug gesagt, »aber ich behandle alle meine Mieter gleich. Das ist nur recht und billig.«

»Wie sieht es mit Ihrem Fall aus?«, erkundigte sie sich jetzt, als sie mit frischem Tee und knusprigen Keksen hereinkam – sie wusste, dass er keinen Zucker nahm. Die Hände in die Hüften gestützt, trat sie in ihrer weißen Bluse und einem dunklen Rock vor ihn hin, unübersehbar in der Stimmung zu plaudern. Gleichsam als Gegenleistung für ihre besondere Aufmerksamkeit hatte Daniel ihr schon früher gelegentlich dies und jenes über seine Arbeit mitgeteilt, was nicht der Pflicht zur Verschwiegenheit unterlag. Nie nannte er Namen, wenn er über sonderbare Zeugen und Geschworene sprach. Es überraschte ihn zu sehen, wie scharfsinnig sie Heuchelei durchschaute. So manches Mal hatte sie ihn mit auf den ersten Blick widersinnig scheinenden Einschätzungen überrascht, die sich dann aber überraschenderweise als zutreffend erwiesen.

»Morgen muss ich ihn so schnell wie möglich zu Ende bringen«, sagte er lächelnd. Er fühlte sich nicht im geringsten fröhlich, hatte aber die Erfahrung gemacht, dass man ihm nahezu alles durchgehen ließ, wenn er es mit einem Lächeln aussprach. Er hatte allerdings den Verdacht, dass seine Wirtin diesen Trick durchschaute. »Vielen Dank für den Tee und die Kekse, Mrs. Portiscale.«

»Nichts zu danken«, sagte sie. »Sie sollten nicht bis spät in die Nacht über Ihren Akten sitzen, junger Mann – Sie brauchen Ihren Schlaf. Abendessen in einer Stunde, Auflauf aus Hackfleisch und Kartoffelbrei.«

Er lächelte ihr erneut zu und ging dann den Fall in Gedanken noch einmal durch.

Was sprach eigentlich für eine Täterschaft Blackwells? Es dürfte das Beste sein, die plausiblen Elemente von den unplausiblen zu trennen – an die brauchte man dann keine weiteren Gedanken zu verschwenden.

Unbestreitbar war, dass Hinton fünf Wochen zuvor in seiner Wohnung nahe der Pentonville Road zwischen neun Uhr abends und Mitternacht mit seiner eigenen Pistole erschossen worden war, auf der sich, wie die Untersuchung gezeigt hatte, keine Fingerabdrücke befanden.

Roman Blackwell war dafür bekannt, dass er in den Tag hinein lebte und die Wechselfälle des Schicksals nahm, wie sie kamen. Zu den unbestreitbaren Tatsachen gehörte, dass er Hinton eine beträchtliche Summe zinslos geliehen und von ihm nicht zurückbekommen hatte.

Blackwell konnte weder beweisen noch einen Zeugen dafür nennen, wo er sich zum Zeitpunkt von Hintons Ermordung aufgehalten hatte. Er behauptete, er sei in seiner Eigenschaft als privater Ermittler hinter einem Mann her gewesen, den man der Erpressung verdächtigte, doch da er sich dazu, wie er sagte, verkleidet hatte, um nicht erkannt zu werden, konnte niemand bestätigen, ihn gesehen zu haben.

Nachdem Daniel den Tee ausgetrunken hatte, brachte er das Tablett in die Küche zurück und ging in sein Zimmer, um noch einmal alle Unterlagen zu dem Fall durchzuarbeiten. Zum Abendessen ging er nach unten und machte sich danach im gelblichen Schein der Gaslampe erneut an die Arbeit.

Bis Mitternacht hatte er nichts gefunden, was ihm weiterhelfen konnte. Mit müder Geste legte er das letzte Blatt auf den auf Hochglanz polierten Tisch zurück. Die Vorstellung, Blackwell im Stich zu lassen, war ihm in tiefster Seele zuwider, zumal ihm der Mann vertraute, obwohl Daniel bis dahin vor Gericht höchstens Bagatelldiebstähle verhandelt hatte. Möglicherweise hatte er gewittert, dass Daniel zu den Menschen gehörte, die sich mit allen Kräften bemühten, das in sie gesetzte Vertrauen nicht zu enttäuschen, und ihn deshalb mit seiner Verteidigung beauftragt. Daniel glaubte zwar nicht, dass Blackwell ihn bewusst benutzte, hatte aber durchaus den Eindruck, dass der Mann ein ausgefuchster Menschenkenner war und genau wusste, was er tat. Es war bekannt, dass er sich auch früher schon häufig anderer bedient hatte, wenn er in Schwierigkeiten war.

Diesmal ging es für Blackwell im Wortsinn darum, den Hals aus der Schlinge zu ziehen, und Daniel zweifelte nicht daran, dass seine Angst vor dem Galgen nicht gespielt war. Beim bloßen Gedanke daran lief es ihm selbst eiskalt über den Rücken.

Da saß er behaglich in einem alten Haus, das Generationen von Menschen bewohnt hatten, genoss den Anblick der schönen Gemälde an den Wänden, überlegte, dass auch er sich eines Tages Bilder kaufen würde, die ihm gefielen – vielleicht kahle Bäume im Winter? Einen Himmel mit dahinjagenden Wolken? Etwas, was nicht nur dem Auge wohlgefiel, sondern den Betrachter auch anregte?

Er würde nicht schlafen, musste nachdenken, eine Möglichkeit suchen, wie er den Mann retten konnte. Er stellte sich vor, wie Blackwell die Waffe zur Hand nahm und lud. Er ging in Gedanken jede einzelne Bewegung durch: den Verschluss öffnen, die Patrone zur Hand nehmen, sie sorgfältig in den Lauf schieben und den Verschluss schließen. Als Nächstes mit einem Lappen oder, besser noch, mit einem Fensterleder sorgfältig alle Spuren abwischen. Mit Handschuhen dürfte sich eine Pistole kaum laden lassen.

Dann erstarrte Daniel. Ob der Täter auch daran gedacht hatte, die Patronenhülse abzuwischen? Falls nicht, mussten sich die Fingerabdrücke des Mörders darauf befinden!

Ottershaw! Das war der Experte, der die Waffe auf Fingerabdrücke untersucht hatte. Ein freundlicher und fähiger Mann. Sicher hatte er daran gedacht, auch die Hülse in Augenschein zu nehmen – immer vorausgesetzt, dass man sie ihm gegeben hatte. Die Polizei hatte am Tatort alles eingesammelt, was von Bedeutung schien. Befand sich auch die Patronenhülse unter diesen Gegenständen? War sie überhaupt gefunden worden, oder hatte man gar nicht danach gesucht?

Daniel erhob sich. Mitternacht war vorüber, aber die Zeit war knapp; keinesfalls konnte er bis zum nächsten Morgen warten. Er zog den Mantel an und ging zur Tür. Er musste leise sein, um niemanden zu wecken, insbesondere nicht Mrs. Portiscale, denn sie würde beim leisesten Geräusch aus ihrem Zimmer kommen und sich erkundigen, was es gab.

Obwohl die Straßen so gut wie leer waren, brauchte er fast eine halbe Stunde bis zu Ottershaws Haus. Dreimal musste er klingeln, bis der Hausherr selbst öffnete. Er war hochgewachsen und schlank, beinahe ebenso groß wie Daniel. Er blinzelte unsicher wegen des hellen Lichts in der Diele.

»Bitte entschuldigen Sie, Dr. Ottershaw«, sagte Daniel, während er eintrat. Er bat erneut um Verzeihung. »Ich weiß, wie spät es ist – aber mir ist ein Gedanke gekommen, der für meinen Mandanten die Entscheidung über Leben oder Tod bedeuten kann.«

»Tatsächlich?« Ottershaw sah ihn zweifelnd an. Er hatte einen Morgenmantel über den Schlafanzug gezogen, und Daniel fiel auf, dass er nur einen Pantoffel trug.

Es war Daniel bewusst, dass er ziemlich dumm dastehen würde, wenn sich herausstellte, dass Ottershaw auch die Patronenhülse untersucht hatte, was nicht ganz unwahrscheinlich war. In dem Fall hätte er ihn für nichts und wieder nichts um zwei Uhr nachts aus dem Schlaf gerissen.

»Und das wäre?«, erkundigte sich Ottershaw.

»Ich habe mir vorgestellt, dass ich eine Pistole lade«, erwiderte Daniel und schloss die Tür hinter sich.

Ottershaw hob unheilverkündend die Brauen. »Mein junger Freund …«

»Nein.« Daniel schoss vor Beschämung über seine Ungeschicklichkeit die Röte ins Gesicht. »Ich meine, was würde man dabei anfassen?«

»Das Griffstück, wahrscheinlich auch den Abzugsbügel und den Lauf. Aber an keiner dieser Stellen haben sich Fingerabdrücke gefunden.«

»Und was ist mit der Patronenhülse?«

»Aha! Ich verstehe, worauf Sie hinauswollen. Die hat man mir erst später gebracht, ein anderer, jüngerer Polizist.« Sein Gesicht leuchtete förmlich vor Begeisterung auf. »Man fasst beim Ladevorgang möglicherweise auch die Hülse an – genau genommen, tut man das bestimmt. Falls der Täter beim Laden der Waffe Handschuhe getragen hat, hätte er sie für das Einschieben der Patrone ausziehen müssen, denn das verlangt Fingerspitzengefühl. Mit Handschuhen kann ich nicht einmal meinen Namen leserlich schreiben.« Betrübt fügte er hinzu: »Ohne übrigens auch nicht.« Er ging auf die Treppe zu, die ins Obergeschoss führte. »Ich ziehe mich rasch an, dann sehen wir nach der Hülse. Mein Labor befindet sich im Keller. Da ist man ungestört. Ich würde Ihnen gern eine Tasse Tee anbieten, aber wir müssen gleich an die Arbeit gehen. Ich wüsste auch gar nicht, wie man Tee macht, und meinen Butler möchte ich um diese Stunde nicht bemühen. Er schläft in einer Dachkammer und würde ohnehin nicht einmal wach, wenn man eine Kanone neben ihm abfeuerte. Warten Sie, ich bin gleich wieder da.«

In Wirklichkeit dauerte es volle zehn Minuten, bis er zurückkehrte. »Ach je. Ich hätte Sie ins Besuchszimmer bitten sollen. Hier im Vestibül ist es ja wirklich nicht besonders angenehm. Kommen Sie, wir wollen sehen, was wir finden können.«

Er ging ihm zur Kellertür voraus, schaltete das elektrische Licht ein und machte sich über eine ziemlich steile Treppe auf den Weg nach unten. Daniel folgte ihm. Unten fand er sich in einer gänzlich anderen Welt wieder. Auf einem großen Labortisch sah er außer Bunsenbrennern Reagenzgläser in ihren Ständern und Retorten. Verschlossene Kästen mit Glasdeckeln enthielten zahlreiche Instrumente. Große Glasgefäße mit sauber beschrifteten Etiketten ließen Daniel unwillkürlich an die Bonbongläser eines Süßwarenladens denken. Viele andere Gegenstände waren ihm völlig unbekannt. Am anderen Ende des Raumes stand ein runder Holzofen, in dem das Feuer noch nicht gänzlich erloschen war, sodass der Raum weder kalt noch feucht wirkte.

Ottershaw erkannte Daniels Überraschung. »Ah!«, sagte er im Ton tiefer Befriedigung. »Sie haben mich wohl für einen Sonderling gehalten, was? In Wirklichkeit bin ich äußerst praktisch veranlagt. Die Naturwissenschaft sagt stets die Wahrheit, wir verstehen sie nur mitunter falsch. Wir entdecken, was wir zu finden erwarten oder, schlimmer noch, was wir gern entdecken würden.«

Er trat an einen Aktenschrank, schloss ihn auf und nahm einen Ordner heraus. Aus einer Schublade holte er eine in ein Tuch gewickelte Pistole, neben der ein kleineres Stück Stoff lag – vermutlich befand sich darin die Hülse. »Passen Sie gut auf!«, sagte er wie ein Zauberkünstler zu Beginn seines Kunststücks. »Wir werden uns jetzt die Patronenhülse aufmerksam ansehen.« Er streifte sich Baumwollhandschuhe über und wickelte die Pistole sowie die Patronenhülse aus.

»Was ist in dem Ordner?«, fragte Daniel.

»Eine vergrößerte Aufnahme von Mr. Blackwells Fingerabdrücken. Die werden wir mit denen vergleichen, die wir auf der Waffe zu finden hoffen.«

»Aber da hat man doch keine gefunden«, warf Daniel ein.

Ottershaw sah ihn verschmitzt an. »So ist es, junger Freund. Es wird uns auch nur dann etwas nützen, wenn wir auf der Hülse Spuren finden, die nicht von Blackwell stammen. Sollten wir aber welche von ihm entdecken, würde die Sache sehr viel anders aussehen. Sind Sie ganz sicher, dass ich danach suchen soll?«

Obwohl seine Entscheidung endgültig sein würde und Blackwells Leben praktisch davon abhing, brauchte Daniel nicht lange zu überlegen. Sofern Blackwell unschuldig war, war das die einzige Möglichkeit, ihn vor dem Galgen zu bewahren. Sollte er aber schuldig sein, wäre er ohnehin verloren. Wenn Daniel nichts unternahm, konnte er sich nur noch der Erkenntnis stellen, dass er keine Möglichkeit hatte, seinen Mandanten zu retten. »Ja«, sagte er fest. »Ich gehe das Risiko ein – alles ist besser, als mir vorwerfen zu lassen, ich hätte nicht getan, was menschenmöglich war.«

Ottershaw lächelte ihm kurz zu. Im Licht der hellen Laborbeleuchtung wirkte sein Gesicht sonderbar dämonisch. Sogleich machte er sich schweigend an die Arbeit. Außer einem leisen metallischen Klicken, das entstand, als er die Hülse mit einem Holzstab aufnahm, den er dann senkrecht in einem Schraubstock fixierte, hörte man kein Geräusch.

Aufmerksam sah Daniel zu, wie Ottershaw eine Blechdose öffnete, einen Pinsel hineintauchte und dann etwas Pulver auf die Hülse tupfte. Er trat näher und atmete tief ein. Auf der Metalloberfläche wurden feine Linien sichtbar.

Ottershaw atmete vorsichtig aus. Es klang wie ein leiser Seufzer. Ganz offensichtlich hatte er etwas entdeckt.

»Schön vorsichtig!«, mahnte er. »Da sind in der Tat Fingerabdrücke. Aber noch wissen wir nicht, zu wem sie gehören.«

Daniel hätte ihm beinahe geantwortet, begriff dann aber, dass Ottershaw mit sich selbst sprach. Deutlich erkannte er die Anspannung auf dem Gesicht des Mannes. Hier ging es um eine Kunst, die er beherrschte und mit der er vielleicht ein Wunder bewirken konnte.

Ottershaw schien Daniels Anwesenheit vollständig vergessen zu haben, während er die Muster sorgfältig durch eine Lupe betrachtete.

Daniel hielt den Atem an.

»Möglich wäre es …«, sagte Ottershaw nach einer Weile. »Sie sehen denen von Blackwell zwar ähnlich, aber es gibt Unterschiede, und zwar deutliche. Sehen Sie hier.« Er trat vom Labortisch zurück, wies abwechselnd auf die Fotos von Blackwells Fingerabdrücken und die Spuren auf der Patronenhülse. »Hier – sehen Sie diese Wirbel …« Er wies mit der Spitze eines metallenen Instruments auf die Stelle.

Daniel sah angestrengt hin und erkannte feine, nahezu kreisförmige Linien.

»Sehen Sie sie?«, fragte Ottershaw.

»Ja.«

»Das da sind die, die wir von Blackwell genommen haben. Können Sie erkennen, dass die Daumenabdrücke nahezu identisch sind?«

»Ja …«

»Und jetzt sehen Sie sich einmal die Linien da an.« Mit diesen Worten wies Ottershaw auf eine Stelle der Patronenhülse, an der die Linien unterhalb des Wirbels unterbrochen waren. Es war nur ein einziger Daumenabdruck, aber die Linien verliefen in einem anderen Winkel, und sie waren an mehreren Stellen unterbrochen. Die Abdrücke waren nicht identisch! Sie stammten nicht von demselben Daumen. Ottershaw wies auf die Aufnahme, die den Abdruck des rechten Daumens zeigte und dann auf eine daneben. »Es ist auch nicht der linke«, sagte er. »Natürlich wissen wir nicht, wem er gehört, aber das ist für Ihren Prozess auch unerheblich. Das hier gibt Ihnen die Möglichkeit, auf ›begründeten Zweifel‹ zu plädieren.« Er sah Daniel aufmerksam an, um sich zu vergewissern, dass er verstanden worden war.

»So ist es«, stimmte ihm Daniel zu. Für ihn war es das Wichtigste, dass er Blackwells Schuldlosigkeit beweisen konnte.

Ottershaw schüttelte den Kopf. »Es gibt für Sie noch eine Menge zu lernen, junger Mann. Die Geschworenen sind zwölf einfache Männer aus dem Volk, denen in keiner Weise an Höhenflügen oder Abenteuern des Geistes liegt. Glauben Sie mir, ich habe schon häufig versucht, solchen Männern wissenschaftliche Erkenntnisse auseinanderzusetzen – die Mühe hätte ich mir ebenso gut sparen können. Vor Gericht genügt es nicht, recht zu haben, man muss auch gewiefter sein als die Gegenseite. Dieser Sefton ist kein Dummkopf. Ich kenne ihn. Er wird versuchen, die Geschworenen davon zu überzeugen, dass der Angeklagte ein übler Gauner ist, der Sie in Ihrer Unerfahrenheit um den Finger wickelt. Mit Tatsachen kommen Sie da nicht weiter.« Er schüttelte betrübt den Kopf, als habe er diese Worte schon oft und vergeblich gesagt.

Daniel fühlte sich schlagartig ernüchtert. »Aber man kann doch sehen, dass das nicht Blackwells Daumenabdruck ist!«, rief er aus.

»Man kann das sehen«, gab ihm Ottershaw recht. »Aber wenn ich das nicht glauben will, sehe ich es nicht.«

»Doch«, widersprach ihm Daniel heftig.

Ottershaw lächelte freundlich. »Ja«, bestätigte er. »Ich sehe es. Dieser Blackwell ist ein Halunke, aber ich halte ihn nicht für einen Mörder. Und ich würde mich freuen, wenn Sie den Fall gewinnen. Ich kann Sie gut leiden. Sie sind die Zukunft – aufgeschlossen, vorurteilslos, bereit zu lernen und auf das zu hören, was man Ihnen sagt – jedenfalls meistens. Aber allein damit werden Sie den Fall nicht für sich entscheiden können.«

Ernüchtert fragte Daniel: »Womit denn?«

»Sie müssen die Geschworenen erst einmal dahin bringen, dass sie Ihnen glauben, und ihnen dann zeigen, warum sie allen Grund dazu haben. Dann werden sie Ihnen bereitwillig folgen, und Sefton hat keine Möglichkeit, sie davon abzubringen.«

»Aber mir bleibt nur der heutige Vormittag.«

Mit leuchtenden Augen erwiderte Ottershaw: »Dann werden Sie sich eben beeilen müssen.«

»Sie auch«, antwortete ihm Daniel. »Ich werde Sie nämlich als Zeugen benennen. Ich brauche einen Fachmann, der bereit ist, die Abweichungen bei den Fingerabdrücken zu beeiden. Bis jetzt war das nicht nötig, weil wir keine hatten.«

»Gut«, sagte Ottershaw mit fröhlicher Miene. »Wollen wir jetzt eine Tasse Tee trinken?«

»Wie bitte?«, fragte Daniel verwirrt.

»Möchten Sie eine Tasse Tee? Ich denke nicht daran, ohne einen Schluck Tee und ein Stück Kuchen die ganze Nacht hindurch zu arbeiten.«

»Ach ja – bitte gern.« Jetzt erst merkte Daniel, wie sehr ihm danach war. »Soll ich den Tee machen?«

»Guter Gedanke. Und danach gehen wir ans Werk, mein Junge. Es bleibt noch viel zu tun. Aber zuerst müssen wir klare Verhältnisse schaffen.« Bei diesen Worten sah er Daniel unverwandt an.

»Ja …«

»Gut. Die Sache ist ganz einfach: in Rechtsfragen richte ich mich nach Ihnen, und bei allem, was mit Wissenschaft und der menschlichen Natur zusammenhängt, richten Sie sich nach mir.«

»Ich habe ...«

»Ah, ich sehe, Sie sind einverstanden. Ausgezeichnet.«

Eigentlich hatte Daniel Einwände erheben wollen, aber nach einem erneuten Blick auf Ottershaw überlegte er es sich anders. »Ja, Sir.«

Ottershaw wartete.

»Ja, Sir, ich bin einverstanden«, bekräftigte Daniel seine Entscheidung.

»Und jetzt wollen wir uns um den Tee kümmern ...«

Nachdem Daniel einige Stunden auf Ottershaws Sofa geschlafen hatte, stand er auf und wusch sich. Obwohl er gewöhnlich einen Klingenapparat benutzte, lieh er sich Ottershaws Rasiermesser, auf die Gefahr hin, sich zu schneiden. Auch einen Kamm musste er sich ausleihen.

Anschließend packte er sorgfältig die Pistole ein, die ihm Ottershaw für die im Gerichtssaal geplante Demonstration zur Verfügung gestellt hatte.

Nach einem in aller Eile eingenommenen Teller Haferbrei zum Frühstück machten sie sich auf den Weg zum Gericht. Im Unterschied zu Daniel schritt Ottershaw munter aus. Er kannte Blackwell nicht so gut, dass er unbedingt bestrebt gewesen wäre, sein Leben zu retten. Daniel hingegen hatte ihn, wie auch seine Mutter, in der kurzen Zeit, die sie miteinander zu tun gehabt hatten, recht gut kennengelernt. Es war ihm gleich, ob sie ihn aus Berechnung mit dem Mandat betraut hatten oder nicht – ihm lag allein schon deshalb sehr viel daran zu erreichen, dass der Mann freigesprochen wurde und seine Mutter nicht alles verlor, woran ihr Herz hing, weil er das Vertrauen nicht enttäuschen wollte, das die beiden in ihn gesetzt hatten.

Der Gerichtssaal bot das gleiche Bild wie am Vortag: die Zuschauerbänke waren dicht besetzt, die Geschworenen waren voller Spannung, und Sefton wirkte selbstsicher wie eh und je, geradezu siegesgewiss. Er schien bereits den köstlichen Geschmack des Triumphes zu erahnen. Er war sicher, dass er nur noch danach zu greifen brauchte.

»Mr. Pitt?«, sagte der Richter mit gehobenen Brauen.

»Sehr wohl, Euer Ehren.« Daniel stand auf. »Ich rufe den einzigen Zeugen der Verteidigung auf: Dr. Octavius Ottershaw.«

Sogleich sprang Sefton auf. »Euer Ehren, Dr. Ottershaw ist dem Gericht bestens bekannt. Er ist Spezialist für Fingerabdrücke, möglicherweise sogar der führende im ganzen Land. Allerdings dürften wir kaum auf seine Sachkunde angewiesen sein, um zu erfahren, dass sich an der Waffe, mit der Hinton erschossen wurde, keine Fingerabdrücke befanden.«

Der Richter sah zu Daniel. »Ich will nicht hoffen, dass Sie hier mit einem aus Verzweiflung geborenen Ablenkungsmanöver operieren wollen, Mr. Pitt?«

»Nein, Euer Ehren, ganz im Gegenteil«, gab Daniel zurück.

»Schön. Dann rufen Sie jetzt Ihren Zeugen auf. Und Sie, Mr. Sefton, darf ich bitten, sich ein wenig zurückzuhalten. Ich denke nicht daran, einen Mann zum Tod durch den Strang zu verurteilen, bevor ich mir angehört habe, was zu seiner Verteidigung vorzubringen ist. Haben Sie mich verstanden?«

»Ja, Euer Ehren.« Hinter Seftons Fügsamkeit glomm unübersehbar unterdrückter Zorn.

Daniel rief Ottershaw auf. Dieser trat in den Zeugenstand und nannte, nachdem er vereidigt worden war, seinen Namen, seine Anschrift sowie seine eindrucksvollen beruflichen Qualifikationen.

»Dr. Ottershaw«, begann Daniel, und ihm war bewusst, dass er mit jedem Wort, das er sagte, die Aufmerksamkeit der Geschworenen auf sich lenken musste. Er konnte ihnen kaum übelnehmen, dass sie bereits von Blackwells Schuld überzeugt waren. Sie wollten keine weiteren Erklärungen hören, vor allem aber wollten sie nichts von Winkelzügen wissen. Und all das war Sefton klar, und er würde sich das zunutze machen, sobald er eine Gelegenheit dazu erkannte. »Sind Sie sicher, dass es in keinem Land der Erde zwei Menschen mit identischen Fingerabdrücken gibt?«, fragte Daniel in harmlosem Ton. Er musste sich kurz fassen.

»Ja, Sir. Absolut sicher«, gab Ottershaw zurück. Dann wandte er sich den Geschworenen zu. »Nehmen wir Sie zum Beispiel, Sir.« Mit diesen Worten fasste er einen breitschultrigen, gut gekleideten Mann ins Auge, bei dem man sich gut vorstellen konnte, dass er eine hohe Meinung von sich hatte. »Ihre Fingerabdrücke sind einzigartig. Niemand auf der ganzen Welt hat die gleichen wie Sie.«

Der Angesprochene nahm das offensichtlich als Kompliment, denn er lächelte geschmeichelt.

»Das ist von großer Bedeutung«, fuhr Ottershaw fort. »Auch wenn sich die Wirbel, Schleifen und Inseln, die es in dieser Form bei keinem Menschen außer Ihnen gibt, mit bloßem Auge kaum erkennen lassen, sind sie weit unverwechselbarer als Ihre Unterschrift. Bestimmt haben Sie schon die eine oder andere unleserliche Unterschrift gesehen. Das trifft auch für meine zu, wenn ich den ganzen Tag geschrieben habe. Aber meine Fingerabdrücke ändern sich nie – sie bleiben immer gleich.« Er nahm ein präpariertes Stück Pappe von etwa zehn Zentimetern im Quadrat aus der Tasche. Mit den Worten »Sie gestatten, Euer Ehren?« hielt er es dem Geschworenen hin, ohne auf die Antwort des Richters zu warten. »Wenn Sie es kräftig anfassen, hinterlassen Sie Ihre Fingerabdrücke darauf. Bitte …«

Der Mann nahm es, und sein Gesicht leuchtete begeistert auf. »Und das sind meine?«

»So ist es. Und niemand auf der ganzen Welt kann die gleichen hinterlassen. Sehen Sie den Wirbel in der Mitte? Und die winzigen Inselchen? Aber ich muss fortfahren. Lassen Sie mich Ihnen zeigen, inwiefern das von Bedeutung für den Fall ist, über den Sie urteilen sollen«, fügte er rasch hinzu. Dann wandte er sich um und ging zu Daniel hinüber.

»Beweisstück der Verteidigung«, sagte Daniel laut und übergab Ottershaw eins der Blätter, die sie im Laufe der Nacht vorbereitet hatten.

Ottershaw nahm es und trat damit zu den Geschworenen.

Daniel gab auch Sefton ein Exemplar, das dieser zuerst mit Interesse entgegennahm, dann aber gleich hinlegte, als er gesehen hatte, worum es ging. »Euer Ehren«, sagte er, an den Richter gewandt, »hier geht es um nicht identifizierte Fingerabdrücke, die für diesen Fall keinerlei Bedeutung haben. Für den Fall, dass mein … verehrter … Kollege das vergessen haben sollte, möchte ich sein Gedächtnis auffrischen: Man hat an der Tatwaffe keinerlei Fingerabdrücke gefunden. Das ist bereits zweifelsfrei festgestellt worden. Mr. Pitt vergeudet die wertvolle Zeit des Gerichts.«

»Hier kämpft ein Mann um sein Leben, Mr. Sefton«, erinnerte ihn der Richter in geduldigem Ton. »Gestatten Sie daher Mr. Pitt, zu zeigen, worauf er hinauswill, sofern er das selbst weiß. Sollte ihm sein Vorhaben nicht gelingen, werde ich ihm Einhalt gebieten; das kann ich Ihnen versichern. Fahren Sie fort, Dr. Ottershaw.«

»Danke, Euer Ehren«, gab Ottershaw höflich zurück. Nachdem er dem Richter zwölf Exemplare gegeben hatte, die dieser dem Gerichtsdiener zur Verteilung unter den Geschworenen weiterreichte, fuhr er fort: »Wenn die Herren die Güte haben wollen, sich die Fingerabdrücke auf diesem Blatt anzusehen. Manche sind einander ähnlich, andere unterscheiden sich deutlich voneinander, und keine zwei sind identisch. Auch wenn die Unterschiede gering erscheinen mögen, sind sie doch erkennbar. Manche zeigen ein ganzes Finger- oder Daumenglied, andere nur einen Teil davon, je nachdem, wie jemand einen Gegenstand angefasst hat, um ihn zu benutzen.«

Angespannt sah Daniel zu den Geschworenen hinüber. Sie waren offenkundig fasziniert. Jeder von ihnen wollte einzigartig sein! Es waren gewöhnliche Bürger. Der Gedanke, dass sie sich von allen anderen Menschen unterschieden, gefiel ihnen, und darauf hatte Ottershaw seinen Plan gegründet.

Während sich die Geschworenen nach wie vor über ihre Blätter beugten, fuhr Ottershaw fort: »Jedes Mal, wenn man einen Gegenstand mit einer sauberen glatten Oberfläche mit der bloßen Hand berührt, hinterlässt man darauf Fingerabdrücke. Wer auch immer Mr. Hinton erschossen hat, dürfte das gewusst haben, denn er hat sorgfältig alle Spuren beseitigt – oder Handschuhe getragen. Mit Mr. Pitts Erlaubnis werde ich Ihnen jetzt verdeutlichen, was ich meine …«

Sefton hielt es nicht länger auf seinem Platz. »Euer Ehren, was Dr. Ottershaw meint, ist sonnenklar. Das Ganze ist reine Zeitverschwendung, nichts als Augenwischerei. Auf der Waffe befanden sich keine Fingerabdrücke! Das habe ich nie bestritten. Hier handelt es sich unübersehbar um ein völlig sinnloses Ablenkungsmanöver!«

Jetzt stand Daniel auf. »Mein Vorgehen hat durchaus einen Sinn, Euer Ehren. Vielleicht dürfte ich für diejenigen im Gericht, denen der Umgang mit Feuerwaffen nicht vertraut ist, zeigen, wie man eine Pistole lädt. Ich werde mich kurz fassen.« Noch während er sprach nahm er die mitgebrachte Pistole zur Hand. Es war nicht die Tatwaffe, aber genau das gleiche Modell.

Daniel wandte sich zu den Geschworenen und hielt die Pistole hoch, damit jeder sie sehen konnte. Langsam öffnete er den Verschluss, nahm die Patronen zur Hand, die auf dem Tisch bereitlagen, lud die Waffe und schloss sie wieder. Dann gab er sie Ottershaw.

Dieser bestäubte sie überall dort, wo Daniel sie angefasst hatte, mit einem Pulver und blies dann die losen Partikel fort. Dabei lächelte er.

»Was soll das jetzt wieder?«, meldete sich Sefton erneut zu Wort. »Warum wischen Sie sie nicht einfach mit einem Tuch ab – dann sind alle Spuren beseitigt, und damit wären wir genau wieder dort, wo wir schon immer waren.« Er nahm ein Taschentuch heraus und hielt es Ottershaw hin.

»Vielen Dank«, sagte Ottershaw, doch statt es zu nehmen, gab er Sefton die Pistole in die Hand.

Sefton wischte sie ab und fragte lächelnd: »Zufrieden?«

»Ja … ja, durchaus«, gab Ottershaw mit breitem Lächeln zurück. »Haben Sie nicht etwas vergessen?«

Der selbstzufriedene Ausdruck auf Seftons Zügen schwand. »Was sollte das sein?«

Im Gerichtssaal herrschte vollkommene Stille.

»Die Patronenhülse«, teilte ihm Daniel mit. »Wenn Sie die Waffe geladen hätten, wären jetzt Ihre Fingerabdrücke auf der Patronenhülse.«

Auf der Zuschauergalerie entstand Unruhe. Ein Ausdruck von Entsetzen trat auf Seftons Züge. Die Geschworenen waren wie gebannt. Der Richter beugte sich zu Daniel vor und fragte ihn: »Mr. Pitt, sind Sie im Besitz der Patronenhülse aus der Tatwaffe, und befinden sich Fingerabdrücke darauf, die nicht von Mr. Blackwell stammen?«

»Ja, Euer Ehren. Mit größter Wahrscheinlichkeit handelt es sich nicht um die Fingerabdrücke meines Mandanten. Wir werden Sie daher um die Erlaubnis bitten, die Fingerabdrücke von Mr. Park und jedem anderen zu nehmen, auf den ein begründeter Verdacht fallen könnte. Sofern sich zeigt, dass ein anderer als Mr. Blackwell die Waffe geladen hat, stelle ich in aller Form den Antrag, Sie und die Geschworenen mögen zu dem Ergebnis kommen, dass er sie auch nicht abgefeuert hat.«

»Das wäre in der Tat die zutreffende Schlussfolgerung«, räumte der Richter ein.

Daniel holte tief Luft und setzte erneut an: »Euer Ehren, darf ich angesichts dessen, dass die Fingerabdrücke auf der Patronenhülse nicht von Roman Blackwell stammen, in aller Form darum bitten, dass der Fall jetzt den Geschworenen zur Entscheidung vorgelegt wird? Sollte sich herausstellen, dass sie von einem anderen am Prozess Beteiligten stammen, könnte das eine ganze Weile dauern …« Er sah zu Park hinüber und wandte sich dann wieder ab. »In dem Fall wird die Polizei den Betreffenden festnehmen, und es wird eine neue Verhandlung geben, in der andere Geschworene zu entscheiden haben.«

Er verlagerte sein Gewicht von einem Fuß auf den anderen und wünschte sofort, das nicht getan zu haben. Es erweckte den Eindruck von Ungeduld.

»Sie scheinen es eilig zu haben, Mr. Pitt«, bemerkte der Richter.

Sollte er ihm die Wahrheit sagen?

»Ich würde den Fall gern abschließen, Euer Ehren. Einer der Anwälte unserer Sozietät hatte einen ziemlich schweren Unfall, und man möchte, dass ich ihn möglichst bald vertrete.«

»Ich glaube, das haben Sie uns gestern bereits mitgeteilt«, erwiderte der Richter kühl. »Wann und wo erwartet man Sie, Mr. Pitt?«

»Am Old Bailey, Euer Ehren. Noch heute Vormittag …«

»So. Wie mag man dort nur ohne Sie zurechtkommen?«

Sefton prustete los. Nach einem verweisenden Blick des Richters sah er beiseite.

»Dann sollten Sie am besten mit Ihrem Plädoyer zum Ende kommen, Mr. Pitt, in der Hoffnung, dass man am Old Bailey noch eine Weile ohne Sie auskommt. Ich glaube nicht, dass sich die Geschworenen lange beraten werden. Die sind vermutlich auch froh, wenn sie nach Hause gehen können.«

»Ja, Euer Ehren, vielen Dank«, sagte Daniel mit dem gebotenen Respekt.

In der Tat fiel die Entscheidung noch vor Mittag. Die Geschworenen erkannten einstimmig auf ›nicht schuldig‹. Blackwell dankte Daniel überschwänglich, und seine Mutter Mercedes wäre fast in Tränen ausgebrochen, was ihr peinlich war. Aber sie hatte große Angst ausgestanden und wusste, wie kurz sie davor gestanden hatte, den geliebten Sohn zu verlieren.

Sefton gratulierte ihm edelmütig, doch ließ sich ihm ansehen, wie schwer ihm das fiel. Für ihn war der Prozess noch lange nicht zu Ende, sondern lediglich aufgeschoben.

Ottershaw hatte das Ganze ausgesprochen genossen und versprach Daniel, ihn gelegentlich, wenn es ihm zeitlich passte, zum besten Lunch einzuladen, den er je gegessen hatte.

Daniel eilte im Sturmschritt hinaus, um sich von einer Droschke zum Old Bailey fahren zu lassen.

KAPITEL 3

Daniel war schon früher im Old Bailey gewesen, obgleich nur als Zuschauer. Es war einer der berühmtesten Strafgerichtshöfe, wenn schon nicht der Welt, so doch des britischen Weltreichs. Doch nun befand er sich in einer gänzlich anderen Situation. Auch wenn er wahrscheinlich selbst nichts würde sagen dürfen und seine Aufgabe in erster Linie wohl darin bestünde, für Kitteridge Botengänge zu erledigen und Mitteilungen entgegenzunehmen, erregte ihn die Aussicht, bei einem wichtigen Prozess mitzuwirken. Vermutlich würde er auch frühere Entscheidungen nachschlagen müssen, und zwar rasch und zuverlässig. Verzögerungen und Fehler durfte er sich dabei auf keinen Fall leisten.

Kitteridge war ein hoch aufgeschossener schlanker Mann von mindestens einem Meter neunzig. Sein Gesicht wirkte ungleichmäßig, und er hatte einen sonderbaren Geschmack, was Krawatten und Halstücher anging. Selbstverständlich war auch er einst einer jener Anfänger gewesen, die sich eifrig und entschlossen bemühten, in der Anwalts-Sozietät aufzusteigen. Er hatte sich seine jetzige Stellung redlich verdient, genoss sie und setzte voraus, dass sich auch Daniel erst die Sporen verdienen musste, bevor man ihn mit wichtigeren Aufgaben betraute. Kitteridge war fest davon überzeugt, dass

Daniel ausschließlich durch die Beziehungen seines Vaters, der die Abteilung Staatsschutz leitete, in die angesehene Anwalts-Sozietät gelangt war, und er missbilligte das. Er selbst hatte sich als Sohn des Direktors einer angesehenen höheren Knabenschule alles durch eigene Leistung erarbeiten müssen.

Als Daniel dem Gerichtsdiener am Saaleingang erklärte, dass er Mitarbeiter des Strafverteidigers Kitteridge sei, sah ihn dieser tadelnd an. »Sie kommen sehr spät, Sir.«

Am liebsten hätte Daniel dem Mann mitgeteilt, dass er gerade vor einem anderen Gericht einen Prozess gewonnen hatte, der so gut wie verloren schien, doch erkannte er an dessen Gesichtsausdruck, dass an dieser geheiligten Stätte kein anderes Gericht der Erwähnung wert war. Der Gerichtsdiener hätte darin nichts als einen lahmen Vorwand für Daniels Verspätung gesehen.

Er öffnete die Tür und ließ Daniel in den Saal eintreten, wo dieser durch den Gang zwischen den Reihen der vollständig besetzten Zuschauerbänke schritt, ohne zu dem Richter hinzusehen, und schweigend neben Kitteridge Platz nahm.

»Pitt, wo zum Teufel haben Sie sich so lange herumgedrückt?«, zischte ihm Kitteridge zu. »Ich hoffe, Sie haben eine plausible Erklärung für Ihre gewaltige Verspätung. Sagen Sie bloß nicht, dass Sie verschlafen haben. Mir ist egal, wie lange Sie gestern aufgeblieben sind oder in wessen Bett Sie die Nacht zugebracht haben. Sie sind hier nicht mehr an der Universität. Hier herrscht das wirkliche Leben.« Er wandte sich erneut seinen Akten zu.

»Ich hatte einen Termin beim Gericht in Greenwich«, gab Daniel zurück.

»Und worum ging es da? Vermutlich Trunkenheit und Erregung öffentlichen Ärgernisses, was?«, fragte Kitteridge spöttisch.

»Nein, um Mord«, teilte ihm Daniel mit.

Kitteridge wandte sich ihm ruckartig zu. »Ach, da waren Sie wohl Zeuge?«

»Nein, Verteidiger des Angeklagten.«

»Dann muss der arme Kerl jetzt wohl hängen?«, erkundigte sich Kitteridge in leicht höhnischem Ton.

»Ich habe einen Freispruch erwirkt – gestützt auf einen kriminaltechnischen Beweis.« Es kostete Daniel Mühe, ein triumphierendes Lächeln zu unterdrücken. »Schließlich standen der gute Ruf und das Ansehen unserer Sozietät auf dem Spiel, wie Sie immer wieder betonen.«

»Wir warten, Mr. Kitteridge«, meldete sich der Richter mit vorwurfsvoller Stimme. »Dürfen wir aus Ihrem Schweigen schließen, dass Sie dem Zeugen keine Fragen zu stellen haben?«

Kitteridge schluckte seinen Ärger herunter und erhob sich. »Doch, Euer Ehren. Mein Mitarbeiter ist gerade erst eingetroffen. Unvorhergesehene Umstände haben ihn aufgehalten.«

»Hoffentlich nicht schon wieder ein Verkehrsunfall«, bemerkte der Richter mit kaum verhohlenem Sarkasmus.

Kitteridges Gesicht rötete sich, doch ihm war bewusst, wie unklug es wäre, den Richter gegen sich aufzubringen. Nicht einmal eine humorvolle Entgegnung war hier angebracht, obwohl der Mann durchaus einen Sinn für Humor hatte. »Nein, das nicht, Euer Ehren. Ich habe ihn nicht nach Einzelheiten gefragt.«

»Sehr vernünftig.« Der Richter sah Daniel durchdringend an. »Bitte fahren Sie fort. Um Ihr Gedächtnis aufzufrischen: Mr. Tranmere hat soeben Major Lydden um eine auf dessen Sachkunde gestützte Beurteilung des Angeklagten und des Opfers gebeten.«

»Sehr wohl, Euer Ehren. Vielen Dank.« Kitteridge trat an den Zeugenstand und musterte den grauhaarigen Mann, der sich militärisch straff hielt. Eine Regimentskrawatte ließ seinen gut geschnittenen Straßenanzug von einer Qualität, die sich nur wohlhabende Herren leisten konnten, wie eine Uniform wirken. »Major Lydden, soweit ich weiß, wohnen Sie einen knappen Kilometer vom Haus des Ehepaars Graves entfernt, mit dem Sie in gesellschaftlichem Verkehr stehen?«

»Sie meinen Mr. Graves, ja. Ein guter Historiker. Auf Genauigkeit bedacht. Das sind heutzutage nur noch wenige«, gab der Major zurück.

»Mit Mrs. Graves weniger?«

»Über Tote soll man nichts Schlechtes sagen. Ist Ihnen das nicht bekannt, junger Mann?«

»Vor Gericht muss jeder die Wahrheit sagen, Sir«, rief ihm Kitteridge ins Gedächtnis.

Lydden, der es nicht gewohnt war, zurechtgewiesen zu werden, reagierte feindselig. »Ich weiß nur äußerst wenig über sie. Solche Frauen sind mir ein Rätsel. Ich bin ein schlichter Mann.«

Kitteridge, dem nur allzu sehr bewusst war, dass er auf verlorenem Posten stand, unternahm einen neuen Versuch, diesmal aus einer anderen Richtung.

Daniel musterte unterdessen aufmerksam die Geschworenen, die wie der Angeklagte Graves sämtlich der gehobenen Schicht angehörten, ganz wie das Gesetz es verlangte. Daniel, der noch keine Zeit gehabt hatte, auch nur einen flüchtigen Blick in die Akten zu dem Fall zu werfen, wusste über Graves nur, was ganz London wusste: er stand unter Anklage wegen Mordes an seiner Gattin.

Allerdings wusste er nicht, auf welche Weise Kitteridge ihn zu verteidigen gedachte. Den Gesichtern der Geschworenen nach zu urteilen, stand die Sache alles andere als gut.

Kitteridge nahm einen neuen Anlauf. »Sie sind Offizier der Indien-Armee?«, fragte er und gab sich beeindruckt. »Im Range eines Majors?«

»Major im Ruhestand. Genau genommen, stellvertretender Oberst«, fügte Lydden unübersehbar selbstzufrieden hinzu.

»Also Regimentskommandeur?«, fragte Kitteridge achtungsvoll.

»Ja, Sir.«

»Mithin besitzen Sie Menschenkenntnis, können genau einschätzen, wozu jemand imstande ist und ob jemand auch unter schwerem Feuer seinen Mann steht?«

Lydden hätte sich eher totschlagen lassen, als eine solche Einschätzung zu bestreiten. Er reckte sich, um noch größer zu erscheinen. »Das will ich meinen«, gab er zur Antwort.

Unwillkürlich musste Daniel lächeln. Das hatte Kitteridge gut hinbekommen. Aber wie würde er fortfahren, um einen Vorteil daraus zu schlagen?

Daniel beugte sich vor und tat so, als suche er nach einem zu Boden gefallenen Blatt Papier. Als er sich wieder aufrichtete, warf er einen raschen Blick nach links oben zur erhöht stehenden Anklagebank, zu der einige Stufen emporführten, und musterte den Angeklagten ausführlich, der dort zwischen zwei Aufsichtsbeamten saß.

Russell Graves war ein gutaussehender, kräftig gebauter Mann von mittlerer Größe. Sein volles Haar war an den Schläfen ergraut. Er wirkte keinesfalls wie ein sich grämender Witwer, und Daniel glaubte, auf seinem rundlichen Gesicht einen Ausdruck von Gefühllosigkeit zu entdecken. Aber war das ein Wunder bei einem Menschen, der in einem ihm feindlich gesinnten Gerichtssaal unter Anklage stand, die eigene Ehefrau ermordet zu haben? Warum hätte er einem Publikum aus ihm gänzlich unbekannten sensationslüsternen Menschen seine Gefühle zeigen sollen?

Daniel wandte seine Aufmerksamkeit erneut Major Lydden und Kitteridge zu, der den Zeugen über die Wesensart des Angeklagten und dessen gesellschaftliche Stellung befragte.

»Ein großartiger Mann«, wiederholte Lydden seine Einschätzung. »Von ruhigem Wesen. Keiner von denen, die erwarten, dass man Notiz von ihnen nimmt, kaum, dass sie irgendwo angekommen sind. Von der Sorte gibt es viel zu viele. Sie glauben, dass sie alles besser wissen als die, die schon immer da gelebt haben.«

Kitteridge bemühte sich, so viel wie möglich aus Lyddens Aussage zu machen, erreichte damit aber nicht das Geringste. Schließlich nahm er ermattet wieder Platz. Er hatte alles versucht, musste sich aber geschlagen geben.

Am frühen Nachmittag vertagte sich das Gericht.

»Man könnte glauben, dass Sie im Stehen schlafen«, sagte Kitteridge in gereiztem Ton zu Daniel, als sie das Gebäude verließen. »In dem Zustand nützen Sie mir nicht viel. Würde eine ordentliche Mahlzeit helfen?«

Das war Daniels Ansicht nach nicht, was er brauchte – ungefähr zehn Stunden Schlaf würden der Sache näher kommen.

»Kein Wunder, sagte er. »Ich habe vergangene Nacht etwa zwei Stunden auf Dr. Ottershaws Sofa geschlafen.«

»Wer ist denn das schon wieder?«, erkundigte sich Kitteridge und passte seine Schritte denen Daniels an, während sie Ludgate Hill hinab zu einem der besten Londoner Pubs gingen.

»*Der* Spezialist für Daktyloskopie«, erwiderte Daniel.

»Den brauchen wir nicht«, sagte Kitteridge und schüttelte den Kopf. »Was wissen Sie über diesen Fall?«

»Nichts, außer dass man Graves beschuldigt, seine Frau umgebracht zu haben.«

Inzwischen waren sie in der Fleet Street angekommen. »Wir werden in das *Ye Olde Cheshire Cheese* gehen. Da gibt es ruhige Ecken, wo wir ungestört sind«, erklärte Kitteridge.

Daniel warf einen Seitenblick auf ihn. Er sah abgekämpft und enttäuscht aus. Um seine Mundwinkel lag ein mutloser

Ausdruck. Für einen Mann, der gewöhnlich so selbstsicher auftrat, dass es an Überheblichkeit grenzte, wirkte er überraschend verletzlich.

Kitteridge stand kurz davor, den Prozess zu verlieren, und das war ihm bewusst. Das kam bei ihm nicht oft vor, und eine Niederlage vor Daniels Augen wäre für ihn doppelt schwer zu ertragen.

»Halten Sie ihn für schuldig?« Daniel beschleunigte den Schritt, um auf gleicher Höhe mit Kitteridge zu bleiben.

»Es ist möglich«, räumte Kitteridge ein. »Angesichts des Beweismaterials ist der Fall so gut wie aussichtslos. Wenn ich mir aber dann den Mann ansehe, sagt mir ein Gefühl, dass er schuldlos sein könnte – mehr oder weniger.« Seine eigenen Worte schienen ihn zu überraschen.

Noch während Daniel nach einer passenden Antwort suchte, betraten sie die Gaststätte.

Kitteridge hielt ihm die Tür auf. Sie suchten sich einen ruhigen Tisch, und sogleich kam ein Kellner, der Kitteridge mit Namen begrüßte. Daniel war beeindruckt, dachte aber nicht daran, das zu zeigen, zumal er überzeugt war, dass Kitteridge diese Wirkung einkalkuliert hatte.

»Da Sie sich gestern Abend nicht mit dem Fall vertraut gemacht haben, womit ich eigentlich gerechnet hatte, muss ich Sie jetzt wohl oder übel ins Bild setzen«, sagte Kitteridge.

Daniel fühlte sich versucht, daraufhin zu sagen, er habe bereits begriffen, dass der Fall nicht zu gewinnen sei, unterließ es aber. Es beunruhigte ihn, zu sehen, dass Kitteridge die Beherrschung auf eine Weise verlor, wie er das nie für möglich gehalten hätte. Die Panik, die Kitteridge jetzt vermutlich empfand, hatte Daniel am Vortag am eigenen Leibe erfahren, als er fürchtete, er werde Blackwell maßlos enttäuschen. Was war für Kitteridge wichtiger – zu erreichen, dass dem Angeklagten der Galgen erspart blieb, oder dass er selbst keine Niederlage erlitt?

»Wie sieht die Beweislage aus?«, fragte Daniel.

»Alles spricht gegen ihn, aber auch wirklich alles«, gab Kitteridge zurück. Es klang bitter. »Man hat seine Frau mit eingeschlagenem Hinterkopf in ihrem Boudoir gefunden. Gesicht und Oberkörper waren so stark verbrannt, dass man sie kaum noch erkennen konnte – ganz und gar entsetzlich. Nichts weist auf einen Einbruch hin. Die im Hause lebenden Dienstboten haben keine Fremden gesehen, und auch die beiden Kinder der Graves nicht. Sarah ist neunzehn Jahre alt und Arthur sechzehn. Der arme Junge ist übrigens behindert und sitzt im Rollstuhl.« Kitteridge hielt unvermittelt inne und sah Daniel an, als wartete er auf dessen Reaktion.

Daniel erkannte auf seinen Zügen eine nur schlecht verhohlene Verzweiflung. Alle Menschen waren verletzlich, aber Kitteridge zeigte das nur selten. Vielleicht war Daniel auch noch nicht lebensklug genug, um hinter die Maske zu blicken.

Jedenfalls wunderte es ihn nicht, dass der stets seiner selbst so sichere Kitteridge den Prozess angesichts der geschilderten Situation zu verlieren fürchtete. Ein Erfolg schien völlig ausgeschlossen zu sein. »Warum haben Sie den Fall eigentlich übernommen?«, fragte er ihn.

»Hätten Sie das etwa nicht getan?«, fragte Kitteridge zurück.

Darauf wusste Daniel keine Antwort. Er hatte die Verteidigung Blackwells übernommen, weil ihn sein Vater darum gebeten hatte. Außerdem war ihm der Mann sogleich sympathisch gewesen. Ihm gefiel dessen rasche Auffassungsgabe ebenso wie seine überschäumende Fantasie und sein munterer Humor. Gewiss, Blackwell war ein Abenteurer, aber keinesfalls ein Gewalttäter. Er tischte gern Lügengeschichten auf, doch in erster Linie, um die Menschen zu unterhalten, und weniger, um sie zu hintergehen. Er war großzügig, sowohl, was seinen Besitz, als auch, was seine Haltung anderen Menschen gegenüber betraf.

Für Daniel war es sonnenklar, dass Kitteridge seinen Mandanten Graves nicht leiden konnte.

Immer noch wartete Kitteridge auf seine Antwort. »Nun?«, fragte er.

»Ich weiß nicht. Warum haben Sie ihn übernommen? Hat man Ihnen keine Wahl gelassen?«

»Bravo!«, lobte ihn Kitteridge spöttisch. »Da haben Sie aber ganz schön lange gebraucht, um dahinterzukommen.«

»Ich habe vermutlich auch keine Wahl«, sagte Daniel.

»Jedenfalls nicht, wenn Sie bei der Sozietät fford Croft & Gibson bleiben und aufsteigen wollen. Immerhin ist es nicht ganz ausgeschlossen, dass Sie sich eines Tages in meiner Position wiederfinden.« Mit schiefem Lächeln sah er Daniel forschend an.

»Aber erst, wenn Sie selbst in Marcus fford Crofts Sessel sitzen«, beendete dieser den Gedankengang.

»So ist es.«

»Er hat Sie also aufgefordert, den Fall zu übernehmen?«

»Stimmt.«

»Hält er Graves denn für schuldlos?«

»Das ist eine ausgesprochen interessante Frage. Er hat sich zu diesem Thema nicht geäußert.« Die kurz aufgeflammte Begeisterung auf Kitteridges Gesicht war erloschen.

Daniel zögerte. Er wusste, dass Marcus fford Croft seinem Vater mehr oder weniger freundschaftlich verbunden war, doch war ihm Näheres über diese Beziehung nicht bekannt. Um einen gesellschaftlichen Kontakt konnte es sich nicht handeln, denn seine Mutter kannte den Mann nicht. Da ließen sich viele Möglichkeiten denken, von denen nicht unbedingt alle erfreulich waren.

»Ich hatte den Eindruck, dass er es selbst nicht wusste und ihm das auch nicht besonders wichtig war«, fuhr Kitteridge fort. »Auf jeden Fall hält er es für selbstverständlich, dass ich den Prozess gewinne.«

Mehr brauchte er nicht zu sagen; Daniel hatte die Situation verstanden. Die Anwalts-Sozietät war zwar klein, gehörte aber zu den angesehensten in ganz London. In seiner aktiven Zeit war Marcus fford Croft einer der besten Anwälte des Landes gewesen. Jetzt, als Leiter der Anwalts-Sozietät, trat er selbst nicht mehr vor Gericht auf, war aber eine unerschöpfliche Wissensquelle in juristischen Fragen. Außerdem kannte er die Geheimnisse von drei Vierteln aller Reichen, Aristokraten und Berühmtheiten Londons ebenso wie die der Verruchten und der Gauner. Er hatte sich schon immer sprunghaft verhalten, und da das inzwischen auch für sein Erinnerungsvermögen galt, war er dazu übergegangen, alle Prozessangelegenheiten einigen auserwählten Sternen am juristischen Himmel anzuvertrauen, allen voran Kitteridge. Außer ihm gab es in der Anwalts-Sozietät noch einige andere mehr oder weniger fähige junge Herren. Im Laufe der Zeit würde sich herausstellen, wie sie sich schlugen.

»Hat er Ihnen irgendetwas über Graves gesagt?«, erkundigte sich Daniel.

»Nein«, gab Kitteridge gereizt zurück. »Er hat mir nicht mal anvertraut, warum er sich den Fall überhaupt hat andrehen lassen. Irgendwie habe ich das Gefühl, dass der ihm wichtig ist, obwohl er nicht besonders erpicht darauf war, zu erfahren, wie ich die Sache angehen würde.«

»Sie meinen, er wollte nicht so genau wissen, ob Sie Ihr Bestes geben, bis zum bitteren Ende kämpfen oder lediglich den aussichtslosen Kampf aufnehmen und ihn ritterlich aufgeben würden, sobald sich abzeichnet, dass er verloren ist?«

»Ich sehe, Sie beginnen zu verstehen«, erwiderte Kitteridge trocken.

Der Kellner brachte die Speisekarte. Nachdem beide ihre Bestellung aufgegeben hatten, versuchte sich Daniel ein genaueres Bild zu machen, indem er Kitteridge weitere Fragen stellte.

»Man hat die Frau also mit einer schweren Kopfverletzung und üblen Verbrennungen tot in ihrem Boudoir gefunden? Gibt es Erklärungen dafür?«

»Nein. Wie die Dinge liegen, kann man einen Sturz oder sonstigen Unfall ausschließen. Außerdem verunstaltet sich eine Leiche nicht von selbst durch Feuer.«

»Gab es im Hause männliches Personal?«, versuchte Daniel eine andere Fährte.

»Einen ältlichen Butler, gleichzeitig Kammerdiener des Hausherrn, und einen sogenannten Stiefelputzer. Sie wissen schon, einen Jungen, der für alle Schmutzarbeiten zuständig ist wie beispielsweise das Leeren der Nachtgeschirre.«

»Gärtner?«

»Gute Frage. Es gab einen alten Mann von über siebzig und einige junge Burschen, die von Fall zu Fall beschäftigt wurden. Von denen hatte aber keiner Zutritt zum Haus.«

»Weibliche Angestellte, die jemanden hätten einlassen können?«

»Eine hochachtbare Wirtschafterin in einem ›gewissen Alter‹«, erklärte Kitteridge mit einem flüchtigen Lächeln, »die wohl niemanden ins Haus gelassen hätte. Eine Köchin, ein Küchen- und ein Dienstmädchen und natürlich Mrs. Graves' Zofe. Von allen weiß man genau, wo sie sich zur Tatzeit aufgehalten haben. Natürlich lässt sich nicht gänzlich ausschließen, dass sich zwei oder drei von denen abgesprochen und die Polizei belogen haben, aber wenn Sie die Leute gesehen hätten, würden Sie das für unwahrscheinlich halten.«

»Dann bleibt also tatsächlich nur Graves selbst – oder jemand, den er ins Haus gelassen hat?«, folgerte Daniel, wobei er darauf achtete, das als Frage und nicht als Aussage zu formulieren.

»Bravo«, sagte Kitteridge in bitterem Ton.

»Und was sagt er zu dem Thema?«

»Er betont immer wieder, dass er es nicht war«, antwortete Kitteridge und nippte an seinem Glas.

»Liefert aber keine darüber hinausgehenden Erklärungen?«

»Nein. Über seine Frau hat er nicht viel Gutes zu sagen. Ich habe den Eindruck, dass er sie für flatterhaft und ziemlich überspannt hielt.« Kitteridge sah Daniel aufmerksam an. Offensichtlich wartete er auf dessen Reaktion. Steckte bloße Neugier dahinter? Oder erhoffte er sich Hilfe, wollte aber nicht zeigen, wie dringend er darauf angewiesen war?

»Und wie werden Sie vorgehen?«, fragte Daniel.

Kitteridge seufzte. »Wenn ich das nur wüsste! Bis morgen früh muss uns etwas einfallen, und ich bezweifle, dass Graves uns dabei von Nutzen sein wird.«

Ohne den Mann wirklich zu kennen, den er im Gerichtssaal nur kurz gesehen hatte, fühlte sich Daniel gegen ihn eingenommen. »Und was wissen Sie über die Frau?«

»Äußerst wenig. Es gibt ein Foto von ihr, auf dem sie sehr gut aussieht. Tiefschwarze Haare, dunkle Augen, blasse Haut. Ich finde, dass die Eltern ihr einen sehr passenden Namen gegeben haben – sofern sie ihn sich nicht irgendwann selbst zugelegt hat.«

»Wie heißt sie denn?«

»Ebony. ›Schwarz wie Ebenholz‹, ganz wie im Märchen von Schneewittchen. Ebony Graves.« Das ungekünstelte Lächeln, das bei diesen Worten auf Kitteridges Züge trat, veränderte den Ausdruck seines Gesichts vollständig. Mit einem Mal wirkte er geradezu freundlich, wie ein Mensch, dem es durchaus wichtig war, ob man ihn leiden konnte oder nicht.

Daniel überlegte einen Augenblick. »Haben wir überhaupt etwas in der Hand, was uns bei seiner Verteidigung nützen könnte?«

»Nein, absolut nichts.«

»Und was wollen Sie jetzt tun?«

»Ein auf ›begründeter Zweifel‹ gestützter Antrag ist mehr oder weniger alles, was wir versuchen können«, sagte Kitteridge mit recht kläglicher Stimme. »Wir müssen uns alle Möglichkeiten durch den Kopf gehen lassen, auf welche Weise jemand in das Haus hätte gelangen können …«

»Ist die Tat bestimmt dort begangen worden?«, unterbrach ihn Daniel.

»Ja. Auf dem Fußboden hat man Blutspuren gefunden, und der halbe Teppich ist angesengt, stellenweise sogar verbrannt.«

»Das legt die Vermutung nahe, dass der Täter die Frau gehasst hat.«

»Sieht ganz so aus«, stimmte ihm Kitteridge zu. »Wer auch immer die Tat begangen hat, muss sein Opfer so gut gekannt haben, dass er Grund für eine tiefe Abneigung gegen die Frau hatte.« Er beugte sich ein wenig vor. »Ich kann mir durchaus vorstellen, dass jemand wie Graves zu einem solchen Hass fähig ist. Der Bursche ist kalt wie eine Hundeschnauze. Falls sie einen Liebhaber hatte und er dahintergekommen ist, hätte er aber vermutlich den Mann umgebracht und nicht sie, und dann hätte er sich darauf verlassen können, dass sie ihm nicht so schnell wieder untreu werden würde.«

Das waren lauter müßige Gedankenspiele, nichts, was zum Ziel führte. »Vielleicht kann er uns doch was sagen, wenn wir ihn noch mal fragen. Möglicherweise fällt ihm jemand ein, der als Täter infrage kommt«, schloss Daniel mit einer Stimme, in der nicht viel Hoffnung lag. »Wie schätzt ihn denn seine Umgebung ein? Gibt es Leute, die sich weniger allgemein und überzeugender über ihn äußern als Major Lydden?«

»Da gibt es durchaus den einen oder anderen«, sagte Kitteridge, aber er klang alles andere als zuversichtlich. »Er gilt als Kapazität auf seinem Gebiet und als redlicher Mensch.« Mit leichtem Achselzucken fügte er hinzu: »Ich finde ihn allerdings allein schon wegen seiner Überheblichkeit unausstehlich und bin bisher niemandem begegnet, der etwas für ihn übrig hat. Ich weiß einfach nicht, wie ich es erreichen könnte, dass die Geschworenen einen Grund sehen, ihn freizusprechen.«

Daniel verstand. »Was soll ich also tun … solange ich mich noch auf den Beinen halten kann?«

»Wenn ich das wüsste, würde ich es selbst tun«, entgegnete Kitteridge kurz angebunden.

Daniel erwiderte nichts darauf. Der ganze Fall gefiel ihm nicht. Er sah keine Möglichkeit, wie man Russell Graves von dem Verdacht hätte befreien können, seine Frau ermordet zu haben. Sie hatten nichts in der Hand, womit sie ihn hätten verteidigen können, und es gab keinen weiteren Verdächtigen. Sie konnten lediglich auf ›begründeten Zweifel‹ plädieren, hatten aber nichts, womit sich das belegen ließe.

Mit einem Mal war er voller Mitgefühl für Kitteridge. »Schön«, sagte er, »dann sollten wir am besten anfangen, uns etwas zu überlegen.«

KAPITEL 4

Früh am nächsten Vormittag suchten Daniel und Kitteridge den Angeklagten auf. Beide waren nach einem langen und anstrengenden Arbeitstag müde; in Daniels Fall kam hinzu, dass er eine weitere Nacht mit zu wenig Schlaf hinter sich hatte.

Er war statt mit dem Omnibus mit einer Droschke zum Gericht gefahren, denn er konnte sich eine erneute Verspätung nicht leisten. Zu seiner und Kitteridges Erschöpfung kam die Sorge, dass sie mit zu wenig Munition in einen aussichtslos scheinenden Kampf zogen. Bei diesem überaus wichtigen Fall würde es ihnen Marcus fford Croft sehr ankreiden, wenn sie ihn verloren – nicht nur, weil die Augen der gesamten Öffentlichkeit darauf gerichtet waren, sondern auch, weil ihm, wie es aussah, persönlich sehr daran lag.

Daniel überlegte, was der Grund dafür sein mochte. Welches Interesse mochte der Alte am Ausgang dieses Prozesses oder an der Person Russell Graves haben? Wusste Kitteridge etwas von Bedeutung, was man Daniel nicht sagen konnte oder wollte? Hatte es möglicherweise etwas mit Marcus fford Croft zu tun?

Er stieg an der Ecke Ludgate Hill aus und entlohnte den Kutscher. Am Gerichtsgebäude angekommen, eilte er die hohe Freitreppe im Sturmschritt empor. Hinter den breiten Flügeltüren wartete Kitteridge bereits auf ihn.

»'n Morgen«, begrüßte er ihn knapp und sah kaum zu ihm hin, während er ihn durch die riesige Vorhalle nach hinten in das kleine Sprechzimmer führte. Da sie ihr Vorgehen bis spät in die Nacht in allen Einzelheiten miteinander abgestimmt hatten, gab es nicht mehr viel zu sagen.

Daniel hatte Mühe, mit dem langbeinigen Kitteridge Schritt zu halten.

Schließlich kamen sie an eine Tür, vor der ein Aufsichtsbeamter stand. Nachdem er Kitteridge begrüßt hatte, schloss er sie auf. Die beiden Anwälte traten in den Raum.

Der Mann darin, Russell Graves, sah genauso aus wie am Vortag. Auf seinem grauen Gesicht lag ein mürrischer Zug, und er wirkte äußerst angespannt.

Kitteridge stellte Daniel flüchtig vor und setzte sich dann dem Mann gegenüber. Daniel nahm wortlos auf dem anderen freien Stuhl Platz.

»Wir müssen uns kurz fassen, denn wir haben nicht viel Zeit – vielleicht eine halbe Stunde«, begann Kitteridge. »Wenn ich Sie aufgerufen habe, antworten Sie mir bitte so, wie wir es besprochen haben …«

»Was soll dabei herauskommen?«, fiel ihm Graves ins Wort. Seine Sprechweise war die eines Angehörigen der gebildeten Stände, doch hörte man die Angst in seiner angenehm klingenden tiefen Stimme. »Ich kann Ihnen keine Einzelheiten nennen, die nicht längst von der Polizei, den Ärzten, den Feuerwehrleuten und weiß Gott wem noch unter Eid vorgetragen wurden, denn ich weiß keine.«

Daniel sah, wie sich Kitteridges Züge anspannten, und begriff, dass es ihn Mühe kostete, in sachlichem Ton und scheinbar gleichmütig weiterzusprechen.

»Die Geschworenen müssen unbedingt sehen, wie Sie darauf reagieren. Sie brauchen eine Möglichkeit, sich aus eigener Anschauung ein Bild von Ihnen zu machen«, erläuterte Kitteridge. »Die Männer müssen Ihre Trauer erkennen, müssen sehen, wie sehr der Tod Ihrer Gattin Sie erschüttert und mitgenommen hat. Sie müssen aus Ihrem eigenen Mund die Bestätigung hören, dass Sie nicht das Geringste mit der abscheulichen Tat zu tun haben. Sie haben der Polizei mitgeteilt, dass Sie nichts über den entsetzlichen Vorfall wissen …«

»Herrgott noch mal, natürlich weiß ich nichts!«, stieß Graves mit kaum unterdrückter Verzweiflung hervor.

Kitteridge biss die Zähne zusammen. »*Mir* ist das bekannt. Die Geschworenen müssen es erfahren.«

»Sie haben es ihnen doch längst gesagt …«

Daniel sah, dass Kitteridge unter dem Tisch die Fäuste geballt hatte. »Sie müssen es aus Ihrem Mund hören.«

»Ich bin …«, setzte Graves an.

Daniel hatte versprochen, nicht einzugreifen, doch er konnte nicht länger an sich halten. »Mr. Graves, Sir, es geht nicht nur darum, *dass* Sie es sagen, es geht auch um die Art, *wie* Sie es sagen«, hielt er ihm vor. »Die Männer müssen den Wunsch haben, Ihnen zu glauben. Sie müssen die Geschworenen für sich einnehmen, damit sie Mitgefühl mit Ihnen haben. Dazu ist es erforderlich, dass Sie Ihren Kummer zeigen, Ihre Fassungslosigkeit über das Geschehene. Nur dann werden sie Ihnen glauben, dass Sie wirklich nichts über die näheren Umstände wissen.«

Kitteridge holte Luft, als ob er etwas sagen wollte, stieß sie dann aber stumm aus. Es war ein deutlicher Gradmesser seiner Besorgnis, dass er Daniel die nicht abgesprochene Einmischung durchgehen ließ.

Graves wandte sich Daniel zu. »Ich dachte, dass Sie als Mr. Kitteridges Assistent hier sind.«

»Das bin ich auch«, erklärte Daniel. »Ich versuche Ihnen zu helfen. Verstehen Sie doch: Ihr Leben hängt davon ab, dass die Geschworenen trotz der ungünstigen Beweislage glauben, dass an Ihrer Schuld begründete Zweifel bestehen. Wie auch immer die Wahrheit aussehen mag, im Augenblick spricht alles gegen Sie. Wir haben ausschließlich heute Vormittag Gelegenheit, die Männer dazu zu bringen, dass sie die Dinge mit anderen Augen sehen. Sie davon zu überzeugen, dass sie es mit einem Ehrenmann zu tun haben, der ohne eigenes Verschulden in eine tragische Situation geraten ist. Wir müssen erreichen, dass sie lieber Gründe für einen Freispruch finden, als den Stab über Sie zu brechen.«

Graves hob die Brauen. Sein Gesicht war kalkweiß. »Lassen sich diese Leute denn tatsächlich so viel mehr … von ihren Gefühlen als von der Vernunft leiten?« In der Art, wie er das sagte, lag eine gewisse Geringschätzung. »Ich habe meine Frau nicht getötet! Haben Sie denn kein Vertrauen in das Rechtssystem, dem Sie dienen, Mr. …? Entschuldigung, ich habe Ihren Namen nicht mitbekommen.«

»Pitt. Zumindest halte ich unser Rechtssystem nicht für unfehlbar. Niemand, der die Rechte studiert hat, könnte etwas so … etwas so Abwegiges glauben. Dieses System ist Menschenwerk und damit anfällig für alle menschlichen Irrtümer und Schwächen«, gab Daniel zurück.

Graves wandte sich seinem Verteidiger zu. »Schließen Sie sich dieser zynischen Haltung dem Recht gegenüber an, Mr. Kitteridge?«

Ohne Daniel anzusehen, sagte dieser: »Wir haben es mit Menschen zu tun, Mr. Graves, und Menschen machen nun einmal Fehler.«

Erneut wandte sich Graves an Daniel. »Und wo haben Sie die Rechte studiert, junger Mann?«

Daniel sah ihn unverwandt an. »In Cambridge, Sir.«

»Tatsächlich?« Graves war offenkundig überrascht. »Was also soll ich Ihrer Ansicht nach tun, um die zwölf ganz gewöhnlichen Männer von meiner Schuldlosigkeit zu überzeugen? Nicht nur habe ich meine Frau nicht getötet, ich habe auch nicht die geringste Vorstellung davon, wer das getan haben könnte. Ich bin ein vielbeschäftigter Mann, gehöre zu den führenden Köpfen meines Berufsstandes und ahne nicht von ferne, wer aus dem Bekanntenkreis meiner Frau ihr so sehr übel gewollt hat. Möglicherweise habe ich mich insofern schuldhaft verhalten, als ich so in meinem Beruf aufgegangen bin, dass ich nicht gemeinsam mit ihr Gesellschaften oder Veranstaltungen besucht habe. Derlei Lustbarkeiten langweilen mich zu Tode und würden mich auch mehr Zeit kosten, als ich mir leisten kann. Aber da ich mir durchaus vorstellen konnte, wie sehr sie so etwas genossen hat, habe ich ihr reichlich Geld zur Verfügung gestellt und ihr gesagt, sie könne tun, wonach ihr der Sinn stehe. Könnte es sein, dass die Geschworenen dafür kein Verständnis aufbringen würden?«

Daniel begriff sogleich: Graves' Dünkel würde die Geschworenen so sehr gegen ihn aufbringen, dass ihnen ein Schuldspruch mehr als leicht fiele. »Die Männer, die über Sie zu Gericht sitzen, sind einer wie der andere ordentliche Bürger«, sagte er. »Womöglich hätten sie in der Tat kein Verständnis dafür, dass Ihr Mangel an Zeit es nicht zulässt, sich an dem zu beteiligen, womit sie selbst sich die Zeit vertreiben.«

»Sie mögen von den Geschworenen denken, was Sie wollen, Mr. Graves«, fügte Kitteridge hinzu, »aber die Entscheidung über Ihr Leben liegt nun einmal in deren Händen. Wenn Sie vermeiden wollen, dass man Sie hängt, wäre es ein Gebot der Klugheit, diese Männer weniger von oben herab zu behandeln. Ihnen das heimzuzahlen, würde sie nämlich nur ein einziges Wort kosten …«

Graves sah ihn verblüfft an. »Ein einziges Wort? Ich …«

Kitteridge sprach es aus: »Schuldig.«

»Aber ich bin doch nicht schuldig!« Graves' Stimme überschlug sich vor Verzweiflung.

»Überzeugen Sie mich davon«, forderte ihn Daniel auf.

Graves sah ihn an, als sei Daniel ein begriffsstutziges Kind, dem man selbst die einfachsten Dinge erklären musste.

»Ich war ja nicht einmal zu Hause! Ich habe keine Ahnung, mit wem sie näher bekannt war. Ich weiß nicht, ob sie eine Affäre oder sogar ein halbes Dutzend hatte. Ich weiß auch nicht, ob sie jemanden gekränkt hat. Sie hat nie ein Blatt vor den Mund genommen und konnte durchaus auch grob werden. Sie hatte unkonventionelle Vorstellungen, und ihr Freundeskreis bestand aus überspannten Menschen, die nicht zu ihrer Stellung in der Gesellschaft passten. Sie hat stets offen heraus ihre Meinung gesagt, und es war ihr gleichgültig, ob sie damit jemanden beleidigte. Sie hat sich bewusst immer so gekleidet, dass sie damit ihre Schönheit – und sie war schön – zur Schau gestellt hat. Der Himmel allein weiß, wie viele Feinde sie sich gemacht haben mag. Was mich betrifft, hatte sie die Freiheit, zu tun, was sie wollte. Ich habe sie nie an etwas gehindert oder sie in irgendeiner Weise gemaßregelt.«

Der Ausdruck von Trauer auf dem Gesicht des Mannes mischte sich mit Empörung darüber, dass er zu Unrecht in diese Situation geraten war.

Daniel sah zu Kitteridge. Sonderbarerweise empfand er weder Ärger noch Wut gegenüber der hochfahrenden Art des Angeklagten. Eher neigte er zu der Annahme, dass er unter Umständen die Wahrheit sagte. Kitteridge mochte es ähnlich ergehen. Dennoch hatte Daniel die Befürchtung, dass die Geschworenen Graves mit größter Bereitwilligkeit schuldig sprechen würden.

In Kitteridges Augen erkannte Daniel, dass dieser dasselbe dachte, merkte aber auch, dass ihm ein Einfall gekommen war. Vielleicht gab es einen schwachen Hoffnungsschimmer.

Kitteridge stand auf. »Wir werden Sie gleich im Gerichtssaal wiedersehen, Mr. Graves. Sie dürfen versichert sein, dass wir tun werden, was in unseren Kräften steht, unabhängig davon, ob Sie uns dabei behilflich sind oder nicht. Das ist unsere Aufgabe.« Mit diesen Worten ging er an Daniel vorüber zur Tür.

Auch Daniel erhob sich, ohne aber den Blick von Graves zu lösen. Es war seine Pflicht, ihn zu verteidigen, ganz gleich, was er selbst fühlte oder glaubte. Ganz davon abgesehen, lag es in seinem eigenen Interesse, Marcus fford Croft zufriedenzustellen, was auch immer dessen Gründe dafür gewesen sein mochten, den Fall zu übernehmen. Was er von Kitteridge halten sollte, wusste er inzwischen selbst nicht mehr recht. Auf jeden Fall hatten seit dem Vortag seine Vorbehalte ihm gegenüber deutlich abgenommen, und das lag wohl in erster Linie daran, dass ihn die Zusammenarbeit mit einem so fähigen Anwalt begeisterte.

Die Verhandlung wurde auf die Minute pünktlich eröffnet. Den Vorsitzenden Richter, einen älteren Herrn mit einem schmalen, asketischen Gesicht, der von Zeit zu Zeit überraschend humorvolle Äußerungen von sich gab, hatte Daniel noch vom vorangehenden Verhandlungstag intensiv in Erinnerung.

Die Anklage wurde durch Alister Tranmere vertreten, für Kitteridge ein äußerst ernst zu nehmender Gegenspieler. Er war Kronanwalt, eine Position, von der jeder Anwalt träumte. Daniel ärgerte sich, dass er sich nicht die Zeit genommen hatte, Näheres über den Mann nachzulesen. Zwar wurde von ihm nicht erwartet, dass er selbst in die Verhandlung eingriff – er sollte lediglich Kitteridge zur Hand gehen und dafür sorgen, dass dieser im richtigen Augenblick passende Entscheidungen in Präzedenzfällen zitieren konnte –, doch ihm war nur allzu sehr bewusst, dass das allein bei Weitem nicht genügen würde, um Russell Graves vor dem Galgen zu bewahren.

Inmitten völliger Stille stand Kitteridge auf, um den Angeklagten zu befragen. Unwillkürlich musste Daniel an seine eigene Verhandlung vom Vortag denken. Lag es wirklich erst vierundzwanzig Stunden zurück, dass er, wenn auch vor einem weit weniger bedeutenden Schwurgericht, in der gleichen Lage gewesen war wie jetzt Kitteridge und vor den Augen einer sich auf den Zuschauerbänken drängenden Menschenmenge alles gegeben hatte, um seinem Mandanten das Leben zu retten? Er allerdings hatte nicht nur einen klaren Plan gehabt, sondern auch auf die fachkundige Unterstützung durch Dr. Ottershaw zählen können.

Wie Kitteridge mit seinem seltsam verzogenen Gesicht, seinem gut geschnittenen Anzug und seinen knorrigen Händen dastand, wirkte er deutlich besorgter, als sich Daniel am Vortag gefühlt hatte. Mit Alister Tranmere stand ihm eine Stütze der etablierten bürgerlichen Gesellschaft gegenüber, und Daniel hätte eine Wochenmiete darauf gewettet, dass die wohlgenährten Geschworenen, lauter gesetzte Männer, einer wie der andere fest von der Schuld des Angeklagten überzeugt waren.

Mit straffen Schultern und hoch erhobenem Haupt schritt Graves durch den Gerichtssaal und stieg zum Zeugenstand empor. Auf der letzten Stufe geriet er ins Stolpern. Daniel sah, wie sich seine Muskeln anspannten, als er nach dem Geländer griff.

Wie mochten die Geschworenen Graves' Haltung deuten – als Beweis für Entschlossenheit oder als Überheblichkeit? Daniel wusste selbst nicht recht, was er denken sollte.

In förmlichem Ton begann Kitteridge: »Mr. Graves, Sie werden beschuldigt, Ihre Gattin nicht nur ermordet, sondern darüber hinaus in außerordentlich brutaler Weise ihr Gesicht und ihren Oberkörper durch schwere Verbrennungen entstellt zu haben. Die Anklage hat keinerlei Gründe dafür beigebracht, warum Sie derlei hätten tun sollen. Können Sie dem Gericht etwas über Ihre Gattin berichten, da sie selbst sich nicht äußern kann? Ich möchte Ihre Kinder nicht bitten, etwas über ihre verstorbene Mutter zu sagen, denn es würde sie nur unnötig seelisch belasten. Ihre Aussage könnte es dem Gericht ermöglichen, Sie und Ihre Angehörigen besser zu verstehen und Ihnen eher gerecht zu werden.«

Graves blickte gequält drein.

Daniel stieß einen Seufzer der Erleichterung aus. Allem Anschein nach war der Mann endlich bereit, etwas zu seiner Verteidigung zu sagen.

»Beschreiben Sie sie bitte«, forderte Kitteridge Graves auf. »Es ist für uns die einzige Möglichkeit, zu erfahren, wie sie aussah, da der Täter ihr Gesicht zerstört hat …«

Graves zuckte so deutlich zusammen, dass es den Geschworenen nicht entgangen sein konnte.

»Meine Frau war auf eine ganz eigene Weise schön«, begann Graves mit leiser Stimme. »Sie hatte herrliches, dichtes gewelltes Haar, schwarz wie die Nacht. Wunderbare Augen. Sie sprach und bewegte sich voller Anmut. Sie war von heiterem Wesen, folgte in ihrem Denken keinen eingefahrenen Bahnen und besaß einen großen Ideenreichtum.«

Daniel versuchte sie sich vorzustellen. Einen Augenblick lang gewann sie vor seinem inneren Auge Leben, und er empfand großen Kummer darüber, dass sie tot war. Es drängte ihn danach, zu erfahren, was wirklich mit ihr geschehen war. Hier ging es um mehr als die Frage, ob die Anwalts-Sozietät einen Prozess gewann oder verlor. Es ging um die Wahrheit.

»Ich danke Ihnen«, sagte Kitteridge. »Offenbar war sie ein außergewöhnlicher und schätzenswerter Mensch. Da hatte sie wohl einen großen Freundeskreis?«

Tranmere wurde unübersehbar unruhig. Wenn sich Kitteridge nicht sehr vorsah, würden sich die Geschworenen darüber empören, dass ihn das Schicksal einer solchen Frau nicht weiter zu berühren schien, und bisher hatten sie niemanden, den sie der Tat verdächtigen konnten, als Graves, ihren Gatten.

Doch Daniel begriff, worauf Kitteridge hinauswollte: es war seine Absicht zu zeigen, dass Graves seine Frau geliebt hatte. Zwar war das ein Spiel mit dem Feuer, aber was hätte er sonst noch in der Hand gehabt?

»Ja«, bestätigte Graves.

»Hat sie bei der Wahl ihrer Freunde möglicherweise bisweilen die nötige Klugheit vermissen lassen?« Bei dieser Frage schwang, vielleicht ohne dass er das wollte, eine gewisse Schärfe in Kitteridges Stimme mit.

Graves nutzte die Gelegenheit nicht, um etwas zu seiner Entlastung zu tun, sondern erwiderte einfach: »Ja.« Seine Stimme klang sonderbar leblos. »Sie hat nicht gemerkt, dass nicht alle ihr sonderlich gewogen waren. Man konnte deutlich sehen, dass viele von ihnen nur auf Amüsement aus waren, sich von ihrem Schwung angezogen fühlten, davon, dass sie die Möglichkeit hatte, sie in bestimmte Kreise einzuführen.« In seiner Stimme lag neben Rührung eine gewisse Herablassung, die sich auch in einem Ausdruck des Widerwillens auf seinem Gesicht spiegelte.

Daniel fragte sich, ob der Mann das wirklich so empfand. Würden die Geschworenen das auch sehen?

Kitteridge wandte sich erneut an Graves und stellte ihm weitere Fragen zu seiner Gattin wie auch zu seinen beiden Kindern. Der Gesichtsausdruck bei Graves' Antworten ließ sich nur schwer deuten. Wieso zeigte der Mann nach wie vor keine Gefühle? War ihm immer noch nicht bewusst, in welcher Gefahr er sich befand?

Daniel verspürte das Bedürfnis, in den Lauf der Verhandlung einzugreifen und selbst etwas zu sagen. Er hatte volles Verständnis für Kitteridges Wunsch, Graves nicht in Verlegenheit zu bringen, aber das Einzige, was ihn noch retten konnte, war, dass er endlich Gefühle zeigte! Hatte Kitteridge das etwa nicht erfasst?

Daniel sah zu Tranmere hinüber. Hatte der Vertreter der Anklage die Haltung der Geschworenen gegenüber der offenkundigen Regungslosigkeit des Angeklagten erkannt und deutete sie als Gleichgültigkeit?

Daniel zupfte Kitteridge an der Robe, doch der reagierte nicht darauf.

Daniel zupfte erneut, diesmal etwas kräftiger.

Kitteridge funkelte ihn an. »Was gibt es?«, knurrte er.

»Lassen Sie es mich mal versuchen. Der Kerl ist ja wie ein Eisklotz«, sagte Daniel.

»Sie würden auch nur dasselbe fragen wie ich«, entgegnete ihm Kitteridge.

»Sie haben nichts erreicht. Schlimmer kann es mit mir auch nicht werden.«

»Euer Ehren!« Tranmere war aufgestanden. »Für den Fall, dass mein verehrter Kollege keine weiteren Fragen hat, würde ich gern meinerseits mit der Befragung beginnen.«

»Oh nein!«, knurrte Kitteridge. »Mein Kollege wird den Zeugen weiter befragen.« Während er Platz nahm, flüsterte er Daniel zu: »Sehen Sie zu, dass was Vernünftiges dabei herauskommt!«

Daniel stand auf und begann. »Mr. Graves, berichten Sie uns doch bitte etwas über den Tag, an dem Ihre Gattin ums Leben gekommen ist. Waren Sie da überhaupt zu Hause?«

Graves wandte sich mit nur mühsam unterdrücktem Ärger Daniel zu. »Nein. Ich habe den größten Teil des Tages in der London Library verbracht und bin am frühen Abend heimgekehrt.«

»Haben Sie da Ihre Gattin gesehen oder mit ihr gesprochen?«

»Das Mädchen hatte mir gesagt, dass sie in ihrem Zimmer sei. Ich wollte sie nicht stören und nahm an, sie werde herunterkommen, wenn sie so weit war. Ich musste mir unbedingt einige Dinge notieren, bevor ich wichtige Einzelheiten vergaß, die man mir genannt hatte.«

»Wer hat die Leiche entdeckt, Sir?« Daniel wusste, dass Graves sie gefunden hatte. Es war ihm unmöglich, sich vorzustellen, wie entsetzlich das für den Mann gewesen sein musste, wenn er die Tat nicht selbst begangen hatte. Aber dies war nicht der Augenblick, Graves' Gefühle zu schonen. Es kam in erster Linie darauf an, den Geschworenen bewusst zu machen, wie es in ihm aussah.

Mit unüberhörbarem Zorn fauchte Graves Daniel an: »Ich. Und ich kann mir, ehrlich gesagt, nicht vorstellen, Sir, dass Ihnen das nicht bekannt ist.« Es schien ihm fast die Luft abzuschnüren.

»Es geht hier nicht um Fragen des Mitgefühls oder um gute Umgangsformen, Mr. Graves«, gab Daniel zurück. »Hier zählt ausschließlich die Wahrheit. Sagen Sie dem Gericht, dass Sie die Leiche Ihrer Gattin entdeckt haben?«

»Ja.«

»Warum haben Sie das Zimmer Ihrer Gattin schließlich doch aufgesucht?«

»Es war Zeit zum Abendessen.«

»Und Sie wollten, dass sie es mit Ihnen gemeinsam einnahm?«

»Was denn sonst?« Graves' Ungehaltenheit ließ sich förmlich mit Händen greifen.

»Und dann haben Sie sie gefunden? Wo?«

Das Gesicht des Mannes war jetzt kreideweiß und so verzerrt, dass er kaum sprechen konnte. »Sie lag auf dem Fußboden, mit dem Kopf nahe dem Kamin.«

»Haben Sie sofort erkannt, dass sie tot war?«

Graves beugte sich weit über das Geländer des Zeugenstandes vor. Sein ganzer Körper war starr, und alle Farbe war aus seinem Gesicht gewichen. »Großer Gott im Himmel! Sie war von Blut bedeckt, und ihr Gesicht war so stark verbrannt, dass man nichts mehr davon erkennen konnte! Niemand hätte … so etwas … überleben können.«

Es war Daniel selbst zuwider, was er als Nächstes tun würde, aber die Geschworenen mussten unbedingt etwas anderes sehen als den scheinbar abgestumpften und arroganten Mann, der wütend war, weil man es wagte, ihm erneut all diese Fragen zu stellen. »Und selbstverständlich waren Sie aufs Äußerste entsetzt«, schloss Daniel. »Erschüttert, wie von Sinnen?«

»Ja …«, sagte Graves mit erstickter Stimme.

»War Ihnen sofort bewusst, was mit ihr geschehen war?«

»Ich … ich weiß nicht. Ich konnte an nichts anderes denken als daran, welche Qualen sie … gelitten haben musste. Dann habe ich …« Seine Stimme versagte.

Würde seine Gemütsbewegung anhalten?

»… überlegt, auf welche Weise Sie das Ihren Kindern sagen konnten?« Es war grausam, den Mann so in die Enge zu treiben, aber schließlich hing sein Leben davon ab. »Ihre Gattin und die Kinder standen einander sehr nahe, nicht wahr?« Daniel wusste nicht, ob das der Wahrheit entsprach, hielt es aber für wahrscheinlich. Außerdem klang es gut. »Soweit ich weiß, ist Ihr Sohn Arthur behindert. Sicher haben Sie befürchtet, dass ihn das Entsetzen umbringen könnte …«

Tranmere stand erneut auf. »Euer Ehren, mein verehrter Kollege …« Er zögerte. »Der Mitarbeiter meines verehrten Kollegen stellt seinem eigenen Zeugen Suggestivfragen. Ist diese … Folter … unerlässlich?«

Der Richter sah zu Daniel hinüber.

»Ich bitte um Verzeihung, Euer Ehren«, sagte Daniel. »Ich denke, dass Mr. Graves bei dem sehr verständlichen tiefen Kummer, den er empfindet … eine gewisse Hilfestellung braucht. Mein Motiv war reines Mitgefühl.«

An Graves gewandt, fragte der Richter: »Sind Sie imstande fortzufahren, Sir?«

»Ja, danke«, bestätigte Graves. Die kurze Pause hatte es ihm ermöglicht, seine Fassung wiederzuerlangen, und Daniel hoffte, er könnte inzwischen sogar begriffen haben, worauf Daniel hinauswollte.

»Soll ich die Frage wiederholen?«, fragte er.

»Nein, nein, vielen Dank. Das ist nicht nötig. Mir ist zwar nicht klar, warum, aber offenbar wollen Sie, dass ich Ihnen sage, auf welche Weise ich meine Kinder vom … Tod ihrer Mutter in Kenntnis gesetzt habe.« Dann lieferte er einen zu Herzen gehenden Bericht darüber, wie er beiden die Nachricht beigebracht und mit welch tiefem Kummer sie darauf reagiert hatten. Mehr hätte sich Daniel gar nicht wünschen können.

»Ich danke Ihnen«, sagte er freundlich. »Jetzt habe ich nur noch eine einzige Frage.«

Graves sah ihn böse an. Seinem Empfinden nach hatte man ihn gedemütigt, indem man ihn dazu gebracht hatte, vor diesem ihn neugierig anstarrenden, feindseligen Publikum seine tiefsten Gefühle offenzulegen.

»Haben Sie selbst Ihre Frau getötet?«

»Nein!«, kam fast noch im selben Augenblick die nahezu gebrüllte Antwort auf diese unglaubliche Frage.

Daniel setzte sich.

Kitteridge stand auf. Er war bleich, aber vollständig gefasst. »Die Verteidigung hat ihren Beweisvortrag abgeschlossen, Euer Ehren.«

Nach kurzem Überlegen erhob sich Tranmere, erklärte: »Der Kronanwalt hat keine Fragen an den Angeklagten, Euer Ehren«, und setzte sich wieder.

»Dann können die Herren jetzt mit ihren Schlussplädoyers beginnen«, sagte der Richter. »Anschließend wird die Verhandlung über die Mittagspause vertagt.«

Tranmere begann und fasste die Geschworenen fest ins Auge. Er schien seiner Sache nicht mehr ganz so sicher zu sein, während er die außergewöhnliche Brutalität der Tat schilderte und betonte, dass es keinen anderen Verdächtigen gebe – selbst Graves, betonte er, habe eingeräumt, dass er nur wenig über die Bekanntschaften seiner Frau wusste und niemanden nennen könnte, der als Täter infrage käme. Man müsse daraus auf einen gefühlskalten Menschen schließen, der seiner Gattin nicht besonders nahe gestanden habe. Allerdings sei das, für sich allein genommen, kein Grund, zu vermuten, dass er einen solch brutalen Mord begangen hatte.

Als Kitteridge an der Reihe war, arbeitete er diesen letzten Punkt deutlich heraus und betonte, wie ungereimt alles an diesem Fall war. Er erinnerte die Geschworenen daran, dass dem Angeklagten die Kinder offensichtlich sehr am Herzen lagen, und begründete dessen scheinbare Distanz damit, dass es seiner zurückhaltenden Wesensart entspreche, nicht vor der Öffentlichkeit auszubreiten, was er für seine Gattin empfand. Darüber hinaus liege ihm daran, ihrem guten Ruf möglichst wenig zu schaden, den die Sensationspresse bei ihrer Berichterstattung über den Fall in, vorsichtig gesagt, äußerst unfeiner Weise in Zweifel gezogen habe.

Die Geschworenen zogen sich zur Beratung zurück, und der Richter vertagte die Verhandlung. Daniel überlegte, wie sich Kitteridge zu seiner Einmischung stellen würde. Seine Anweisungen waren klar und deutlich gewesen. Schweigend verließ er mit ihm den Gerichtssaal. Auf keinen Fall durften sie sich während der Pause weit vom Gerichtsgebäude entfernen, denn es ließ sich unmöglich voraussagen, wie lange die Beratung der Geschworenen dauern würde. Eine baldige Rückkehr in den Gerichtssaal würde nahezu mit Sicherheit einen Schuldspruch bedeuten, aber zumindest würden auch die Geschworenen erst einmal zu Mittag essen wollen.

Auf dem Weg zum Pub mit dem Namen *Magpie and Stump*, wo man eine ordentliche Mahlzeit bekam, brach Kitteridge schließlich das Schweigen.

»Wenn Sie so was noch mal machen, sorge ich dafür, dass Sie ein halbes Jahr lang keinen Gerichtssaal mehr betreten dürfen«, sagte er. »Andererseits muss ich zugeben, dass die Situation durch Ihr Eingreifen unter Umständen eine Spur günstiger geworden ist. Vielleicht können wir den Prozess sogar noch gewinnen. Sie haben wohl vor niemandem Respekt, was?«

Daniel wusste nicht recht, ob Kitteridge das in Bezug auf sich selbst oder auf Graves gemeint hatte, entschloss sich, Letzteres anzunehmen, und gab zurück: »Der Mann ist die Arroganz in Person. Dabei ist es unerlässlich, dass die Geschworenen ihn als normalen Menschen sehen, der nicht nur

Schwächen hat, sondern sie ebenso zugibt, wie er seine Schmerzen zeigt, ganz wie jeder andere.«

Mit einem Seitenblick auf Daniel sagte Kitteridge: »Dass Sie den Mann so vorgeführt haben, wird er Ihnen nie verzeihen.«

»Falls man ihn hängt, spielt das ohnehin keine Rolle«, gab Daniel zurück. »Sollte man ihn aber freisprechen, ist er womöglich ja dankbar.«

Kitteridge musterte ihn mit eisigem Blick. »Ich meinte damit, was Marcus dazu sagen wird, Sie Trottel!«

Darauf wusste Daniel keine Antwort, und so beschloss er, eine Weile den Mund zu halten.

Während der Mahlzeit schwiegen beide, als hätten sie sich abgesprochen. Kitteridge konzentrierte sich finster auf seinen Teller, den er hin und her schob, ohne mehr als einige Bissen zu sich zu nehmen. Mit einem Mal hob er den Blick, als wolle er etwas sagen, ließ es dann aber sein.

Daniel leerte seinen Teller zwar, doch ohne zu merken, was er aß. Hatte er mit seinem Verhalten womöglich die Aussicht verspielt, in der Anwalts-Sozietät fford Croft & Gibson voranzukommen? Am meisten schmerzen würde ihn, dass sein Vater in dem Fall nicht nur schwer enttäuscht, sondern auch zutiefst verärgert wäre. Die Anstellung dort war gleichsam ein Geschenk seines Vaters an ihn gewesen, eine Gelegenheit, die er mit einem unbedachten melodramatischen Auftritt vertan hatte, um – ja, was eigentlich? Um einen äußerst unsympathisch wirkenden und in aller Augen schuldigen Mann vor dem Galgen zu bewahren. Dabei würden die Geschworenen den Mann trotzdem für so gefühlskalt halten, dass sie ihm alles zutrauten. Aber vielleicht ging es Kitteridge auch einzig und allein darum, dass Daniel ungehorsam gewesen war, sich nicht an das Stillhalte- und Schweigegebot gehalten hatte.

Daniel hob den Blick und stellte überrascht fest, was ihm bis dahin noch nie aufgefallen war: Kitteridge hatte blassblaue Augen, die nicht so recht zu seinen dunklen Haaren zu passen schienen.

»Ja?«, fragte er.

Kitteridge zögerte. »Glauben Sie immer noch, dass er es nicht war?«

»Nehmen wir an, dass es sich so verhält – wer war es dann?« Bisher war Daniel dieser Frage ausgewichen, weil er nicht sicher war, wie er sie beantworten würde.

Nach einer Weile sagte Kitteridge, der sich wieder seinem Teller zugewandt hatte: »Das ist jetzt ohnehin nicht mehr wichtig, denn die Entscheidung liegt ausschließlich bei den Geschworenen.« Als Daniel nicht darauf einging, fügte er aufgebracht hinzu: »Ist Ihnen überhaupt etwas heilig? Nehmen Sie die Gesetze nicht ernst? Ach was, das ist eine dumme Frage – ich habe ja selbst gesehen, dass Sie nur mit ihnen spielen. Damit versündigen Sie sich, Pitt. Dabei könnten Sie durchaus ein guter Anwalt sein. Ist Ihnen das überhaupt bewusst?«

Daniel überlegte einen Augenblick. Die Frage überraschte ihn. Kitteridge war talentiert, hatte aber, anders als Daniel, schwer arbeiten müssen, um seine Position zu erreichen. Kitteridge liebte seinen Beruf ebenso sehr wie die Vorstellung vom Gesetz als der zwar eleganten, aber auch unvollkommenen Dienerin der Gerechtigkeit. Es war Aufgabe der Juristen, dieses Idealbild trotz aller Irrtümer in die Wirklichkeit umzusetzen. Dazu war Hingabe nötig, vor allem aber Gehorsam.

»Nein«, gestand Daniel, »ich sehe nicht in erster Linie die Gesetze, sondern die Menschen.«

»Wie entsetzlich töricht von Ihnen«, hielt ihm Kitteridge entgegen. »Sie sind nicht der Richter, Sie … Kindskopf! Ihre

Aufgabe ist es, dem Gesetz zu dienen, als Verteidiger oder von mir aus auch als Ankläger, falls Sie es je so weit bringen, dass die Krone Ihnen das nötige Vertrauen ausspricht. Der Richter kennt die Gesetze und achtet darauf, dass wir uns alle in ihrem Rahmen bewegen; und die Geschworenen entscheiden darüber, wem Glauben geschenkt werden soll. Hat man Ihnen das in Cambridge etwa nicht beigebracht? Haben Sie überhaupt studiert?«

Daniel war wie vor den Kopf geschlagen. Er hatte das Studium sehr ernst genommen. Ihm war gar nichts anderes übrig geblieben, da er es zu einem guten Abschluss hatte bringen wollen. Er sprach aus, was ihn bedrückte: »Sie sind fest davon überzeugt, dass wir den Fall verlieren werden, nicht wahr? Und Sie befürchten, der alte fford Croft wird uns die Schuld geben, wenn man Graves hängt. Sie halten den Mann nur deshalb für unschuldig, weil Sie das glauben wollen, damit wir einen Vorwand haben, um einen Freispruch für ihn zu erwirken. Vielleicht ist es ziemlich raffiniert, einen Prozess auf diese Weise zu gewinnen. Aber der Gedanke, dass Graves seine Frau umgebracht hat und Sie dafür gesorgt haben, dass er straffrei ausgeht, würde Sie nachts nicht besser schlafen lassen, und das bestimmt sehr viel länger, als die Zufriedenheit fford Crofts mit Ihrer Leistung anhalten wird.«

Kitteridge sah ihn wütend an. »Sie mieser Kerl!«

»Haben Sie keine besseren Argumente?«, fragte Daniel ungläubig.

Mit den Worten »Halten Sie die Klappe!« beugte sich Kitteridge über seinen Teller und steckte sich ein Stück kaltes Roastbeef in den Mund.

Auch Daniel wandte sich seinem Essen zu. Es schien sinnlos, weiterzureden. Ihm war klar, dass Kitteridge Angst vor dem Ausgang des Prozesses hatte. Außerdem war es nicht von der Hand zu weisen, dass er selbst ihn durch sein Eingreifen möglicherweise negativ beeinflusst hatte, auch wenn er vermutlich ohnehin verloren gewesen wäre.

Schweigend kehrten sie ins Gericht zurück. Es zeigte sich, dass die Geschworenen nach wie vor berieten, und auch um fünf Uhr nachmittags waren sie offensichtlich noch zu keinem Ergebnis gekommen. Da sie vor der Verkündung ihres Spruchs mit keinem Außenstehenden sprechen durften, würde man sie über Nacht in Klausur halten, damit sie am nächsten Vormittag ihre Beratung fortsetzen konnten.

»Das überrascht mich«, sagte Kitteridge zu Daniel, als sie auf die Straße hinaustraten. »Da unser Fall meiner Ansicht nach aussichtslos ist, hatte ich vermutet, sie würden nach einer oder zwei Stunden mit einem Schuldspruch zurückkehren. Hoffentlich kommen die Geschworenen zu einem einstimmigen Ergebnis, denn andernfalls geht alles wieder von vorn los.«

»Was hielten Sie davon, wenn wir jetzt zu Abend essen?«, fragte Daniel unvermittelt. Im nächsten Augenblick wünschte er, nichts gesagt zu haben.

»Ist das eine Einladung?«, erkundigte sich Kitteridge. Bevor Daniel antworten konnte, erklärte er: »Einverstanden. Aber ich möchte das Lokal bestimmen. Wir haben einen langen Abend vor uns.«

Wenn er es recht bedachte, hätte Daniel den Abend ungern allein verbracht, obschon er sich zur Gesellschaft nicht unbedingt Kitteridge ausgesucht hätte.

Der nächste Tag schien sich endlos hinzuziehen. Erst um vier Uhr nachmittags kehrten die Geschworenen mit ihrem Spruch zurück.

Kitteridge erhob sich so langsam, als seien seine Gelenke steif.

Daniel konnte kaum atmen.

Nachdem der Richter den Obmann der Geschworenen nach ihrem Urteil gefragt hatte, sagte dieser: »Schuldig, Euer Ehren.«

Einen Augenblick lang kam Daniel die ganze Szene unwirklich vor, so, als habe er sie sich eingebildet. Dann hustete jemand auf der Zuschauergalerie, und ein allgemeines Rascheln setzte ein. Der Richter schickte nach dem schwarzen Tuch, das er sich nach altem Brauch bei der Verkündung eines Todesurteils auf die Perücke legte. Was für ein lächerliches Schmierentheater! Welche Rolle spielte es, was er dabei auf dem Kopf hatte?

Anschließend sprach er die althergebrachte Formel »Dass Sie in der vom Gesetz vorgeschriebenen Art nach dem dritten Sonntag, vom Tag des Urteils an gerechnet, den Tod erleiden. Möge Gott Ihrer Seele gnädig sein.« Damit war Russell Graves zum Tod durch den Strang verurteilt.

KAPITEL 5

Daniel und Kitteridge kehrten schweigend in die Kanzlei zurück. Es gab nichts zu sagen. Sie hatten eine Droschke genommen, weil es schon spät war und sie vermeiden wollten, dass fford Croft das Urteil vor ihrer Rückkehr aus der Zeitung erfuhr. Es gab nichts, was sie zu ihrer Entlastung hätten anführen können. Daniel musste sich der unbehaglichen Wahrheit stellen, dass die ihm flüchtig gekommene Annahme, Graves könnte unschuldig sein, eher auf Mitleid als auf Vernunftgründe zurückging. Alles lief auf die vom Vertreter der Anklage, Kronanwalt Tranmere, immer wieder gestellte Frage hinaus: Wenn es nicht Graves war, wer war es dann? Es war der Verteidigung nicht gelungen, darauf eine glaubhafte und überprüfbare Antwort zu finden.

Es war Daniel bewusst, dass angesichts der Niederlage im Prozess gegen Graves, der dem Kanzleichef Marcus fford Croft offensichtlich so sehr am Herzen lag, sein Erfolg im Fall Blackwell in Vergessenheit geraten könnte.

Kitteridge würde das Zornesgewitter weit härter treffen. Er, der beste Strafverteidiger der ganzen Sozietät, war für den Fall verantwortlich. Niemand würde es als hinreichende Erklärung für sein Versagen ansehen, dass Graves die Tat vermutlich begangen hatte.

Sie erreichten Lincoln's Inn, die Anwaltskammer für vor höheren Gerichten plädierende Anwälte, in deren Räumen sich die Kanzlei der Sozietät befand. Impney, der Bürovorsteher, begrüßte sie und sah ihren Gesichtern den Ausgang des Prozesses sogleich an. Diese Fähigkeit war neben einem enzyklopädischen Gedächtnis seine herausragende Begabung.

»Ach je«, sagte er mitfühlend. »Vermutlich wollen Sie Mr. fford Croft möglichst bald Bericht erstatten. Möchten Sie Tee?«

»Ja, das könnte nicht schaden«, antwortete Kitteridge und dankte ihm.

»Gern, Sir. Gehen Sie auch mit hinein, Mr. Pitt?«

»Ja, er kommt mit«, sagte Kitteridge, ohne sich umzuwenden.

»Sehr wohl, Sir.« Impney klopfte an die Tür von fford Crofts Büro, öffnete sie, nachdem er eine Weile gewartet hatte, und kündigte die beiden Anwälte mit den Worten an: »Die Herren Kitteridge und Pitt.« Dann trat er beiseite, um ihnen den Weg frei zu machen.

Daniel folgte Kitteridge und schloss die Tür.

Marcus fford Croft war nicht besonders groß, hatte aber eine beträchtliche Ausstrahlung. Seit er nicht mehr selbst vor Gericht auftrat, kleidete er sich nach Lust und Laune. Besonders gern trug er Samtjacketts und so bunte Hemden, dass Daniel sich fragte, ob er womöglich farbenblind war.

Er ging äußerst unregelmäßig zum Friseur, und es war deutlich zu sehen, dass er sein dichtes weißes Haar schon eine ganze Weile nicht hatte schneiden lassen.

Beim Anblick der beiden verdüsterte sich seine Miene. »Nun?«

»Schuldig«, sagte Kitteridge mit gedämpfter Stimme. »Sie haben lange beraten, ihn aber dann doch für schuldig befunden.«

»Und weiter?«

»Der Richter hat ihn zum Tod durch den Strang verurteilt«, gab Kitteridge zurück und hob den Kopf ein wenig. Sein Gesicht war bleich.

Auch ohne Kitteridge anzusehen, wusste Daniel, wie angespannt er war, als er nach einem kurzen Räuspern fortfuhr: »Die Hinrichtung soll in drei Wochen stattfinden, Sir.«

»Das ist mir klar«, fuhr ihn der Kanzleichef an. »Zwischen dem Urteil und der Vollstreckung müssen drei Sonntage liegen, so verlangt es das Gesetz. Das gibt uns rund drei Wochen Zeit, einen Revisionsgrund zu finden und zu beantragen, dass die Hinrichtung ausgesetzt wird.«

»Ja, Sir«, erwiderte Kitteridge bedrückt.

Er tat Daniel leid. Ihm war es peinlich, Zeuge dieser Szene zu sein. Er hielt es für ungehörig, dass fford Croft seinen altgedienten, bewährten Mitarbeiter in Gegenwart eines Untergeordneten zurechtwies und damit demütigte. Wie konnte fford Croft ein solcher Fehler unterlaufen? War dem Mann denn nicht klar, dass er Kitteridge damit in Daniels Augen herabsetzte und zwischen ihnen möglicherweise Misstrauen, wenn nicht gar Feindschaft, säte?

»Es war meine Schuld«, sagte Daniel und trat einen Schritt vor. »Ich habe etwas ausprobiert, obwohl mir Mr. Kitteridge das ausdrücklich untersagt hatte. Ich hatte die Art von Graves' Auftreten vor Gericht als gefühllos und überheblich empfunden, Sir. Nicht einmal, als beschrieben wurde, in welchem Zustand man seine Frau aufgefunden hatte, hat er den geringsten Kummer erkennen lassen. Auf meine Frage, wie er seinen Kindern die Nachricht vom Tod ihrer Mutter beigebracht hatte, hat er zwar wütend reagiert, aber schließlich doch gezeigt, dass er Gefühle hat.«

fford Croft regte sich nicht. »Gegen Ihre ausdrückliche Anweisung, Mr. Kitteridge?«

Kitteridge fühlte sich überrumpelt und zögerte.

»Ja, Sir«, gab Daniel an dessen Stelle zurück.

fford Croft zwinkerte mehrere Male und fragte schließlich: »Und warum, Mr. Pitt?«

»Ich wollte den Geschworenen zeigen, dass es sich bei Graves um einen Menschen handelt, der sich selbst in ungewöhnlichem Maße diszipliniert. Dass er stolz ist, aber nicht herzlos.«

»Aha. Und ist er Ihrer Ansicht nach unschuldig, Mr. Pitt?«

»Ich halte das für möglich, Sir, aber nicht für wahrscheinlich.« Das entsprach dem, was Daniel wirklich dachte.

Erneut wandte sich fford Croft an Kitteridge. »Und schließen Sie sich der Ansicht Ihres jungen Kollegen in diesem Punkt an, Mr. Kitteridge? Oder tritt er lediglich in die Bresche, um an Ihrer Stelle die Schuld auf sich zu nehmen?«

Kitteridges Wangen röteten sich. »Er nimmt die Schuld für sich selbst auf sich, Sir. Aber in gewisser Weise auch für mich, weil ich zugelassen habe, dass er das Wort ergriffen hat.« Er räusperte sich erneut. »Ehrlich gesagt, Sir, war das unter Umständen die einzige Möglichkeit, zu erreichen, dass sich die Geschworenen mit ihrem Urteilsspruch schwertaten. Ich denke, dass sie andernfalls für ihre Beratung nicht einmal eine Stunde gebraucht hätten, Sir.«

fford Croft verzog den Mund. »Ich hatte nicht angenommen, dass Sie beide miteinander auskommen würden. Wenn ich eine andere Möglichkeit gehabt hätte, wäre ich nie auf den Gedanken gekommen, Sie zusammenzuspannen. Es sieht aber ganz so aus, als hätte ich mich da geirrt.« Dann wandte er sich an Daniel. »Ich hielt es auch für falsch, Ihnen die Verteidigung Blackwells zu übertragen, aber Ihr Vater hatte mich gebeten, es mit Ihnen zu versuchen. Wie ist es ausgegangen?«

»Nicht schuldig, Sir«, sagte Daniel mit fester Stimme. »Die Fingerabdrücke auf der Patronenhülse stammten von einem anderen.«

»Und von wem?«

»Das weiß ich nicht, Sir. Ich konnte nicht länger dortbleiben, weil ich zum Old Bailey musste.«

»Möchten Sie es denn gern wissen?«

»Ja, Sir.«

»Es waren die von Park, ganz wie Sie es vermutet hatten. Der Zeuge war der Täter.« Es ließ sich fford Crofts Gesichtsausdruck nicht entnehmen, was er dachte. Sein Mund verzog sich leicht, doch der Grund dafür konnte ebenso gut ein unterdrücktes Lächeln wie ein nervöses Zucken sein.

»Danke, Sir«, sagte Daniel.

»Glauben Sie ja nicht, dass Sie bei eigenmächtigem Vorgehen immer so glimpflich davonkommen werden«, mahnte ihn fford Croft und schüttelte den Kopf. »An Ihnen beiden liegt es jetzt, eine Katastrophe in ihr Gegenteil zu verkehren.«

»Sir?«, sagten Daniel und Kitteridge fast wie aus einem Munde.

»Nur mit einer Revision des Urteils kann Graves seinen Kopf aus der Schlinge ziehen. Dazu müssen wir rechtzeitig Berufung einlegen und sie gut begründen. Sie haben nicht mehr als drei Wochen Zeit dafür. Sie, Mr. Pitt, stehen noch ganz am Anfang, während Mr. Kitteridge möglicherweise mehr über die Gesetze weiß als sonst jemand in der ganzen Sozietät. Er kennt sich darin so aus wie andere Menschen in ihrem eigenen Gehirn.« Ohne auf das Erröten seines Mitarbeiters zu achten, der sich offenkundig äußerst unbehaglich fühlte, fuhr er fort: »Daher werden Sie ihm den Fall vollständig überlassen, und zwar in jeder Hinsicht. Haben Sie das verstanden, Mr. Pitt?«

»Ja, Sir.«

»Mr. Kitteridge.«

»Ja, Sir.«

»Sie werden alle Akten und Protokolle im Zusammenhang mit diesem Verfahren gründlich durchgehen, um festzustellen, ob es irgendeinen Fehler oder Irrtum darin gibt. Welcher Art auch immer. Haben Sie mich verstanden?«

»Ja, Sir.«

»Mr. Dunham wird eine ganze Weile nicht in der Kanzlei arbeiten können; man hat ihm einen Gips angelegt. Wenn Sie ihm die nötigen Unterlagen bringen, kann er Sie aber bei der Durchsicht der Unterlagen unterstützen. Das wird ihn ein wenig von seinem Missgeschick ablenken. Ich bezahle ihn schließlich nicht dafür, dass er tatenlos in seinem Haus hockt. Ist alles klar?«

»Ja, Sir.«

Er wandte sich an Daniel. »Und Sie, Mr. Pitt, werden Detektiv spielen. Ihr Vater war während seiner Zeit bei der Polizei einer der besten Kriminalisten, die es in London je gab. Auch auf seinem Posten im Staatsschutz hat er kraft seines überlegenen Scharfsinns so manchen von denen zur Strecke gebracht, die darauf aus waren, Frieden und Wohlstand unseres Landes zu zerstören. Ihre Aufgabe besteht darin, zweifelsfrei festzustellen, wer Ebony Graves ermordet hat und auf welche Weise – sowie außerdem nach Möglichkeit das Motiv. Das allerdings ist zweitrangig.«

Daniel holte Luft, um zu erwidern, dass er dies Ansinnen für grotesk hielt. Dann aber sah er fford Crofts blaue Augen unverwandt auf sich gerichtet und begriff, dass der Mann Widerspruch als Auflehnung oder als Zeichen von Feigheit auffassen würde, und so sagte er fügsam: »Ja, Sir.«

Mit den Worten »Auf, an die Arbeit! Die Zeit ist knapp!« schlug fford Croft mit der flachen Hand so kräftig auf seine Schreibunterlage, dass es laut hallte.

Kitteridge und Daniel machten gleichzeitig kehrt und verließen den Raum in dem Augenblick, als Impney mit einem Teetablett erschien.

»Vielen Dank. Wir nehmen ihn bei mir«, sagte Kitteridge nach kurzem Zögern.

Daniel, der kein eigenes Büro hatte, sondern lediglich einen Schreibtisch in einer Ecke des allgemeinen Büros, folgte Kitteridge. Impney stellte das Tablett ab und verließ den Raum.

Kitteridge setzte sich an seinen Schreibtisch, und Daniel nahm ihm gegenüber auf dem Stuhl Platz, auf dem sonst die Mandanten saßen. »Meinen Sie, dass sich ein Form- oder Verfahrensfehler finden lässt, der einen Revisionsantrag rechtfertigen würde?«, fragte Daniel.

»Das kann ich nicht sagen. Im Augenblick sehe ich keinen, sonst hätte ich bereits darauf hingewiesen. Vielleicht entdecke ich einen Präzedenzfall.« Kitteridges Stimme klang tonlos. »Im Grunde genommen ist die Sache einfach: Entweder gibt es einen, oder es gibt keinen. Ich denke, dass ich einige Leute kenne, die ich fragen kann. Ihre Aufgabe indes ist sehr viel schwieriger. Jemand muss die Ärmste umgebracht haben, und todsicher hat sie nicht aus Versehen Feuer an sich selbst gelegt.« Mit einem spöttischen Lächeln fügte er hinzu: »Zumal sie da allem Anschein nach bereits tot war.«

Ein Schauer überlief Daniel. Was für ein wilder Hass mochte den Täter dazu getrieben haben, die Frau bis zur Unkenntlichkeit zu entstellen, gerade so, als ob es nicht genügte, dass sie tot war? »Er hat das sehr gut verborgen …«

»Was reden Sie da? Sie meinen, wie sehr er sie gehasst hat? Wir versuchen zu beweisen, dass er unschuldig ist, Sie Dummkopf! Es genügt, dass die Geschworenen ihn schuldig gesprochen haben.«

»Niemand kann von uns verlangen, dass wir Graves für unschuldig halten, wenn er es nicht ist. Nicht einmal fford Croft«, begehrte Daniel auf.

Kitteridge hob die Brauen. »Ich habe den Eindruck, dass er aber genau das von uns erwartet.«

»Nein … Nicht genau das. Er hat gesagt, wir müssen einen anderen Verdächtigen finden. Das allein wird aber nicht genügen. Wir brauchen unwiderlegliche Beweise, die wir vorlegen können, und selbst dann werden die Herren Richter nicht scharf darauf sein, das Urteil wieder einzukassieren. Ein Form- oder Verfahrensfehler wäre besser.«

Kitteridge lachte spöttisch auf. »Ich glaube nicht, dass es einen solchen Fehler gibt, aber ganz davon abgesehen, würden wir beides brauchen, wenn wir in der Sache weiterkommen wollen. Mit einem solchen Fehler ließe sich möglicherweise ein Revisionsantrag begründen, doch was würde das nützen, wenn Graves nach wie vor schuldig wäre?«

»Halten Sie ihn denn für schuldig?«, fragte Daniel, wobei er Kitteridge aufmerksam ansah. Er erkannte den Schatten auf dessen Zügen, die Trauer und die Verzweiflung des Mannes angesichts dessen, dass all seine beruflichen Aussichten dahin wären, weil er sich außerstande sah, einen Schuldigen vor dem Galgen zu bewahren. »Sie brauchen gar nicht darüber nachzudenken«, sagte Daniel, bevor Kitteridge den Mund auftun konnte. »Sie halten ihn für schuldig und ich teils auch. Aber wir müssen unser Bestes geben. Bestimmt hat Mr. fford Croft seine Gründe dafür, dass er so darauf aus ist, Graves zu retten. Bestimmt weiß er etwas, was er uns nicht sagen kann oder will – vielleicht aus Gründen der nationalen Sicherheit oder etwas in der Art.«

Kitteridge beugte sich ruckartig vor. »Glauben Sie wirklich?«

»Warum würde er sonst so darauf bestehen, dass wir der Sache weiter nachgehen, obwohl das Urteil bereits gefällt ist?«, fragte Daniel. Es klang vernünftig.

Kitteridge überlegte einen Augenblick. »Was könnte das sein? Eine Schuld? Ein Geheimnis? Und wenn, dann wessen?«

»Ich ahne es nicht«, gab Daniel zurück, »aber auf jeden Fall deckt er jemanden.«

»Dann sollten wir anfangen, unser Vorgehen zu planen. Wir müssen uns unbedingt gegenseitig ständig auf dem Laufenden halten.«

»Ja. Vielleicht findet der eine etwas, was dem anderen nützen könnte.«

»Äußerst unwahrscheinlich, aber uns bleibt nichts anderes übrig, als es zu versuchen«, sagte Kitteridge und lächelte. »Womit werden Sie anfangen?«

Daniel erwiderte das Lächeln. »Ich gehe noch einmal zu Graves. Er weiß garantiert mehr, als er uns gesagt hat.«

»Von dem werden sie nichts erfahren«, erklärte Kitteridge. »Ich habe mir wochenlang die größte Mühe gegeben, ihn zum Reden zu bringen.«

»Jedenfalls kann ich in den Gesetzen keine Löcher entdecken«, gab Daniel zurück. »Und dabei haben die meiner Meinung nach schon so viele Löcher wie ein Spitzenkragen.«

Aus irgendeinem Grund fand Kitteridge diese Äußerung lustig. Daniel konnte ihn noch lachen hören, als er die Kanzlei verließ und auf die Straße trat. Der Klang dieses Gelächters verfolgte ihn. Es lag große Angst darin und die Befürchtung, einer Niederlage entgegenzusehen.

Daniel kehrte in seine Unterkunft zurück, obwohl die Zeit zum Abendessen bereits vorüber war. Er entschuldigte sich bei seiner Wirtin, die ihm verzieh, wie sie es jedes Mal tat, und ihm Rührei auf Toast machte sowie frischen Tee. Während er aß, dachte er über den Fall nach.

Womit hätte sein Vater angefangen? Immerhin war Thomas Pitt, ganz wie Marcus fford Croft so zutreffend gesagt hatte, ein äußerst tüchtiger Kriminalist gewesen. Ach was, er war es immer noch! Allerdings bedeutete das in keiner Weise, dass Daniel seine Begabung geerbt hatte. Zumindest hatte er auf diesem Gebiet bisher nichts geleistet.

Man hatte ihm gesagt, dass er seiner Mutter ähnlich sah, nur in etwas männlicherer Ausprägung, während er von seinem Körperbau her dem Vater ähnelte. Auch Pitt war hochgewachsen und schlank. Im Unterschied zu ihm stopfte sich Daniel allerdings nicht sämtliche Taschen mit allem voll, was er im Laufe des Tages unter Umständen würde brauchen können. Vielleicht war er etwas eitler.

Er trug das Tablett in die Küche zurück, dankte Mrs. Portiscale noch einmal und suchte dann sein Zimmer auf, wo er sich in den Lehnstuhl warf und an die Decke starrte.

Es war gut möglich, dass er von Graves nichts erfuhr, immer vorausgesetzt, man ließ ihn überhaupt zu ihm. Ohnehin hätte er ihm keine neuen Fragen stellen können. Der Mann hatte bereits erklärt, er sei unschuldig und könne sich nicht denken, wer die Tat begangen haben mochte. Hatte er gar mit einem Freispruch gerechnet? Ob ihm der drohende Schatten der Schlinge den Blick schärfen und ihm klarmachen würde, dass ihn niemand retten konnte, wenn er nicht selbst dazu beitrug?

Ebony Graves war tot. Jemand musste sie unvorstellbar gehasst haben. Konnte ein solcher Hass verborgen bleiben? Jemand musste davon wissen. Oder war die Polizei von Anfang an so fest von Graves' Täterschaft überzeugt gewesen, dass man sich nicht die Mühe gemacht hatte, ihre Lebensumstände näher auszuleuchten?

Das war sein Auftrag – er musste genauestens auf alles achten! Allem zuhören, was die Menschen sagten, ohne sich dabei entgehen zu lassen, wie sie es sagten. Auf ihren Gesichtsausdruck achten – an ihm ließ sich vieles ablesen. Sich merken, was sie ungefragt von sich gaben. Sich außerdem merken, wo sie Fragen auswichen. All das fiel ihm jetzt Stück für Stück wieder ein. Er erinnerte sich, wie er mit seinen Eltern am Küchentisch gesessen hatte. Seine Mutter war stets beteiligt gewesen und hatte hilfreiche Ratschläge geben können, insbesondere dann, wenn es um Vorgänge in den höheren Kreisen ging. Und vor langer Zeit hatte auch das Dienstmädchen Gracie daran mitgewirkt. Sie besaß einen messerscharfen Verstand.

Auch Tante Vespasia, mit vollem Namen Lady Vespasia Cumming-Gould, hatte an diesen Tischrunden teilgenommen. Eigentlich war sie die Großtante des ersten Gatten seiner Tante Emily, gehörte aber untrennbar zur Familie und war noch viele Jahre nach dessen Tod für Pitts Berufslaufbahn von entscheidender Bedeutung gewesen.

Bei dem Gedanken an Tante Vespasia trat unwillkürlich ein Lächeln auf Daniels Gesicht. Sie war damals schon recht alt gewesen, was ihm aber nicht weiter aufgefallen war. Sie war schön, ausgesprochen klug und überaus geistreich. Seine Mutter hatte gesagt, Tante Vespasia sei so, wie sich jede Frau zu sein erträumte. Doch wichtiger als alles andere waren ihre Charaktereigenschaften: Sie war mutig und verletzlich gewesen, hatte ihre Meinung stets offen heraus gesagt, was nicht immer gut angekommen war, und sie hatte Menschen, die ihr nahestanden, ohne Wenn und Aber geliebt.

Wie mochte das bei Ebony Graves ausgesehen haben? Woran hatte sie geglaubt? Und wer hatte ihren Tod gewollt?

Ihr Mann hatte sie als nicht alltäglich beschrieben. Hinter dieser Formulierung konnte alles Mögliche stecken, positiv wie negativ, womit ein Mensch von den Erwartungen anderer abwich. Der Gesichtsausdruck, mit dem Graves das gesagt hatte, ließ keinen Zweifel daran, dass er ihr Verhalten missbilligt hatte. Die Dienstboten hatten erklärt, zur Tatzeit habe sich außer den Hausbewohnern niemand im Haus aufgehalten, und es sei auch niemand gekommen. Ob sie womöglich logen, um den guten Ruf der Hausherrin oder die Kinder zu schützen, auf die Gefahr hin, dass Graves dadurch belastet wurde? Es war denkbar. Hatten sie Graves nicht leiden können, sodass sie ihm weniger Treue zu schulden glaubten als seiner Gattin?

Mit ihren neunzehn Jahren war Sarah mehr oder weniger erwachsen, auf jeden Fall aber alt genug, um einen Verehrer zu haben. Ob es einer war, den sie ihrem Vater gegenüber nicht zu erwähnen wagte, weil dieser ihn für unpassend halten würde?

Der sechzehnjährige Arthur wurde vermutlich von einem Hauslehrer unterrichtet. Worin bestand seine Behinderung, und wie ausgeprägt war sie?

Die Dienstboten hatte sich die Polizei vermutlich genau angesehen und gründlich befragt, und sei es nur, um sie als Verdächtige ausschließen zu können. Es war ohne Weiteres möglich, dass einer von ihnen einen Außenstehenden ins Haus gelassen hatte. Alle hatten gesagt, es habe nichts gefehlt. Vielleicht hatten sie es damals unter dem Eindruck des Schocks auch nur nicht bemerkt, oder sie hatten sich zu sehr geschämt, um zuzugeben, dass sie einen Geliebten, Freund, Bruder oder Vater eingelassen hatten, der dadurch dann in Schwierigkeiten gewesen wäre. All das stellte sich inzwischen möglicherweise gänzlich anders dar, weil man den Hausherrn zum Tod durch den Strang verurteilt hatte.

Daniel würde viel Überredungskunst aufbringen müssen, wenn er erreichen wollte, dass ihm jemand die Wahrheit sagte, der zuvor gelogen hatte. Andererseits musste auch einem solchen Menschen klar sein, dass eine Falschaussage, die einen anderen an den Galgen brachte, eine untilgbare lebenslange Gewissensschuld bedeutete.

Daniels Mutter Charlotte und ihre Schwester Emily hatten an Pitts früheren Fällen mitgewirkt, was für ihn so manches Mal äußerst nützlich gewesen war, denn niemand wäre auf den Gedanken gekommen, die beiden Damen könnten mit der Polizei zusammenarbeiten. Vielleicht wäre es eine gute Idee, sobald er noch weitere Informationen zusammengetragen hatte, einmal zum Abendessen zu Hause vorbeizuschauen und festzustellen, ob ihm seine Mutter etwas über Ebony Graves sagen konnte. Es verblüffte ihn immer wieder, wie viele Menschen aus den unterschiedlichsten Gesellschaftsschichten sie kannte.

Dann hatte er einen Einfall, und er setzte sich aufrecht hin. Wie wäre es, wenn er Mrs. Blackwell fragte? Sie interessierte sich für nahezu alle Aspekte des Lebens in London und hatte einen klaren Verstand. Unter Umständen hatte sie etwas über Ebony Graves gehört, wenn sie sie nicht sogar selbst gekannt hatte. Zumindest würde er von ihr Rat oder eine Empfehlung bekommen, wo er dergleichen erfahren konnte. Was sie nicht ohnehin wusste, würde sie durch Herumfragen herausbekommen können. Frauen nahezu aller Schichten trafen sich an den verschiedensten Orten, um miteinander über ihre Rechte zu reden, und Mrs. Graves hatte nicht zu denen gehört, die mit ihrer Meinung hinter dem Berg hielten. Ja, er würde Mrs. Blackwell fragen. Sicherlich war sie ihm dankbar, weil er das unmöglich Scheinende erreicht und ihren Sohn Roman vor dem Galgen bewahrt hatte.

Irgendjemand, wo auch immer er stecken mochte, musste etwas über den Fall wissen. Es war Daniels Aufgabe, diesen Menschen aufzuspüren. Dafür standen ihm ziemlich genau drei Wochen zur Verfügung. Er würde jetzt gründlich ausschlafen, zum ersten Mal seit Tagen, und sich dann dem neuen Tag mit einem klaren Kopf und einem klaren Ziel stellen.

KAPITEL 6

Am nächsten Morgen machte er sich auf den Weg zu Graves. Es war kühl, und der Wind ließ die Kälte noch intensiver spürbar werden. So früh am Tag waren die Straßen kaum belebt. Die Mauern des Gefängnisses wirkten abweisend, und Daniel fühlte sich beengt, sobald er im Gebäude war. Von dort zu entkommen dürfte unmöglich sein.

Man hatte ihn eingelassen, doch ein mürrischer Wärter bedeutete ihm, dass er warten müsse, bis der Gefangene sein Frühstück beendet habe.

»Se woll'n ja wohl nich, dass er hungern muss, Mr. Pitt? Oft kann er ja nich mehr frühstück'n.«

»Ich will …«, setzte Daniel an, beendete seinen Satz aber nicht, als ihm aufging, wie sinnlos das war, was er hatte sagen wollen. Ohnehin war es so gut wie aussichtslos, etwas zu finden, womit sich ein Antrag auf Revision begründen ließe. Ob falsche Hoffnung wirklich besser war als gar keine?

Beim Gedanken daran, wie wenig er darauf vorbereitet war, mit einem Mann zu sprechen, der dem baldigen Tod entgegensah, drehte sich ihm fast der Magen um. Er selbst würde am Ende des Gesprächs das Gefängnis verlassen können, während Graves die Steinmauern noch einige Tage ansehen musste, bevor das Unvermeidliche geschah. Gewiss, der Tod durch den Strang galt als vergleichsweise schmerzlos; er wurde als zivilisierte Strafe für Kapitalverbrecher, also Mörder, Seeräuber oder Hoch- und Landesverräter, angesehen, und dennoch bedeutete er ein unwiderrufliches Ende.

Niemand kannte jemals die ganze Geschichte. Vielleicht war Graves tatsächlich unschuldig. Immerhin wäre Blackwell beinahe wegen einer Tat gehängt worden, die er nicht begangen hatte. Vielleicht hatte wirklich ein anderer Ebony Graves ermordet, jemand aus ihrem Bekanntenkreis, den Graves nie verdächtigt hätte. Wie einsam und von allen verlassen er sich in seiner Todesangst fühlen musste!

»Woll'n Se 'ne Tasse Tee?«, fragte ihn der Wärter.

Daniel schüttelte den Kopf, weil er befürchtete, ihn nicht hinunterzubekommen, überlegte es sich dann aber anders. Vielleicht konnte er damit seinen Magen beruhigen, auch wenn man den Tee vermutlich viel zu lange hatte ziehen lassen.

Wortlos und mit leicht belustigter Miene brachte ihm der Wärter einen Emaillebecher.

»Danke«, sagte Daniel, während er ihn entgegennahm. Er war sehr heiß, der Tee darin tiefschwarz.

»Ich hab keine Milch reingetan, weil die schlecht geword'n is. Tut mir leid. Sind Se zum erst'n Mal hier, um mit 'nem Galg'nvogel zu red'n?«

Konnte man ihm das so deutlich ansehen? »Ja«, gab Daniel zu. »Der Letzte, den ich zu verteidigen hatte, war unschuldig.«

»So einer is' der hier nich'«, sagte der Wärter in verächtlichem Ton. »Se seh'n mir 'n bisschen jung aus. Is das überhaupt 'ne Arbeit für Sie?«

»Ich bin fünfundzwanzig Jahre alt«, antwortete Daniel und merkte, dass der gekränkte Ton, in dem er das sagte, eher den Eindruck erweckte, als sei er in Wahrheit erst um die achtzehn. »Es war mir ernst, als ich sagte, dass mein voriger Mandant freigesprochen worden ist. Wahrscheinlich frühstückt er jetzt bei sich zu Hause Spiegelei mit Speck, sofern er überhaupt schon aufgestanden ist!« Während er den Blick auf den Becher mit dem gewiss abscheulich bitteren Tee richtete, trat ihm flüchtig die Vorstellung vor Augen, wie Roman Blackwell, von der Mutter umsorgt, am Frühstückstisch gemütlich Zeitung las.

»So kann man sich täuschen – danach seh'n Se mir gar nich aus. Im Augenblick würde man sag'n, dass Ihn'n kotzübel is'. Trink'n Se ruhig, bevor man Se zu ihr'm Mann bringt.«

Daniel nahm einen kleinen Schluck. Ganz wie vermutet, hatte das üble Gebräu sicher seit Stunden in der Kanne gestanden. Aber es zu trinken erschien ihm einfacher, als sich mit dem Wärter zu unterhalten.

Man brachte Graves in einen kleinen Besuchsraum. Er trug Gefängniskleidung und war an den Händen gefesselt. Seine Haut war grau, soweit sich das unter den Bartstoppeln des unrasierten Gesichts erkennen ließ.

»Was wollen Sie denn jetzt noch?«, knurrte er.

»Mr. Kitteridge ist dabei, festzustellen, ob es im Prozess einen Form- oder Verfahrensfehler gegeben hat, der es uns ermöglichen würde, das Urteil anzufechten«, begann Daniel.

»Soll das heißen, dass er womöglich etwas falsch gemacht hat?«, fragte Graves mit vor Hohn triefender Stimme.

»Er ist ein glänzender Anwalt«, verteidigte Daniel den Kollegen spontan. Dass das der Wahrheit entsprach, räumten sogar Prozessgegner als auch Anwälte aus der eigenen Kanzlei ein, die ihn nicht leiden konnten. »Nein, irgendetwas im Verlauf des Prozesses, ein …«

Sogleich erlosch der flüchtige Hoffnungsschimmer, der unwillkürlich in Graves' Augen getreten war, ohne dass er ihn hätte verbergen können. Er stieß eine Reihe wilder Verwünschungen aus.

»Ich bin gekommen, um zu sehen, ob sich möglicherweise feststellen lässt, wer Ihre Gattin getötet hat«, fuhr Daniel fort, als habe er nichts gehört. »Immer vorausgesetzt, dass Sie es nicht selbst waren.«

»Glauben Sie blöder Kerl denn wirklich, ich hätte Ihnen das nicht längst gesagt, wenn ich nur die leiseste Vorstellung davon hätte?«, brachte Graves bissig hervor.

»Der Unterschied besteht darin, dass ich der Sache nach Belieben nachgehen kann, Sie hingegen nicht«, erklärte Daniel mit Schärfe in der Stimme. »Es macht mir nichts aus, wenn Sie Ihre Zeit damit vergeuden wollen, mich zu beschimpfen. Sofern Sie aber Wert darauf legen, hier rauszukommen, müssen Sie mir schon meine Fragen beantworten und überlegen, ob Sie mir etwas sagen können, was es mir ermöglicht, Erkundigungen einzuziehen. Immerhin ist es nicht auszuschließen, dass die Polizeibeamten etwas übersehen, nicht die richtigen Fragen gestellt oder nicht mit den richtigen Leuten gesprochen haben. Denen ging es darum, Ihre Schuld nachzuweisen, während es mein Ziel ist, zu beweisen, dass Sie unschuldig sind.«

Graves sah ihn mit tiefem Widerwillen an. Die Verzweiflung kehrte sein Inneres nach außen, legte seine Ängste bloß und beraubte ihn seiner Würde, gerade so, als stünde er nackt da. Das Bewusstsein der Demütigung quälte ihn unübersehbar.

Daniel war auf die Mitwirkung des Mannes angewiesen. »Ihr Hals steckt in der Schlinge, nicht meiner«, stellte er erbarmungslos fest. »Soll ich bleiben … oder gehen?«

»Ich war es nicht«, presste Graves zwischen den Zähnen hervor.

»Von mir aus. Aber irgendjemand muss es gewesen sein. Ich muss viel mehr über Ihre Gattin in Erfahrung bringen.

Sie können sie nicht mehr schützen, weder ihren guten Ruf noch ihr Leben. Ich bin auf der Suche nach der Wahrheit. Weder frage ich aus bloßer Neugier, noch wird je ein Mensch etwas von dem erfahren, was Sie mir anvertrauen, soweit es nicht dazu beiträgt, den Mörder zu finden. Es liegt an Ihnen, ob Sie mir das glauben. Die Angelegenheiten anderer Menschen interessieren mich nicht sonderlich, und Geheimnisse sind bei mir gut aufgehoben. Als Ihr Rechtsvertreter muss ich über alles schweigen, was nicht im Zusammenhang mit dem Nachweis Ihrer Schuldlosigkeit steht.«

Graves stieß zum Zeichen seines Einverständnisses einen tiefen Seufzer aus, doch wie er so zusammengesunken auf seinem Stuhl saß, wirkte es eher wie eine Kapitulation.

Unwillkürlich bekam Daniel ein schlechtes Gewissen. Doch dies war nicht der richtige Zeitpunkt, um auf Kosten der Wahrheit liebenswürdig zu sein.

Graves wirkte hilflos, als wüsste er nicht, wo er anfangen sollte.

»So, wie Sie Ihre Gattin beschrieben haben, könnte man annehmen, dass sie in gewisser Weise exzentrisch war«, begann Daniel. »Wie hat sich das geäußert? Hat sie Dinge getan, an denen andere Menschen hätten Anstoß nehmen können?«

»Oft«, gab Graves mit säuerlicher Miene zurück. »Immer wieder hat sie Menschen mit dem vor den Kopf gestoßen, was sie getan und gesagt hat. Aber niemand bringt eine Frau um und entstellt ihr Gesicht, weil ihm die Art nicht gefällt, wie sie sich kleidet, mit Leuten verkehrt, die man für unpassend hält, in ein fremdes Haus kommt, als gehöre es ihr, oder mit den falschen Leuten redet. Großer Gott, wir sind doch keine Wilden! Irgendjemand muss sie … gehasst haben.« Er wirkte erschöpft, und es sah aus, als hätten ihm seine eigenen Worte Angst eingejagt. Er bebte innerlich vor Wut und war es müde, das zu verbergen.

Es kostete Daniel Mühe, Geduld zu bewahren. Die Zeit war knapp, und er hatte nichts Erfolgversprechendes in der Hand. Er begann erneut. »Ich versuche mir ein Bild von ihr zu machen«, sagte er betont langsam. »Im Augenblick weiß ich nicht, wo ich damit anfangen soll. Irgendjemand hat ihr das angetan. Halten Sie es für möglich, dass das ein Eindringling war, der nicht darauf aus war, etwas zu entwenden, sich aber lange genug im Hause aufgehalten hat, um sie zu entstellen, bevor er verschwand?«

»Machen Sie sich nicht lächerlich! Selbstverst…« Graves sprach nicht weiter. Es war, als habe sich plötzlich ein Schatten auf sein Gesicht gelegt. Seine Schultern sanken noch tiefer. »Ich werde Ihnen alles sagen, was ich kann. Eigensinnig, wie sie war, hat sie sich durch niemanden von ihren Ansichten abbringen lassen, womit sie oft heftig angeeckt ist.«

»Was für ein Thema könnte denn einen so maßlosen Streit ausgelöst haben?«, fragte Daniel. Vielleicht war das eine aussichtsreiche Fährte.

»Politik. Sie wollte alles Mögliche reformieren. Allerdings weiß ich nicht, ob es überhaupt jemanden gab, der sie in dem Punkt ernst genommen hat. Selbstverständlich hat sie sich auch für das Frauenwahlrecht stark gemacht – das ist doch die Höhe!«

»Das tun viele.« Daniel dachte an seine Mutter. »Wissen Sie von jemandem, den sie besonders schwer gekränkt hat?«

Graves verzog das Gesicht vor Missfallen. »Das waren so viele, dass ich den Überblick verloren habe. Es gab Zeiten, da sie als modisches Vorbild galt und sogar Lady Midhurst ausstach, von der Pfarrersfrau oder der Arztgattin gar nicht erst zu reden. Aber so ist das in allen Gesellschaften, in denen die Frauen die Zeit mit unnützem Kram vertändeln. Können

Sie sich vorstellen, dass jemand einen anderen Mann umbringt, weil der einen besseren Schneider hat oder seine Krawatte eleganter binden kann?«

»Ich kann mir vorstellen, dass er das aufgrund einer weit tiefer reichenden Rivalität tut«, gab Daniel zurück. »Oder um zu zeigen, wer das Sagen hat, wer die meiste Bewunderung der anderen Männer auf sich zieht, wenn nicht gar eines bestimmten.«

Graves sah ihn mit widerwilliger Zustimmung an. »Das scheint mir alles entsetzlich banal zu sein, aber vermutlich ist es das gar nicht. Es kommt wohl auf die Größe der Welt an, in der man lebt, nicht wahr?«

»War denn die Welt Ihrer Gattin so klein? Wer hat zu ihrem Bekanntenkreis gehört? Vielleicht sollte ich einmal mit den Leuten reden. Vermutlich wissen die mehr über die Art, wie sie ihre Zeit zugebracht hat, ob jemand eifersüchtig auf sie war, vielleicht sogar aus einem ganz bestimmten Grund, und ob dabei ein Mann eine Rolle gespielt hat. Oder Geld? Eine Rivalität welcher Art auch immer?«

Graves sah ratlos drein.

Daniel beugte sich vor. »So etwas hat es auch früher schon gegeben. Überlegen Sie gut! Ihr Leben hängt davon ab!«

»Ich … ich habe mich nicht für Randereignisse interessiert«, sagte Graves hilflos. »Ich war immer sehr beschäftigt. Sie wissen vielleicht nichts davon, weil das nicht zu Ihrem Beruf gehört, aber als Verfasser von Biografien bin ich ziemlich bekannt dafür, dass ich das Leben bedeutender Männer mit großer Genauigkeit beschreibe. Weil ich mir dazu ein umfangreiches Detailwissen aneignen muss, bleibt mir keine Zeit, mich mit den Belanglosigkeiten von Kleingeistern zu beschäftigen.«

»Ach, Sie verfassen Biografien?«, heuchelte Daniel Interesse und ging stillschweigend über die Kränkung hinweg.

»Dann haben Sie doch sicher das Wesen des Menschen in all seinen Ausprägungen kennengelernt und erfasst, wissen, wie es ist, wenn jemand über sich selbst hinauswächst oder seinen Schwächen nachgibt.«

»Selbstverständlich.« Es schien, als habe Daniel endlich etwas Brauchbares von sich gegeben. »Das ist eine hohe Kunst, die zugleich ein beachtliches Maß an Gewissenhaftigkeit erfordert. Man muss Menschen verstehen und auch wissen, wonach man zu suchen hat, um ihre tiefsten Geheimnisse zu ergründen.« Die Anspannung war teilweise aus Graves Zügen gewichen – oder sah es nur so aus, weil er sich bewegt hatte und das Licht in einem anderen Winkel auf ihn fiel?

»Gut! Dann sprechen Sie jetzt so, als stünden Sie im Begriff, eine Biografie Ihrer Gattin zu verfassen. Beschreiben Sie sie mir. Wie sah sie aus? Welche Eigenarten besaß sie? Sagen Sie mir, was sie gelesen hat, was ihr wichtig war. Wofür hat sie sich eingesetzt, und wer waren ihre Gegner? Wen hat sie bewundert, wen kritisiert? Mit wem hatte sie Streit, und worum ging es dabei? Jemand hat sie ermordet. Wenn nicht Sie – wer dann? Wer Biografien über Fremde verfasst, müsste doch in der Lage sein, sich in das Wesen der eigenen Gattin einzufühlen.«

Graves schwieg so lange, dass Daniel schon wieder zum Sprechen ansetzte, damit der Mann endlich reagierte, doch da begann er. »Sie war sehr anziehend«, sagte er nachdenklich. »An vielem interessiert und von wachem Verstand. Wenn ich über sie schreiben müsste, würde ich hervorheben, dass sich viele Menschen zu ihr hingezogen fühlten, weil sie so voller Leben war. Sie war einfühlsamer als die meisten und nie langweilig. Wohl aber konnte sie ihren Mitmenschen sehr auf die Nerven gehen. Gelegentlich hat sie auch meine Geduld übermäßig auf die Probe gestellt. Aber gelangweilt habe ich mich in ihrer Gegenwart nie.«

Daniel sah Graves an, während er sprach. Er erkannte in dem Gesicht des Mannes weder Zuneigung noch Zärtlichkeit, wohl aber eine gewisse Bewunderung. Ebony hatte sich, wie es schien, seine widerwillige Achtung erworben. Daniel unterbrach ihn nicht.

»Musik, Farben, Empfindungen begeisterten sie. Alles, was in seiner Summe das Leben ausmacht – Blumen, der freie Himmel, Gewitter, der Vogelflug, die atemlose Stille einer Sternennacht. Sie konnte über Dinge lachen, die mir albern erschienen wären.«

All das war ihm aufgefallen; sie war für ihn durchaus interessant gewesen, zumindest zeitweise.

»Ihre Worte lassen Ihre Gattin als einen Menschen erscheinen, der sowohl Freunde als auch Feinde hatte«, bemerkte Daniel.

»Ja, so ist es wohl. Allerdings habe ich keinen von denen gekannt.«

Daniel beherrschte sich mit Mühe.

Graves schien seine Frau durchaus geschätzt zu haben, aber eher so, wie ein Maler sein Sujet schätzte, und nicht, wie ein Mann die Frau schätzte, mit der er verheiratet war und die ihm zwei Kinder geboren hatte.

Daniel überlegte, was er Graves noch fragen konnte, um das Menschliche in ihm zum Vorschein zu bringen. »Ähnelt Ihre Tochter ihrer Mutter?«

»Sarah? Nein, nicht im Geringsten. Sie ist blond und hat blaue Augen, womit sie in etwa wie meine Mutter aussieht. Eher schlägt Arthur nach Ebony oder würde es jedenfalls tun, wenn er … wenn er gesund wäre.«

Daniel versuchte an Graves' Stimme, Gesicht oder Körperspannung zu erkennen, was der Mann für seinen Sohn empfand, entdeckte aber nichts. Ebenso gut hätte er von einem Fremden sprechen können.

»War er schon immer krank?«

»Nein ... Er war ein ganz normales Kind, bis er mit etwa zehn Jahren diese Sache bekam. Jetzt wird er sein Leben lang ... auf andere angewiesen sein.« Nach wie vor hielt Graves alle Empfindungen unter Verschluss. »Der Arzt sagt, dass Hoffnung besteht, wenn er durchgehend behandelt wird. Aber wenn Sie bei Arthur nach Erklärungen für die Ermordung seiner Mutter suchen, werden Sie nichts finden. Er verlässt sein Zimmer nie. Sarah kümmert sich rührend um ihn; sie ist äußerst geduldig. Sie hat ihm einen großen Teil ihres Lebens gewidmet.«

Einen flüchtigen Augenblick lang lag so etwas wie Bewunderung in seiner Stimme, verschwand aber, bevor Daniel sicher sein konnte, dass er richtig gehört hatte.

»Mehr als die Mutter?«

»Ja. Aber Ebony hat sich durchaus auch um ihn gekümmert. Außerdem haben wir ausgesprochen tüchtiges Personal. Es gab wirklich nichts, was ich hätte tun können. Ich habe es versucht.«

»Sie haben mir bisher nur ihre Erscheinung und Wesensart beschrieben«, sagte Daniel ziemlich schroff. »Aber wie sah ihr Leben aus? Womit hat sie ihre Zeit verbracht, wen konnte sie leiden und wen nicht? Mit wem ist sie ausgegangen und wohin?«

Über all das vermochte Graves nicht das Geringste zu sagen. Das erschien Daniel sonderbar, denn er hätte weit mehr über seine eigene Mutter berichten können, ihre Stimmungen, ihre Wissbegierde, ihren jäh aufflammenden Zorn angesichts von Ungerechtigkeit. Der Mann schien weder Erinnerungen an gemeinsame Erlebnisse zu haben, noch konnte er über seine Gattin etwas sagen, was es Daniel ermöglicht hätte, sie sich vorzustellen.

Daniel versuchte sich an Augenblicke zu erinnern, in denen er sich anderen Menschen nahe gefühlt hatte, kleine

Wahrheiten, die bewirkt hatten, dass er das große Ganze verstehen konnte. Das meiste davon hatte mit seinem Vater zu tun. Einmal hatte Pitt Daniel bei einer Hausaufgabe geholfen, bei der es darum gegangen war, mit Hilfe von Rädern, Ketten und Zahnrädern eine Art Maschine zu bauen. Dabei hatte Pitt ein Teil falsch eingesetzt. Es hatte eine ganze Weile gedauert, bis Daniel dahintergekommen war, was da nicht stimmte. Zwar wollte er den Vater nicht auf seinen Fehler hinweisen, doch war ihm zugleich klar, dass sie so nicht weiterkommen würden. So taktvoll er konnte, hatte er erklärt, warum es nötig sei, das Ganze auf eine andere Art noch einmal zu machen, damit es funktionierte. Dann hatte er die Belustigung auf dem Gesicht seines Vaters erkannt und begriffen, dass dieser das Teil mit Absicht falsch herum eingesetzt hatte, damit Daniel nicht nur den Fehler erkannte und korrigierte, sondern auch die Funktionsweise des Ganzen besser verstand.

Möglicherweise hatte Graves seine Frau nie verstanden. Er hatte viele Einzelaspekte von ihr gesehen, aber nie erkannt, was sie ausmachte, eine Frau, die offensichtlich Leidenschaften bis hin zu solchen erregen konnte, die zu Mord und Entstellung führten. War jemand, der so wenig fähig war, sich in derlei einzufühlen, den Drang und die Bedürfnisse zu erkennen, die hinter den Taten standen, wirklich imstande, gute Biografien zu verfassen?

»Hat sie Interesse an Ihrer Arbeit gezeigt?« Offenkundig war das alles, wofür Graves Gefühle aufbrachte.

»Ebony?«, fragte er verwundert. »Nicht die Spur. Es hat ihr gefallen, dass ich mit Berühmtheiten und den Mächtigen verkehrte. Vermutlich hat ihr das ein gewisses Ansehen in der Gesellschaft verschafft. Aber sie hat nie den Wunsch geäußert, eins meiner Bücher zu lesen.« Seine Stimme, die zu Anfang des Satzes lauter geworden war, wurde leiser, und er fuhr mit einer gewissen Verachtung fort: »Sie hat den Ruhm geliebt, ihn für erstrebenswert gehalten, sich aber nicht von ferne dafür interessiert, wie viel Mühe und Streben nach Genauigkeit mit dieser Arbeit verbunden ist, wie viel Mühe und Aufwand nötig sind, um die Wahrheit über die in einer Biografie Darzustellenden zu erfahren.«

Daniel erkannte die Bitterkeit in der Stimme des Mannes und sah sie auch in seinen Augen, die plötzlich vor Zorn glühten. Was mochte der Grund für diesen Zorn sein? Dass ihre Art zu leben jemanden dazu gebracht hatte, sie zu ermorden, und dass man jetzt ihn selbst dafür zur Rechenschaft zog, er dafür sterben sollte? Oder hatte sie ihn so weit getrieben, dass er die Beherrschung verloren und sie eigenhändig getötet hatte?

»Halten Sie es für denkbar, dass zwischen dem Mord an Ihrer Gattin und Ihrer Arbeit ein Zusammenhang besteht?«, fragte Daniel. Dieses Gespräch sollte auf keinen Fall ohne Ergebnis bleiben. Man würde ihm nicht mehr viel Zeit lassen, und er hatte bisher so gut wie kein Material in der Hand. »Könnte es sein, dass sie vertrauliche Informationen ausgeplaudert hat?«

Graves erstarrte von einem Augenblick auf den anderen. Er hob langsam den Kopf und sah Daniel durchdringend an. »Zum Teufel mit ihr!«, stieß er hervor. »Ja! Ja, dazu wäre sie imstande gewesen. Ich habe mit wichtigen Menschen zu tun, auch mit gefährlichen. Manche von ihnen leben nicht mehr, aber ihre Macht reicht über das Grab hinaus. Andere könnten davon betroffen sein.« Er holte tief Luft und wiederholte dann leise, aber mit kaum beherrschter Stimme: »Zum Teufel mit ihr! Wie konnte sie nur so gedankenlos sein? Bei manchen Menschen habe ich es mit dem Privatleben zu tun, bei anderen mit deren Wirken und Auftreten in der Öffentlichkeit. Da spielen bisweilen auch Staatsgeheimnisse mit hinein, wenn nicht sogar Hochverrat.« Er sah Daniel in die Augen. »Ich habe ihr selbstverständlich nie etwas Vertrauliches mitgeteilt, aber natürlich ist es denkbar, dass der eine oder andere Name gefallen ist, sie bestimmte Einzelheiten über … Menschen mitbekommen hat, an deren Biografie ich gerade gearbeitet habe. Auch wenn das meiste davon die Dinge nur am Rande berührt, könnte das so manchen in Gefahr bringen, die Spitzen der Regierung, vielleicht sogar den Thron. Großer Gott! Wie dumm, wie unfassbar dumm von ihr!«

Daniel wusste nicht, ob das auf Wahrheit beruhte oder nicht. Auf jeden Fall wäre es aber durchaus ein glaubwürdiger Anlass zu der Annahme, dass ein anderer als ihr Mann sie ermordet hatte. Ob Ebony wirklich unbedacht Geheimnisse preisgegeben und damit unabsichtlich bei jemandem den Eindruck erweckt hatte, sie sei im Besitz vertraulicher Informationen, die diesem gefährlich werden konnten … so gefährlich, dass man sie für immer zum Schweigen bringen musste?

»Aber Sie selbst hat man nicht angegriffen? Warum nicht? Sie schreiben doch das Buch.«

Graves sah ihn wortlos an.

»Nun?«, drängte Daniel.

»Vielleicht sollte das eine Warnung sein«, sagte Graves mit einer Stimme, in der unüberhörbar Angst mitschwang.

»Und von Ihnen wird erwartet, dass Sie die richtig deuten und sich dementsprechend verhalten?«, fragte Daniel, ohne seine Ungläubigkeit zu verbergen. »Hat man Ihnen irgendwelche schriftliche Mitteilungen geschickt, die Sie zu dieser Annahme veranlassen könnten? Es dürfte wohl keinen Sinn haben, jemanden zu warnen, wenn man ihm nicht gleichzeitig klarmacht, was er tun oder unterlassen soll.«

»Das dürfte kaum nötig sein, wenn es denen gelingt, mich an den Galgen zu bringen«, gab Graves zurück. »Ein Toter kann keine Geheimnisse mehr preisgeben!«

Mit einer Mischung aus Ärger und Mitgefühl betrachtete Daniel den Mann, der mit gefesselten Händen auf dem Stuhl ihm gegenüber saß und für den die Zeit bis zu seiner Hinrichtung in Tagen, Stunden und schließlich nur noch in Minuten gemessen wurde.

»Könnte es Ihres Wissens eine bestimmte Person sein, die befürchtet, ihre Geheimnisse könnten bekannt werden?«, erkundigte sich Daniel. Er musste etwas in die Hand bekommen, was es ihm ermöglichte, eine Spur zu verfolgen.

»Wer vermag schon zu sagen, welche Wege der Verrat geht?«, fragte Graves zurück. »Und wie wollen Sie das herausbekommen? Was sind Sie denn schon? Ein Jurist frisch von der Universität, der in einem halben Dutzend Fällen als Anwalt vor Gericht aufgetreten ist, und dann auch nur als zweite Besetzung! Ich war Ihr erster wichtiger Fall, und den haben Sie verloren. Was glauben Sie denn gegen die Mächtigen der etablierten bürgerlichen Gesellschaft ausrichten zu können? Der bloße Versuch ist grotesk. Wenn es nicht um mein Leben ginge, würde ich Sie auslachen.«

»Was haben Sie denn geglaubt, als Sie angefangen haben, diese Art von Biografien zu verfassen?«, konterte Daniel. »Haben Sie gemeint, die Leute würden sich tatenlos all das gefallen lassen, was Sie über sie schreiben? Trotz aller Selbstverliebtheit muss Ihnen diese Frage doch irgendwann einmal gekommen sein.«

»Die Männer, über die ich schreibe, leben nicht mehr! Jedenfalls die mächtigsten von ihnen.«

»Haben Sie nicht eben selbst gesagt, dass deren Macht über das Grab hinausreicht? Auf jeden Fall muss wohl noch jemand am Leben sein, dem die Sache wichtig ist, sonst wären Sie jetzt nicht hier. Wollen Sie mir sagen, auf wen ich mein Augenmerk richten soll?«

»Damit Sie mein Werk vernichten können? Woher will ich wissen, dass Sie nicht im Sold dieser Leute stehen?«

»In dem Fall würde ich wohl kaum versuchen, Sie und Ihren guten Ruf zu retten, sondern einfach zulassen, dass Sie am Galgen enden«, gab Daniel hitzig zurück.

»Soweit ich sehe, stehen Sie im Begriff, genau das zu tun.« Graves erhob sich, wobei seine Handfesseln klirrten.

Nach kurzem Überlegen sagte Daniel: »Sie haben sicher recht, wenn Sie sagen, dass Sie nichts Genaues wissen. Sollte da aber wirklich Hochverrat im Spiel sein, hätte die Regierung ein berechtigtes Interesse daran, das zu erfahren. Das wäre Grund genug, die Vollstreckung Ihres Urteils von amtlicher Seite so lange hinauszuzögern, bis wir mehr in Erfahrung gebracht haben.«

In Graves' Augen flackerte Hoffnung auf, die aber gleich wieder schwand, als Daniel ihn ansah. Unwillkürlich empfand Daniel Mitleid mit ihm.

»Ich werde mich bemühen, festzustellen, ob Ihre Gattin in der Tat so unklug war, etwas auszuplaudern. Wie ich schon gesagt habe, kümmert sich Mr. Kitteridge um den rechtlichen Aspekt der Angelegenheit. Sofern es auch nur einen noch so geringfügigen Form- oder Verfahrensfehler gegeben hat, wird er ihn finden.«

»Kommen Sie dann, um mir das zu sagen?«

»Sobald ich etwas zu berichten oder Sie etwas zu fragen habe.«

Graves sagte nichts darauf, sondern wandte sich ab, sodass Daniel sein Gesicht nicht sehen konnte. Es war ein klares Signal dafür, dass er nicht bereit war, weiter mit ihm zu sprechen.

Gegen Mittag trat Daniel aus dem grauen Schatten des Gefängnisses auf die im hellen Licht liegende Straße. In Gedanken ging er durch, was er tun würde oder konnte. Er wusste nicht so recht, was er von all dem halten sollte, was Graves gesagt hatte. Es erschien ihm alles andere als glaubwürdig.

Vielleicht müsste er als Erstes feststellen, ob der Mann tatsächlich die Art von Autor war, die zu sein er behauptete. Dazu würde es genügen, die ihm unmittelbar zugänglichen Quellen anzuzapfen. Bestimmt konnte ihm Mr. fford Croft etwas darüber sagen; schließlich hatte er selbst seine beiden Mitarbeiter auf den Fall angesetzt. Doch sofern Graves tatsächlich Biografien verfasste, die mit solchen Gefahren verbunden waren, hätte der Kanzleichef ihnen das dann nicht gleich gesagt? Es lag auf der Hand, dass Daniel sich bei ihm erkundigen musste.

Nur was sollte dabei herauskommen? Es würde Graves keinen Vorteil verschaffen, Daniel bewusst in die Irre zu leiten; andererseits hätte er dabei aber wohl auch nichts zu verlieren. Wollte er lieber für jemanden gehalten werden, der einem Verräter gefährlich werden konnte, als für einen schäbigen Mörder, dessen Motiv Eifersucht, Habgier oder gekränkte Eitelkeit war? Auch das wäre vorstellbar. Vielleicht hatte ihn seine Frau verspottet, und diese Demütigung hatte den stolzen Mann mit so tiefem Hass erfüllt, dass er sie getötet und ihr schönes Gesicht entstellt hatte, dessen Mund ihn verlacht hatte?

Das dürfte wahrscheinlicher sein, als dass er etwas über eine Berühmtheit geschrieben haben könnte, die er verdächtigt hatte … Worum hätte es dabei gehen können? Ein unbekanntes Motiv?

Als er an einer großen Buchhandlung vorüberkam, beschloss Daniel, einzutreten und sich nach Werken von Graves zu erkundigen.

»Was kann ich für Sie tun?«, fragte ihn der ältere Herr hinter der Ladentheke.

»Man hat mir einen Autor empfohlen, und ich wüsste gern, ob Sie etwas von ihm hier haben. Vielleicht können Sie mir sogar sagen, mit welchem Titel ich anfangen sollte.«

»Um wen handelt es sich, Sir?«

»Er heißt Russell Graves. Er soll einen bemerkenswerten Ruf als Verfasser von Biografien habe.«

»Ach je.« Auf das Gesicht des Mannes trat ein Ausdruck tiefen Mitleids. »Ich nehme an, dass Sie noch nichts davon gehört haben. Bedauerlicherweise ist ihm etwas … Entsetzliches zugestoßen.«

»Doch, das weiß ich. Vielleicht legt sein Anwalt ja Berufung ein. Außerdem ändert das nichts am Wert seiner Arbeit. Soweit man mir gesagt hat, widmet er sich den von ihm dargestellten Personen mit bemerkenswerter Genauigkeit.«

»Er hat sie einen wie den anderen gründlich erforscht. Ehrlich gesagt, ist es mir lieber, wenn man die Privatsphäre meiner Helden nicht antastet, Sir. Jeder von uns hat seine Schwächen, und ich bin ziemlich sicher, dass man bei einer gründlichen Durchleuchtung jedem etwas nachweisen könnte, was besser nicht bekannt würde. Bei seiner Biografie des Herzogs von Wellington ist er meiner Einschätzung nach mit seinem Gegenstand nicht ganz so scharf ins Gericht gegangen wie bei anderen. Darin erfahren wir einige Dinge, die bisher so gut wie unbekannt waren, insbesondere im Hinblick auf dessen politische Laufbahn lange nach dem Feldzug Napoleons gegen die Spanier oder nach Waterloo. Wir haben jüngst das eine oder andere Exemplar verkauft. Wenn es Ihnen recht ist, werde ich einmal nachsehen, ob wir noch eines dahaben.«

Daniel konnte es sich nicht leisten, Geld für teure Bücher auszugeben, die er nicht lesen würde oder zumindest nicht in den nächsten Wochen. »Nein, vielen Dank«, sagte er und schüttelte den Kopf. »Mir sind zeitgenössischere Themen lieber. Falls ich es mir anders überlegen sollte, komme ich noch einmal zurück.«

»Gewiss, Sir«, gab der Mann zurück, der verstanden hatte, was Daniel damit sagen wollte.

Daniel bat um eine Unterredung mit fford Croft und teilte ihm mit, was bei dem Gespräch herausgekommen war. Es war wenig genug, aber immerhin hatte er jetzt eine Spur, der er nachgehen konnte. Wie es aussah, hatte Kitteridge mit seinen Bemühungen noch keinen Erfolg gehabt, was ihn nicht weiter überraschte. Wahrscheinlich gab es da nichts zu finden – doch man durfte nichts unversucht lassen.

Am Nachmittag ging Daniel zu Mrs. Blackwell, ohne zu wissen, ob ihr sein Besuch recht sein würde. Er hatte sie mehrfach aufgesucht, als es im Zusammenhang mit dem Prozess gegen ihren Sohn Roman darum gegangen war, Beweise für dessen Schuldlosigkeit zu finden. Ihr war durchaus bewusst, dass ihr Sohn gelegentlich mit der Wahrheit auf Kriegsfuß stand, doch wusste sie immer genau, wann er log und wann nicht. Vermutlich war er sich nicht darüber im Klaren, wie wenig es ihm gelang, seine Mutter hinters Licht zu führen. Daniel war überzeugt, dass trotz allem zwischen den beiden ein herzliches Einvernehmen bestand, eine natürliche Freundschaft zweier Menschen, die einander gut verstanden und, ungeachtet aller nie wirklich ernst gemeinten Auseinandersetzungen, die gleichen Werte schätzten und über dieselben Dinge lachten. Sie hielten unverbrüchlich zusammen.

In Daniels Augen gehörte Mrs. Blackwell zu den lebensfreudigsten Menschen, denen er je begegnet war. Wenn man ihren Sohn gehängt hätte, wäre ihr das Dasein mit Sicherheit nicht mehr lebenswert erschienen.

Wäre ihm ihre Verletzlichkeit nicht bekannt gewesen, hätte er sich wohl ein wenig vor ihr gefürchtet, doch so wagte er es, sie an diesem Nachmittag ohne Vorankündigung aufzusuchen. Er nahm an, dass sie um diese Tageszeit zu Hause sein würde, doch hätte er auch bereitwillig auf ihre Rückkehr gewartet, wenn sie nicht daheim gewesen wäre. Er musste unbedingt mehr über Ebony Graves in Erfahrung bringen, wollte aber dazu vorerst nicht die Angehörigen befragen, die möglicherweise weniger über sie wussten als andere Menschen.

Das in jeder Hinsicht unauffällige Haus stand in einer ruhigen Nebenstraße des Londoner Stadtteils Pimlico. Daniel stieg die Stufen zur Haustür empor und klopfte. Auch wenn es keinen Grund zu der Annahme gab, dass jemand zu Hause war, merkte er, wie enttäuscht er in dem Fall gewesen wäre.

Nichts rührte sich.

Er klopfte erneut.

Die Tür öffnete sich nahezu im selben Augenblick. Mrs. Blackwell stand vor ihm. Sie strahlte eine unglaubliche Energie und Vitalität aus und schien ein gänzlich anderer Mensch zu sein als die erschöpfte und bleiche Frau, die er am Tag der Urteilsverkündung gesehen hatte. Sie war mit etwa einem Meter fünfundfünfzig deutlich kleiner als Daniel, trug aber den Kopf so hoch, dass man sie aus einer gewissen Entfernung für eine stattliche Erscheinung hätte halten können. Da sie ihre herrlichen schwarzen Haare mit der weißen Strähne darin zu einem Kranz geflochten auf dem Kopf trug, wirkte sie noch einmal eine halbe Handbreit größer. Ihr Sohn hatte ihm einmal mitgeteilt, sie seien so lang, dass sie darauf sitzen könne.

»Nanu!«, sagte sie, offenkundig erfreut. »Ich hatte nicht damit gerechnet, Sie schon so bald wiederzusehen.

Sie haben hoffentlich keine Schwierigkeiten?«

Insgeheim fragte sich Daniel, ob ihn etwas in der Art einer sichtbaren Aura umgab oder ob sie annahm, dass er andernfalls nicht gekommen wäre. Er lächelte und trat ein. Alles war genauso wie bei seinen ersten Besuchen. Hohe Spiegel waren an den Wänden so angeordnet, dass die kleine Diele, von der erstaunlich viele Türen abgingen, weit größer wirkte, als sie war. Er sah ungefähr ein Dutzend Bilder, wusste aber, dass es in Wirklichkeit nur fünf waren. Zwei Hutablagen trugen zahlreiche Hüte in leuchtenden Farben. Das waren keinesfalls nur die Spiegelbilder von der jeweils anderen Seite, denn sie sahen alle unterschiedlich aus. Bei manchen war die Krempe in ungewöhnlicher Weise gebogen, andere waren teils mit Federn, teils mit Blumen geschmückt.

Unwillkürlich musste Daniel lächeln, wie immer, wenn er dieses Haus betrat. Es kam ihm vor wie das Werk eines Illusionisten oder eine traumhafte Erweiterung der Wirklichkeit.

»Doch«, sagte er. Dieses Eingeständnis erleichterte es ihm deutlich, sich der Situation zu stellen. »Der Fall, mit dem ich gegenwärtig zu tun habe, ist wesentlich schwieriger als der Ihres Sohnes, denn ich weiß nicht, ob der Mann schuldig ist oder nicht.«

»Aber Sie verteidigen ihn?« Sie wandte sich um und ging ihm voraus.

»Nein, genau genommen nicht.« Er folgte ihr in einen Raum, den er bereits kannte. Diesmal interessierte ihn das wilde Durcheinander der verschiedensten Gegenstände nicht. Nichts passte zusammen, aber da es kein erkennbares Muster gab, wirkte auch nichts fehl am Platz, jedenfalls nicht auf ihn. Er wusste, dass jedes dieser Stücke eine Geschichte hatte und dahinter eine freundschaftliche Beziehung oder ein Abenteuer steckte. Mrs. Blackwell hatte viele Erinnerungen lebendig gehalten, indem sie sich mit solchen Dingen umgab. Da war ein herrlich bemalter chinesischer Stellschirm, daneben eine persische Wasserpfeife mit einer wunderbar gravierten Vase und mehreren Schlauchanschlüssen. Es fiel nicht schwer, sich beim Anblick der gemalten Vögel auf einem Porzellanteller an der Wand und dem halben Dutzend Statuetten aus Delfter Porzellan auf den Beistelltischchen in eine Traumwelt versetzt zu fühlen.

»Er ist bereits verurteilt. Der Leiter meiner Kanzlei besteht aber darauf, dass wir versuchen sollen, Revision einzulegen. Dazu bleiben mir zwei Wochen, vielleicht drei«, erläuterte er.

Sie forderte ihn mit einer Handbewegung auf, in einem pflaumenblauen Plüschsessel Platz zu nehmen, und setzte sich in den anderen, der purpurrot war. Auch wenn sie offenkundig nicht zusammengehörten, passten sie erstaunlich gut zueinander. Normalerweise würde man annehmen, dass Purpurrot, Pflaumenblau und ein lila Kissen, lauter leuchtende Farben, einander bissen, doch hier wirkte das äußerst natürlich. Er fühlte sich in diesem Raum außerordentlich wohl.

»Ich muss unbedingt mehr über das Opfer erfahren«, begann er unaufgefordert. »Ich könnte mir vorstellen, dass Sie da etwas herausbekommen können, wenn Sie es nicht ohnehin schon wissen. Es handelt sich um eine Frau namens Ebony Graves.« Er sah, dass bei der Nennung des Namens ein kummervoller Ausdruck auf Mrs. Blackwells Züge trat.

»Sie kennen sie«, sagte er.

»Das nicht gerade. Ich habe sie zwar einmal getroffen, aber hauptsächlich von anderen etwas über sie gehört.« Sie senkte langsam den Kopf, bis er ihr Gesicht nicht mehr sehen konnte. Er brauchte sie nicht zu fragen, ob sie Mrs. Graves hatte leiden können. Die Antwort lag in ihrer unübersehbaren Trauer.

»Ich möchte in Erfahrung bringen, was für ein Mensch sie war«, fuhr er mit leiser Stimme fort. »Außerdem muss ich herausbekommen, wer sie ermordet hat und möglichst auch den Grund dafür.«

Sie hob den Blick. »Aber man wird ihren Mann hängen. Halten Sie ihn wirklich für unschuldig? Oder ist es Ihre Aufgabe, sich für die Verurteilten einzusetzen«, fuhr sie fort, »damit die anderen ihn hängen und mit ruhigem Gewissen nach Hause gehen können?«

»Er ist ein unerfreulicher Mensch. Das bedeutet aber nicht zwangsläufig, dass er schuldig ist«, erwiderte ihr Daniel. »Sollte er tatsächlich nicht der Täter sein, muss ein anderer den Mord begangen haben.«

Mrs. Blackwell richtete sich auf und sah ihn lange wortlos an.

Er wartete, bis sie von sich aus anfing zu sprechen. »Sie hat sich für viele Dinge eingesetzt«, begann sie schließlich. »Die Welt ändert sich gegenwärtig rasch. Manch einem geht das zu schnell. Die Leute haben Angst vor dem Neuen, weil es anders ist als das Gewohnte. Anderen hingegen, die sich vom Geruch des Neuen haben berauschen lassen, kann es gar nicht schnell genug gehen. Ebony hatte vor nichts Angst, weshalb sie auch vor nichts davonlief, die Ärmste. Sie wollte nicht nur, dass Frauen an Unterhauswahlen teilnehmen dürfen, sondern auch, dass sie das Recht bekommen, sich selbst wählen zu lassen. Außerdem wollte sie Bildung für Mädchen. Es hat ihr nicht genügt, dass man Mädchen Fremdsprachen und Klavierspielen beibringt; sie wollte, dass sie an der Universität studieren dürfen, Wissenschaftlerinnen werden. Ihr war klar, dass sie die Gesellschaft mit solchen Forderungen gegen sich aufbrachte. So ist es immer, wenn jemand Gleichheit für alle verlangt. Aber ich glaube nicht, dass ihr klar war, wie tief sie mit ihren Forderungen in das Wespennest gestochen hatte. Viele sprechen gern von Gleichheit, schrecken jedoch zurück, wenn es darum geht, sie zu verwirklichen. Sie sind für Veränderungen, aber bitte erst morgen, nicht heute, und vor allem nicht hier bei uns.«

Daniel lächelte, weniger weil, was sie da sagte, zutraf oder unterhaltsam war, sondern vielmehr, weil ihm Ebony sympathisch erschien. »So, wie Sie sie schildern, war sie wohl eine Kämpfernatur«, sagte er.

»Ja«, stimmte ihm Mrs. Blackwell zu. »Aber sie hat auch viele Menschen zum Träumen gebracht. Und der Traum des einen ist der Albtraum des anderen.«

»War ihr Mann mit dem einverstanden, was sie sagte und tat?«

»Soweit ich weiß, war er viel zu sehr mit der Abfassung seiner Bücher beschäftigt, in denen die Schwächen anderer Menschen bloßgestellt werden, als dass er darauf hätte achten können. Vermutlich hat er angenommen, dass sie ohnehin nie etwas erreichen, sondern sich höchstens in der Öffentlichkeit unbeliebt machen würde.«

»Und hat ihn das nicht gestört?« Dann kam ihm ein neuer Gedanke. »Hat sie für ihn Dinge herausgefunden, die er dazu verwenden konnte, in seinen Biografien Menschen bloßzustellen?«

Mrs. Blackwell überlegte so lange, dass er schon annahm, sie sei nicht bereit, auf diese Frage zu antworten. Schließlich sagte sie: »Ich halte das für möglich. Sie hatte Gelegenheiten und Verbindungen, an die er nie herangekommen wäre. Außerdem war sie geschickt und besaß eine ausgeprägte Beobachtungsgabe. Vermutlich hat sie ihm keine Geheimnisse weiterberichtet, denn ich neige eher zu der Ansicht, dass sie Klatsch verachtete. Ich denke, dass sie viel zu raffiniert war, als dass sie ihrem Ruf geschadet hätte.«

»Raffiniert?«

»Manchmal merkt man, wie jung Sie noch sind.« Sie seufzte und erläuterte: »Wenn ein Geheimnis erst einmal öffentlich bekannt geworden ist, lässt es sich später nie wieder verwenden. Es ist eine vergebene Chance, meinen Sie nicht auch?«

»Soll das heißen, dass Ebony Menschen erpresst hat?«

»Was für ein hässliches Wort. Ich kann mir vorstellen, dass sie dem einen oder anderen gegenüber hat durchblicken lassen, es könnte in dessen eigenem Interesse liegen, sich für bestimmte Dinge einzusetzen. Genaues weiß ich nicht. Wie gesagt, ich bin ihr nur ein einziges Mal begegnet. Aber ich kenne Menschen, die ihr näherstanden. Soll ich mich einmal bei denen umhören?«

Daniel war nicht sicher, ob er das wollte. Er fürchtete, dass sie kein Geheimnis für sich behalten konnte und das auch gar nicht wollte. Dann sah sie ihn an, mit leuchtenden dunklen Augen und einem angedeuteten Lächeln, und er begriff, dass sie mit ihm spielte. Bei Licht besehen, hatte sie ihm kein Geheimnis verraten, sondern lediglich Dinge angedeutet. Er hatte sie gut zu kennen geglaubt, doch war es ohne Weiteres möglich, dass sie ihn mit voller Absicht über ihr wahres Wesen täuschte.

»Wir haben nur wenig Zeit«, erwiderte er. »Sogar sehr wenig. Es ist eine Frage von Tagen. Übrigens hat man Ebony nicht nur ermordet, sondern auch ihr Gesicht verbrannt, um es zu entstellen. Sofern ihr Mann nicht derjenige war, der ihr das angetan hat, möchte ich verhindern, dass der Fall abgeschlossen und er gehängt wird.«

»Ich werde zusehen, ob ich für Sie etwas herausbekommen kann«, versprach sie. »Entweder über Ebony – oder über ihn.«

»Danke.«

»Möchten Sie jetzt Tee?«, fragte sie. »Ich habe einen ausgezeichneten Kuchen.«

KAPITEL 7

Am späten Nachmittag ging Daniel noch einmal alles durch, was er inzwischen an Material hatte. Anschließend suchte er mit Kitteridge, der abgespannt und enttäuscht wirkte, eine beliebte Gaststätte auf, in deren hinterster Ecke sie Auflauf aus Hackfleisch und Kartoffelbrei mit reichlich Zwiebeln aßen.

»Was haben Sie zu bieten?«, erkundigte sich Kitteridge gedrückt. »Ich bin das Verhandlungsprotokoll und meine sämtlichen Notizen mehrfach Wort für Wort durchgegangen. Morgen werde ich mich nach Präzedenzfällen umsehen. Ich habe aber, ehrlich gesagt, keine große Hoffnung, da etwas zu finden.«

»Sie meinen Fälle, bei denen erfolgreich Revision eingelegt wurde?«, fragte Daniel. So gern er Kitteridge Mut gemacht hätte, war er ebenfalls davon überzeugt, dass er nichts erreichen würde.

»Ja. Ich glaube allerdings nicht, dass es etwas nützt. Aber andere Möglichkeiten stehen uns nicht zu Gebote«, erwiderte Kitteridge, mit der Gabel im Auflauf stochernd. »Ich wünschte, man hätte mir diesen vertrackten Fall nie übertragen!«

»fford Croft konnte gar nicht anders, als seinen besten Mann darauf anzusetzen. Dieser Graves scheint ihn in der

Hand zu haben«, wandte Daniel ein. »Jedenfalls hat er, kein Mensch weiß, warum, ein Interesse daran, dass der Mann freigesprochen wird.«

Kitteridge hob den Blick und sah Daniel prüfend an, als wolle er sich versichern, ob er sich über ihn lustig machte.

Daniel blickte unschuldig drein. »Er muss Gründe dafür haben«, erläuterte er. »Offenbar weiß er etwas, wovon wir nicht das Geringste ahnen – aber warum unterstützt er uns nicht, wenn er möchte, dass wir Erfolg haben?«

»Der Mann weiß so manches, wovon wir nicht das Geringste ahnen«, erwiderte Kitteridge mit einem Anflug von Schärfe in der Stimme. Er griff nach dem Salzfass, ließ es aber stehen. »Deswegen ist er ja auch Leiter der Sozietät, während wir nur Mitarbeiter sind. Was haben Sie denn herausbekommen?«

»Wie es aussieht, hat sich Ebony Graves intensiv für Veränderungen in der Gesellschaft eingesetzt«, sagte Daniel. »Aber noch interessanter scheint mir, dass Russell Graves tatsächlich ein bekannter Autor von Biografien ist, in denen er die Dargestellten eher seziert, als sie von einem neutralen Standpunkt aus zu beschreiben. Ich wüsste gern, ob seine Frau für ihn Nachforschungen betrieben hat, indem sie … das Vertrauen anderer missbraucht hat.«

Kitteridge schien mit einem Mal interessiert zu sein.

Daniel fuhr fort: »Ich fahre morgen nach Herne Hill, zu Graves' Haus. Ich möchte mir selbst ein Bild vom Ort des Geschehens machen, mit den Dienstboten reden, hören, was sie zu sagen haben. Gewiss, wir haben die Berichte der Polizei, aber vielleicht sind die nicht ganz genau oder vollständig. Außerdem findet sich darin nichts über den Gesichtsausdruck, mit dem die Leute auf die Fragen geantwortet haben. Möglicherweise haben die Beamten auch nicht die Fragen gestellt, die ich stellen werde. Ich habe den Vorteil, Graves vor Gericht und danach im Gefängnis erlebt zu haben. Ich habe selbst mitbekommen, was für ein angsteinflößender Mistkerl er sein kann. Gut möglich, dass ich von den Leuten im Haus etwas erfahre, was sie in seiner Gegenwart nie und nimmer zu sagen gewagt hätten.«

»Sie glauben aber doch nicht, dass wir den Prozess gewinnen könnten, oder?« Das war nicht als Frage gemeint. Ein Ausdruck von Hoffnungslosigkeit lag auf Kitteridges Zügen. Sein üblicher Schwung war ebenso verflogen wie sein schwarzer Humor.

»Wahrscheinlich nicht«, bestätigte Daniel und verzog das Gesicht. »Aber ganz so wie Sie glaube ich noch ein ganz klein wenig, dass er es wirklich nicht getan hat.«

»Ausgesprochen präzise formuliert«, gab Kitteridge mit vor Sarkasmus triefender Stimme zurück. »Wahrlich gesprochen wie ein Anwalt. Sie erinnern mich an meine Mutter, wenn sie in der Kirche Blumen arrangiert. ›Sehr hübsch, meine Liebe, aber da fehlt noch was. Vielleicht etwas in Lila, finden Sie nicht auch? Lila hält das Ganze zusammen.‹« Er sah beiseite. »Entschuldigung. Fahren Sie unbedingt da hin und fragen Sie das Personal. Sagen Sie den Leuten, dass Sie nach etwas in Lila suchen, was das Ganze zusammenhält.«

Daniel machte sich nicht die Mühe, ihm zu antworten. Er leerte seinen Teller und überlegte, ob er eine zweite Portion bestellen sollte.

Am nächsten Vormittag nahm Daniel unmittelbar nach dem Frühstück einen Vorortzug nach Herne Hill am südlichen Rand von London.

Dort angekommen, brauchte er einige Zeit, um eine Motordroschke aufzutreiben, die ihn an sein Ziel brachte. Als Erstes fiel ihm das bemerkenswert große Grundstück auf, von dem ein beträchtlicher Teil mit Obstbäumen bestanden war. Da es außerdem eine große Zahl von Blumenbeeten gab, konnte er sich gut vorstellen, dass zwei Gärtner nötig waren, um alles so in Ordnung zu halten, wie es sich jetzt seinen Blicken darbot.

Auch das Haus war von eindrucksvoller Größe. Daniels Schätzung nach gab es darin außer den Wohnräumen sicherlich mindestens acht Schlafzimmer, die üblicherweise im Dachgeschoss befindlichen Räume der Dienstboten nicht gerechnet. Neben dem Haus stand eine ursprünglich für Kutschen vorgesehene Remise. Ob sie inzwischen zum Abstellen eines Automobils diente? Das würde Graves die Ausgaben für den Stallknecht, das Pferdefutter und die Tierarztrechnungen ersparen.

Kurz vor der Haustür überkam Daniel eine plötzliche Befangenheit angesichts der heiklen Aufgabe, die ihn hergeführt hatte. Der Wunsch des Kanzleichefs, Graves möglichst vor dem Galgen zu bewahren, bedeutete eine schwere Last.

Er klopfte an und trat einen Schritt zurück.

Hatten womöglich Reporter die Bewohner belästigt, sodass diese nicht mehr bereit waren, mit Unbekannten zu sprechen? Er könnte ihnen das nicht übel nehmen. Auf jeden Fall dachte er nicht daran, ohne Weiteres aufzugeben. Auch wenn man den Hausherrn für schuldig befunden hatte, würde dieser doch erwarten, dass seine Kinder und seine Angestellten in seinem Sinne handelten.

Die Tür öffnete sich, und ein dunkel gekleideter hochgewachsener, stattlicher Mann trat heraus. Er sah Daniel scharf in die Augen. »Sie wünschen, Sir?«, fragte er kühl.

»Sind Sie Mr. Falthorne?«, erkundigte sich Daniel.

Mit gehobenen Brauen gab der Mann zurück: »Bevor ich irgendwelche Fragen beantworte, Sir, sollten Sie mir sagen, wer das wissen möchte. In jüngster Zeit haben immer wieder aufdringliche Menschen die Bewohner des Hauses belästigt, und ich werde unter keinen Umständen zulassen, dass sich so etwas wiederholt.«

»Das wird auch nicht von Ihnen erwartet«, gab Daniel mit einem trüben Lächeln zurück. »Ich heiße Daniel Pitt und habe Mr. Graves vor Gericht vertreten, nachdem mein Vorgänger bedauerlicherweise bei einem Autounfall verletzt wurde. Genauer gesagt, habe ich dem Strafverteidiger, Mr. Kitteridge, assistiert, der gegenwärtig alles in seinen Kräften Stehende tut, um festzustellen, ob es irgendeinen Form- oder Verfahrensfehler gibt, der es uns erlaubt, das Urteil anzufechten. Ich selbst bemühe mich, eine andere als die von der Polizei bevorzugte Erklärung für den tragischen Tod von Mrs. Graves zu finden.« Als er sah, wie sich das Gesicht des Butlers verfinsterte, fügte er rasch hinzu: »Ich handele im Auftrag von Mr. Marcus fford Croft.«

Offensichtlich wusste der Mann nicht recht, was er tun sollte. Er schien alle Hoffnung auf einen glücklichen Ausgang des Prozesses aufgegeben zu haben, und jetzt, da ihm Daniel Hoffnung machte, fragte er sich, ob es sich dabei um eine grausame List oder ein wagemutiges Unternehmen handelte. »Treten Sie doch bitte näher, Sir, damit Passanten keine unnötigen Spekulationen anstellen.«

»Ich bedaure zutiefst, Sie zu belästigen«, sagte Daniel, »aber die Zeit ist knapp. Ich denke, es ist auch Ihr Wunsch, dass wir im Interesse der Angehörigen alles Denkbare unternehmen, um eine weniger tragische Lösung zu finden.«

»Gewiss, Sir. Bitte folgen Sie mir.« Mit diesen Worten trat der Butler zurück ins Vestibül, um Daniel einzulassen. »Ich möchte auf keinen Fall, dass Sie Miss Sarah Schmerzen bereiten. Machen Sie ihr keine falschen Hoffnungen, indem Sie ihr vorgaukeln, die Dinge würden sich anders entwickeln, als man es uns mitgeteilt hat. So etwas wäre ausgesprochen herzlos und grausam, und das … das werde ich nicht zulassen.« Er richtete sich zu voller Größe auf und sah Daniel mit leicht geröteten Wangen an. Offenkundig überschritt er damit die Grenzen seines Aufgabenbereichs, doch war deutlich zu erkennen, dass er tat, was er für richtig hielt.

Daniels Vermutung nach nahm der Butler diese Haltung nicht nur in seiner Eigenschaft als zeitweiliger Hausherr ein. Er war für das gesamte übrige Personal verantwortlich und vertrat darüber hinaus gleichsam Elternstelle an den beiden jungen Leuten, deren Mutter auf so grauenhafte Weise umgekommen war und die kurz davor standen, auch den Vater zu verlieren. Möglicherweise kannte er Sarah und Arthur vom Tag ihrer Geburt an.

Es war Daniel durchaus bewusst, dass er ihnen noch weitere Schmerzen zufügen musste, doch sah er keine Möglichkeit, das zu vermeiden. In diesem Augenblick verabscheute er Graves, der ihn in diese Lage gebracht hatte. Kannte der Mann wirklich nichts anderes als seine eigenen Interessen?

»Wäre es Ihnen lieber, wenn ich es nicht versuchte?«, fragte er. »Ich muss gestehen, dass die Hoffnung auf einen Erfolg gering ist.«

»Aber nein!«, sagte Falthorne sogleich. Dann änderte sich sein Gesichtsausdruck, und er fügte hinzu: »Ganz gleich, wie sich die Dinge in Wahrheit verhalten, würden wir eine entsetzliche Schuld auf uns laden, wenn wir nicht unser Bestes versuchten. Kommen Sie bitte mit, Sir. Sie können mit der Wirtschafterin, Mrs. Warlaby, anfangen. Ich werde unterdessen Miss Sarah auf das Gespräch mit Ihnen vorbereiten. Wahrscheinlich wird sie dafür sorgen wollen, dass sich jemand um den jungen Herrn Arthur kümmert, bevor sie mit Ihnen spricht.«

Daniel dankte Falthorne und folgte ihm in ein behaglich eingerichtetes kleines Wohnzimmer. Dort, so hoffte er, würden die Gespräche weniger förmlich verlaufen als im offiziellen Besuchszimmer. Den ihm angebotenen Tee lehnte er dankend ab.

Schon nach wenigen Minuten trat Mrs. Warlaby ein und blieb stehen, nachdem sie die Tür geräuschlos hinter sich geschlossen hatte.

Zwar wusste Daniel nicht, was er erwartet hatte, auf keinen Fall aber diese, nach ihrem ergrauenden blonden Haar zu urteilen, nicht mehr ganz junge würdevolle schlanke Frau im schwarzen Kleid mit weißer Schürze, an deren Band ein großer Schlüsselbund hing. In seinem Elternhaus hatte es keine Wirtschafterin gegeben, lediglich Dienstmädchen, die meist als Mitglieder der Familie betrachtet wurden. Wie sonderbar, dass ihm in diesem Augenblick Gracie Phipps einfiel, das Dienstmädchen seiner frühen Kindertage. Sie war klein, aber ungeheuer tapfer und hatte zu jedem Thema eine ganz entschiedene Meinung, die sie allen ungescheut ohne Ansehen der Person offen mitteilte. In späteren Jahren dann, als er zur Universität ging, hatte man im Hause Pitt außer einem Dienstmädchen noch eine Köchin und einen Diener beschäftigt, doch in seiner Erinnerung hatten in erster Linie Gracie und ihre Nachfolgerin Minnie Maude einen Platz.

Er begrüßte Mrs. Warlaby und dankte ihr dafür, dass sie sich die Zeit nahm, mit ihm zu sprechen.

»Mr. Falthorne hat gesagt, Sie wollen versuchen, eine Erklärung für Mrs. Graves' Tod zu finden, die Mr. Graves nicht belastet«, sagte sie und sah ihn mit ihren grauen Augen offen an. Ihm kam der Gedanke, dass sie in jungen Jahren hübsch gewesen sein musste. »Ich hoffe nur, dass Sie bei Miss Sarah und dem jungen Herrn Arthur keine falschen Hoffnungen wecken. Sie fangen gerade erst an, diese … diese entsetzliche Situation … zu verarbeiten …«

»Haben Sie ihrer Mutter sehr nahe gestanden?« Er wies einladend auf den Stuhl gegenüber dem seinen, aber da sie stehenblieb, musste er anstandshalber wieder aufstehen.

»Ja. Sogar sehr. Was könnte ich Ihnen Ihrer Ansicht nach sagen, Mr. Pitt? Wenn ich etwas wüsste, hätte ich es bereits der Polizei mitgeteilt.«

»Sicherlich haben Sie deren Fragen beantwortet – ich werde Ihnen aber andere stellen. Mrs. Graves hat sich, wie ich gehört habe, für verschiedene gesellschaftliche Probleme interessiert, beispielsweise das Frauenwahlrecht?«

Mrs. Warlabys Züge verhärteten sich, und sie hob das Kinn ein wenig höher. »Missbilligen Sie das etwa, Mr. Pitt? Meinen Sie, dass sie dafür den Tod verdient hat?« Ihre Stimme zitterte leicht, obwohl sie sich bemühte, das zu unterdrücken.

Sogleich antwortete er: »In keiner Weise, Mrs. Warlaby, ganz im Gegenteil. Auch meine Mutter setzt sich mit großem Nachdruck für diese Rechte ein und hat sich deutlich offener dazu geäußert, als es angesichts der herausgehobenen gesellschaftlichen Stellung meines Vaters ratsam wäre.« Das entsprach der Wahrheit. Obwohl Charlotte vor ihrer Ehe mit Thomas Pitt eine weit höhere Stellung in der Gesellschaft eingenommen hatte und ihre Schwester Emily aus ihrer ersten Ehe sowohl ein Adelsprädikat als auch ein beträchtliches Vermögen besaß, hatte seine Mutter sich nie den Mund verbieten lassen, insbesondere dann nicht, wenn es um Ungerechtigkeit ging.

Der harte Ausdruck verschwand aus Mrs. Warlabys Zügen, doch sah sie ihn nach wie vor zweifelnd an. »Ach ja?«

»Ja. Bedauerlicherweise findet sich der heftigste Widerstand gegen diese Bestrebungen in den Reihen anderer Frauen. Auf meine Frage nach dem Grund dafür hat meine Mutter ihre Missbilligung dieser Frauen offen ausgesprochen. Nach allem, was ich über Mrs. Graves gehört habe, bin ich überzeugt, dass die beiden bestens ausgekommen wären, wenn meine Mutter sie gekannt hätte.«

Die Augen der Wirtschafterin wurden feucht, doch sie achtete nicht darauf. »Das freut mich. Sie hatte eine so edle und hochherzige Gesinnung. Nie hat sie jemanden angefeindet oder Schlechtes über andere Menschen gesagt; höchstens hat sie sich über sie lustig gemacht. Aber damit kann man sich weit mehr Feinde machen als mit offener Gegnerschaft. Sie hat mir über einige dieser Situationen berichtet, und wir mussten darüber lachen, bis uns die Tränen kamen.« Mrs. Warlaby suchte in ihrer Schürzentasche nach einem Taschentuch.

Nachdem Daniel eine Weile gewartet hatte, damit sie sich sammeln konnte, wies er auf einen der Stühle, und diesmal folgte sie der Aufforderung und setzte sich. »Erzählen Sie mir bitte mehr über Mrs. Graves«, sagte er. »Ich würde meiner Mutter gern etwas über eine Frau berichten, die gehandelt hat, statt nur die üblichen guten Absichten zu verkünden.« Er machte es sich bequem, um zuzuhören, nicht nur aus Pflichtgefühl, sondern weil es ihn wirklich interessierte.

Das Bild, das Mrs. Warlaby entwarf, war deutlich lebendiger als alles, was er bisher über Ebony Graves erfahren hatte. Sie schilderte ihm eine Frau, die sich mit an Tollkühnheit grenzender und diese Grenze bisweilen sogar überschreitender Leidenschaft für ihre Ziele eingesetzt hatte, eine Frau, deren ehrliche und offene Art andere mitunter als verletzend empfunden hatten, die aber auch oft sehr lustig sein konnte. Da die Wirtschafterin sie offenkundig sehr gern gehabt hatte, nahm Daniel an, dass ihre Schilderung mehr von Loyalität als von Genauigkeit geprägt war.

»Ich wünschte, ich hätte sie gekannt«, sagte er schlicht, als Mrs. Warlaby ihren Bericht beendet hatte.

»Sie hätten sie bestimmt gut leiden können, Sir«, versicherte sie ihm, und Daniel begriff, dass das aus ihrem Mund ein ehrlich gemeintes Kompliment war.

»Wir müssen unbedingt die Wahrheit über ihren Tod herausbekommen.«

»Ja, Mr. Pitt«, stimmte sie ihm sogleich zu.

»Dann sagen Sie mir bitte etwas über die Menschen, die sie hier im Haus besucht haben. Möglicherweise befand sich unter ihnen jemand, der ihr wegen der von ihr verfolgten Ziele feindlich gesinnt war. Diesem Menschen muss sie so sehr vertraut haben, dass sie ihm Zutritt zu ihren Privaträumen gestattet hat. Nur wer sich bereits im Haus befand und sich dort auskannte, hätte ihr ins Boudoir folgen können.«

Mrs. Warlaby schien verblüfft. »Ja – vermutlich haben Sie recht. Wie entsetzlich.«

»So könnte es gewesen sein«, erklärte er. Es kam ihm sonderbar vor, dass die Wirtschafterin tiefer zu empfinden schien als Ebonys Ehemann. Er beschloss, diesem Gedanken gründlicher nachzugehen.

Er notierte sich die Namen, die sie ihm nannte, und die jeweils von diesen Personen vertretene Sache. Dann dankte er ihr und versprach, allen diesen Spuren nachzugehen. Sie stand auf, um sich zu verabschieden, und auch er erhob sich, als stünden sie auf gleicher gesellschaftlicher Stufe.

Sie lächelte ihm flüchtig zu.

»Mrs. Warlaby«, schob er noch eine Frage nach, »ist Ihres Wissens je zuvor jemand ausfällig gegen Mrs. Graves geworden … und hat sie beispielsweise geschlagen oder bedroht?«

»Nein …«, sagte sie mit deutlichem Zögern.

»Wirklich niemand?«

»Nun ja …«

»Mr. Graves?«, riet er.

»Ja«, bestätigte sie. »Aber das ist kein Verbrechen. Dem Gesetz nach durfte er das, denn sie war seine Frau. Ich dachte, Sie hätten gesagt, dass Sie ihn für unschuldig halten …«

»Ich schließe es nicht aus«, stellte er richtig. »Wie Sie selbst sagen, ist es etwas gänzlich anderes, ob jemand einen Menschen schlägt oder ihn ermordet.«

Als sie gegangen war, fragte er sich, wie groß der Unterschied wirklich war. Er konnte sich nicht vorstellen, dass sein Vater seine Mutter schlug, ganz gleich, womit sie ihn erzürnt haben mochte. Dabei konnte sie einen Menschen mitunter wirklich zur Verzweiflung treiben, wenn sie sich für etwas einsetzte, was ihren ausgeprägten Gerechtigkeitssinn verletzte. In vielen Fällen hatte sich gezeigt, dass sie damit recht gehabt hatte, aber soweit sich Daniel erinnern konnte, hatte sie das Pitt nie unter die Nase gerieben.

Als Nächstes traf er mit der Köchin, Mrs. Hanslope, zusammen. Sie konnte dem, was er bereits wusste, nichts hinzufügen und beschrieb Mrs. Graves als eine angenehme Hausherrin, die sich weder in Küchenangelegenheiten eingemischt noch Wunder erwartet hatte, wie beispielsweise ein Festessen für ein Dutzend Überraschungsgäste.

Weder von dem Küchenmädchen noch von dem Stiefelputzer und den Dienstmädchen erfuhr Daniel etwas über das hinaus, was er bereits wusste. Danach ging er hinaus, um mit den beiden Gärtnern zu sprechen. Von ihnen hörte er lediglich, dass Mrs. Graves die Arbeit der Männer geschätzt und ein erstaunliches Wissen über Blumen besessen habe. Daniel hörte aufmerksam zu.

Salcombe, der ältere der beiden, erklärte ihm: »Die hier beispielsweise wachsen zwar großartig, wenn man sie in die Sonne stellt, bringen aber nichts als Blätter hervor. Sie brauchen Schatten. Hier …« Er führte Daniel in eine Ecke des

Gartens, die in tiefem Schatten lag. »Sehen Sie! Hier gedeihen sie am besten.«

»Das liegt ja ziemlich versteckt«, bemerkte Daniel.

»Wer sich an einem Garten erfreuen will, muss darin umhergehen und nicht einfach nur aus dem Fenster schauen«, erläuterte Salcombe.

»Hat Mr. Graves aus dem Fenster geschaut?«

Salcombe schüttelte den Kopf. »Nein. Er ist darin umhergegangen, aber er hat nichts gesehen.«

In diesen Worten lag unüberhörbar Missbilligung, doch konnte Daniel den Mann nicht dazu bringen, mehr zu sagen. Er dankte ihm und ging zurück ins Haus. Jetzt musste er sich dem Gespräch mit Sarah, der Tochter des Hauses, stellen. Er vermutete, dass das nicht einfach sein würde, und obwohl er eine ganze Weile darüber nachgedacht hatte, waren ihm keine passenden Worte eingefallen. Was sagte man zu einer jungen Frau, deren Mutter ermordet und deren Vater zum Tode verurteilt worden war?

Als er das Zimmer betrat, sah er, dass Miss Purbright, Mrs. Graves' Zofe, als Anstandsdame neben der Tür saß. Sie war die einzige vom Personal, mit der Daniel noch nicht gesprochen hatte. Bestimmt hatte niemand die Hausherrin so gut gekannt wie sie. So wie kein Herr in den Augen seines Kammerdieners ein Held war, hatte keine Dame vor ihrer Zofe Geheimnisse. Das war Daniel bekannt, auch wenn er als Sohn eines einfachen Polizeibeamten keine eigenen Erfahrungen auf diesem Gebiet hatte. Sein Wissen stammte von seiner Mutter und seiner Tante Emily, die beide in einem hochherrschaftlichen Haus mit mehreren Kammerdienern und Zofen aufgewachsen waren. Zu einer Zeit, als ein Polizeibeamter auf einer Stufe mit einem Büttel oder Rattenfänger stand, hatte seine Mutter Thomas Pitt aus Liebe geheiratet. Das bedeutete, dass sie nicht nur ihre gehobene gesellschaftliche Stellung aufgeben musste, sondern auch die damit verbundene finanzielle Sicherheit. Einen Ausgleich für die Armut, die sie freiwillig auf sich genommen hatte, bot ihr das Leben mit Pitt, der ihr all seine interessanten Fälle vortrug, sowie die immer tiefere Liebe und die Bewunderung, die sie für ihn empfand.

Und was hatte Ebony Graves bekommen? Einen frühen und schändlichen Tod.

Daniel merkte, dass sich Miss Purbright auf ihrem Platz unbehaglich fühlte. Vermutlich hatte sie sich überhaupt nur deshalb gesetzt, weil sie die Aufmerksamkeit nicht dadurch auf sich lenken wollte, dass sie stehenblieb, wie es sich gehört hätte, denn das hätte die Belastung, die das Gespräch mit Daniel für Sarah sicherlich bedeutete, womöglich noch vergrößert.

»Guten Tag, Mr. Pitt«, begrüßte Sarah Graves ihn gefasst, als sie in den Raum trat, nach einem kurzen Blick auf die Zofe, die bei ihrem Eintritt kurz aufgestanden war und dann wortlos wieder ihren Platz einnahm.

»Zwar wüsste ich nicht, was ich Ihnen sagen könnte«, begann Sarah, die sich Daniel gegenüber gesetzt hatte, »doch möchte ich auf jeden Fall einige der gehässigen Gerüchte richtigstellen, die über meine Mutter in Umlauf sind.«

Sarah Graves, eine gutaussehende junge Dame mit regelmäßigen Gesichtszügen, angenehmer Figur und hellem Haar, wirkte ausgesprochen zurückhaltend. Daniel fiel neben ihrer anmutigen Haltung und den tiefblauen Augen unter dunklen Wimpern der offene Blick auf, mit dem sie ihn musterte. Unwillkürlich erinnerte sie ihn an seine Schwester Jemima, die mittlerweile mit ihren zwei Kindern in New York lebte.

Er kommentierte die Äußerung Sarahs nicht, konnte er doch gut verstehen, dass ihr mehr daran gelegen war, den guten Ruf ihrer Mutter vor boshaftem Klatsch zu bewahren, als etwas über die Mordanklage gegen ihren Vater zu sagen. Er holte tief Luft, um ihr das zu erklären, unterließ es dann aber. Es gab andere Möglichkeiten, sein Feingefühl zu zeigen. In erster Linie lag ihm daran, ihr gegenüber freundlich und verständnisvoll aufzutreten.

»Es muss Sie zutiefst schmerzen, wenn unwahre Äußerungen über Ihre Mutter verbreitet werden, ohne dass Sie etwas dagegen unternehmen können«, sagte er mit einer Stimme voll Mitgefühl. »Ich erinnere mich, wie entsetzlich es für mich war, zu hören, wenn jemand meine Mutter herabsetzte.«

Diese Worte schienen sie zu überraschen. »Hat man auch sie als streitsüchtig und bösartig diffamiert und ihr unterstellt, sie nehme Dinge für sich in Anspruch, die mit Fug und Recht Männern vorbehalten sind?«, fragte sie nicht ohne Schärfe in der Stimme.

Er merkte, dass sie sich große Mühe gab, ihre innere Anspannung zu beherrschen.

»Dass ihr Verhalten wider die göttliche Ordnung sei? Hat man … ekelhafte Behauptungen über sie aufgestellt?«, fuhr sie fort.

»So etwas sagen Menschen, wenn sie Angst haben …«

»Wovor? Was ist angsterregend am Wunsch der Frauen, ebenfalls das Wahlrecht zu bekommen?«, wollte sie wissen. »Ganz wie die Männer müssen auch wir den Gesetzen gehorchen. Sollten wir da nicht auch das Recht haben, mit darüber zu bestimmen?«

»Doch«, gab er ihr recht. »Aber das bedeutet eine tiefgreifende Veränderung. Manche Frauen wollen die damit einhergehende Verantwortung nicht tragen. Manche Männer sehen darin eine Beschneidung ihrer Rechte, und nur wenige sind bereit, das hinzunehmen. Sie fürchten, damit in eine Situation zu geraten, die sie nicht vorhersehen können, und dabei an Macht und Einfluss zu verlieren …«

»Wäre es Ihnen recht, wenn Ihre Mutter auf dieses Ziel hinarbeitete?«, fragte sie mit leicht gehobenen Brauen.

Lächelnd gab er zurück: »Sie würde mich nicht fragen, ob ich einverstanden wäre oder nicht. Ehrlich gesagt, glaube ich auch nicht, dass meine Meinung für sie einen Unterschied machen würde.«

Sarah schwieg eine Weile überrascht. Mit einer solchen Antwort hatte sie wohl nicht gerechnet.

»Hat Ihnen das Verhalten Ihrer Mutter Angst gemacht?«, fragte er zurück.

»Nein! Nun … doch, ein wenig. Aber ich bin überzeugt, dass ihre Handlungsweise richtig und darüber hinaus auch mutig war …«

»Ja«, stimmte er zu. »Soweit ich weiß, hat sie nicht nur für das Frauenwahlrecht gekämpft.«

»Nein.« Röte überzog ihre Wangen. »Es gab noch anderes, womit sie nicht einverstanden war. Zum Beispiel, dass Frauen ein Kind nach dem anderen bekommen, ohne … etwas dagegen … unternehmen zu können.«

Er merkte, dass es ihr äußerst peinlich war, mit einem jungen Mann, den sie so gut wie nicht kannte, über ein solches Thema zu sprechen. Dennoch war sie stolz darauf, dass sich ihre Mutter dafür eingesetzt hatte, und sie war offenbar fest entschlossen, sie auch in diesem Punkt zu verteidigen.

Was könnte er sagen, um ihr die Befangenheit zu nehmen – und nach Möglichkeit mehr über Menschen zu erfahren, die Ebony Graves so sehr gefürchtet oder gehasst hatten, dass einer von ihnen sie umgebracht hatte?

»Ein durchaus kontroverses Thema«, begann er, »aber es rechtfertigt keine Gewalttat.«

Mit weit geöffneten Augen fragte sie: »Glauben Sie, jemand könnte sie deswegen getötet haben? Aber wie wäre ein solcher Mensch ins Haus gekommen? Die Polizei hat gesagt, es sei niemand eingebrochen. Würden solche Leute nicht eher die Gelegenheit ergreifen, sie irgendwo auf der Straße zu überfallen? Wenn sie beispielsweise allein von einer Versammlung nach Hause zurückkehrte?«

»Hätte es nicht jemand sein können, den sie in einem anderen Zusammenhang kennengelernt hatte, sodass sie ihn einließ, weil sie annahm, nicht mehr als äußerstenfalls eine verbale Auseinandersetzung befürchten zu müssen?«, fragte er.

Sie zögerte. »Vielleicht …«

»Hatte Ihr Vater eine Meinung zu diesen Themen?«

»Wollen Sie damit sagen, er hätte jemanden ins Haus lassen können, der … oder dass er sie selbst deswegen umgebracht hat?« Die Frage schien ihr nicht sonderlich schwerzufallen. »Er neigt zu Wutausbrüchen«, fügte sie hinzu. »Könnte es ein Unfall gewesen sein?«

Sollte er sie belügen? Alles in ihm riet ihm dazu, sie nicht zu hintergehen, denn dann gäbe es keinen Weg zurück. Sie würde ihm das zutiefst verübeln und ihn als Feind betrachten.

»Ihr Tod möglicherweise, aber bestimmt nicht das Feuer danach«, gab er zurück.

Sie zuckte zusammen, und alle Farbe wich aus ihrem Gesicht. Sie sank ein wenig auf ihrem Stuhl zusammen und schlang sich die Arme um den Leib. »Ich kann es wirklich nicht sagen. Die Vorstellung ist mir zuwider, dass mein Vater so etwas hätte tun können, aber eingebrochen ist hier niemand. Das hat die Polizei bestätigt. Also muss es in der Tat jemand gewesen sein, den sie ins Haus gelassen hat, oder … einer von uns. Dafür käme außer meinem Vater aber wirklich niemand infrage.« Sie warf einen Blick auf Miss Purbright. »Alle unsere Hausangestellten sind ordentliche und ehrliche Menschen. Der einzige Mann im

Haus ist Falthorne. Joe, der Stiefelputzer und Junge fürs Grobe, ist erst vierzehn.«

»Und Ihr Bruder?«

Sie hob ruckartig den Kopf. »Der bloße Gedanke ist absurd. Arthur sitzt im Rollstuhl! Davon abgesehen hat er unsere Mutter vergöttert. Wie können Sie es wagen …«

»Es war nicht meine Absicht, ihm mit meiner Frage eine solche Tat zu unterstellen«, sagte Daniel, »ich wollte lediglich wissen, ob er unter Umständen etwas dazu sagen könnte. Oft fallen Menschen, denen es verwehrt ist, im vollen Umfang am Leben der anderen teilzunehmen, Dinge auf, die anderen entgehen.«

»Ach so.« Sie sank erneut in sich zusammen. Die tiefe Qual auf ihren Zügen war unübersehbar.

Er begriff, dass alles wie haushohe Wellen über ihr zusammenschlug: Die Umstände des Todes ihrer Mutter, die Festnahme des Vaters, der Prozess und das Bewusstsein der unmittelbar bevorstehenden Hinrichtung hatten sie zu viel Kraft gekostet – und dann war da noch der behinderte Bruder, um den sie sich nicht nur kümmern, sondern den sie wahrscheinlich auch trösten musste.

»Entschuldigung, Miss Graves«, sagte er. »Ich habe Ihnen mit meinem Versuch, eine andere Lösung zu finden, bei der sich herausstellen könnte, dass nicht Ihr Vater der Täter ist, zu viel zugemutet.«

Sie sah ihn an. Das leuchtende Blau ihrer Augen faszinierte ihn.

»Warum tun Sie das?«, wollte sie wissen. Hielt sie den eigenen Vater wegen der erdrückenden Beweise gegen ihn für schuldig? Oder wollte sie, dass er schuldig war? Wusste sie etwas über das hinaus, was die Polizei ermittelt hatte?

»Wir müssen verhindern, dass die Strafe den Falschen trifft.« Bewusst vermied er jeden Hinweis auf die vorgesehene Hinrichtung durch den Strang. »Solange es nur den geringsten Zweifel gibt, müssen wir die Wahrheit herausbekommen.«

Leicht zitternd, stand sie auf und ging nach einem raschen Blick auf Miss Purbright zur Tür. »Kommen Sie bitte mit zu meinem Bruder. Ich nehme an, dass Sie auch mit ihm sprechen wollen. Sie können gehen, danke, Miss Purbright. Es ist alles in Ordnung.«

»Sehr wohl, Miss Sarah«, gab die Zofe zurück.

Arthur war ein eindrucksvoller Junge auf halbem Weg zum Mann. Ohne die Behinderung hätte er sicher gut ausgesehen. Mit seinen regelmäßigen Zügen, dem schwarzen Haar und den nahezu ebenso dunklen Augen ähnelte er in gewisser Weise seiner Mutter. Sein bleiches Gesicht trug die Spuren ständiger Schmerzen. Er saß im Rollstuhl, und obschon es ein warmer Tag war, lag eine Decke auf seinen Knien.

Obwohl Daniel nur wenig Zeit hatte, sich umzusehen, fiel ihm sogleich auf, dass es ein besonderer Raum war. Er lag nach Osten und wurde durch ein Oberlicht im Norden mit hellem Licht erfüllt. An den Wänden hingen einige beinahe impressionistisch anmutende Buntstift- und Tuschezeichnungen von fliegenden Vögeln, bei denen lediglich Kopf und Federn vollständig ausgeführt waren, während alles Übrige unscharf blieb, sodass der Eindruck von Schnelligkeit und Freiheit entstand, von endlosen Möglichkeiten, sich zu bewegen.

Neben Grautönen waren nur wenige Farben verwendet worden, vor allem Blau für den winddurchtosten Himmel, über den Wolkenfetzen jagten – auch hier ging es ausschließlich um Bewegung.

Sarah stellte Daniel vor, dem in diesem Augenblick bewusst wurde, dass er ihr und ihrem Bruder weniger Aufmerksamkeit zugewandt hatte, als es die Höflichkeit erforderte.

Er begrüßte den Jungen und entschuldigte sich. »Das herrliche Zimmer hat meine ganze Aufmerksamkeit in Anspruch genommen.«

Arthur lächelte. »Ja, ist es nicht wunderschön? Mutter und Sarah haben es für mich entworfen.«

Daniel hörte das leichte Zittern in der Stimme des Jungen, als er von seiner Mutter sprach. Wie viel von der Wahrheit mochte man ihm mitgeteilt haben?

Ohne hinzusehen, spürte Daniel, dass Sarah dicht neben ihm stand. Sie würde bald offiziell dem Haushalt vorstehen, tat es de facto bereits. Ohne dass sie ein Wort darüber verloren hätte, war ihm klar, dass sie ihren Bruder um jeden Preis schützen würde. Wie mochte Graves es aufgenommen haben, dass sein einziger Sohn behindert war? Schämte er sich, war er wütend darüber? Oder war er bereit, ihn noch mehr zu beschützen, als Sarah es tat? Jemand hatte die Kosten für diesen herrlichen Raum aufbringen müssen. Verließ Arthur jemals das Haus, oder war das hier seine ganze Welt?

Hatte es zwischen den Eheleuten Streit über die Kosten gegeben oder darüber, was die beste Behandlung für den Jungen war? Vielleicht hatten sie keine Einigung erzielt. Daniel mochte Sarah nicht danach fragen. Vermutlich wusste der Butler das.

»Darf ich mich setzen?«, fragte er Arthur.

»Selbstverständlich«, gab der Junge zurück. »Falthorne war hier und hat mir gesagt, wer Sie sind und was Sie wollen. Ich fürchte, dass ich Ihnen nicht viel nützen kann. Ich weiß wirklich nicht, was geschehen ist.« Er hatte eine gepflegte Aussprache und eine angenehme Stimme, tiefer, als Daniel erwartet hatte. Zweifellos hatte er Privatunterricht erhalten. Da er sich nicht an dem beteiligen konnte, womit sich andere Jungen die Zeit vertrieben, hatte er den ganzen Tag Zeit, sich mit Lernen, Lesen und dergleichen zu beschäftigen – lauter Dingen, die ihn von seinen Schmerzen ablenkten und seine eingeengte Welt erweiterten.

»Ich verstehe«, sagte Daniel, während er fieberhaft überlegte, was er den Jungen fragen konnte. »War dir beispielsweise bekannt, dass sich deine Mutter für das Frauenwahlrecht eingesetzt hat? Meine Mutter hat immer Wert darauf gelegt, dass ich ihre Bemühungen auf diesem Gebiet mitbekam.«

Arthur lächelte. »Genau wie meine. Ja. Und ich denke, dass sie recht hat.« Er sprach unwillkürlich im Präsens von ihr. Er hatte sich noch nicht damit abgefunden, dass sie nicht mehr lebte. »Letzten Endes werden sie den Kampf gewinnen. Das kann gar nicht ausbleiben. Immerhin machen Frauen die Hälfte der Menschheit aus. Aber die meisten Leute klammern sich an die Vergangenheit, als wären sie Schiffbrüchige auf einem Floß, das jeden Augenblick untergehen kann.«

»Ein ziemlich drastisches Bild«, bemerkte Daniel.

Arthur reagierte mit einer bedauernden und sehr ausdrucksstarken Geste darauf.

»Vater war immer dagegen und hat das mehr als deutlich gemacht.« Er sah rasch zu seiner Schwester hin und wandte sich dann, nachdem er festgestellt hatte, dass sie nichts dagegen hatte, erneut Daniel zu. »Ist Ihr Vater auch so?«

Daniel versuchte, klar zu denken. »Er hält sich mit missbilligenden Worten sehr zurück. Damit fährt er am besten.«

»Tatsächlich?« Arthur sah zweifelnd drein.

»Ich glaube schon. Du musst wissen, dass er die Möglichkeit hat, in der Gesellschaft selbst etwas zu bewirken. Daher ist es besser, wenn er nichts sagt und die Menschen überrascht.«

Diesmal lächelte Arthur breit, wobei seine schönen Zähne sichtbar wurden. »Das klingt so, als ob Ihr Vater ein großartiger Mensch wäre. Ich glaube, dass ich ihn gut leiden könnte.«

»Ist dein Vater denn nicht ebenso?« Das war eine heikle Frage, und kaum, dass er sie gestellt hatte, überlegte Daniel, ob sie nicht zu durchschaubar war.

Arthur zuckte die Achseln. »Ich würde ihn eher hinterhältig als hintergründig nennen«, sagte er freimütig und sah Daniel dabei an.

Daniel merkte, dass Sarah ihn aufmerksam beobachtete; er konnte ihre Blicke förmlich spüren. Sie würde das Gespräch sofort beenden, wenn von ihm eine wie auch immer geartete Bedrohung für Arthur ausging, und sei es auch nur auf emotionaler Ebene. Das war ihm so klar, als hätte sie es ihm gesagt.

Ob Graves ein Haustyrann war? Wie ließe sich das feststellen? Er dürfte kaum so weit gegangen sein, auch seinen körperbehinderten Sohn zu schlagen. In dem Fall wäre ihm seine Frau in den Arm gefallen. Oder war genau das geschehen, und sie hatte dabei den Kürzeren gezogen? Hatte nicht Mrs. Warlaby gesagt, dass Graves seine Frau geschlagen hatte?

Sarah und Arthur warteten.

»Er schreibt Bücher, nicht wahr?« Daniel ließ den Blick zwischen den Geschwistern hin und her gehen.

»Ja«, bestätigte Arthur.

»Biografien, keine wirkliche Literatur«, ergänzte Sarah.

»Ich glaube, da unterschätzt du ihn«, sagte Arthur mit einem bitteren Unterton in der Stimme. »In manchem, was er schreibt, geht es nicht nur um Fakten.«

»Du meinst, dass sein Schreiben kreativ ist?«, fragte Daniel, seine Worte mit Bedacht wählend.

»Eigentlich nicht«, erläuterte Arthur. »Man kann sich streng an die Wahrheit halten und trotzdem eine vollständig andere Geschichte erzählen, indem man wichtige Einzelheiten auslässt. Die besten Stellen sind die, an denen der Leser selbst seine Schlüsse ziehen muss. Alles, was man sagt, entspricht der Wahrheit und ist überprüfbar, und trotzdem zeigt das Gesamtbild nicht das, was wirklich geschehen ist.«

Daniel hielt das für zutreffend. Diese Aussage erschien ihm deutlich klüger, als man auf den ersten Blick meinen mochte. »Glaubst du, dass die Polizei und das Gericht so über die Ursache des Todes deiner Mutter denken?«, fragte er.

Hitzig fiel ihm Sarah ins Wort und erklärte: »Darüber weiß mein Bruder nichts! Ich übrigens auch nicht. Außer der Familie und dem Personal war hier niemand.«

»Das ist schon in Ordnung, Sarah«, versicherte Arthur ihr. »Mr. Pitt muss sich doch Gewissheit verschaffen.« Dann wandte er sich Daniel zu. »Halten Sie es für möglich, dass mein Vater unschuldig ist? Sie verdächtigen doch wohl nicht Falthorne? Wenn er sich mit Vater hätte anlegen wollen, hätte er das schon vor Jahren getan, als Vater mit der Reitpeitsche auf den Stallknecht losgegangen ist. Damals hatten wir noch Pferde.«

»Schluss jetzt, Arthur!«, gebot Sarah scharf. »Mr. Pitt, das liegt viele Jahre zurück, und nie im Leben würde Falthorne jemandem etwas antun, außer, um uns zu schützen.«

»Und hat er es getan?«, wollte Daniel wissen.

»Was?«, fragte sie mit einem Gesicht, als habe er sie geschlagen.

»Nein!«, sagte Arthur mit Nachdruck. »Natürlich nicht.«

»Entschuldigung, aber woher könntest du das wissen?«, fragte Daniel.

Die Ursache der tiefen Röte, die das Gesicht des Jungen übergoss, war ganz offensichtlich Beschämung und nicht Verärgerung.

Zwar war es Daniel zutiefst peinlich, die Frage gestellt zu haben, doch nachdem er vor Gericht und im Gefängnis erlebt hatte, wie herablassend, aufbrausend und ablehnend Graves auftrat, schien ihm der Gedanke nicht abwegig zu sein.

Arthur suchte vergeblich nach einer Antwort.

»Sie gehen jetzt besser.« Sarah hatte das als Aufforderung gemeint, brachte es aber lediglich wie eine Bitte heraus. »Arthur hat recht. Er hätte es mitbekommen, wenn Falthorne gegen meinen Vater vorgegangen wäre. Er ist deutlich kräftiger und jünger als Falthorne, der immerhin schon sechzig und ein ausgesprochen friedfertiger Mensch ist. Er kümmert sich um Arthur und tut, was … ein Mann tun muss, um ihm zu helfen, und zwar so, dass Arthur seine …«, sie schluckte, »Würde wahren kann. Vater hätte Falthorne halbtot geschlagen, wenn dieser auch nur die Hand gegen ihn erhoben hätte. Gehen Sie jetzt bitte!«

Daniel war tief erschüttert und schämte sich dafür, dass er alte Wunden aufgerissen hatte. Dennoch war er nicht überrascht. Vielleicht hätte er sogar mit solch einer Fehleinschätzung rechnen müssen. »Es tut mir leid, Miss Graves. Ich kenne Ihren Vater. Ich halte ihn nicht für unschuldig, und dennoch ist es meine Pflicht, in seinem Sinne tätig zu werden, solange die Möglichkeit besteht, dass ich mich irre.« Er stand auf und ging zur Tür. Dort wandte er sich um und sah die beiden an. »Die Vögel gefallen mir sehr. Wer hat sie gemalt?«

»Ich«, gab Arthur zurück. »In meiner Vorstellung kann ich fliegen.«

KAPITEL 8

Nachdem Daniel anstelle einer Mittagsmahlzeit einige belegte Brote gegessen hatte, sah er sich am späten Nachmittag das Zimmer an, in dem Ebony Graves zu Tode gekommen war: das sogenannte Boudoir, einen geschmackvoll eingerichteten Raum, in dem sie Angehörige und Damen ihrer Bekanntschaft hatte empfangen können. Daniels Mutter hatte kein Boudoir, wohl aber ihre Schwester, seine Tante Emily. Sie hatte ein solches Boudoir nicht nur in ihrem Londoner Stadthaus, sondern auch in ihrem Landsitz Ashworth Hall. Die Vorhänge an den Fenstern waren zurückgezogen, und so fiel Daniels Blick auf den Garten neben dem Haus mit seinen Sträuchern, den vorbildlich gestutzten Bäumen und den gepflegten Blumenrabatten. Unmittelbar vor dem Fenster rankte eine gelbe Kletterrose empor.

Auch im Inneren des Raumes herrschte die Farbe Gelb vor: die Wände leuchteten wie Sonnenschein, und auf den mit geblümten Stoffen bezogenen Stühlen sowie auf dem dunkelgrünen Sofa lagen gelbe Kissen. Der Raum wirkte behaglich und einladend. Wie hatte es in einer so friedlichen Umgebung zu einer solch entsetzlichen Gewalttat kommen können?

Er sah sich die Bilder an den Wänden an, ansprechende Darstellungen von Bäumen und Blumen, bei denen es wohl mehr um die Schönheit als um die botanische Genauigkeit ging, auch wenn auf einigen die Namen der Pflanzen verzeichnet waren.

Der Bücherschrank war so vollgestopft, dass in der einen oder anderen Reihe Bücher quer auf den stehenden lagen. Soweit er sehen konnte, handelte es sich überwiegend um Romane, Memoiren und historische Werke.

Schließlich zwang er sich, zum Kamin und dem Teil des Teppichs hinzusehen, auf dem noch deutlich Flecken sichtbar waren. Der Gedanke an das, was dort geschehen war, ließ ihn erschauern. War niemand beauftragt worden, die Spuren des Verbrechens zu beseitigen? Vielleicht hatte die Polizei ursprünglich darauf bestanden, dass sie als Beweismittel erhalten blieben, und nach dem Ende des Prozesses hatte niemand daran gedacht, diese Anweisung als nicht mehr erforderlich zurückzunehmen. Vielleicht hatte es auch keiner im Hause über sich gebracht, sich dieser Aufgabe zu unterziehen. Daniel konnte sich gut vorstellen, dass weder Falthorne noch Mrs. Warlaby einem der Dienstmädchen den Auftrag dazu erteilen würde.

Auf der in einem warmen Gelbton gehaltenen Kaminumrandung aus unbearbeitetem, porösem Sandstein fiel ein brauner Fleck ins Auge: eingetrocknetes Blut. Auch der Teppich rechts davon wies eine große Stelle auf, an der das Blut so tief in den Flor eingedrungen zu sein schien, als stammte es von einer heftig blutenden Wunde.

Unmittelbar neben dem Fleck waren Brandspuren auf dem Teppich zu erkennen, von dem hier und da die leinenen Kettfäden sichtbar waren, während er an anderen Stellen vollständig verbrannt war, sodass man die angekohlten Bodendielen sehen konnte. Dort musste sich ein sehr eingegrenzter, aber extrem heißer Brandherd befunden haben. War das Feuer in der Absicht gelegt worden, Beweismaterial zu vernichten? Aber was hätte das sein können? Was am Gesicht der Frau oder an ihren Haaren hätte als Beweismaterial dienen können?

Oder hatte man den Brand einfach aus übergroßem Hass gelegt? Aus dem Wunsch heraus, die Schönheit und Identität der Toten zu vernichten, alles, was Ebonys Persönlichkeit ausgemacht hatte?

Das musste eine ganz besondere Art von Hass gewesen sein.

Es überlief Daniel kalt, als sei die Temperatur im Raum schlagartig gesunken. Gab es für ihn dort überhaupt etwas zu erfahren, was seine weitere Anwesenheit erforderlich machte?

Er überwand seinen inneren Widerstand und suchte das an das Boudoir anschließende Schlafzimmer auf. Das Bett war gemacht, als rechne man nach wie vor mit der Rückkehr der Hausherrin. Der Raum war im selben Stil und überwiegend in denselben Farben eingerichtet, nur dass dort nur wenige Bilder an den Wänden hingen – im Laufe der Jahre aufgenommene Fotos von Sarah und Arthur. Den Bildern nach schien Arthur bis zum Alter von etwa elf oder zwölf Jahren gesund gewesen zu sein. Auf allen späteren Fotos sah man ihn sitzen, und er wirkte wie eine Erinnerung an das Kind, das er gewesen war.

Es gab keine Fotos von Russell Graves, nicht einmal ein Hochzeitsbild. Hatte es in früheren Jahren solche Fotos gegeben, und, wenn ja, hatte Ebony sie vernichtet? Man sah keinerlei Bilder irgendwelcher Verwandten, auch keine ihrer Eltern.

Er öffnete den Schrank und sah eine Reihe dicht an dicht hängender Kleider, überwiegend in gedeckten Farben, aber hier und da auch in hell leuchtenden Tönen. Schubladen enthielten Strümpfe, Lederhandschuhe und sorgfältig zusammengelegte Unterwäsche, aus Seide, wie Daniel vermutete.

Er fühlte sich unbehaglich, während er den Schrankinhalt durchging, doch zugleich sagten ihm die Dinge etwas über die Frau. Ganz offensichtlich hatte ihr nicht nur viel Geld zur Verfügung gestanden; sie schien sich auch gern exquisit gekleidet zu haben. Vorsichtig fuhr er mit einer Hand über eins der Kleider. Die Seide war so weich, dass seine Finger sie kaum zu spüren schienen.

Zögernd schloss er die Schranktür. Durch den Anblick ihrer persönlichen Gegenstände, der Kleider, die sie getragen hatte, schien ihm ihr Tod näher gerückt zu sein. Er war sozusagen nicht mehr ausschließlich auf ihre Beschreibung durch andere angewiesen, da er nun einen Bestandteil ihres Lebens gesehen hatte.

Als er den Raum verließ, sah er Falthorne, der wohl auf ihn gewartet hatte, auf dem Treppenabsatz stehen.

»Kann ich noch etwas für Sie tun, Sir?«, fragte er.

Hatte sich der Mann, während sich Daniel in den Räumen der Hausherrin umgesehen hatte, die ganze Zeit dort aufgehalten, um unauffällig festzustellen, ob auch nichts von dort verschwand? Oder verstand er sich lediglich als Hüter ihrer Besitztümer? Daniel wünschte, er hätte dem Bedürfnis nicht nachgegeben, die Räume zu durchsuchen. Doch je mehr er über Ebonys Lebensumstände erfuhr, desto näher würde er der Beantwortung der Frage kommen, durch wessen Hand sie umgekommen war.

»Ja«, gab er zurück. »Ich würde mir gern Mr. Graves' Arbeitszimmer ansehen.«

Falthorne zögerte. »Ich bin nicht sicher, dass ihm das recht wäre, Sir. Er ist in dem Punkt sehr eigen, vor allem, was seine schriftstellerische Arbeit angeht.«

»Im Gespräch hat er durchblicken lassen, dass er sich gerade durch sie Feinde gemacht haben könnte«, gab Daniel zu bedenken. »Bestimmte Menschen könnten darauf aus sein, ihn zu vernichten, um zu verhindern, dass ihr schwerwiegendes Fehlverhalten, wenn es sich nicht sogar um Verbrechen handelt, aufgedeckt wird. Er hat gesagt, sie könnten dafür gesorgt haben, dass er als Mörder seiner Gattin hingestellt wird, um ihn auf diese Weise zum Schweigen zu bringen. Ich nehme an, er würde wünschen, dass wir dieser Möglichkeit nachgehen.«

»Ja, Sir, das ist denkbar«, räumte Falthorne ein. »Ich hielt es nur für meine Pflicht, etwas zu sagen. Es gehört zu meinen … Aufgaben.«

Es überraschte Daniel, dass der Mann so schnell nachgab. Er hatte mit größerem Widerstand gerechnet und hätte sich auch nicht über einen heftigen Wortwechsel gewundert.

Ob Falthorne wollte, dass er etwas entdeckte? Es hatte ganz den Anschein, als habe der gewaltsame Tod der Hausherrin dem Personal größeren Kummer und tiefere Trauer bereitet als das wegen Mordes an ihr über Mr. Graves verhängte Todesurteil. Vielleicht hatten sie von Anfang an mit Letzterem gerechnet.

»Sir?«, unterbrach Falthorne seine Gedanken.

»Ja?«

»Wünschen Sie angesichts der fortgeschrittenen Stunde und der Fülle der zu sichtenden Papiere zuvor einen leichten Abendimbiss? Der junge Herr Arthur kommt nicht nach unten, und Miss Sarah isst mit ihm gemeinsam. Sie können ihn im Speisesaal des Personals zu sich nehmen; ich kann Ihnen aber auch, sofern Ihnen das lieber wäre, im Esszimmer decken lassen. Dort dürfte es allerdings ziemlich kühl sein, weil es in letzter Zeit nicht geheizt worden ist.«

»Wissen Sie, wann der letzte Zug nach London geht?«

Daniel hatte gar nicht mitbekommen, wie spät es bereits war, weil die Sonne um diese Jahreszeit erst nach acht Uhr unterging.

»Nein, Sir, aber wir können das für Sie feststellen. Wenn es Ihnen recht ist, kann ich Ihnen aber auch das Gastzimmer herrichten lassen.« Bei diesen Worten trat ein höfliches und zugleich rätselhaftes Lächeln auf Falthornes Gesicht.

Daniel zögerte nur kurz. »Danke. Das ist sehr aufmerksam und entgegenkommend von Ihnen, Mr. Falthorne. Es würde mir in der Tat viel Zeit sparen. Das Abendessen würde ich dann gern zusammen mit Ihnen und den anderen Mitgliedern des Haushalts einnehmen.«

»Wie Sie wünschen, Sir. Serviert wird in einer halben Stunde. Ich zeige Ihnen jetzt Mr. Graves' Arbeitszimmer. Wenn Sie mir bitte folgen wollen, Sir.«

Daniel folgte ihm die Treppe hinab und durch das Vestibül zum Arbeitszimmer des Hausherrn. Es war größer, als er angenommen hatte, ein Mittelding zwischen Wohnzimmer und Bibliothek. Reihen von Büchern bedeckten die Wände, viele in Leder gebunden: Nachschlagewerke aller Art, Wörterbücher sowie mehrere Biografien bedeutender Persönlichkeiten. Eine ganze Abteilung enthielt die von Graves verfassten Bücher, jeweils in mehreren Exemplaren.

In der Mitte des Raumes stand ein großer Tisch mit einer in die Platte eingelassenen ledernen Schreibunterlage sowie ein dazu passender Arbeitsstuhl. Vor dem offenen Kamin im klassizistischen Stil mit dem auf Hochglanz polierten Kaminbesteck aus Messing waren drei Ledersessel gruppiert.

Falthorne, der Daniels Blick gefolgt war, erklärte: »Das muss alles blitzblank gehalten werden, sonst könnte man annehmen, dass wir nicht mit seiner Rückkehr rechnen.«

Daniel fragte sich, welche Gedanken und Empfindungen sich hinter der betont ausdruckslosen Miene des Mannes verbergen mochten und was er sagen würde, wenn er sich die Freiheit dazu nähme. Falthorne hatte sich während der ganzen Zeit, die Daniel dort verbracht hatte, mit der Gesetztheit und Würde verhalten, die man von einem Butler in einem Trauerhaus erwartete, insbesondere in einem, über dem der Schatten eines Skandals lag.

»Ich kann nicht umhin, Ihnen meine Bewunderung auszusprechen, Mr. Falthorne«, teilte ihm Daniel mit, wobei er ihn offen ansah. »Die Mitglieder der Familie und das Personal können sich glücklich schätzen, dass ein Mann wie Sie den Haushalt durch diese schwere Prüfung leitet.«

Diesmal vermochte Falthorne seine undurchdringliche Miene nicht zu bewahren. Mit tiefrot angelaufenem Gesicht gab er zurück: »Danke, Sir. Ich tue mein Bestes. Es war … für jeden von uns eine schwierige Zeit.« Er verbeugte sich leicht.

Daniel lächelte ihm zu.

Ohne ihn anzusehen, nickte Falthorne kaum wahrnehmbar. »Also in einer halben Stunde, Sir. Ich schicke Ihnen den Stiefelputzer, damit er Ihnen den Weg zum Speisesaal zeigt. Wenn Sie mich jetzt bitte entschuldigen wollen, Sir? Sofern Sie es für erforderlich halten, auch den Schreibtischinhalt näher in Augenschein zu nehmen, finden Sie die Schlüssel hinter der Uhr auf der Kaminumrandung.«

»Ja, vielen Dank.«

Sobald Falthorne gegangen war, holte Daniel die Schlüssel und ging daran, die Schreibtischschubladen eine nach der anderen zu öffnen und deren Inhalt zu sichten.

Die große Mittelschublade enthielt ein Manuskript mit dem Arbeitstitel *Ein Machiavelli unserer Zeit*. Daniel vermutete, dass es sich um das Werk handelte, für das Graves seinen eigenen Worten nach die Vorarbeiten so gut wie abgeschlossen hatte. Es weckte sein Interesse, um nicht zu sagen, seine Neugier – schließlich gab es kaum jemanden, dem der Name des Renaissance-Politikers, Chronisten und Schriftstellers aus Florenz kein Begriff war. Sein Werk *Der Fürst* galt allgemein als Befürwortung einer rücksichtslosen Machtpolitik, bei welcher der Zweck die Mittel heiligte. Daniel fragte sich, auf wen sich Graves mit diesem Buchtitel beziehen mochte. Er kannte niemanden, der so verschlagen und unaufrichtig war, dass er zu ihm gepasst hätte.

Er begann die in einer Schrift mit übermäßig großen Buchstaben verfassten Notizen zu lesen, die neben einer Reihe von Jahreszahlen lediglich Anfangsbuchstaben anstelle von Namen enthielten. Am häufigsten tauchte das N. auf. Allem Anschein nach bezog sich Graves damit auf einen Mann, der im Laufe seines Lebens mehrfach den Beruf gewechselt hatte: nach einer kurzen Zeit als Berufsoffizier in Indien hatte er Rechtswissenschaften studiert und auch eine Weile als Anwalt gearbeitet, bis er in den öffentlichen Dienst gewechselt war – in welcher Eigenschaft und Position, ließ sich dem Text nicht entnehmen.

Es war unübersehbar, dass Graves den Mann nicht leiden konnte. Er beschrieb ihn nicht als jemanden, der offen zu seinem Tun stand, gleichermaßen bereit, sich Lob und Tadel zu stellen, sondern eher als eine Art unsichtbar im Hintergrund wirkende graue Eminenz, die andere Menschen nach Belieben manipulierte.

Je weiter Daniel las, desto unsympathischer wurde ihm dieser Mann. Es hatte Graves offenkundig große Genugtuung bereitet, ihm die Maske vom Gesicht zu reißen.

Hatte ihn jener geheimnisvolle Mann in die aussichtslos erscheinende Lage manövriert, in der er sich jetzt befand? Sofern er der Meister der Manipulation war, für den Graves ihn erkennbar hielt, dürfte es ihm nicht schwergefallen sein, das zu erreichen – zumal ihn Fragen der Ethik oder Moral in keiner Weise zu interessieren schienen.

War es möglich, dass Graves, so unsympathisch er auch war, tatsächlich nichts mit der Ermordung seiner Frau zu tun hatte?

Immer wieder erhob sich dieselbe Frage: Warum hatte man ihr Gesicht und ihren Oberkörper durch Feuer entstellt? Hatte man damit erreichen wollen, dass ihr Tod als Mord und nicht als Unfall erkannt wurde? Daniel begann so etwas wie Mitleid mit Graves zu empfinden.

Im nächsten Augenblick fragte er sich, warum Graves vor oder während der Verhandlung zu Kitteridge kein Wort über das in Arbeit befindliche Buch gesagt hatte. War er wirklich so überheblich und töricht, dass er nicht begriffen hatte, wie beweiserheblich das war? Ein guter Anwalt hätte mühelos sein Plädoyer für begründeten Zweifel damit untermauern können, und Kitteridge war wirklich gut.

Wer war dieser angebliche moderne Machiavelli, über den Graves da schrieb? Hatte er Angst vor ihm? Oder Angst vor jemandem, den dieser »Machiavelli« in der Hand hatte?

Es klopfte an der Tür. Joe, der Stiefelputzer, war gekommen, um Daniel in den Speisesaal des Personals zu führen.

Daniel dankte ihm und ging mit.

Erst als ihm der Essensgeruch in die Nase stieg, merkte er, wie großen Hunger er hatte. Es schmeckte ihm großartig, und er griff beherzt zu. Nie zuvor hatte er an einem Dienstbotentisch gegessen, und er nahm an, dass das für die meisten Menschen galt, die keine Dienstboten waren. Es war nicht üblich, dass Herrschaften mit dem Gesinde am selben Tisch aßen.

Aber Daniel war nicht der Hausherr, sondern Gast und wurde möglicherweise eher als auf einer Stufe mit dem Personal stehend betrachtet und nicht als jemand, der möglicherweise selbst Dienstboten hatte.

Daniel beobachtete die Szene mit großem Interesse. Unübersehbar war Falthorne für alle so etwas wie das Familienoberhaupt – und »Familie« war durchaus ein passender Ausdruck für die Beziehungen, die zwischen diesen Menschen bestanden. Zwar war er schon immer der Ranghöchste gewesen, doch jetzt trug er als einziger erwachsener Mann im Haus eine noch größere Verantwortung als zuvor. Daniel merkte, dass er seine Aufgabe mit Feingefühl erfüllte.

Jeder ordnete sich Falthorne willig unter, außer möglicherweise Ebonys Zofe, Miss Purbright. Ihre Beziehung zum übrigen Personal ähnelte der einer unverheirateten Tante, die zu Besuch im Hause war. Man begegnete ihr mit Achtung, sie gehörte aber nicht wirklich dazu.

Die Wirtschafterin, Mrs. Warlaby, und die Köchin, Mrs. Hanslope, wetteiferten um die Vorherrschaft über die jüngeren Hausangestellten. Während das etwa sechzehn Jahre alte Küchenmädchen Bessie der Köchin unterstand, legte das achtzehnjährige Dienstmädchen Maisie Wert darauf, dass sie niemandem als Mrs. Warlaby Rechenschaft schuldig war.

Joe, der Stiefelputzer und »Junge fürs Grobe«, der den Ehrgeiz hatte, Lakai zu werden, wenn er dafür alt genug war, unterstand abwechselnd dem Butler oder der Wirtschafterin, je nachdem, wer ihn zuerst zu fassen bekam.

Schon bald merkte Daniel, dass Joe die beiden gekonnt gegeneinander ausspielte; es war ganz offensichtlich eine angeborene Begabung.

Bei Tisch herrschte strenge Disziplin. Während Falthorne das Tischgebet sprach, war alles still, und niemand rührte die Speisen an, bevor er geendet hatte.

Als er mit den Worten »Greifen Sie zu!« die Erlaubnis dazu gab, griffen alle nach ihrem Besteck, auch Daniel.

Ganz offensichtlich war Joe so hungrig, dass er sich auf nichts anderes als das Essen konzentrierte, Bessie hingegen starrte Daniel ungeniert an, bis Mrs. Hanslope sie zurechtwies. Das Mädchen murmelte etwas, was wie eine Entschuldigung klang, wurde puterrot und beugte sich wieder über ihren Teller.

Zu Rindfleisch mit Nierchen im Teigmantel gab es Kohl und junge grüne Bohnen. Während alle anderen ihre Portion zugeteilt bekamen, durfte sich Daniel selbst bedienen, wofür er dankbar war. Nach dem ersten Bissen machte er Mrs. Hanslope ein aufrichtig gemeintes Kompliment. Sie nahm es würdevoll entgegen, ließ aber deutlich durchblicken, dass es ihr auch zustand.

Schon bald fühlte sich Daniel überraschend wohl, und es dauerte nicht lange, bis man den Grund seiner Anwesenheit vergessen zu haben schien und ihn behandelte, als gehöre er dazu. Die Dienstboten neckten einander, vor allem die jüngeren. Klatschgeschichten über Menschen, die sie kannten, machten die Runde; dann zog man über das Personal aus hochherrschaftlichen Häusern in der Nachbarschaft her.

Nachdem Daniel die ihm angebotene zweite Portion mit Dank abgelehnt hatte, durfte Joe essen, was übrig geblieben war. Als Nachtisch gab es einen gedeckten Apfelkuchen frisch aus dem Backofen, dazu heiße Vanillesauce. Offenbar hatte man im Hause Äpfel über den Winter gelagert.

Diesmal sagte Daniel nichts, sondern nahm einen Bissen und lächelte Mrs. Hanslope mit einem Ausdruck des Entzückens zu. Das schien sie glücklich zu machen, denn eine leichte Röte überzog ihre Wangen.

Als Joe mit Essen fertig war, begann er die jungen Frauen aufzuziehen, und die allgemeine fröhliche Stimmung ließ die Anspannung vergessen, die alle unterschwellig spürten. Die Köchin sah dem Treiben wohlwollend zu, und selbst Mrs. Warlaby lächelte.

Daniel kam zu Bewusstsein, wie sehr all diese Menschen allein waren, fern von ihren Angehörigen, soweit sie überhaupt noch welche hatten. Dies war jetzt ihre Familie, ihr sicherer Hafen, ihr Daseinszweck; hier lebten und arbeiteten sie, und sie alle vermieden es, zu sagen, was jeder Einzelne von ihnen fürchtete: dass damit bald Schluss sein konnte. Sie würden sich, voneinander getrennt, an einem bisher unbekannten Ort eine neue Anstellung suchen müssen; dann wären sie wieder allein.

Das Dienstmädchen Maisie fasste in Worte, was wohl alle empfanden, indem sie sich an Daniel wandte. »Joe hat gesagt, Se sind hier, um was rauszukrieg'n, was Mr. Graves rett'n kann, und dass er dann wieder nach Hause kommt. Stimmt das?«

Daniel entging die Verzweiflung in ihrer Stimme nicht.

»Gott, bis' du blöd!«, fuhr das Küchenmädchen Bessie sie an. »Er war's, da kann 'n nix rett'n. Wozu willst du 'n wieder hier ha'm? Denk doch bloß an die arme Mrs. Graves! Du hast se ja wohl nich' mehr alle, du dummes Stück!«

Bei diesen Worten fühlte sich Daniel einen Augenblick lang an Gelegenheiten aus seiner Kinderzeit erinnert, wenn Gracie bei Tisch schonungslos offen ihre Meinung gesagt hatte, mit der sie häufig recht behielt.

Am liebsten hätte er sich eingemischt, beide getröstet und Bessie in Schutz genommen, die den Tränen nahe war, aber er kam zu dem Ergebnis, dass es besser war, zuzuhören, weil er dabei weit mehr erfahren würde.

Falthorne fühlte sich sichtlich unbehaglich. »Was Sie da sagen, ist ungehörig, Maisie. Die Gerechtigkeit muss ihren Lauf nehmen. Und auch Sie, Bessie, täten gut daran, Ihre Zunge im Zaum zu halten. Es gehört sich nicht, dass Sie Ihre Ansichten bei Tisch äußern; genau genommen, sollten Sie das gänzlich unterlassen.«

Die Wirtschafterin warf ihm einen Blick zu, sagte aber nichts. Es war wichtig, die Ordnung aufrecht zu erhalten. Da ihnen das als einzige Sicherheit verblieben war, mussten sie so lange wie möglich daran festhalten.

»Der junge Herr Arthur und Miss Sarah müssen irgendwo wohnen«, sagte Mrs. Warlaby. »Vielleicht bleiben sie hier.

Wenn sie aber woanders hinziehen, nehmen sie uns vielleicht mit …« Sie sprach nicht weiter. Es war eine tapfere Hoffnung, und niemand widersprach ihr.

Daniel fragte sich, was mit dem Familienbesitz geschehen würde, falls man Russell Graves hängte. Würde er an die Erben fallen? War das ein weiterer Grund zu hoffen, dass sich eine Möglichkeit fand, Revision einzulegen?

Falthorne holte tief Luft und bemühte sich, die Fassung wiederzugewinnen. »Es dürfte das Beste sein, nicht darüber nachzudenken, solange es nicht nötig ist«, sagte er schließlich. Betont gleichmütig fuhr er fort: »Sollte jemand von Ihnen eine Stellung angeboten bekommen und ein Führungszeugnis wünschen, stelle ich das gern aus. Es gibt niemanden sonst, der das tun könnte.« Es war seine Pflicht, das Mindeste, was er tun konnte.

»Danke, Mr. Falthorne«, sagte Mrs. Warlaby und wandte sich dann Daniel zu. »Ich hoffe, dass Sie mit Ihrem Zimmer zufrieden sind, Mr. Pitt.«

»Vielen Dank, Mrs. Warlaby. Ich bin sicher, dass alles bestens ist«, gab er zurück.

»Hätten Sie gern Kaffee und vielleicht auch eine Zigarre, Mr. Pitt?«, erkundigte sich Falthorne.

Verblüfft sagte sich Daniel, dass man ihn wie einen richtigen Gast behandelte und nicht wie einen jungen Anwalt, der ins Haus gekommen war, um im Anschluss an eine Tragödie auf eine Weise, die nicht anders als lästig empfunden werden konnte, nach Informationen zu suchen. Wollte man mit diesem Angebot erreichen, dass er sich ins Arbeitszimmer des Hausherrn zurückzog und die Dienstboten in Ruhe ließ?

In dem Fall war es wohl das Beste, das Angebot anzunehmen.

»Vielen Dank. Das ist ausgesprochen liebenswürdig.« Er stand auf, dankte der Köchin erneut, nickte der Zofe und der Wirtschafterin zu und verabschiedete sich von den jüngeren

Dienstboten, die fast noch Kinder waren. In ihrem Alter war er noch zur Schule gegangen. Erst mit vierundzwanzig Jahren, und nicht wie sie mit vierzehn, hatte er angefangen, seinen Lebensunterhalt zu verdienen.

»Gute Nacht.«

»Gute Nacht, Sir«, erklang es rund um den Tisch.

Er folgte der Empfehlung des Butlers, kehrte in das Arbeitszimmer zurück und setzte sich in den größten der Sessel. Zehn Minuten später kam Falthorne mit einem Kaffeetablett herein und stellte es auf das Tischchen neben ihm.

»Wünschen Sie ein Glas Cognac, Sir?«

»Nein … nein, vielen Dank. Und ich rauche auch nicht. Sicher möchten auch Sie gern einen Augenblick Ruhe haben. Es ist für Sie eine schwere Aufgabe, den Ihnen … Anbefohlenen zur … Seite zu stehen.« Er merkte, dass er nicht recht wusste, wie er sich ausdrücken sollte.

»Gewiss, Sir.« Falthorne räusperte sich und fuhr fort: »Es gibt da eine Sache, in der ich Sie gern um Rat fragen würde, Sir.«

Daniel merkte, wie ihn ein kalter Schauer überlief. War er lebenserfahren genug, um dem Mann einen passenden und hilfreichen Rat zu erteilen, der dessen Vertrauen rechtfertigte? »Selbstverständlich, Mr. Falthorne. Setzen Sie sich doch bitte.«

Der Butler nahm Platz, wobei er sorgfältig darauf achtete, seine Rockschöße nicht zu zerknittern. Es war ihm zur zweiten Natur geworden, die Form zu wahren.

»Danke, Sir.«

Daniel beugte sich ein wenig vor, um zu zeigen, dass er ihm aufmerksam zuhören würde. Immerhin war der Mann mehr als doppelt so alt wie er.

Falthorne räusperte sich und begann. »Wir müssen den Gegebenheiten ins Auge sehen, wie sie sind, Sir. Trotz Ihrer Bemühungen ist es alles andere als wahrscheinlich, dass sich

Beweise finden werden, die Mr. Graves entlasten. Damit möchte ich Ihre … Fähigkeiten keinesfalls in Zweifel ziehen, Sir – ich bin lediglich davon überzeugt, dass es keine solchen Beweise gibt. Bitte nehmen Sie es mir nicht übel, dass ich das sage, aber ich trage die Verantwortung für die Leute hier im Hause …«

»Ich verstehe. Sie müssen alle Möglichkeiten ins Auge fassen.« Daniel begriff die schwierige Lage des Butlers wie auch seine Verlegenheit durchaus. Zwar brachte es sein Beruf mit sich, dass er, jedenfalls, solange die Herrschaft im Hause war, Tag für Tag Anweisungen zu befolgen hatte, aber unter der Ergebenheit, mit der er das tat, verbarg sich ein gewisser Stolz, und es war deutlich zu sehen, dass er seine Verantwortung außerordentlich ernst nahm. Die anderen Mitglieder des Haushalts waren ihm so anvertraut, als seien sie buchstäblich seine Familienangehörigen.

»Ich bin Ihnen dankbar, Sir, dass Sie meine Äußerungen nicht als … einen Hinweis auf Mangel an Loyalität deuten. Hoffnung ist das eine, und die Wirklichkeit ist das andere.« Er sah Daniel mit bekümmerter Miene an und senkte dann den Blick.

»Und was wollten Sie von mir wissen, Mr. Falthorne?«

Der Butler räusperte sich erneut. »Bevor Mrs. Graves zu Tode gekommen ist, habe ich zufällig etwas erfahren, als ich für Mr. Graves, der sich im Gesellschaftszimmer aufhielt, ein Buch von seinem Schreibtisch geholt habe.«

»Aha. Und was war das?«

»In Huntingdonshire, nördlich von Cambridge, hatte Lord Epscomb einen großen Landsitz. Ein ansehnliches Herrenhaus und etwa vierzig Hektar Land …«

»Das ist in der Tat recht beachtlich«, stimmte ihm Daniel zu. Er konnte sich nicht vorstellen, dass Graves über die für den Erwerb eines solchen Landguts, das sich zweifellos seit

Generationen im Familienbesitz befand, nötigen Mittel verfügte.

»Und dieser Lord Epscomb?«

»Ist kürzlich verstorben, Sir.« Falthorne räusperte sich erneut. »Da er keine Nachkommen hat, fallen der Besitz, das Adelsprädikat und das Geldvermögen an seinen nächsten Verwandten, einen entfernten Vetter.«

»Und was hat Mr. Graves damit zu tun? Gehört Lord Epscomb etwa zu denen, über die er eine Biografie verfasst hat?« Daniels Eingeweide verkrampften sich immer spürbarer. Er dachte an das Buch, für das sich Graves Notizen gemacht hatte. Mit Sicherheit wollte er damit jemanden zugrunde richten. Daniel hatte von Lord Epscomb noch nie gehört, doch konnte der Mann ohne Weiteres einer von denen sein, die ihre Macht im Verborgenen ausübten, sodass sein Name in der Öffentlichkeit nicht bekannt war.

»Das nicht, Sir. Aber er ist der Vetter, der alles erbt.«

»Was sagen Sie da?«

»Ja, Sir. Im Umschlag mit dem Foto des Herrenhauses und den Angaben über die Größe des Gutes befand sich das Schreiben eines Notars. Ich gebe zu, dass ich es gelesen habe. Es besteht nicht der geringste Zweifel. Mr. Graves ist in der mütterlichen Linie mit Lord Epscomb verwandt. Das Testament ist zwar noch nicht gerichtlich bestätigt, aber er ist der rechtmäßige Erbe. Jetzt wüsste ich gern, ob dieser Besitz mit allem, was dazugehört, zu gegebener Zeit an Mr. Graves' Sohn Arthur fallen wird. Oder bedeutet die mögliche Hinrichtung von Mr. Graves, dass das Adelsprädikat auf einen anderen übergeht? Und wären Sie bereit, den jungen Herrn Arthur zu vertreten, falls es in diesem Zusammenhang zu einer gerichtlichen Auseinandersetzung kommt? Ich glaube nicht, dass er etwas von dieser Geschichte weiß. Es ist nicht auszuschließen, dass er und Miss Sarah sich einer ungewissen und düsteren Zukunft gegenübersehen – die Mutter ermordet und der Vater … gehängt. Die beiden haben niemanden, der für sie eintritt. Ich bezweifle, dass Mr. fford Croft von dieser Nachlassgeschichte Kenntnis hat, Sir.«

»Seien Sie unbesorgt. Ich werde ihn über den Stand der Dinge informieren, falls er wirklich noch nichts davon wissen sollte. Mit Sicherheit wird er dann den auf diesem Gebiet fähigsten Anwalt der Kanzlei mit der Angelegenheit betrauen. Ich bin lediglich ein Anfänger, würde aber tun, was ich kann.«

»Vielen Dank, Sir. Es geht nicht nur um den jungen Herrn Arthur und selbstverständlich auch Miss Sarah, sondern um den ganzen Haushalt. Es wird nicht einfach sein, für jeden von ihnen eine neue passende Stellung zu finden. Es gibt so manche Herrschaft, die unter keinen Umständen mit einem solchen … Skandal in Verbindung gebracht werden möchte, und sei es auch nur mittelbar.«

»Ja, so ist es, leider. Aber wenn es nötig ist, könnte meine Mutter möglicherweise helfen.«

»Ihre Mutter, Sir?« Der Zweifel in Falthornes Stimme war unüberhörbar.

»Sie, noch mehr aber ihre Schwester, kennt viele Damen der Gesellschaft, die gut ausgebildetes und zuverlässiges Personal zu schätzen wissen.« Daniel zog es vor es, den Mann im Unklaren über die genaueren Lebensumstände seiner Familie zu lassen.

Falthorne erhob sich. »Ich bin Ihnen außerordentlich dankbar, Sir. Bitte klingeln Sie, wenn Sie etwas benötigen. Ansonsten wünsche ich Ihnen eine gute Nacht, Sir.«

»Gute Nacht, Mr. Falthorne.«

Eigentlich hatte Daniel gut zu schlafen gehofft, aber unwillkürlich beschäftigte sich sein Geist unablässig mit der neuen

Situation. Bestand da womöglich ein Zusammenhang mit Ebonys Tod? Oder hatte der mit Graves' neuem Buch zu tun? Am liebsten wäre Daniel um zwei Uhr nachts aufgestanden, um in den Papieren des Mannes nachzuforschen, unterließ es aber, weil er die Bewohner des Hauses aufzustören fürchtete – vielleicht aber auch nur, wie er sich eingestand, weil er einfach zu müde dafür war. Möglicherweise würde er zwar sehen, was dastand, aber die Zusammenhänge nicht erkennen.

Schließlich schlief er ein, und es war heller Tag, als er aufwachte und sah, dass Falthorne mit einem Teetablett im Zimmer stand.

»Guten Morgen, Sir. Ich hoffe, Sie haben gut geruht. In etwa einer halben Stunde gibt es Frühstück. Ich serviere es Ihnen im Esszimmer, wenn Sie das wünschen.«

»Nein … nein, vielen Dank.« Daniel rieb sich die Augen und setzte sich langsam auf. »Ich würde gern mit Ihnen und den anderen frühstücken, wenn Ihnen das recht ist.«

»Sehr wohl, Sir. Haben Sie irgendwelche Wünsche, Sir?«

»Nein … nein, vielen Dank. Ich danke Ihnen für den Tee.«

Falthorne öffnete die Vorhänge und verließ den Raum.

Daniel stand auf und freute sich über den sonnigen Tag. Eine halbe Stunde später frühstückte er am Tisch des Personals mit großem Appetit durchwachsenen Speck, Spiegelei, Schweinswürstchen und Toastbrot mit Orangenmarmelade. Dazu gab es erneut Tee.

Um neun Uhr saß er bereits wieder im Arbeitszimmer des Hausherrn und ging die Ergebnisse von dessen Recherchen durch. Er wollte unbedingt feststellen, wer sich hinter dem Buchstaben N. verbarg und ob er in irgendeiner Beziehung zu Lord Epscomb stand. Immerhin konnte es wichtig werden, das zu erfahren. Je mehr er las, desto deutlicher wurde es, dass Graves die von ihm beschriebene Person für moralisch überaus minderwertig hielt, für jemanden, der sein Amt dazu nutzte, vertrauliche Angaben über Verfehlungen anderer Menschen zu sammeln. Da deren Veröffentlichung diesen in der Gesellschaft schaden würde, nutzte er sie für Handlungen, die hart an Landes- oder Hochverrat grenzten. Infolge eines durch einen Mitarbeiter enthüllten Skandals war er seines Amtes enthoben worden, weil ihn die vorgesetzte Stelle nicht mehr für tragbar hielt. Allerdings war es ihm nicht nur gelungen, die Art seiner verbrecherischen Handlungsweise geheim zu halten, sondern auch, selbst seinen Nachfolger zu bestimmen, einen schwachen Charakter, der auf diese Weise über seine Fähigkeiten hinaus befördert worden war. Danach hatte er seine langjährige Geliebte geheiratet und einen Platz im Oberhaus eingenommen.

Das also war die Art von Korruption, die Graves zu enthüllen gedachte.

Je mehr Daniel las, desto größer wurde sein Widerwille. Es kam ihm vor, als habe er sich dadurch, dass er Einblick in diese Dinge hatte nehmen müssen, selbst beschmutzt. Eine Veröffentlichung dieser Enthüllungen würde vielen Menschen Kummer bereiten, und zwar sowohl denen, die sie glaubten, als auch denen, die sie für unwahr hielten. Solche Anschuldigungen würden nicht leicht in Vergessenheit geraten und konnten ohne Weiteres die Art von Gewalttätigkeit hervorrufen, deren Spuren er in Ebonys Boudoir gesehen hatte.

Warum aber hätte der Täter die Frau umbringen sollen, wenn sie nichts mit dieser Sache zu tun hatte? War er so fest davon überzeugt, dass es ihm gelingen würde, Graves damit an den Galgen zu bringen? Lag es an seinem Geschick, dass er es auf diesem indirekten Weg fertiggebracht hatte, oder hatte er einfach Glück gehabt? Und welche Rolle spielte Marcus fford Croft in dieser ebenso undurchsichtigen wie dubiosen Angelegenheit? War er in das Komplott eingeweiht, zumindest teilweise?

Welchen Schaden würde es anrichten, wenn die Öffentlichkeit Kenntnis von diesen Zusammenhängen bekäme? Sofern der intrigenreiche Mann so wichtig war, wie Graves ihn darstellte, wäre der Schaden unermesslich.

Gingen fford Crofts Befürchtungen in diese Richtung? Und lag ihm daran, die Sache öffentlich zu machen – oder wollte er im Gegenteil erreichen, dass niemand davon erfuhr? Wem fühlte er sich verpflichtet? Wurde womöglich auch er aufgrund eines früher begangenen Vertrauensbruchs unter Druck gesetzt?

Wollte er Graves am Galgen sehen, oder war es sein aufrichtiges Bestreben, ihn davor zu bewahren?

Erneut wandte sich Daniel den Unterlagen zu. Einige der Notizen waren Exzerpte aus anderen Quellen, die Graves mit Randbemerkungen versehen hatte. Einen Großteil davon hatte er wieder durchgestrichen.

Als Daniel in einer Randnotiz auf einen Namen in einer sehr kleinen, aber durchaus lesbaren Schrift stieß, entglitten ihm die Papiere und fielen zu Boden. Seine Hand zitterte so sehr, dass er es nicht fertigbrachte, die Seiten aufzuheben. Reglos starrte er auf den Namen. Nein, ein Irrtum war nicht möglich; da stand klar und deutlich *Victor Narraway*. Graves war im Begriff, ein Buch über den Vorgänger von Daniels Vater beim Staatsschutz und dessen Gattin Lady Vespasia Cumming-Gould zu verfassen. Daniel kniete sich auf den Boden, um die Blätter eins nach dem anderen aufzusammeln. Dabei stach ihm eines besonders ins Auge. Während er las, schlug sein Herz so wild, dass er kaum an sich halten konnte. Der als korrupt und unfähig geschilderte Nachfolger Narraways, der angeblich im eigenen Interesse Verbrechen bis hin zu Mord deckte, war angeblich niemand anders als sein Vater, Sir Thomas Pitt.

Das konnte nichts anderes bedeuten, als dass sich Graves ein ganzes Lügengebäude ausgedacht hatte! Keine dieser Behauptungen konnte der Wahrheit entsprechen. Daniel kannte alle diese Menschen. Graves war sogar so weit gegangen, Narraway zu unterstellen, er habe Hoch- oder Landesverrat begangen.

Falls das Buch je erschiene, würde es ungeheuren Schaden anrichten. Da war es eigentlich ganz gut, dass Graves an den Galgen kam – dann würde der ganze Wust von Lügen zusammen mit ihm verschwinden.

Nein, das würde nicht genügen. Das Buch mit diesen Verdrehungen der Wahrheit durfte auf keinen Fall erscheinen. Gerüchte verbreiteten sich in Windeseile, als hätten sie Flügel, und je größer diese Flügel waren, desto mehr schadeten die Gerüchte den Opfern. Narraway und Vespasia waren tot und konnten sich nicht zur Wehr setzen. Aber Thomas Pitt lebte! Eine Veröffentlichung dieser grotesken Anschuldigungen würde ihn zugrunde richten.

Das Ganze war von so ungeheuerlicher Ungerechtigkeit, dass Daniel vor Empörung jetzt am ganzen Leibe zitterte. In diesem Augenblick hätte er Graves den Strick mit eigener Hand um den Hals legen und den Hebel betätigen können, der die Klappe unter den Füßen des Delinquenten öffnete.

Dann kam ihm ein anderer entsetzlicher Gedanke: Hatte Graves diese Dinge womöglich bereits einem anderen berichtet? Wenn man ihm den Mord an seiner Frau angehängt hatte und er in Wahrheit unschuldig war – wer mochte dann dahinterstecken? Natürlich der Staatsschutz! Das läge zumindest nahe.

Es war Daniel klar, dass er eine Antwort auf diese Frage finden musste. Er durfte nichts unversucht lassen, um die Wahrheit ans Tageslicht zu fördern – nicht, um Graves zu retten, sondern um den wahren Schuldigen zu ermitteln, bevor man Graves hängte.

Tief in Gedanken versunken, sah er unausgesetzt auf die Blätter in seiner Hand. Er erwog sogar, sie zu verbrennen und alle Hinweise auf den Namen Narraway zu vernichten. Dann fiel ihm ein, dass es Graves nicht sonderlich schwerfallen würde, sich das Material erneut zu beschaffen. Daniel war felsenfest davon überzeugt, dass sein Vater nie und nimmer Dinge von der Art getan hätte, wie sie ihm hier unterstellt wurden.

Konnte irgendetwas von dem, was dort behauptet wurde, auf Wahrheit beruhen? Nie im Leben hätte Pitt gemeinsame Sache mit Mördern gemacht. Er war keiner jener Menschen, die taten, was man von ihnen verlangte, nur um nicht aus dem Amt gejagt zu werden. Noch mehr empörte Daniel die Behauptung, Pitt sei seiner Aufgabe nicht gewachsen. Allerdings wusste er, dass viele der Fälle seines Vaters äußerst kompliziert gewesen waren, sich einer einfachen Lösung entzogen und es nicht immer auf der Hand gelegen hatte, wer schuldig und wer unschuldig war. Er konnte sich gut erinnern, wie sein Vater oft ganze Tage und Nächte sorgenvoll über solchen Fällen gegrübelt hatte, beide Eltern sich mit ernsten Gesichtern darüber ausgetauscht hatten und schlagartig verstummt waren, wenn er oder Jemima ins Zimmer gekommen waren.

Narraway hatte Pitt und beide hatten Vespasia vertraut. War sie schon immer Narraways Geliebte gewesen? Er nahm das nicht an. Zweifellos war der Mann charmant gewesen, ein dunkelhaariger schlanker und eleganter Herr mit scharfem Verstand und von mitunter beißendem Humor. Als Junge hatte Daniel Angst vor ihm gehabt, später aber gelernt, ihm zu vertrauen.

Zu Tante Vespasia hatte er sich schon immer hingezogen gefühlt. In ihrer Jugend war sie eine berühmte Schönheit gewesen, was ihn aber nicht interessiert hatte, denn er hatte sie damals nicht gekannt. Sie hatte sich ihm gegenüber stets reizend verhalten, eine Märchengestalt in den Augen des kleinen Jungen, der er gewesen war. Sie trug ihr Haar wie eine Krone, hatte silbern leuchtende dunkle Augen und trat so anmutig auf wie sonst niemand, nicht einmal die Königin. Genau genommen, war die Königin eher unansehnlich, und das waren im Vergleich zu Vespasia alle. Außerdem war sie lustig gewesen und geistreicher als jeder Mensch, den er kannte. Da konnte nicht einmal Narraway mithalten. Und sie hatte stets gesagt, was sie dachte.

Nein, Graves musste sich irren. Daniel war entschlossen, das zu beweisen.

Er stand auf. Nach wie vor leicht zitternd, schob er die Blätter unter den Papierstapel und das ganze Manuskript in eine der Schreibtischschubladen, die er wieder verschloss. Dann machte er sich auf die Suche nach Falthorne. Ihn wollte er bitten, das Arbeitszimmer abzuschließen und ihm eine Motordroschke zu bestellen, die ihn zum Bahnhof bringen sollte. Er musste unverzüglich nach London zurückkehren.

»Fehlt Ihnen nichts, Sir?«, erkundigte sich der Butler besorgt.

»Danke, es ist alles in Ordnung. Ich werde an die … Sache mit dem … Hauspersonal denken und tun, was ich kann.«

»Vielen Dank, Sir«, sagte Falthorne mit betrübter Miene.

Daniel bekam das kaum noch mit, so rasch eilte er nach oben, um seinen Aufbruch vorzubereiten. Er musste allein sein, um seine Fassung wiederzugewinnen. Niemand, und sei er ihm noch so wohlgesonnen, sollte merken, wie es um ihn stand.

KAPITEL 9

Zehn Minuten lang schritt Daniel unruhig auf dem Bahnsteig auf und ab, bis der Zug sich endlich mit dichten Dampfwolken näherte. Das Zischen der Lokomotive und das Klirren von Metall wirkten sonderbar beruhigend auf ihn. Niemand verließ den Zug, was ihn nicht weiter verwunderte, aber ein halbes Dutzend Fahrgäste stiegen ein. Vermutlich arbeiteten sie im Finanzbezirk Londons, waren Bankiers, Firmenchefs, Menschen, die es sich leisten konnten, später als andere zur Arbeit zu gehen.

Er fand sofort einen freien Sitzplatz. Er hatte eine Zeitung gekauft, nicht um darin zu lesen, sondern um sich dahinter zu verstecken. Er wollte nicht in Gespräche verwickelt werden. Höfliches Geplauder wäre ihm in seiner Situation unerträglich gewesen. Es kam ihm vor, als befände sich in seinem Kopf der sprichwörtliche gordische Knoten – alles war in alles verwickelt, und es gab keine Stelle, an der man einen Anfang oder ein Ende für eine Auflösung hätte sehen können.

Hatte die Mitteilung von Graves' – offenkundlich überraschender – Erbschaft auf die eine oder andere Weise zu Ebonys Ermordung geführt? Aber wo konnte da ein Zusammenhang bestehen? Hatte Graves es für erforderlich gehalten, seine Frau zum Schweigen zu bringen, um seine neue Position in der Gesellschaft zu sichern?

Oder war der Schlüssel zu dem Ganzen die Biografie, an der er arbeitete? Wen oder was würde sie zugrunde richten? Ehen? Vermögen? Das Ansehen bedeutender Menschen in der Gesellschaft? Daniel richtete sich auf und holte mit geballten Fäusten tief Luft. Die Antwort lag auf der Hand: den Staatsschutz. Seinen Vater.

War ein Mitarbeiter der Abteilung Staatsschutz ins Lager der Verbrecher übergelaufen? Aber auch hier erhob sich wieder die Frage: warum?

Warum hatte der Mörder Ebonys Gesicht entstellt? Jeder hatte gewusst, wer sie war. Steckte dahinter nichts als blanker Hass? Würde sich jemand ohne zwingenden Grund nach einem Mord länger als nötig am Tatort aufhalten, um etwas so Widerwärtiges zu tun?

Plötzlich kam ihm ein Gedanke. Was, wenn er jetzt einfach nichts weiter unternahm und zuließ, dass man Graves hängte? Dann könnte man alle Unterlagen vernichten, und damit würden alle Fragen und Anschuldigungen verschwinden. Bei dieser Vorstellung spürte er eine plötzliche Wärme in seinen Gliedern und lehnte sich entspannt zurück. Es wäre ganz leicht, und es würde alle Probleme mit einem Schlag lösen!

Dann überlief ihn eine Welle von Abscheu. Großer Gott, was für Gedanken gingen ihm da durch den Kopf? Es war nur allzu klar: Er hielt es für möglich, dass sein Vater schuldig war! Wie sollte er ihm je wieder in die Augen sehen? Graves' Hinrichtung einfach so zuzulassen würde Verrat an allem bedeuten, was man ihn je gelehrt hatte. Doch wie weit würde er selbst gehen, wenn es nötig war, die Menschen zu schützen, die er liebte? So weit, dass er die Hinrichtung eines möglicherweise Unschuldigen zuließ?

Auf keinen Fall würde Pitt wünschen, dass Daniel die Aufgabe zufiel, die Wahrheit zu ermitteln, wie auch immer die aussehen mochte, und annehmen, dass sein Sohn damit würde leben können.

Hätte man ihm diesen Fall doch nie anvertraut! Einen Augenblick lang hatte Daniel geglaubt, es sei eine Ehre, ein Schritt in Richtung einer höheren Stufe in der Hierarchie. Dann aber war ihm aufgegangen, dass lediglich kein anderer dafür zur Verfügung gestanden hatte. Er war einfach derjenige gewesen, der gerade am wenigsten zu tun hatte; nichts als ein Lückenbüßer. Kitteridge war dafür vorgesehen, den Kampf aufzunehmen, was angesichts seiner unbestreitbaren Erfahrung nur recht und billig war.

Bestand wirklich eine Aussicht, dass sich ein für einen Revisionsantrag hinreichend schwerwiegender Formfehler entdecken ließ? Daniel bezweifelte das. Kitteridge war für seine akribisch genaue Arbeit bekannt. Und ohnehin wäre das lediglich der erste Ansatz für eine Lösung des Knotens. Es gab weitere deutlich wichtigere und gefährlichere Punkte. War Graves schuldig, oder versuchte jemand, wie er beteuert hatte, ihn in Misskredit zu bringen und als Schuldigen hinzustellen, weil es nach seinem Tod keinen Sinn mehr hätte, sein Werk zu veröffentlichen?

Andererseits war zu bedenken, dass sich die Öffentlichkeit jederzeit begierig auf Skandale und Berichte vom Untergang der Mächtigen oder solcher stürzte, die als mächtig galten. Wenn bekannt würde, dass man Graves den Mord an seiner Frau angehängt hatte, um ihn für immer zum Schweigen zu bringen, würde das die Auflage seines Buchs verzehnfachen! Sollte sich herausstellen, dass die Justiz einem solchen Vorgehen Vorschub geleistet hatte, bekämen die darin enthaltenen Anschuldigungen die Aussagekraft eines Vermächtnisses. Sie würden sich für immer ins Gedächtnis der Menschen eingraben. Die Interessenten würden für das Buch Schwarzmarktpreise bezahlen.

Hatte Graves das alles mitbedacht, es womöglich sogar so geplant?

Sicherlich nicht, denn der Preis dafür wäre sein eigenes Leben! Er hatte auf Daniel keineswegs den Eindruck eines Überzeugungstäters gemacht, der sich für die von ihm vertretene Sache aufopferte, wohl aber den eines auf den eigenen Vorteil bedachten überheblichen Menschen. Durch den Strang zu sterben war entsetzlich.

Nein, Graves hatte das mit Sicherheit nicht so geplant. Er war gar nicht auf den Gedanken gekommen, dass es so enden könnte. Dabei hätte er wissen müssen, dass die Leute, die er bloßstellen wollte, unter Umständen genauso korrupt waren, wie er sie beschrieb. Ihm hätte klar sein müssen, dass sie sich an ihm rächen würden. Vielleicht hatte er angenommen, ihnen entgehen zu können? Warum hatte er sie und ihr Treiben nicht während des Prozesses öffentlich angeprangert? Nie wieder würde sich ihm dazu eine so öffentlichkeitswirksame Gelegenheit bieten. Es war dumm gewesen, sich die entgehen zu lassen. Gewiss, Narraway und Lady Vespasia lebten nicht mehr, wohl aber Pitt. Warum hatte Graves seine Vorwürfe gegen ihn nicht lautstark erhoben? Pitt hätte alles getan, um zwei der besten Freunde, die er je gehabt hatte, zu verteidigen – und das nicht ausschließlich aus Freundestreue, sondern auch im eigenen Interesse.

Der Zug ruckte an. So tief war Daniel in seine Gedanken versunken gewesen, dass er den Halt an einem der vielen Vortbahnhöfe gar nicht mitbekommen hatte. Wo waren sie überhaupt gerade? Sein Blick zum Fenster hinaus zeigte ihm nichts, was er erkannte. Dann, als ihm einfiel, dass er erst an der Endstation im Süden Londons aussteigen musste, legte sich die innere Unruhe, die ihn plötzlich überfallen hatte.

Es war ihm sehr recht, dass es noch nicht so weit war. Erleichtert lehnte er sich in seinen Sitz zurück. Es gab noch vieles zu klären, bevor er fford Croft gegenübertrat. Da war vor allem die Frage, wie viel der Mann wusste. Warum beharrte er darauf, dass sich Daniel für Graves einsetzte? Es konnte unmöglich Sympathie für diesen Widerling sein. Selbst sein Hauspersonal schien seine Gattin gemocht und ihn abgelehnt zu haben. Vielleicht aber ging es diesen Menschen auch vor allem um Sarah und Arthur – ganz davon abgesehen, dass sie den Wunsch hatten, möglichst zusammen dort bleiben zu können, wo sie eine Art Familie gefunden hatten.

Der Tod eines Menschen wurde immer als bitter empfunden, zumal, wenn er die Folge einer solchen Gewalttat war. Angesichts des damit verbundenen Skandals würde es jedem von ihnen schwerfallen, eine neue Stellung zu finden. Und selbst wenn ihnen das gelang, kam die Unsicherheit hinzu, ob sie sich in dem neuen Haushalt würden einleben können. Für die jüngeren unter ihnen wäre ein Wechsel gleichbedeutend mit dem Verlust ihres bisherigen Zuhauses. Daniel konnte sich die Ängste und die Besorgnis, die sie empfanden, gut vorstellen.

Nichts von all dem dürfte Marcus fford Croft je bedrückt haben. Inzwischen war die Sache so viel ernster geworden und betraf Daniel in so persönlicher Weise, dass er fford Croft unbedingt nach seinen Gründen fragen musste. Daniel musste durchaus damit rechnen, seinen Arbeitsplatz zu verlieren, sofern gefährliche Geheimnisse den Kanzleichef dazu veranlassten, Graves in einem Fall zu unterstützen, von dem er selbst annehmen musste, dass er ihn nicht gewinnen konnte. Wie viel wusste fford Croft? Würde ein Mann, der um sein Leben kämpfte, ihm nicht alles sagen? Auf diese Frage wusste Daniel keine Antwort.

Erneut wandte er sich der Frage zu, vor der er eigentlich zurückscheute, die aber allem zugrunde lag. War Victor Narraway tatsächlich so hinterhältig und korrupt gewesen, wie Graves behauptete? Es war schwierig, eine Antwort darauf zu finden. Um seine Aufgabe als Leiter der Abteilung Staatsschutz zu erfüllen, hatte er, vor allem in den Jahren, in denen Aktivisten des irischen Geheimbundes im Kampf gegen die englische Fremdherrschaft immer wieder Bombenanschläge in London verübt hatten, möglichst viele Informationen über Verdächtige und deren Ziele sammeln müssen. Es lag in der Natur der Sache, dass dafür mehr oder weniger jedes Mittel recht war und auf persönliche Dinge keine Rücksicht genommen werden konnte. Wenn es darum ging, einen Anschlag zu verhindern, bei dem auch nur ein einziger Mensch auf grässliche Weise zu Tode käme, ganz zu schweigen von einem halben Dutzend, war jede Verletzung der Privatsphäre gerechtfertigt. Daniel wusste nicht viel über die Arbeit der Abteilung Staatsschutz. Sie musste geheim bleiben, allein schon zum Schutz der eigenen Mitarbeiter. Gerade die Menschen, die Eingriffe des Staatsschutzes in persönliche Angelegenheiten am heftigsten kritisierten, erhoben als Erste Vorwürfe gegen ihn, wenn eine nicht rechtzeitig entdeckte Bombe detonierte und eine hochstehende Persönlichkeit tötete oder verstümmelte, die sich unglücklicherweise zur falschen Zeit am falschen Ort aufgehalten hatte.

Es war eine Frage der Verhältnismäßigkeit.

Einer der übelsten Vorwürfe, die Graves in seinem Manuskript gegen Pitt erhob, war die Behauptung, er habe zu seinem eigenen Vorteil gemeinsame Sache mit Mördern gemacht. Das hatte Daniel so tief getroffen, dass er dem Mann den Tod am Galgen geradezu wünschte.

Nein, das war vielleicht übertrieben. Aber sicherlich hätte er ihn mit Wonne nach Strich und Faden durchgeprügelt.

Sollte sich tatsächlich ein Grund für eine Revision des Urteils finden, sähe sich Daniel in einer Zwangslage. Auf keinen Fall dürfte er dann Graves noch einmal vor Gericht vertreten.

Ob das auch fford Croft bewusst war? Was für ein Spiel spielte der Mann eigentlich, in drei Teufels Namen?

Jemand berührte ihn am Ellbogen. Er fuhr hoch und sah den Mann verständnislos an. Dann begriff er, dass es der Schaffner war.

»Was haben Sie gesagt?«

»Ihre Fahrkarte bitte, Sir«, wiederholte der Mann. »Tut mir leid, Sie zu stören.«

Der Schaffner wartete geduldig, während Daniel in sämtlichen Taschen suchte. Hatte er überhaupt eine Fahrkarte gelöst? Schließlich fand er sie. Der Schaffner lochte sie und gab sie ihm zurück.

Als er die Anwaltskammer in Lincoln's Inn erreichte und die Räume der Sozietät fford Croft & Gibson aufsuchte, bat er den Bürovorsteher Impney, in Sachen Graves, in dessen Haus er bis eben war, sofort mit Mr. fford Croft sprechen zu können. Er wartete ungeduldig, bis Impney nach fünf Minuten mit der Mitteilung zurückkehrte, der Leiter der Kanzlei sei bereit, ihn sogleich zu empfangen.

Marcus fford Croft wirkte ausgesprochen gelassen, wenn auch durchaus ernst, als Daniel eintrat.

»Nehmen Sie Platz, junger Freund, und sagen Sie mir, was Sie in Erfahrung gebracht haben«, begann er und fügte, an Impney gewandt, hinzu: »Danke. Sorgen Sie dafür, dass wir nicht gestört werden.«

»Gewiss, Sir«, erwiderte der Bürovorsteher, verließ den Raum und schloss die Tür geräuschlos hinter sich.

»Guten Morgen, Sir«, sagte Daniel, während er sich fford Croft gegenüber setzte. Er fragte sich im Stillen, ob sich auch andere in einem eigentlich bequemen Sessel so unbehaglich gefühlt hatten wie er in diesem Augenblick.

»Was haben Sie mir zu berichten?«, erkundigte sich fford Croft. »Sie sehen ja richtig aufgewühlt aus. Ich nehme nicht an, dass man Ihnen im Hause Graves viel Nützliches hat sagen können.« Er machte ein Gesicht, als rechnete er mit schlechten Nachrichten. Vielleicht hatte er ohnehin alle Hoffnungen auf Kitteridge gesetzt.

»Die Leute waren denkbar hilfsbereit und von einer geradezu überwältigenden Gastfreundschaft, Sir. Von den Hausangestellten lässt sich sogar dann eine Menge über die Herrschaft erfahren, wenn sie eigentlich möglichst wenig sagen wollen.« Warum hielt er sich so lange mit der Vorrede auf? Da saßen sie und führten eine zivilisierte Unterhaltung, als sei alles in bester Ordnung, als habe niemand Ebony Graves ermordet und entstellt, als sei Graves nicht zum Tod durch den Strang verurteilt und als gebe es kein Manuskript zu einem Buch über Menschen, die Daniel nahestanden, ein Buch, bei dessen Veröffentlichung sein Leben in Stücke gehen würde, weshalb es das Erscheinen um jeden Preis zu verhindern galt.

Leicht vorgebeugt, erkundigte sich der Kanzleichef mit kaum verhüllter Ungeduld: »Haben Sie etwas herausbekommen?«

Was wusste der Mann über die Hintergründe? Hatte er den Fall übernommen, um den Schaden zu begrenzen, den Graves anrichten konnte? Daniel wusste, dass fford Croft seinen Vater kannte – war er auch mit Narraway bekannt gewesen? Hatte es für ihn einen bestimmten Grund gegeben, Daniel ausgerechnet auf diesen Fall anzusetzen? Er konnte in den Zügen des Mannes nichts erkennen.

Er musste antworten.

»Wissen Sie, worum es in dem Buch geht, an dem Graves gearbeitet hat und das er beenden und veröffentlichen wird, falls wir mit der Revision durchkommen, Sir?«

fford Crofts weiße Brauen hoben sich. »Ist das jetzt wirklich von Bedeutung? Es handelt sich um eine Biografie, ich weiß aber nicht, über wen.«

»Es geht darin um Victor Narraway, den Vorgänger meines Vaters in seinem Amt als Leiter der Abteilung Staatsschutz«, gab Daniel zurück. Es war nicht seine Absicht gewesen, in einem so scharfen Ton zu sprechen, aber er hatte in diesem Augenblick keine Gewalt über seine Stimme. »Es ist als Enthüllung von angeblicher Korruption und Machtgier, von Manipulationen, Erpressung und dergleichen angelegt …«

fford Croft verzog keine Miene. Entweder hatte er wirklich nichts davon gewusst, oder er war der brillanteste Schauspieler, den man sich vorstellen konnte.

»Lady Vespasia«, fuhr Daniel fort, »wird darin als die raffinierteste und erfahrenste Kurtisane der europäischen Aristokratie dargestellt. Überdies …«

»Schluss damit!«, gebot fford Croft mit rauer Stimme. »Was zum Teufel sagen Sie da?«

Nein, das hatte mit Schauspielerei wohl nichts zu tun – unmöglich konnte jemand absichtlich sein rötlich glänzendes Gesicht so schlagartig schlaff und grau werden lassen, wie das gerade bei fford Croft geschehen war.

»Überdies wird darin auch mein Vater als korrupt verleumdet«, fuhr Daniel fort. »Graves behauptet, man habe ihn ausschließlich deshalb in sein Amt als Leiter des Staatsschutzes befördert, damit sich Narraway seiner nach Belieben für seine zwielichtigen Vorhaben bedienen konnte.«

»Das ist völliger Unsinn!« fford Croft schüttelte den Kopf. »Sind Sie sich Ihrer Sache sicher, oder könnten Sie da etwas missverstanden ha…«

»Völlig sicher«, fiel ihm Daniel auf eine Weise ins Wort, wie er das noch am Vortag nicht gewagt hätte. »Ein Missverständnis ist ausgeschlossen. Ich habe Graves' Notizen gelesen.«

»Und das hat man Ihnen gestattet?«

»Die Leute wissen, dass Sie Graves' Anwalt sind. Daher haben sie angenommen, ich sei dort, um ihn nach Möglichkeit vor dem Galgen zu bewahren. Jetzt stehen Sie in der Pflicht und müssen etwas unternehmen.«

fford Croft schwieg.

»Und was ist nunmehr meine Aufgabe, Sir?«, fuhr Daniel fort. »Soll ich den Mann retten, sofern ich das vermag? Feststellen, ob ihn der Staatsschutz oder einer von dessen Mitarbeitern in diese Falle gelockt hat? Legen wir diese Falle, wenn es sie gibt, offen und gehen dagegen an? Oder soll ich dafür sorgen, dass sie zuschnappt, Graves an den Galgen kommt und die Unterlagen zu seinem Buch vernichtet werden? Ich habe mich vergewissert, dass sie, daran gibt es nichts zu deuteln, genau das besagen, was ich Ihnen soeben berichtet habe, sie dann weggeschlossen und den Butler gebeten, auch das Arbeitszimmer abzuschließen, damit kein anderer sie zu lesen bekommt.«

fford Croft war unübersehbar verwirrt und wirkte mit einem Mal sichtlich gealtert. Er sah Daniel an, als sei er ein gefährliches Geschöpf, das unvermutet vor ihm aufgetaucht war.

Daniel hatte ein schlechtes Gewissen, weil er mit dem Leiter der Kanzlei so schroff gesprochen hatte. Unmöglich konnte er jetzt sagen, dass er ihn keinen Augenblick der Komplizenschaft verdächtigt hatte, denn aus seinem Verhalten ihm gegenüber ging unmissverständlich hervor, dass genau das der Fall war. Wenn er jetzt auswich, würde er damit seine missliche Lage nur noch verschlimmern.

»Wie ganz und gar entsetzlich!«, sagte fford Croft schließlich kaum hörbar. Er schien in seinem Sessel zusammengesunken zu sein. »Ich … ich … hatte nicht die geringste Ahnung …«

Daniel hatte kein Recht, ihn zu fragen, aber er musste unbedingt wissen, warum er den Fall übernommen hatte. »Es bestand von Anfang an so gut wie keine Aussicht, den Prozess zu gewinnen, Sir. Die Beweislage ist erdrückend, und ich habe nicht das Geringste gefunden, was Graves entlasten könnte. Ich habe lediglich herausbekommen, dass er Feinde hatte, worüber sich niemand zu wundern braucht.« Er sagte nicht, dass er sich nicht vorstellen konnte, der Staatsschutz habe Graves den Mord angehängt, um ihn zum Schweigen zu bringen, doch erwog er diese Möglichkeit im Stillen. Ihm war klar, dass in einem solchen Fall als Erstes der Verdacht auf seinen Vater fallen würde, die Sache aber vor allem weitere Kreise ziehen würde. Pitts Mitarbeiter waren ihm und ihrer Aufgabe treu ergeben. Es war auch ohne Weiteres möglich, dass die von Graves zusammengetragenen Einzelheiten noch andere außer dem Staatsschutz verdächtig erscheinen lassen würden.

fford Croft biss sich auf die Lippe. Allem Anschein nach fiel es ihm schwer, zu entscheiden, was er sagen wollte. Er sah Daniel an. Dieser hielt seinem Blick stand, obwohl er sich inzwischen unbehaglich fühlte und der Kanzleichef ihm sogar leidtat. Doch das war etwas, was fford Croft niemandem verzeihen würde, schon gar nicht einem so bedeutungslosen Mitarbeiter wie Daniel. Das konnte das Ende seiner Tätigkeit dort bedeuten. Wie nur sollte er das dann seinem Vater erklären?

Aber möglicherweise war das seine kleinste Sorge.

»Vor langer Zeit«, begann fford Croft, »es mag dreißig Jahre her sein – das spielt jetzt aber keine Rolle, denn manche Dinge hängen nicht von der Zeit ab, in der sie geschehen …«

Daniel rührte sich nicht.

»… habe ich Graves' Vater gekannt. Wir waren Freunde.« fford Croft hielt den Blick auf die Tischplatte gerichtet. »Er ist in Schwierigkeiten geraten, existenzbedrohende Schwierigkeiten. Damals hatte ich meine Zulassung als Strafverteidiger noch nicht lange, war aber schon ein guter Anwalt und hatte mehrere Prozesse bravourös gewonnen – ungefähr so, wie es in einem oder zwei Jahren vielleicht Ihnen gelingen wird.« Er lächelte trübselig. »Er hat mich um Hilfe gebeten, und ich … ich habe ihn enttäuscht. Mir ist ein Fehler unterlaufen. Kein besonders schwerwiegender, aber er genügte, um den Fall zu verlieren. Er war schuldig. Das wusste ich. Aber es gab auch mildernde Umstände. Damit, dass ich die Verteidigung seines Sohnes Russell übernommen habe, begleiche ich die alte Schuld.«

Die Sekunden verrannen. Schließlich hob er den Blick und sah Daniel an. »Das bin ich ihm schuldig, so einfach ist das. Und bevor Sie es sagen – mir ist bewusst, dass ich in erster Linie dem Gesetz und nicht dem verpflichtet bin, was ich selbst für Gerechtigkeit halte. Andrew Graves hat damals alles verloren, was er hatte. Das wäre zu vermeiden gewesen, wenn ich mich gewissenhafter und klüger verhalten hätte. Ich schulde Russell Graves selbst dann jeden mir möglichen Einsatz, wenn ich ihn als Menschen nicht achten kann, und sogar dann, wenn ich ihn für schuldig halte. Sie und ich sind weder Richter noch Geschworene, Pitt. Wir sind Anwälte. Russell Graves hat mir zu keinem Zeitpunkt gesagt, dass er am Tod seiner Frau schuldig ist, sondern im Gegenteil stets darauf beharrt, dass er nichts damit zu tun hat. Das Gesetz verlangt, dass ich ihn verteidige, so gut ich es vermag. Das gilt auch für Sie. Diese andere Geschichte … ist ungeheuerlich. Ich weiß nichts davon, und sie hat auch nichts mit der Frage zu tun, ob er seine Frau umgebracht hat oder nicht. Bei Licht besehen, steckt darin ein hinreichendes Motiv, um eine ganze Reihe anderer möglicher Täter zu verdächtigen, sodass man auf begründeten Zweifel plädieren könnte. Wir haben auch ihn enttäuscht.«

»Nein, Sir!«, sagte Daniel lauter, als er beabsichtigt hatte. »Er hat gewusst, dass er an diesem Buch arbeitet, aber keinem von uns etwas darüber gesagt. Warum er mir das verschwiegen hat, kann ich verstehen, aber Ihnen hätte er es unbedingt mitteilen müssen. Es ist eine Frage des Anstands.«

»Ich kenne Ihren Vater seit vielen Jahren, Pitt. Nicht besonders gut, aber gut genug, um zu wissen, dass die Anschuldigungen, die Graves Ihrer Aussage nach gegen ihn erhebt, mit der Wirklichkeit nicht das Geringste zu tun haben. Leider weiß die Öffentlichkeit nichts über die Arbeit des Staatsschutzes, nichts von all den Katastrophen, die er verhindert. Das liegt in der Natur der Sache.«

»Und wir sollen das also verwenden, um eine Revision des Urteils zu erreichen? Oder ist es dafür schon zu spät?«

Ein Ausdruck von bitterem Spott trat auf fford Crofts Züge. »Das dürfte das Letzte sein, was Sie wünschen. Die Sicherheitsdienste des Staates auf diese Weise vor der Öffentlichkeit bloßzustellen würde nicht nur den guten Ruf Ihres Vaters zunichtemachen, sondern auch an Hochverrat grenzen. Wir dürfen diese Dinge im Gerichtssaal nicht einmal erwähnen. Das war Russell Graves vermutlich von Anfang an bewusst.«

»Wäre es in dem Fall nicht auch Hochverrat, wenn er das Buch veröffentlichte?«, fragte Daniel.

»Das wäre denkbar. Er hätte allerdings die Möglichkeit, das Ganze so zu verklausulieren, dass man ihn äußerstenfalls wegen Verleumdung belangen könnte. Da aber Victor Narraway und Lady Vespasia nicht mehr leben, kann man juristisch nicht gegen ihn vorgehen. Verleumdungsklagen, erhoben von Toten, sieht das Gesetz nicht vor. Sollte Ihr Vater indes eine solche Klage erwägen, weil Graves ihm Betrug und Korruption vorwirft, würde er sich damit ins eigene Fleisch schneiden – wer einmal das Vertrauen der Öffentlichkeit verloren hat, gewinnt es nie wieder zurück.«

»Welchen Grund könnte Graves haben, so etwas zu schreiben?«

»Da gibt es eine ganze Reihe von Möglichkeiten. Vielleicht will er Geld damit verdienen«, gab fford Croft mit matter Stimme zurück, »oder die Aufmerksamkeit auf sich lenken, sich einbilden können, er habe sich gerächt.« Er zuckte die Achseln. »Letzten Endes ist das unerheblich. Wichtig ist einzig und allein, dass wir das Erscheinen dieses Machwerks verhindern. Das wäre nicht automatisch der Fall, wenn man ihn hängt. Man darf nicht ausschließen, dass es noch weitere Exemplare des Manuskripts gibt, die sich längst beim Verleger befinden.«

Eiseskälte schnürte Daniel die Brust so zusammen, dass er kaum atmen konnte. »Einmal von all dem abgesehen, Sir: Falls er seine Frau nicht umgebracht hat, wer dann?«

fford Croft sah ihn an.

»Er hätte die Möglichkeit, sich zu verteidigen, Sir«, fuhr Daniel fort. »Er könnte sagen, jemand beim Staatsschutz habe alles so manipuliert, dass er als Mörder dasteht. Das wäre die Krönung seiner Rache. Er könnte das zu jedem sagen – beispielsweise zu Kitteridge, wenn er ihn das nächste Mal sieht. Zu einem Richter am Berufungsgericht, sofern wir mit unserem Revisionsantrag durchkommen. Sogar zu einem Pressevertreter! Vermutlich könnte er sogar den Fall seines Vaters ausschlachten und behaupten, dass Sie versuchen, ihn zum Schweigen zu bringen … wenn er sonst keinen Ausweg sieht.«

fford Croft setzte zum Sprechen an, brachte aber kein Wort heraus.

Daniel sagte nichts.

ffford Croft nahm einen neuen Anlauf. »Soll ich Sie von dem Fall abziehen, Pitt?«

»Nein!«, kam Daniels spontane Antwort. Erst dann fiel ihm auf, dass er keine Sekunde lang nachgedacht hatte.

Diesmal schwieg ffford Croft.

»Nein«, wiederholte Daniel und beugte sich ein wenig über den Schreibtisch. »Ich habe eine, wie ich denke, tragfähige Beziehung … zum Hauspersonal von Russell Graves aufgebaut. Mir liegt am Herzen, was mit diesen jungen Leuten geschieht. Ich habe ihnen mein Wort gegeben. Außerdem geht es um meinen Vater. Ich weiß, welch hohen Stellenwert Rechtschaffenheit für ihn hat. Ich kann die Sache jetzt keinem anderen überlassen. Natürlich lässt sich nicht ausschließen, dass meinem Vater Fehler unterlaufen sind. Seine Aufgabe ist äußerst schwierig, und da ist die Scheidelinie zwischen Recht und Unrecht nicht immer deutlich definiert. Um ihn zu verteidigen, falls das je nötig werden sollte, muss ich möglichst viel erfahren. Ich kann nicht einfach den Kopf in den Sand stecken. Die Sache hört allein schon deshalb nicht von selbst auf, weil wir uns bemühen zu beweisen, dass Graves seine Frau nicht umgebracht hat«, erklärte Daniel.

»Da haben Sie recht. Wir sollten es aber wenigstens anders formulieren, damit klar wird, dass wir die Wahrheit ermitteln müssen. Sofern sich zeigt, dass nicht er der Täter war, kann es, kurz gesagt, nur jemand gewesen sein, der sich bereits im Haus befand oder durch jemanden vom Personal eingelassen wurde. Nach den Feststellungen der Polizei dürfen wir Einbruch ausschließen. Von den zur Tatzeit im Haus befindlichen Menschen ist und bleibt Graves am dringendsten verdächtig. Außer ihm kämen nur die Dienstboten oder die Kinder infrage. Der Sohn sitzt im Rollstuhl. Nach allem, was wir wissen, bestand zwischen Mutter und Tochter eine herzliche Beziehung. Es gibt keinerlei Hinweis auf einen Streit zwischen den beiden, schon gar nicht auf einen, der so außer Kontrolle geraten wäre, dass die junge Frau ihre Mutter getötet und ihr anschließend Gesicht, Haare und Oberkörper bis zur Unkenntlichkeit verbrannt hätte.«

ffford Croft sagte das alles mit gleichmütig klingender Stimme, aber die weißen Knöchel der auf dem Schreibtisch liegenden Hände und die pochende Schläfenader zeigten Daniel, wie ungeheuer viel Selbstbeherrschung der Mann dafür aufbringen musste.

»Ja, Sir«, erwiderte er ruhig. In seinem Kopf jagten sich die Gedanken, während er sich zu erinnern versuchte, was er über seinen Vater und dessen Aufgaben beim Staatsschutz wusste. Ihm fielen Dinge ein, die er zufällig gehört hatte: Berichte über Mordfälle und andere Verbrechen, über Betrug, Täuschung und verhinderte Bombenanschläge. Er erinnerte sich, wie sein Vater oft völlig abgekämpft nach Hause gekommen war. Menschen, die Angst hatten, erwarteten rasche Lösungen. Was er von seinem Vater in erster Linie gelernt hatte, war, dass man alles von mehreren Seiten betrachten musste, um die Wahrheit zu erkennen.

In späteren Jahren hatte er dann nach und nach begriffen, wie schwierig es war, zu einem gerechten Urteil zu gelangen, und dass sich hinter einem Kriminalfall außer der bewusst ausgeführten verbrecherischen Tat oft genug auch eine Tragödie verbarg. Ihrer Wut Luft zu machen und anderen etwas vorzuwerfen fiel den Menschen deutlich leichter, als Mitgefühl zu zeigen.

»Ich habe eine Idee«, sagte ffford Croft plötzlich. »Wir sollten noch einmal ganz von vorn anfangen und versuchen, die Sache mit anderen Augen zu sehen. Dem Bericht der Polizei lässt sich nicht viel entnehmen. Wir müssen uns den naturwissenschaftlichen Aspekt vornehmen.«

»Wie meinen Sie das, Sir? Fingerabdrücke helfen uns nicht weiter, denn davon wimmelt es am Tatort.«

»Zur Forensik gehört mehr als Fingerabdrücke«, erläuterte fford Croft. »Meine Tochter Miriam ist als Medizinerin … und Chemikerin ausgebildet. Ich habe sie gebeten, herzukommen. Ich werde ihr sagen, was wir haben, und dann werden wir sehen, ob ihr etwas einfällt. Sie ist ein heller Kopf. Trotzdem werden ihre Leistungen von männlicher Seite nicht gebührend gewürdigt. Obwohl sie an der Universität sämtliche Abschlussprüfungen bestanden hat, ist ihr kein akademischer Grad zuerkannt worden.«

Daniel schwieg. Er konnte sich nicht vorstellen, wie durch Hinzuziehung dieser Frau neues Beweismaterial herauskommen sollte.

»Ich gebe Ihnen Bescheid, wenn sie hier ist. Wir haben nur noch gut zwei Wochen Zeit.«

»Ja, Sir.« Daniel erhob sich langsam. Er wollte noch etwas sagen, aber in seinem Kopf wirbelte alles wie in einem Staubsturm durcheinander: Arthur in seinem Rollstuhl, die herrlichen Vögel an den Wänden, nichts als Schwingen und Träume. Das Blut und der angesengte Teppich in Ebonys Boudoir. Die Dienstboten, die mit der Auflösung des einzigen Familienzusammenhalts, den sie kannten, rechnen mussten. Graves' falsche Anschuldigungen gegen einige der Menschen, die Daniel am nächsten standen. Und da wollte fford Croft seine Tochter hinzuziehen, die Medizin und Chemie studiert hatte?

»Ja, Sir«, wiederholte er von der Tür aus. Dann ging er hinaus und schloss die Tür leise hinter sich.

KAPITEL 10

Während Daniel dabei war, alles zu notieren, was er im Hause Graves gesehen und gehört hatte, kam Kitteridge herein. Er wirkte müde und bedrückt. Es überraschte Daniel nicht zu hören, dass er nicht auf den geringsten Form- oder Verfahrensfehler gestoßen war, sodass von dieser Seite aus keine Begründung für einen Revisionsantrag zu erwarten war.

Kitteridge setzte sich Daniel gegenüber. Keiner der anderen Anwesenden nahm Notiz von ihm. Jeder kümmerte sich um seine eigenen Fälle.

Am liebsten hätte Daniel nicht über das geredet, was er im Hause Graves erfahren hatte, und schon gar nicht über die Dinge, die den Staatsschutz betrafen, doch Kitteridge hatte einen Anspruch darauf, es zu erfahren. Sollte es wider Erwarten doch zu dem von ihnen angestrebten neuen Prozess kommen, würde ohnehin jeder, der lesen konnte, diese Dinge aus der Zeitung erfahren. Es gab ihm einen Stich, als er daran dachte, wie es sein würde, wenn jeder auf der Straße wusste, wessen man beschuldigt wurde, ohne zu ahnen, was für ein Mensch man war, und ohne dass man eine Gelegenheit hatte, seine eigene Sicht der Dinge darzulegen.

»Pitt!«, sagte Kitteridge mit Schärfe in der Stimme.

Daniel fuhr zusammen. Er begriff, dass Kitteridge wohl etwas zu ihm gesagt hatte, was er nicht gehört hatte. »Ja? Entschuldigung …«

»Haben Sie in Graves' Haus etwas in Erfahrung gebracht? Und glauben Sie, dass er der Täter war? Oder haben Sie andere Verdächtige?«, fragte Kitteridge mit unüberhörbarer Ungeduld.

»Ich habe eine Menge herausbekommen. War Ihnen beispielsweise bekannt, dass er an einer Biografie über einen früheren Leiter der Abteilung Staatsschutz gearbeitet hat?«

»Nein. Ist das denn für den Fall von Bedeutung?«

Kitteridge sah ihn verständnislos an. Mit einem Mal schien er begriffen zu haben, denn er beugte sich vor und fragte so leise, dass niemand außer Daniel ihn hören konnte: »Leitet den nicht jetzt Ihr Vater?«

»Ja. Aber in Graves' Buch geht es hauptsächlich um seinen Vorgänger, der inzwischen nicht mehr lebt. Er erhebt schändliche Anwürfe gegen ihn.«

»Lässt sich dem noch Einhalt gebieten?«, erkundigte sich Kitteridge. »Auf diese Weise aus dem Hinterhalt Vorwürfe gegen jemanden zu erheben, ist ausgesprochen feige. Ich hatte gleich gewusst, dass ich den Kerl nicht ausstehen kann.«

Daniel lächelte, von diesen Worten geradezu gewärmt. »Nicht einmal seine eigenen Hausangestellten können ihn ausstehen. Natürlich sagen sie das nicht – man merkt es aber an ihrem Gesichtsausdruck und an der Art, wie sie sich betont höflich ausdrücken, wenn es um ihn geht. Der entscheidende Punkt jedoch ist, dass tatsächlich jemand vom Staatsschutz Graves die Sache angehängt haben könnte.«

»Was? Den Mord an seiner Frau?« Kitteridge machte ein zweifelndes Gesicht.

»Ja. Genau das.«

Kitteridge hob die Brauen. »Und warum hat man ihn dann nicht einfach umgebracht, statt so eine komplizierte Geschichte daraus zu machen?« Mit einem Mal schüttelte er den Kopf, als habe er begriffen. »Aha, man wollte ihn wohl erst in Verruf bringen und dann zugrunde richten. Vermutlich ein wirkungsvolles Vorgehen. Aber wer hat in dem Fall Mrs. Graves umgebracht?«

»Das ist der Haken an der Theorie«, erwiderte Daniel.

»Gehört Mord überhaupt zu den Methoden, mit denen unser Staatsschutz arbeitet?«, fragte Kitteridge. »Es schiene mir ziemlich übertrieben, die arme Mrs. Graves vor einem solchen Hintergrund umzubringen. Die hatte doch wirklich nichts damit zu tun. Die ganze Sache gefällt mir überhaupt nicht.«

»Die Art, wie Graves den Staatsschutz oder zumindest dessen Leiter hinstellt, erweckt den Eindruck, als sei derlei noch eins ihrer geringsten Verbrechen«, erklärte Daniel verbittert.

»Und was wollen Sie jetzt tun?«, wollte Kitteridge überraschend freundlich wissen, so, als habe er Daniels schwierige Situation verstanden.

Nach kurzem Zögern gab Daniel zurück: »Ich will versuchen festzustellen, wer Ebony Graves auf dem Gewissen hat. Es kann nach wie vor durchaus ihr Mann gewesen sein. Wir wissen, dass es keinen Einbruch gegeben hat, und ich traue eine solche Tat keinem der Hausangestellten zu. Außer dem Butler wäre ohnehin keiner von ihnen dafür kräftig genug. Falls er es getan haben sollte, müsste er verdammt gute Gründe dafür gehabt haben.«

»Es kann aber nur jemand gewesen sein, der sich bereits im Haus befand«, gab Kitteridge zu bedenken. »Das haben wir doch alles schon gründlich durchgekaut. Falls Graves selbst jemanden eingelassen hätte, würde er uns das längst gesagt haben.«

»Oder seine Frau hat den Täter selbst ins Haus gelassen.«

»Sie meinen, einen Liebhaber? Man hat nichts gefunden, was darauf hinweist.«

»Dann war sie eben ein gerissenes und zugleich umsichtiges Luder.«

»Glauben Sie das?«

Daniel zuckte die Achseln. »Ich habe keine Ahnung. Aber wir haben ja noch gut zwei Wochen, um das herauszubekommen.«

»Eigentlich nicht.« Kitteridge stand auf. »Wir können mit dem Revisionsantrag nicht bis zum letzten Tag warten. Andererseits haben wir im Augenblick für einen solchen noch nichts in der Hand. Ich wünschte nur, dass ich das Bedürfnis hätte, den Burschen zu retten.« Er verzog angewidert den Mund. »Nach dem, was Sie mir gerade berichtet haben, würde ich ihn lieber hängen sehen. Der Gedanke, man könnte von mir erwarten, dass ich an unserer Regierung zweifele, gefällt mir nicht. So vieles auf der Welt ändert sich gerade, so vieles wird infrage gestellt. Ich möchte jemandem vertrauen können.«

Mit diesen Worten stand Kitteridge auf und ging hinaus.

Während Daniel ihm nachsah, fiel ihm plötzlich voll Bedauern auf, dass Kitteridge nicht gesagt hatte, er wolle seinen Angehörigen vertrauen können. Daniel hingegen tat das, und zwar rückhaltlos.

Als er etwas später den Blick von seinen Notizen hob, sah er Impney vor sich stehen. »Was gibt es?«

»Miss fford Croft möchte mit Ihnen sprechen, Sir. Ich habe sie gebeten, im Büro ihres Vaters zu warten, der gerade nicht da ist. Dort sind Sie ungestört.«

Daniel, der sich in keiner Weise vorbereitet fühlte, stand auf. »Danke, Impney.«

Er klopfte an die Tür von fford Crofts Büro und trat ein, als er die Aufforderung dazu hörte. Wie auch immer er sich dessen Tochter Miriam vorgestellt haben mochte, nichts davon passte zu der Frau, die in der Mitte des Raumes stand. Sie war schlank und wirkte dadurch größer, als sie war. Miriams Haar war kastanienbraun – unhöfliche Menschen hätten es als rot bezeichnet –, ihre Haut, wie bei vielen Menschen mit dieser Haarfarbe, hell und ihre Augen grünlich blau. Daniel fand ihre Nase ein wenig zu groß. Die Frau war nicht schön, was ihn bei dieser Farbkombination überraschte. Zu einem einfachen langen Rock ohne jede Konzession an modischen Geschmack trug sie eine Kostümjacke und eine gestärkte weiße Bluse ohne Spitzen oder Rüschen.

»Sie sind Mr. Daniel Pitt?«, fragte sie, als sei sie von seinem Auftauchen überrascht oder als hätte sie einen Älteren erwartet – vielleicht jemanden wie Kitteridge, der ihr mit seinen vierunddreißig Jahren näher war als Daniel. Er schätzte sie auf knapp vierzig.

»Ja. Guten Tag, Miss fford Croft«, gab er ein wenig linkisch zurück. Ihr Vater hatte gesagt, sie sei Medizinerin und Chemikerin. Warum nur mochte sie diese Fächer studiert haben?

Sie forderte ihn zum Sitzen auf. »Sagen Sie mir alles, was Sie über den Fall wissen, in dem ich Sie unterstützen soll. Mit *wissen* meine ich ausschließlich unbestreitbare und beweisbare Tatsachen. Ich werde mich an den Schreibtisch meines Vaters setzen, damit ich mir Notizen machen kann.«

Daniel fand, dass sie sich ebenso einschüchternd verhielt wie ihr Vater.

Mit dem Bleistift in der Hand sah sie ihn fragend an.

Er versuchte seine Gedanken zu ordnen. Ausschließlich Fakten, keine Schlussfolgerungen. Er teilte ihr mit, was die Polizei über den Zustand der Leiche berichtet hatte:

wann, wo, wer, wie und die vom Polizeiarzt genannte Todesursache.

Sie schrieb und schrieb, und das so rasch, dass er sich fragte, ob sie eine eigene Kurzschrift verwendete.

»Und man hat also ihren Gatten wegen Mordes vor Gericht gestellt und für schuldig befunden?«

»Ja …« Da er nicht wusste, ob er sie trotz allem mit akademischem Titel oder als »Miss« anreden sollte, vermied er jede Anrede.

»Und welche Beweise gibt es für seine Täterschaft?«

»Im Hause befanden sich lediglich Familienangehörige und das Personal. Niemand ist eingebrochen, und Graves war von allen Bewohnern des Hauses der einzige, den kein anderer zur Tatzeit gesehen hatte. Die Leiche hat man um zehn Uhr abends entdeckt.«

»Könnte nicht sie selbst jemanden eingelassen haben, oder vielleicht war schon jemand im Haus?«, fragte sie. »Interessant … und traurig. Es ist immer besonders traurig, wenn jemand durch die Hand eines Menschen umkommt, den er gut kennt, wie beispielsweise einen Angehörigen. Allerdings geschieht das, wie man hört, ziemlich oft. Beschreiben Sie mir die Verbrennungen, von denen Sie gesprochen haben.«

»Ich weiß lediglich, dass Blutflecken auf der Kaminumrandung waren und ein großer Teil des Teppichs dort, wo ihr Kopf und Oberkörper gelegen haben müssen, verbrannt war … ich meine, wo Kopf und Oberkörper den Angaben der Polizei nach lagen.« Er bemühte sich, mit seinen Aussagen so genau zu sein, wie sie es gefordert hatte, obwohl er sich insgeheim fragte, auf welche Weise ihr das von Nutzen sein konnte.

Sie warf einen Blick auf ihre Notizen und sah ihn dann offen an. »Was genau wird von mir erwartet, Mr. Pitt? Glauben Sie, dass es einen Zweifel an der Schuld dieses Mr. Graves gibt?«

»Einen äußerst geringen. Angesichts all der Fakten würde ich sagen, dass die Geschworenen zu dem einzigen Ergebnis gekommen sind, das ihnen möglich war.«

»Aber …?«

»Es gibt weitere Fakten, die ihnen nicht bekannt waren, sehr wohl aber dem Angeklagten, also Graves. Deshalb frage ich mich, warum er diese Punkte während der Verhandlung nicht angesprochen hat. Er hat sie mir gegenüber unter vier Augen erwähnt, und ich habe bei der gründlichen Untersuchung seines Arbeitszimmers Belege dafür gefunden. Er arbeitet an einem Buch, einer Biografie, die sowohl den Charakter als auch den Ruf zweier gesellschaftlich hochstehender Persönlichkeiten in äußerst zweifelhaftem Licht erscheinen lässt. Da beide nicht mehr leben, können sie sich nicht dagegen wehren, und aus demselben Grund ist es auch nicht möglich, ihn wegen Verleumdung zu belangen. Eine dritte, noch lebende, Person, die ein hohes Regierungsamt ausübt, wird von Graves der Korruption und der Vertuschung schwerer Verbrechen bezichtigt. Sie müssen wissen, dass sich Menschen in hohen Ämtern immer wieder solchen Vorwürfen gegenübersehen. Vermutlich lässt sich das nicht vermeiden …«

»Das heißt, er hat so geschickt taktiert, dass es ihm möglich war, Tote zu verleumden, wofür man ihn nicht zur Rechenschaft ziehen kann, und dem noch lebenden Mann ein Doppelspiel zu unterstellen«, schloss sie. »Soll das heißen, dass jemand sozusagen im Namen dieser drei Personen seine Frau ermordet haben könnte?«

»Ich weiß nicht genau, was er gesagt hat, aber es läuft darauf hinaus.«

»Und glauben Sie, dass etwas daran ist?« Sie runzelte leicht die Stirn. Er konnte nicht sagen, ob sie an der ganzen Geschichte zweifelte oder sie einfach widerlich fand.

Er lächelte bitter. »Ich habe die beiden, die nicht mehr leben, von frühester Kindheit an sehr gut gekannt, und die dritte Persönlichkeit ist mein Vater …«

Er merkte, wie sie verblüfft und zugleich anteilnehmend reagierte.

»Sie sehen, dass ich sozusagen Partei bin«, fuhr er fort. »Was mich betrifft, würde ich Graves am liebsten in der Hölle schmoren sehen. Aber diese Haltung ist weder moralisch noch juristisch vertretbar.« Die Gefühle drohten ihn zu übermannen, ohne dass er etwas dagegen unternehmen konnte.

»Dann bleibt als einzige Lösung, festzustellen, wer die Frau getötet hat.« In ihrer Stimme lag jetzt leises Bedauern. »Und zu hoffen, dass es tatsächlich dieser Russell Graves war. Ich bezweifle, Mr. Pitt, dass jemand die Tat begangen hat, der die von Graves verleumdeten Menschen schützen wollte. Eine solche indirekte Vorgehensweise wäre für das gewünschte Ergebnis ziemlich untauglich. Befinden sich bereits Teile des Buches oder gar ein vollständiges Rohmanuskript beim Verlag? Es wäre aufschlussreich, zu erfahren, ob sich jemand dazu geäußert hat, beispielsweise mit einer Empfehlung, es lieber nicht zu veröffentlichen.«

»Das weiß ich nicht«, gab er zu. »Ich … ich habe diese Papiere erst heute Vormittag entdeckt und möchte nicht, dass mehr Menschen als unbedingt nötig davon erfahren. Auf jeden Fall müssen wir feststellen, mit welchem Verlag Graves in Verbindung steht.« Diese Aufgabe sagte ihm gar nicht zu. Er fand, dass der erste Herzog von Wellington gut reden hatte, als er dem Verleger der überaus pikanten Memoiren der bekannten Londoner Kurtisane Harriette Wilson, der ihn mit der Aussicht zu erpressen versuchte, die ihn betreffenden Passagen gegebenenfalls zu streichen, sinngemäß mitgeteilt hatte: »Drucken Sie das von mir aus – der Teufel soll Sie holen!« Als Nationalheld, Feldmarschall und

Minister im Kabinett befand er sich, anders als die Menschen, die Daniel am Herzen lagen, in einer geradezu unangreifbaren Position. Zudem ging es in seinem Fall lediglich um die Beziehung zu einer Mätresse. Verglichen mit den in Graves' Buch erhobenen schwerwiegenden und noch dazu unbegründeten Anschuldigungen war das eher eine lässliche Sünde.

Daniel sah das Mitgefühl in Miss Crofts Lächeln.

»Was Sie mir da vorgetragen haben, klingt ganz so, als sei Graves ein Mann, der sich viele Feinde gemacht hat«, bemerkte sie. »Vielleicht fügt er dieser Liste gerade jetzt einen weiteren Namen hinzu. Wenn ich Sie richtig verstanden habe, waren Sie selbst in seinem Haus?«

»Ja, von gestern bis heute Vormittag. Müssen wir etwa noch einmal dorthin? Ich habe Ihnen nicht viel über seine Kinder oder das Personal gesagt. Ich glaube nicht, dass die uns weiterhelfen können. Ich ... ich denke, sie würden es tun, wenn es ihnen möglich wäre.«

»Hier finden wir keinerlei Beweismittel, Mr. Pitt, und mehr erfahren können wir nur, wenn wir uns ansehen, was es dort gibt. Ich nehme an, dass man die Frau mittlerweile beigesetzt hat.«

»Ja. Schon vor einigen Wochen. Die Todesursache war ein heftiger Aufprall auf den Hinterkopf. Wenn Sie wollen, kann ich Ihnen den Bericht der Polizei zugänglich machen.«

»Er wäre mir sicherlich von Nutzen. Ich werde meinen Vater um ein Exemplar bitten. Zuvor aber, denke ich, sollten wir uns den Tatort genau ansehen. Befindet sich der persönliche Besitz von Mrs. Graves noch an Ort und Stelle? Beispielsweise ihre Kleidung?«

»Ja.«

»Gut. Anhand von Kleidungsstücken lässt sich mitunter viel erfahren.«

Daniel bezweifelte das zwar, widersprach aber nicht. Er gelangte allmählich zu der Überzeugung, dass das Ganze Zeitverschwendung war. Was glaubte die Frau in Graves' Haus in Erfahrung bringen zu können?

Ihm fiel ein, dass er nicht vergessen durfte, nachzufragen, ob Mrs. Blackwell etwas herausbekommen hatte. Allerdings setzte er keine großen Hoffnungen auf sie. Vermutlich war der Skandal, den sich Graves aus den Fingern gesogen hatte, der Dreh- und Angelpunkt des Verbrechens. Unmöglich konnte es sich bei diesem um eine zufällige Nebensache handeln, denn dafür waren die aufgestellten Behauptungen viel zu schändlich und gravierend. So etwas konnte leicht ein Auslöser für Mord sein.

Aber warum hatte es Ebony getroffen? Dann kann ihm ein anderer Gedanke. War sie womöglich auf diese Informationen gestoßen und hatte sie ihrem Mann weitergegeben? Wohl eher nicht. Daniel konnte sich nicht vorstellen, dass ihr Einsatz für Frauenrechte sie in eine Situation gebracht hatte, in der sie etwas über den Staatsschutz hätte erfahren können.

Miriam fford Croft wartete.

Gemeinsam verließen sie die Kanzlei, und schon kurz darauf saßen sie in einer Motordroschke, die sie zum Bahnhof brachte. Sie nahmen den nächsten Zug nach Süden. Bis Herne Hill war es eine knappe halbe Stunde.

Daniels Befürchtung, Miriam werde von ihm mehr über seinen Vater und vor allem über Narraway erfahren wollen, erwies sich zu seiner Erleichterung als unbegründet. Stattdessen ließ sie sich ausführlich darüber aus, welch bedeutende Rolle ihrer Ansicht nach die Naturwissenschaft künftig bei der Aufklärung von Verbrechen spielen würde. Er hörte ihr interessiert zu und stellte ihr Fragen dazu, insbesondere im Hinblick auf Schwierigkeiten, die sich bereits abzuzeichnen begannen.

»Die größte Schwierigkeit?«, fragte sie mit einem etwas gequälten Lächeln. »Von allen?«

Überrascht fragte er zurück: »Gibt es denn so viele?«

»Aber ja. Bei allem, was sich wiegen und messen lässt, bekommt man ein klares Ergebnis. Es besagt allerdings lediglich, dass etwas möglich oder unmöglich ist, und beweist nur in den seltensten Fällen, dass es die einzige Lösung ist. Manches, wie beispielsweise Fingerabdrücke, kann man einer bestimmten Person zuordnen. Dennoch bedarf es nach wie vor einer besonderen Fertigkeit, die oft nur sehr geringen Unterschiede zu erkennen und einzuordnen. Mit all dem stehen wir gerade erst am Anfang. Nehmen wir Projektile. Sie können aus einer Waffe mit rechts oder links drehenden Zügen abgefeuert worden sein. Bei anderen, wie zum Beispiel Schrotkörnern, finden sich überhaupt keine erkennbaren Unterscheidungsmerkmale. Man kann mit Sicherheit feststellen, ob ein Projektil aus einer bestimmten Waffe abgefeuert worden ist, doch lässt sich lediglich der Schluss ziehen, dass diese Waffe für die Tat benutzt worden sein *kann*, nicht aber, ob es wirklich die Tatwaffe war.«

»Es gibt also mehr Negatives als Positives. Als Strafverteidiger darf ich daran nichts auszusetzen haben«, sagte er in bedauerndem Ton. Er vermochte seine finsteren Gedanken nicht zu verbergen.

»Ja, wir sehen uns noch gewissen Einschränkungen gegenüber«, fuhr sie fort. »Vermutlich werden wir aber im Laufe der Zeit mit naturwissenschaftlichen Methoden sehr viel mehr herausbekommen können. Die Schwierigkeit besteht darin, den Geschworenen zu vermitteln, dass diese Ergebnisse Beweiskraft haben. Diese Leute sind äußerst misstrauisch und reagieren sehr empfindlich, wenn sie den Eindruck haben, dass man sie herablassend behandelt. Sie sind unwissend, möchten aber nicht, dass man ihnen das sagt.«

»Das dürfte auf die meisten von uns zutreffen«, wandte Daniel ein.

Sie deutete ein Lächeln an, was ihre Züge weicher erscheinen ließ. »Ich fürchte, dass es zum Teil mehr darauf ankommt, wer man ist, als auf das, was man sagt. Manchen Spezialisten trauen die Geschworenen und anderen nicht.« Sie unterstrich ihre Worte mit einer Handbewegung. »Einer Frau trauen sie nicht einmal zu, dass sie richtig rechnen kann, geschweige denn, dass sie etwas von Naturwissenschaft versteht. Die meisten Menschen, und das gilt auch für uns Frauen, gründen ihr Urteil auf eigene Erfahrungen. Wir denken, was wir zu denken für nötig halten, weil wir an unserem Weltbild festhalten wollen, und bestätigen uns das, was wir ohnehin schon glauben. Es geht dabei ums Überleben, auch wenn andere darin nichts als Vorurteile sehen. Das eigene Weltbild auf den Kopf zu stellen und von vorn zu beginnen erfordert sehr viel Mut. Die meisten Menschen haben reichlich damit zu tun, ihren Alltag zu bewältigen. Da können sie sich nicht auch noch mit philosophischen Fragen herumschlagen.«

Er sah zu ihr hinüber. Ihr Gesicht wirkte beherrscht. Um den Mund lagen einige feine Linien und Schatten unter den Augen. Erfahrungen und Empfindungen hatten im Laufe der Jahre ihre Züge geprägt.

Mit einem Mal war sie ihm sympathischer.

Sie sprachen noch eine Weile über Gerichtsverfahren, Geschworene und Beweismittel, bis der Zug in den Bahnhof von Herne Hill einfuhr. Daniel besorgte eine Droschke, und sie ließen sich zu Graves' Haus fahren.

Es beeindruckte sie ebenso sehr wie ihn am Vortag. Sie sagte wenig, aber er sah es an ihrem Gesichtsausdruck. Zum ersten Mal fragte er sich, wo Marcus fford Croft wohnen mochte. Er wusste, in welchem Stadtbezirk er lebte, nicht aber, in welchem Haus. Vermutlich war es mindestens genauso vornehm wie das hier und sicher voller angenehmer Erinnerungen, ganz so wie für Daniel das Haus in der Keppel Street im Stadtteil Bloomsbury, in dem er aufgewachsen war. Obwohl es im Herzen der Stadt und nicht in einem der weitläufigen Vororte stand, gab es auch dort von Bäumen gesäumte Rasenplätze und elegante Häuser. Wichtiger als alles andere war jedoch die Behaglichkeit, die man in seinem Zuhause fand, die Wärme, nicht nur im Wortsinne, sondern auch die des Herzens, gewisse Überzeugungen sowohl bezüglich der Vergangenheit als auch im Hinblick auf die Zukunft.

Er riss sich von diesen Gedanken los – er musste an seine Arbeit denken.

Der Butler öffnete die Tür.

»Guten Tag, Falthorne«, begrüßte ihn Daniel. »Darf ich Ihnen Miss fford Croft vorstellen? Sie ist mitgekommen, um mir bei meinem Versuch zu helfen, die Umstände von Mrs. Graves' Tod genauer zu ermitteln. Als Naturwissenschaftlerin kann sie vielleicht Dinge entdecken, die uns entgehen.«

»Guten Tag, Miss fford Croft«, begrüßte der Butler sie mit leicht geneigtem Kopf. »Treten Sie doch bitte näher. Soll ich Ihnen Tee im Empfangszimmer servieren, Sir?«

»Danke, Falthorne. Ich denke, wir fangen gleich in den Räumen von Mrs. Graves an, wenn es Ihnen recht ist. Die Zeit … drängt ein wenig.«

»Sehr wohl, Sir, Ma'am.« Falthorne schloss die Haustür und ging ihnen über die Treppe voraus. »Wenn Sie etwas wünschen, Sir, klingeln Sie einfach. Vielleicht möchten Sie später Tee und Sandwiches? Sicher übernimmt Mrs. Hanslope das gern.«

»Das wäre sehr freundlich«, nahm Daniel das Angebot an. Er bedauerte, diesmal nicht mit dem Personal zusammen essen zu können, aber dafür war jetzt keine Zeit.

Der Butler führte die Besucher in die Räume der Hausherrin und entschuldigte sich dann.

Daniel fragte Miriam: »Womit kann ich Ihnen nützlich sein?«

Während sie sich aufmerksam umsah, lag auf ihren Zügen eine Trauer, die ihr vermutlich nicht bewusst war. Sie wirkte jetzt jünger und verletzlicher als bei ihrem Gespräch über naturwissenschaftliche Fragen. Ob sie sich Ebony Graves in ihren letzten ahnungslosen Augenblicken vorstellte, bevor diese merkte, dass wer auch immer gerade bei ihr war, im Begriff stand, sie zu töten? Da die Tat im Boudoir stattgefunden hatte, musste es wohl jemand gewesen sein, den sie liebte oder dem sie zumindest vertraute. An einem solchen Ort fühlte man sich fern der übrigen Welt und sah keinen Grund, auf der Hut zu sein.

Doch wenn einem jemand aus der eigenen Familie nach dem Leben trachtete, war dieser private Rückzugsbereich, in dem man am verletzlichsten war, wo niemand einem zu Hilfe kam und von wo man nirgendwohin fliehen konnte, kein Ort des Friedens mehr.

War es so gewesen?

Miriam trat zum Kamin hinüber. Man brauchte nicht lange zu suchen, um zu sehen, wo die Tat stattgefunden hatte, zumal die Stelle nach wie vor nicht gereinigt worden war. Der Teppich war unübersehbar nicht mehr zu gebrauchen. Sie kniete nieder und betrachtete den Blutfleck an der Ecke der steinernen Kaminumrandung mit großer Aufmerksamkeit. Daniel konnte sich nicht vorstellen, was sie dabei zu entdecken hoffte, außer dass es sich um die Stelle handelte, an der Ebony tödlich verwundet worden war.

Miriam schwieg. Würde sie anhand des Blutes etwas herausbekommen, was man nicht längst wusste? Inzwischen, das war auch Daniel bekannt, war man zwar imstande, menschliches Blut von Tierblut zu unterscheiden, nicht aber das eines Menschen von dem eines anderen. Vielleicht venöses von arteriellem? Aber selbst wenn das der Fall war – was würde das nützen? Die tödliche Wunde befand sich am Hinterkopf.

Miriam sah zu Daniel auf. »Die Schwierigkeit liegt darin, dass Geschworene eine grundsätzliche Abneigung gegen alles haben, was sie nicht verstehen, und dann automatisch vermuten, dass man sie hereinzulegen versucht.«

»Wollen Sie damit sagen, dass in den Augen dieser Menschen alles, was mit Naturwissenschaft zu tun hat, eine Art Hexenwerk ist?«

»Ja, leider.«

Sie wandte sich dem teils verbrannten und teils angesengten Teppich zu und betrachtete ihn lange schweigend. »Das muss ein ordentliches Feuer gewesen sein«, sagte sie schließlich und stand auf. »Wie schlimm waren die Verbrennungen an der Leiche? Wissen Sie das? Haben Sie sie gesehen oder vielleicht Fotos davon?«

»Fotos. Sie waren grässlich. Die Frau war vom Oberkörper an aufwärts vollständig entstellt. Würden Ihnen die Fotos etwas nützen?«

»Ich weiß nicht«, sagte sie. »Auf jeden Fall ist sie nicht in das Kaminfeuer gefallen. Jemand muss mit voller Absicht glühende Kohlen herausgenommen und auf sie gelegt haben. Aber wozu?« Sie verzog das Gesicht. »Und wie hat es dann weiter gebrannt? Jedes Feuer brennt von unten nach oben, nie umgekehrt. Irgendetwas muss ihm Nahrung gegeben haben, sonst wäre es ausgegangen.«

»Was könnte das gewesen sein?«, fragte Daniel verwirrt.

Miriam schwieg eine Weile, offenkundig ging sie in Gedanken die Möglichkeiten durch. »Vielleicht etwas aus Baumwolle oder Leinen«, sagte sie dann. »Ein Handtuch? Aber höchstwahrscheinlich hat der Täter auch irgendeine fetthaltige Substanz verwendet, beispielsweise Öl. Er könnte das aus der Küche geholt haben … Oder Alkohol? Ja, das wäre ebenfalls eine Möglichkeit. Ein mit dem Inhalt einer Flasche Whisky oder Cognac getränktes Handtuch würde ziemlich lange brennen und eine höllische Hitze erzeugen.«

»Können Sie feststellen, ob es sich so verhalten hat?«, erkundigte sich Daniel.

»Dazu müsste ich die Leiche sehen. Unter Umständen könnten auch die Fotos helfen, aber das bezweifle ich. Vielleicht wäre der Bericht des Beamten von Nutzen, der die Todesursache festgestellt hat? Allerdings ausschließlich dann, wenn er die Leiche oder ihre Umgebung auf Reste leicht entzündlicher Stoffe untersucht hat. Der Teppich ist stark verkohlt, aber jemand muss die Aschereste weggekehrt haben. Die Blutspuren auf dem Stein der Kaminumrandung sind noch deutlich zu sehen.«

»Wie ich schon sagte, sie ist längst beigesetzt«, erinnerte Daniel sie. »Angenommen, Sie hätten eine Möglichkeit zu sehen, an welchen Stellen sie verbrannt ist und was die genaue Ursache dafür war – ließe sich daraus schließen, wer der Täter war?«

»Vermutlich nicht«, sagte sie mit einem bedauernden Lächeln. »Ehrlich gesagt, ist es äußerst unwahrscheinlich. Aber wenn Trinkalkohol wie Whisky oder Cognac verwendet wurde, würde das bedeuten, dass der Täter wusste, wo diese Getränke aufbewahrt werden. Doch was war das Motiv? Soweit ich sehen kann, ist der Brand mit voller Absicht gelegt worden. Was steckt dahinter?«

»Hass?«, mutmaßte er. »Eine Art noch an der Leiche ausgeübte Rache?«

Miriam biss sich auf die Lippe. »Das muss ein ganz besonders schrecklicher Hass sein, der jemanden dazu bringt, das Gesicht einer Toten zu entstellen.«

»Wenn Sie Graves erlebt hätten, würden Sie das vermutlich glauben. Auf jeden Fall ist es die Tat eines Irren, da haben Sie schon recht.«

»Was für ein Mensch war sie?« Bei dieser Frage sah Miriam ihn an, als sei es ihr plötzlich ungeheuer wichtig, Ebony zu verstehen. Vielleicht versuchte sie sich auszumalen, wie es sein müsste, in diesem Raum von der Hand eines Mannes zu sterben, der zu solch grenzenlosem Hass fähig war.

Bei dieser Vorstellung durchfuhr Daniel Eiseskälte bis ins tiefste Mark. »Es heißt, dass sie sich nachdrücklich für die Befreiung der Frauen von männlicher Vorherrschaft eingesetzt hat, aber auch für anderes wie beispielsweise eine bessere medizinische Versorgung von Frauen sowie eine Art Geburtenkontrolle …«

Er merkte, wie er törichterweise errötete, als er dieses Thema in Gegenwart einer Frau ansprach, die er kaum kannte und die er doch zu bewundern begann. Vielleicht war Ebony Graves ähnlich wie sie gewesen. Er war überzeugt, dass Miriam, die sich auf ihre Weise gleichfalls bemühte, aus der Frauen von der Gesellschaft zugedachten Rolle auszubrechen, seiner Schwester Jemima gefallen würde. Als junges Mädchen hatte sie immer mehr tun wollen, als sie durfte.

»Wir sollten uns ihre Kleider ansehen.« Noch während sie sprach, ging Miriam zum Kleiderschrank im Schlafzimmer und öffnete ihn. »Die Kleidung verrät viel über einen Menschen«, sagte sie, während sie mit den Fingern über ein lavendelblaues seidenes Gesellschaftskleid strich. »Gute Qualität.« Sie nahm eins nach dem anderen heraus und legte sie auf das Bett.

»Was tun Sie da?«, wollte Daniel wissen. Er vermochte keine Beziehung zwischen dem Kleidergeschmack einer Frau und dem Grund für ihre Ermordung zu sehen.

Miriam sah ihn mit leicht gehobenen Brauen kühl an. »Wie ich schon gesagt habe, sagt die Kleidung viel über einen Menschen aus – bei dieser Frau erfahren wir beispielsweise nicht nur, wie wichtig ihr gutes Aussehen und der Eindruck war, den sie auf andere machen wollte; sie sagt uns sogar etwas über die Art von Veranstaltungen, die sie besucht hat. Bitte geben Sie mir das nächste.« Ohne sich umzusehen, ob er ihrer Bitte Folge leistete, hielt sie die Kleider eins nach dem anderen vor sich und betrachtete sich im Spiegel, um sich ein Bild davon zu machen, wie sie wirkten.

»Was sagt Ihnen das hier?«, fragte Daniel, während er weitere Kleider aus dem Schrank nahm und sie auf den Stapel legte.

»Die Frau muss über bedeutende Summen für den Kauf von Kleidern verfügt haben. Sie sehen hier eine ganze Reihe von Gesellschaftskleidern, aber nur sehr wenige Abendkleider. Das legt die Vermutung nahe, dass sie nicht gemeinsam mit ihrem Mann Abendveranstaltungen besucht hat.«

»Ich wüsste wirklich gern, wie die Frau aussah – abgesehen davon, dass sie dunkelhaarig und schön war.« Ohne Fotos von ihr gesehen zu haben, die sie zu Lebzeiten zeigten, versuchte er sich ein Bild von ihr zu machen. Auch sie stellte sich ihm als verletzlich dar, als ein Mensch mit Träumen, der sich weit mehr wünschte, als er je bekommen hatte.

Indem sie erklärte: »Die meisten sind mehrfach getragen worden«, unterbrach Miriam seine Gedanken. »Beispielsweise das hier.« Sie wies auf ein dunkelgraues Wollkleid. »Es ist an einigen Stellen sogar schon etwas fadenscheinig«, fuhr sie fort. Offensichtlich hatte es ihr Interesse geweckt. »Ich frage mich, warum, denn es ist nicht besonders gefällig. Natürlich ist es denkbar, dass es an ihr besser aussah. Bei manchen Kleidern ist das so, gerade bei den besten. Das Geheimnis liegt im Schnitt, nicht im Material.« Sie ließ den

Stoff durch die Finger gleiten, um die Qualität zu prüfen. »Aber das hier wirkt doch ziemlich alltäglich.« Sie betrachtete prüfend die Ausführung der Nähte und Säume. Dann legte sie es glatt auf das Bett, nahm ein anderes zur Hand und verglich die beiden. Danach sah sie Daniel verwirrt an. »Das dunkle Wollkleid ist mindestens fünf, wenn nicht sogar acht Zentimeter länger. Außerdem ist es im Vergleich von minderer Qualität. Trotzdem ist es ziemlich häufig getragen worden. Was wohl der Grund dafür sein mag?«

Daniel fiel keine plausible Antwort ein.

»Ist da noch etwas anderes, was ziemlich abgetragen aussieht?«, fuhr Miriam fort. »Schuhe? Stiefeletten?«

Er wandte sich erneut dem Schrank zu, bückte sich und sah hinein. Da er nicht sogleich etwas erkennen konnte, kniete er sich nieder, um genauer hinzusehen. Ein Paar Stiefeletten war sehr viel schlichter als die anderen und schien deutlich häufiger getragen worden zu sein.

»Wie wäre es mit denen hier?«, fragte er und hielt die Stiefeletten hoch.

Miriam legte die Kleider beiseite, die sie begutachtet hatte, und trat zu ihm. Sie nahm ihm die Stiefeletten aus der Hand und betrachtete sie prüfend. Dann nahm sie ein Paar gute Lederschuhe mit halbhohem Absatz aus dem Schrank, musterte sie genau und sah dann zu Daniel. »Es könnte sein, dass sie ein altes Kleid aus einer Zeit aufgehoben hat, in der sie etwas fülliger war«, sagte sie nachdenklich. »Allerdings fällt mir kein vernünftiger Grund dafür ein. Es sieht nicht besonders gut aus und nimmt auch unnötig Platz im Schrank weg. Und warum nur eins? Alle anderen sind kleiner, soweit ich gesehen habe. Bei den Stiefeletten aber verhält es sich anders. Füße bleiben immer mehr oder weniger gleich, unabhängig davon, ob man zu- oder abnimmt. Sie werden vielleicht schmaler, aber nicht kürzer.«

»Dann sind die Sachen wohl nicht von ihr«, folgerte er.

»Damit dürften Sie recht haben«, stimmte sie zu. »Aber von wem dann? Und was haben die hier zu suchen?« Sie hob den Blick von den Stiefeletten. »Hat sie sich verkleidet, um als eine andere aufzutreten? Hat sie ein Doppelleben geführt, eine geheime Existenz, von der niemand etwas wusste? Die Stiefeletten sind deutlich größer als ihre anderen Schuhe. Natürlich hätte sie dicke Socken anziehen können, damit sie einigermaßen passten.« Sie holte tief Luft. »Ich fange an zu vermuten, dass es im Leben von Mrs. Graves etwas gab, worüber wir nichts wissen. Das braucht aber nicht unbedingt etwas mit der Art zu tun zu haben, wie sie umgekommen ist.«

»Meinen Sie, dass es uns auf die Spur des Täters führen könnte, wenn wir herausbekommen, was es mit diesen Kleidungsstücken auf sich hat?« Daniel war nicht sicher, ob er das wirklich wissen wollte, aber es war nun einmal seine Aufgabe, der Sache nachzugehen. »Ich möchte nicht, dass Russell Graves gehängt wird, wenn er wirklich unschuldig ist …«

»Ich zweifle an seiner Schuldlosigkeit«, sagte Miriam mit einem düsteren Unterton in der Stimme. »Selbst wenn sich feststellen ließe, ob und wo sie diese Kleidung getragen hat, würde das nicht gegen seine Schuld an ihrem Tod sprechen, sondern lediglich darauf hinweisen, dass es dafür einen anderen Grund gibt als einen Ehestreit.« Sie stellte die Stiefeletten zurück. »Vielleicht sollten Sie den Butler bitten, dass er die Tür zu diesem Zimmer abschließt. Ich halte es zwar nicht für wahrscheinlich, dass jemand hereinkommt, aber wir müssen vorsichtig sein. Die Sache wird immer … undurchsichtiger. Eigentlich haben wir hier nichts gefunden, was uns weiterhelfen könnte, aber ich würde gern ein kleines Stück von der Stelle des Teppichs mitnehmen, wo ihr Kopf gelegen hat, um festzustellen, ob uns das weiterbringt. Wenn wir doch nur die Leiche hätten!«

»Was hoffen Sie denn zu finden?«

»Spuren von Alkohol … Allerdings ist es gut möglich, dass er vollständig verbrannt ist, sofern überhaupt welcher verwendet wurde«, gab sie zur Antwort. »Jedenfalls hat irgendetwas eine so große Hitze erzeugt, dass menschliches Fleisch verbrannt und der Teppich teils bis auf die Bohlen darunter durchgebrannt ist.« Sie sah ihn mit schmerzlicher Miene an. »Das ist eine ganz besonders grässliche Geschichte.«

Bevor er mit Miriam zum Bahnhof zurückkehrte, bat Daniel den Butler, ihm das Arbeitszimmer aufzuschließen. Er ging zum Schreibtisch, öffnete ihn, nahm sämtliche Notizen und Manuskriptblätter heraus – alles, was er an Material für Graves' Buch finden konnte – und steckte es in seine Aktentasche. Er nahm an, dass er es brauchen würde, denn seiner Überzeugung nach bestand da eine Beziehung zum Mord an Graves' Frau. Die Frage war lediglich, wie diese Beziehung aussah.

KAPITEL 11

Am Vormittag des folgenden Tages suchte Daniel erneut Graves im Gefängnis auf. Er brauchte zusätzliche Informationen über die Biografie, insbesondere über die von Graves benutzten Quellen.

Sofern sich keine hinreichenden Gründe für einen Revisionsantrag fanden, würde man Graves in rund zwei Wochen hinrichten.

Kitteridges Bemühungen waren nach wie vor ergebnislos geblieben. Auch wenn ihm über die möglichen Auswirkungen von Graves' geplantem Buch nichts bekannt gewesen war, mussten sie Graves durchaus bewusst sein.

Warum hatte der Mann vorher nichts darüber gesagt? Diese Frage beschäftigte Daniel, seit er davon erfahren hatte. Eine mögliche Antwort hatte ihm Miriam auf der Rückfahrt nach London geliefert. Mit seinen Hinweisen auf Verbrechen, die von Korruption, Erpressung und ungezügeltem Ausleben der Fleischeslust bis hin zum Landesverrat reichten, stellte Graves andere Menschen bloß. Niemand wusste, welche Kreise das ziehen, auf wessen Leben sich das negativ auswirken würde.

Miriam hatte Daniel daran erinnert, dass Robespierre zur Zeit der französischen Revolution mit einem ebensolchen

Vorgehen seinen eigenen Untergang ausgelöst hatte, was zum Ende der Schreckensherrschaft führte. Wer dafür sorgte, dass alle Menschen in Angst und Entsetzen lebten, erreichte damit, dass sich niemand mehr sicher fühlte, keiner mehr den Mund aufzutun wagte, aus Furcht, damit sich selbst oder Menschen zu gefährden, die ihm nahestanden.

»Graves ist mit seinen Drohungen zu weit gegangen«, sagte sie mit trübseligem Lächeln. »Jeder, der zu ihm hielte, würde sich hundert Feinde machen.«

»Wie ich ihn kenne, wird er nicht davor zurückschrecken, die Dinge beim Namen zu nennen.«

»Das vermute ich auch«, sagte sie. »Deshalb wäre es gut, wenn wir vorher etwas herausbekämen. Vielleicht begreift er dann, in welcher Gefahr er schwebt.«

»Gut, dann sage ich es ihm«, versprach Daniel.

Er hatte nicht den Wunsch, den Mann aufzusuchen, aber es ließ sich nicht vermeiden. Es war seine Pflicht, ihm zumindest die Fakten darzulegen und ihm zu raten. Kitteridge selbst hatte Daniel mitgeteilt, dass keinerlei realistische Aussicht bestand, einen Revisionsgrund zu finden. Trotzdem suchte er weiter. Aussicht auf ein neues Verfahren bestünde nur dann, wenn man dem Gericht einen anderen hinreichend Verdächtigen mitsamt den Beweismitteln für dessen Schuld präsentierte. Damit ließe sich unter Umständen die Hinrichtung zumindest vorläufig aussetzen.

All das teilte Daniel Graves mit.

»Man hat mich verurteilt – was zum Teufel soll sie jetzt noch dazu veranlassen, mich am Leben zu lassen?«, fragte Graves wütend. Er sah stark mitgenommen aus. Seine Gesichtshaut war bleich und teigig; das ungewaschene, verfilzte und lange nicht geschnittene Haar stand ihm wirr um den Kopf. Außerdem war er unrasiert, weil man ihm verständlicherweise kein Rasiermesser in die Hand gab.

Daniel beherrschte sich mit Mühe. »Die Fragen stelle ich. Ich war in Ihrem Haus, habe mit Ihren Dienstboten gesprochen und in Ihrem Schreibtisch das Material für Ihr Buch gesehen. Sie sollten mir jetzt sagen, über welche Informationen Sie verfügen und woher Sie sie haben. Sofern es wirklich einen Hochverräter, Erpresser und Mörder von der Art gibt, wie Sie ihn beschreiben, wird ihm daran liegen, das Erscheinen des Buches mit allen Mitteln zu verhindern.«

»Wollen Sie meine Quellen wissen, damit Sie sie vernichten können?«, blaffte ihn Graves an. »Ich nehme meine Geheimnisse mit ins Grab.« Er sah Daniel an. »Glauben Sie ja nicht, dass ich nicht weiß, wer Sie sind, Pitt! Wirklich raffiniert – da gibt man ausgerechnet Thomas Pitts Sohn den Auftrag, zu verhindern, dass ich die Wahrheit sage. Falls Sie glauben, dass Sie das geschafft haben, irren Sie sich gewaltig.« Mit einem Mal wirkten sein Gesicht und seine Augen lebhaft.

»Das wird Ihnen alles nichts nützen, wenn Sie tot sind«, hielt Daniel dagegen. »Es ist mein Bestreben, dem Gericht jemanden zu präsentieren, von dem man mit Fug und Recht annehmen darf, dass er Ihre Gattin getötet und Ihnen die Tat angehängt hat. Schließlich ist Ihrer eigenen Aussage nach genau das der Fall.«

»Natürlich ist es das, Sie dummer Junge! Warum hätte ich sie umbringen sollen? Sie hat mich zwar mit ihren ewigen Kreuzzügen für die Sache der Frau zu Tode gelangweilt, aber damit keinen Schaden angerichtet. Wenn ich sie umgebracht hätte, dürften Sie sicher sein, dass man ihre Leiche nicht im Boudoir und noch dazu zu einer Zeit gefunden hätte, für die ich kein Alibi hatte. Sie halten mich wohl für blöd?«

»Nein«, sagte Daniel. Er meinte es aufrichtig. »Wohl aber für leicht erregbar. Da würde es niemanden wundern, wenn

Ihnen gelegentlich der Kragen platzte. Vielleicht haben Sie sie geschlagen, in Ihrer Unbeherrschtheit mit größerer Wucht, als Sie wollten, und dann gemerkt, dass sie tot war.«

»Es heißt, dass man Feuer an sie gelegt hat«, fauchte Graves. »Warum zum Teufel hätte ich so etwas tun sollen?«

»Warum hätte ein anderer das tun sollen?«

Mit verächtlichem Ausdruck gab Graves zurück: »Ja, warum wohl? Natürlich, um die Sache grausiger zu machen. Und um darauf hinzuweisen, dass es kein Unfall war. Stellen Sie sich nicht dümmer, als Sie sind! Sie müssen das doch bedacht haben. Gott im Himmel! Warum hat man mir nur so einen Anfänger beigegeben?« Er lehnte sich auf seinem Stuhl zurück und zerrte einen Augenblick lang an seinen Handfesseln, wobei sich seine Schultern vor Anstrengung anspannten.

»Weil Mr. Kitteridge vollauf damit beschäftigt ist, nach einem Schlupfloch zu suchen, das es uns gestattet, eine Revision zu beantragen«, erwiderte Daniel. Er versuchte sich den Ärger, den er empfand, nicht anmerken zu lassen. »Sie können von Glück sagen, dass wir uns überhaupt darum bemühen! Die Öffentlichkeit ist fest von Ihrer Schuld überzeugt.« Im selben Augenblick wünschte er, diesen Satz nicht gesagt zu haben. Es gehörte zu seinen Aufgaben, Graves' Hoffnung am Leben zu erhalten, dafür zu sorgen, dass er weiter kämpfte. War es angesichts der geringen Aussichten grausam von ihm, das gesagt zu haben? Müsste er ihm eher dabei helfen, sich mit dem Gedanken an den Tod anzufreunden? Nein, das war eine Aufgabe für einen Geistlichen, um die Daniel ihn nicht beneidete.

Er konnte seine Worte nicht ungesagt machen, und es wäre sinnlos gewesen, sich dafür zu entschuldigen.

»Sie haben recht«, gab er zu. »Es gibt keinen Grund, warum Sie das Gesicht Ihrer Gattin hätten entstellen sollen, es sei denn, Sie hätten sie gehasst. Was könnte Ihrer Ansicht nach den Täter dazu veranlasst haben? Das muss ihm sehr wichtig gewesen sein, denn da das Ganze ziemlich lange gedauert haben dürfte, bestand für ihn eine erhöhte Gefahr, entdeckt zu werden.«

»Sein Motiv wollen Sie wissen? Er wollte erreichen, dass mich alle hassen. Man wollte mich als Ungeheuer hinstellen! Hätten Sie nicht selbst darauf kommen können? Großer Gott, wie dumm Sie sind. Hören Sie, den Leuten, die hinter dem Mord an meiner Frau stecken, bleibt gar nichts anderes übrig, als mich aus dem Weg zu schaffen, damit sie mein Buch als Täuschung und Erfindung hinstellen können statt als das, was es ist, nämlich die Aufdeckung der Korruption derer, die an der Macht sind. Können Sie das nicht verstehen?« Er sah Daniel mit einem Ausdruck äußerster Geringschätzung an.

So, wie Graves das sagte, klang es glaubwürdig und sogar wahrscheinlich.

Aber alles hing davon ab, ob die in seinem Buch erhobenen Beschuldigungen der Wahrheit entsprachen.

Unwillkürlich sah sich Daniel genötigt, einzusehen, dass der Mann, wie wirklichkeitsfremd auch immer er sein mochte, sie womöglich für zutreffend hielt.

»Schön«, sagte er zurückhaltend. »Wer weiß noch von dem Buch?«

Er bekam keine Antwort.

»Jemand muss Kenntnis davon haben«, begründete Daniel die Berechtigung seiner Frage. »Warum sonst sollten die Leute das Risiko eingehen, Ihnen den Mord an Ihrer Frau anzuhängen? Da wäre es doch sehr viel einfacher gewesen, Sie gleich selbst umzubringen und dann, sofern sich das als nötig erweisen sollte, Ihre Gattin als Schuldige hinzustellen.«

»Das liegt doch auf der Hand: weil ich auf so etwas vorbereitet war«, gab Graves zurück. »Mich umzubringen wäre längst nicht so einfach gewesen.«

Daniel hob die Brauen. »Trotz allen Mitteln, die diesen Leuten zu Gebote stehen? Ich glaube nicht, dass die zögern würden, Sie umzubringen. Vielleicht mit einem Hieb auf den Schädel, einem Messerstich, einer Kugel. Alles andere sähe mir ziemlich umständlich aus.«

»Damit hätten sie aber nicht erreicht, dass mein Buch nicht erscheint«, gab Graves zurück.

»Und damit, wie es jetzt läuft, erreichen sie es?«

»Nein, ich habe Vorsorge getroffen«, teilte ihm Graves mit einem teils säuerlichen, teils boshaften Lächeln mit.

»Es macht Ihnen also nichts aus, gehängt zu werden, solange das Buch erscheint?«, fasste Daniel zusammen.

Graves ließ beide Fäuste so heftig auf den Tisch hinabfahren, dass die einzelnen Handfesseln klirrten. Sie mussten schmerzhaft in seine Handgelenke schneiden.

»Natürlich macht es mir etwas aus! Aber ich darf ihnen nicht die Oberhand lassen. Wenn sie sich auch noch meinen Tod aufs Gewissen laden, ist das nichts als ein weiterer Beweis für ihre Schändlichkeit.«

»Nun, ich möchte das gern verhindern«, log Daniel. »Es ist meine Aufgabe, Sie zu retten und nach Möglichkeit die Wahrheit ans Licht zu bringen. Dazu aber bin ich auf Ihre Mitwirkung angewiesen. Jemand hat Ihre Gattin ermordet, und das war auf keinen Fall Narraway, denn er lebt nicht mehr, genauso wie Lady Vespasia. Wer also war es?«

»Fragen Sie doch Ihren Vater!«, spie Graves förmlich hervor.

Das war so widerlich, dass es Daniel vorkam, als hätte man ihn geohrfeigt. Auch wenn er damit hatte rechnen müssen, traf ihn diese Ungeheuerlichkeit wie ein Schock.

»Sie glauben ja wohl nicht, dass er mir etwas sagen würde?«, fragte er. »Ohne den geringsten Beweis auf das bloße Wort eines Verzweifelten hin, dem wegen des brutalen Mordes an seiner Frau der Galgen droht? Ich bin überzeugt, dass Sie mehr zu bieten haben. Also heraus mit der Sprache!«

Graves sah ihn hasserfüllt an. Er wirkte wie ein in die Enge getriebenes Tier. In seiner Angst war er gefährlich, weil er außer dem Leben nichts mehr zu verlieren hatte.

»Sie geben nicht auf«, sagte er voller Verachtung, »aber Sie machen einen Rückzieher, weil Sie Angst vor dem haben, was Sie da finden würden. Wenn Sie sich all das alte Zeug ansehen, werden Sie merken, dass sich Narraway alle Verfehlungen anderer notiert hat, auf die er bei seiner Arbeit gestoßen ist: Schulden, Delikte oder Vergehen welcher Art auch immer, und das von buchstäblich jedem, mit dem er je zu tun hatte, damit er sie eines Tages erpressen konnte. Jeden, der klein beigab, hatte er für immer am Angelhaken. Ihr Vater hat diese Unterlagen von ihm übernommen, und Sie dürfen mir glauben, wenn er einmal in der Tinte sitzt, wird er ebenfalls Gebrauch davon machen. Zuerst vielleicht nur zurückhaltend, um aus einer schwierigen Situation herauszukommen. Beim nächsten Mal dann etwas forscher und so weiter.« Er deutete ein wissendes Lächeln an. »Er kann es sich auf keinen Fall leisten, zu versagen. Nicht als Nachfolger des großen Victor Narraway. Und er hat an seiner Seite keine Vespasia, die für Narraway alle Geheimnisse der Aristokratie ausgekundschaftet hat, nicht nur hier, sondern auch auf dem europäischen Kontinent.« Graves' Gesicht strahlte förmlich vor Boshaftigkeit. »Kein Wunder, dass sie immer Geld hatte! Sie hat ein Vermögen damit gemacht, dass sie hohen Herren ihre Gunst gewährt hat. Ihre Rolle als Geliebte der Hälfte aller gekrönten Häupter Europas – wie auch zweifellos von deren Feinden – hat ihr Material zu Erpressungen geliefert, das für ihr ganzes Leben reichte!«

Jetzt wurde es Daniel zu bunt. »Das glaube ich nicht.«

»Warten Sie ab«, entgegnete ihm Graves. »Der Tag wird kommen, an dem Sie selbst dahinterkommen. Sie können es unmöglich für alle Zeiten ignorieren. Kleine Hinweise werden auftauchen, alte Geschichten, und wenn Sie genug von denen gehört haben, werden Sie merken, dass ich recht habe. Das strahlende Bild, das Sie jetzt vor sich sehen, wird von Mal zu Mal etwas trüber und matter, bis der Silberglanz vollständig dahin ist. Dann ist das Ganze so hässlich, wie es einst schön war.« Während er das sagte, ließ er Daniels Gesicht keine Sekunde aus den Augen.

Mit diesen Worten hatte Graves ihm einen Stachel in die Seele gesenkt. Daniel konnte sich seit frühester Kindheit an Lady Vespasia erinnern. Sie war schön gewesen, hatte stets Zeit gehabt, mit ihm zu reden, und sie hatte ihn zum Lachen gebracht. Ein oder zwei Mal hatte sie Bücher mitgebracht, sich mit ihm zusammengesetzt, um mit ihm darüber zu reden. Er erinnerte sich an lange Gespräche über Ivanhoe und den Angelsachsen Hereward the Wake und seinen unermüdlichen Kampf gegen die normannischen Eindringlinge.

Außerdem war sie lustig gewesen. Er erinnerte sich an Bemerkungen, die er oft nicht verstanden hatte, über die aber alle lachen mussten.

Wenn sich einer von Thomas Pitts Fällen als besonders schwierig erwiesen hatte oder gar unlösbar schien, waren sie und Narraway in die Keppel Street gekommen und hatten sich mit Pitt und Charlotte um den Küchentisch gesetzt, um Lösungswege zu finden. Er erinnerte sich, wie er sich heimlich mit Jemima nach unten geschlichen und von der untersten Treppenstufe aus gelauscht hatte. An den Stimmen hatten sie hören können, wie ernst die Lage jeweils war, auch wenn sie nicht viel von dem verstanden, was gesagt wurde. Sie hatten gemerkt, wenn eine Entscheidung gefallen war, und sich mehr als einmal rasch verstecken müssen, um nicht beim Lauschen ertappt zu werden.

Diese schönen Erinnerungen wollte er sich von einem Mann wie Graves nicht nehmen lassen. Er wusste, dass es ernste Fälle waren, bei denen es häufig um Hochverrat oder gar Mord gegangen war, aber er war nicht bereit, zu glauben, dass diese Menschen für ihren eigenen Vorteil gekämpft hatten, statt für eine gerechte Sache oder um das Leben von Menschen zu retten, die keinen schweren Gesetzesverstoß begangen und sich höchstens zur falschen Zeit am falschen Ort aufgehalten hatten.

Er sah in Graves' von einem höhnischen Lächeln verzerrtes Gesicht. »Ich nehme an, dass die meisten dieser angeblichen Liebhaber nicht mehr leben, wohl aber womöglich deren Söhne«, sagte er mit so gleichmütiger Stimme, wie er konnte. »Bestimmt haben Sie sich eine Menge Feinde gemacht. Ich wüsste gar nicht, bei wem ich anfangen sollte, denn es würde mich Jahre kosten, sie alle durchzugehen.«

Graves' Augen weiteten sich. Er erkannte seinen taktischen Fehler, so wie Daniel zuvor den hasserfüllten Ausdruck auf Graves' Gesicht erkannt hatte.

»Schön«, sagte Graves mit betont leiser Stimme. »Reden wir also nicht weiter über Lady Vespasia oder über Narraway und auch nicht darüber, dass er Leute erpresst hat, wenn er in der Klemme saß, über das viele Geld, das er sich auf diese Weise beschafft hat, und dass er Freunde ans Messer geliefert hat. Die aus seinen frühen Tagen dürften inzwischen ebenfalls nicht mehr leben. Konzentrieren Sie sich auf Ihren Vater, der noch an die fünfzehn Jahre im Amt vor sich haben dürfte. Er ist im Besitz der Listen mit den Namen von Menschen, die man erpressen kann! Viele von ihnen leben noch. Sehen Sie sich unter denen nach Gestalten um, die in seinem Auftrag meine Frau umgebracht und mir dafür die Schuld gegeben haben könnten! Fragen Sie ihn nach Portugal! Dann werden Sie ihn nicht mehr für so einen verdammten Helden halten!«

Verwirrt runzelte Daniel die Stirn. Was mochte der Mann mit dem Hinweis auf Portugal meinen?

»Sie sind genauso wenig ein Held wie Ihr Vater.«

Daniel wusste nicht, was er davon halten sollte, beschloss aber, statt Graves lieber seinen Vater zu fragen.

»Es ist allgemein bekannt, dass er dem alten fford Croft Geld gegeben hat, damit er Sie einstellt. Auf diese Weise hat er einen Vertrauensmann in eine der verschwiegensten und angesehensten Anwaltskanzleien im ganzen Land eingeschleust. Denken Sie nur an all die Geheimnisse, die Sie eines Tages kennen werden«, sagte Graves geringschätzig. »Werden Sie nach seinem Tod Sir Daniel sein?« Sein höhnisches Lächeln wurde immer breiter. »Hat er es nicht dadurch zum Ritterschlag durch die Königin gebracht, dass er immer dann ein Auge zugedrückt hat, wenn das von höherer Seite erwünscht war? Ist das nicht auch Käuflichkeit? Diese Art Schwäche habe ich in meinem Buch beschrieben. Von der Schwäche führt ein schnurgerader Weg zur Korruption und die wiederum zum Mord. Und dann muss der Fall gelöst werden, ganz gleich, wie, ganz gleich, wer dafür an den Galgen kommt. Das habt ihr so im Blut, nicht wahr? Sein Vater war ein Wilddieb, und er ist Narraway hinten reingekrochen. Wer weiß, bei wem er es jetzt tut. Was werden Sie sein?«

Entschlossen stand Daniel auf. Er zitterte am ganzen Leibe. »Das kann ich Ihnen genau sagen: Ich bin der Mann, der herausbekommt, wer Ihre Gattin ermordet hat«, gab er, ohne zu zögern, zurück. »Sofern Sie es nicht selbst waren, hole ich Sie hier heraus. Falls aber doch, wird es mich freuen, dass man Sie hängt.«

Er trat zur Tür und hämmerte dagegen, damit man ihn hinausließ. Als der Wärter kam, ging Daniel davon, ohne sich noch einmal nach Graves umzusehen.

KAPITEL 12

Daniel beschloss, noch am selben Abend seinen Vater aufzusuchen, und zwar möglichst gegen sechs, bevor die Eltern zu Abend aßen. Damit würde er ihn zwar um einen Teil seines Feierabends bringen, aber es war die günstigste Stunde, um ihn anzutreffen, für den Fall, dass die Eltern noch ausgehen wollten. In dem Fall würden sie ihre Pläne ändern müssen – die Sache duldete keinen Aufschub.

Unterwegs fragte er sich wiederholt, ob es klug oder nötig war, seinen Vater mit der Angelegenheit zu behelligen. Obwohl er zu dem Ergebnis kam, dass das ebenso gut warten könnte, bis er mehr wusste und herausbekommen hatte, wer für Ebony Graves' Tod verantwortlich war, verhielt er seinen Schritt keinen Augenblick. All diese Erwägungen waren nur Ausflüchte, denn im tiefsten Inneren war ihm bewusst, dass die Sache schwierig würde. Zumindest unangenehm, im schlimmsten Fall eine Katastrophe.

Er bog in die Keppel Street ein. Hier war ihm jedes Haus vertraut. Seit seinem vierten oder fünften Lebensjahr war er diesen Weg nahezu täglich gegangen, bis er in Cambridge sein Studium aufgenommen hatte.

Er war froh, dass die Familie nach der mit einer ansehnlichen Gehaltserhöhung verbundenen Beförderung seines

Vaters zum Leiter der Abteilung Staatsschutz nicht in ein neueres, herrschaftlicheres Haus umgezogen war. Dies war sein Zuhause. Er zog am Griff der Klingel und trat einen Schritt zurück.

Schon im nächsten Augenblick öffnete ihm der Diener, den sie noch nicht sehr lange hatten. Bis dahin hatte sich die Familie mit einem Dienstmädchen und einer Zugehfrau begnügt, die zweimal in der Woche für die groben Arbeiten ins Haus gekommen war.

»Guten Abend, Mr. Daniel. Erwartet Sir Thomas Ihren Besuch?« Mit diesen Worten öffnete der Diener die Tür und trat beiseite. Zweifellos wusste er, dass man Daniel nicht erwartete, aber es gehörte sich nun einmal, diese Frage zu stellen.

»Nein, Yeats. Ich würde es bedauern, wenn ich ungelegen komme, aber die Sache ist dringend. Könnten Sie meinem Vater wohl sagen, dass ich hier bin? Inzwischen gehe ich rasch zu meiner Mutter.«

»Sehr wohl, Sir. Lady Pitt befindet sich im Salon.«

Yeats ging ihm voraus, klopfte an die Wohnzimmertür und trat sogleich ein. Daniel hörte, wie er leise etwas sagte, und im nächsten Augenblick kam seine Mutter heraus.

»Daniel!« Freudestrahlend umarmte sie ihn, und sogleich fühlte er sich in der mütterlichen Wärme geborgen. Seit er nicht mehr im Elternhaus lebte, fehlten ihm ihre begeisterte Art, ihr lebhaftes vielfältiges Interesse ebenso wie ihr Bestreben, an allem Anteil zu nehmen, womit er sich gerade beschäftigte. Als kleinen Jungen hatte sie ihn damit bisweilen zur Verzweiflung getrieben, und er hatte sie oft als peinlich empfunden, jetzt aber erinnerte er sich gern daran. Was ihn betraf, gab es keinen lebendigeren Menschen als sie. Herzlich erwiderte er ihre Umarmung. »Guten Abend, Mutter. Tut mir leid, dass ich einfach so hereinplatze, aber ich muss mit Vater ziemlich dringend über eine ernste Sache reden. Ich darf dir nichts darüber sagen, also frag mich bitte nicht. Mir ist klar, dass ich störe, doch die Sache duldet wirklich keinen Aufschub.«

»Oh!« Sie schien noch etwas sagen zu wollen, aber sein ernster und leicht gequälter Gesichtsausdruck hielt sie davon ab. Sie konnte bewundernswert taktvoll sein, was ihn immer wieder aufs Neue überraschte. »Ich hole ihn. Er ist im Arbeitszimmer.«

»Ich möchte lieber selbst zu ihm gehen. Es ist …«

»Ist es wirklich so dringend?«, fragte sie. Das Leuchten verschwand aus ihrem Gesicht. »Noch vor dem Essen?«

»Bitte.« Er hätte gern den Eindruck erweckt, als sei alles völlig normal, und er wollte ihr nicht sagen, dass er zum Essen viel zu unruhig war. Er hatte angenommen, dass er sich besser im Griff haben würde. Immerhin hatte er als Verteidiger eines angeblichen Mörders vor Gericht gestanden, im vollen Bewusstsein dessen, dass es ausschließlich von seiner Geschicklichkeit abhing, ob der Mann weiterleben durfte oder sterben musste. Möglicherweise würde es ihm sogar gelingen, auch für Graves zumindest vorerst eine Wendung zum Guten zu erreichen. Aber wäre das ein Erfolg oder eine Katastrophe?

Daniel merkte, dass es etwas gänzlich anderes war, seinem Vater die von Graves gemachten Unterstellungen mitzuteilen. Sie zielten auf den Kern der Familie und damit auch auf ihn selbst. Genau das hatte Graves erreichen wollen. Daniel hatte in den Augen des Mannes die Befriedigung darüber gesehen, dass er damit eine tiefe Wunde geschlagen hatte.

Charlotte bedrängte ihn nicht weiter. Sie konnte später ihren Mann danach fragen, aber im Augenblick war es eine Sache zwischen Vater und Sohn.

Sie ging mit Daniel zum Arbeitszimmer, trat nach kurzem Klopfen ein und sagte: »Thomas? Daniel ist hier. Er möchte mit dir etwas sehr Wichtiges besprechen. Er sagt, es sei am besten, das noch vor dem Essen zu tun.« Dann hielt sie ihrem Sohn die Tür auf.

Pitt saß am Schreibtisch, der wie immer von Papieren überquoll. Daniel sah betont nicht darauf, auch wenn vermutlich nichts davon vertraulich war, denn solche Unterlagen blieben im Büro.

Er musterte seinen Vater. Obwohl Pitt seinen Hang zur Unordnung im Laufe der Jahre ein wenig gezügelt hatte, waren seine widerspenstigen Haare nach wie vor zu lang. Das Grau, das sich allmählich hineinmischte, stand ihm gut und ließ ihn auf eine Art würdig erscheinen, die man früher an ihm nicht gekannt hatte. Er sah Daniel eine ganze Weile aufmerksam an.

»Setz dich und erzähle mir, worum es geht«, sagte er schließlich. »Vermutlich hast du deine Mutter schon wissen lassen, dass es mit dem Essen später wird?«

»Na ja, so in etwa.«

Pitt erkannte die Besorgnis auf Daniels Zügen. »Was gibt es?«

Noch während sich Daniel auf den Stuhl ihm gegenüber setzte, wusste er nicht, wie er die Sache anpacken sollte. Unterwegs hatte er sich ein halbes Dutzend Ansätze dazu überlegt und sie alle miteinander als untauglich verworfen. War sein Vorhaben töricht? Sollte er seinen Vater überhaupt damit belasten? Oder standen sie vor einem Wendepunkt, drohte der Familie ein Schaden, der sich nie wieder würde gutmachen lassen, eine Wunde, die nie heilen würde?

Pitt wartete angespannt.

Daniel überlegte – sollte er mit Marcus fford Croft beginnen? Mit dem Prozess gegen Graves und dessen Ergebnis?

Oder sollte er seinen Vater gleich mit den in Graves' Buch enthaltenen Anwürfen konfrontieren?

»Daniel?«

»Es geht um einen Mann, der wegen Mordes zum Tod durch den Strang verurteilt worden ist«, begann er. »Im Prozess habe ich lediglich dem Verteidiger assistiert; ich musste für den ursprünglich dafür vorgesehenen Kollegen aus unserer Kanzlei einspringen, der einen Verkehrsunfall hatte.« Er hatte den Eindruck, die Sache gleich zu Anfang schon zu verpfuschen.

Pitt unterbrach ihn nicht.

Daniel holte Luft und setzte erneut an. »Bis zur Hinrichtung sind es noch etwa zwei Wochen. Marcus fford Croft hat den eigentlichen Verteidiger mit der Suche nach Rechtsgründen für einen eventuellen Revisionsantrag beauftragt, mich hingegen mit der nach Sachgründen … Am besten wäre es natürlich, wenn wir dem Gericht einen anderen Tatverdächtiger präsentieren könnten …«

»Und, hast du einen gefunden?«

Das war der Augenblick, in dem Daniel mit der Wahrheit herausrücken musste. Außer einer offenkundigen Lüge gab es für ihn keinen Ausweg.

»Ich könnte keinen mit Namen nennen, wohl aber habe ich ein wichtiges Motiv, das leider durchaus plausibel klingt.«

»Wieso leider? Was hat es damit auf sich?«

Das war der Punkt, an dem er keinen Rückzug mehr antreten konnte. Er sah beiseite und richtete dann den Blick erneut auf seinen Vater. »Hast du je etwas von einem Mann namens Russell Graves gehört?«

»Nein, wer ist das?«

»Du hast wirklich nie von ihm gehört und auch nichts über ihn? Hat niemand in deiner Gegenwart je diesen Namen genannt?«

»Nein. Warum hätte jemand das tun sollen? Wer ist der Mann?«, fragte Pitt mit einem besorgten Ausdruck, der Daniel nicht entging.

»Ein ausgesprochen unangenehmer Zeitgenosse. Er verfasst Biografien, in denen er mit Vorliebe solchen Menschen, die wir aus dem einen oder anderen Grund als Helden betrachten, das vom Gesicht reißt, was er ihre Maske nennt.«

»So etwas gibt es«, gab Pitt zurück. Seine Stimme war so neutral, dass sich ihr nichts entnehmen ließ. »Jeder gute Mensch, ob Mann oder Frau, wird gelegentlich von Leuten verunglimpft, die sich nicht damit abfinden können, dass andere Menschen Qualitäten besitzen, die ihnen selbst fehlen, weshalb sie uns unbedingt deren Schwächen vorführen wollen. Andere stellen solche Menschen als Heilige auf ein Podest und berauben sie damit ihrer Menschlichkeit. Normalerweise rücken wir das, wenn wir derlei hören oder lesen, ganz automatisch zurecht. Man kann Meinungen nicht unterdrücken, weshalb wir das gar nicht erst versuchen sollten. – Welchen Grund hast du, mit mir über diesen Graves zu sprechen?« Er runzelte die Stirn. »Ach, jetzt fällt es mir ein. Ist das nicht der Mann, der seine Frau umgebracht und dann ihr Gesicht auf die grässlichste Weise entstellt hat?«

Daniel schluckte. »Ja, genau der. Nur behauptet er, dass er es nicht war. In jedem Fall hat er sich mit dem Buch, das er in Arbeit hat, zahlreiche Feinde gemacht, denen es mehr als recht wäre, wenn er mit Schimpf und Schande gehängt wird. Sofern es dazu kommt, befürchte ich allerdings, dass manch andere Menschen sein Buch unbedingt lesen wollen.«

Der Ausdruck von Mitgefühl, der nach diesen Worten auf Pitts Gesicht trat, glättete alle Falten und ließ ihn jünger und verletzlicher erscheinen. »Solche Leute gibt es immer. Dagegen ist man machtlos.«

Daniel spürte, wie seine Hände schweißnass wurden. »Man müsste aber etwas tun können«, gab er zurück. »Was in diesem Buch steht, ist leider nicht nur unangenehm. Mein Auftrag lautet, der Sache für den Fall nachzugehen, dass tatsächlich ein anderer Graves' Gattin ermordet hat, um ihn zugrunde zu richten und durch die Hinrichtung am Galgen für immer zum Schweigen zu bringen.«

»Du hast vorhin gesagt, dass ihn wohl nichts retten kann«, sagte Pitt.

Daniel merkte, wie ihm die Sache entglitt. Hier gab es kein Zurück mehr. »Der Mann, den er in seiner Biografie bloßstellt, ist Victor Narraway ...«

Pitt sah ihn ungläubig an. »Was sagst du da?«

»Du hast richtig gehört. Victor Narraway.«

»Und inwiefern stellt er ihn bloß?«, fragte Pitt. »Als Leiter der Abteilung Staatsschutz? Dass er das war, hat doch wirklich jeder gewusst. Außerdem lebt er nicht mehr, und es gibt keine Angehörigen, die bezahlen könnten, falls der Mann auf Erpressung aus ist ...«

»Ihm geht es nicht um Geld; er hat kürzlich geerbt – Ländereien, Geldvermögen und ein Adelsprädikat. Es geht auch nicht nur um Narraway ...« Es fiel ihm unglaublich schwer, weiterzusprechen. Sein Vater schien noch nicht richtig verstanden zu haben, worum es ging.

Pitt wartete, inzwischen ziemlich bleich. Obwohl er saß, sah man ihm die Anspannung an.

»Graves hat ihn als korrupt hingestellt.« Daniel schluckte. »Er behauptet, Narraway habe eine Akte mit schädlichen Informationen über bestimmte Menschen geführt, was es ihm ermöglicht habe, sie zu erpressen und damit seine Macht immer mehr auszubauen und sein Vermögen zu mehren. Außerdem behauptet er ...« Das Ganze fiel ihm schwerer als vermutet. Er hatte den Eindruck, indem er es aussprach, klänge es glaubwürdig. »Er behauptet, Tante Vespasia habe mit allen möglichen wichtigen Leuten geschlafen, um Informationen von ihnen zu bekommen, die ihnen schaden konnten. Er hat sie als … Edelhure bezeichnet.« Er sah, wie die Ungläubigkeit auf Pitts Gesicht erst Verstehen, dann Wut und schließlich Kummer wich.

»Es tut mir leid …«, setzte Daniel an.

Pitt hob die Hand, als wollte er ihn damit zum Schweigen bringen.

»Ich musste es dir sagen!«, fuhr Daniel mit vor Erregung zitternder Stimme fort. »Außerdem behauptet er, dass du Narraways Geheimakte benutzt, um deine Macht zu erhalten. Er …«

Daniel konnte nicht weitersprechen. Er brachte es nicht übers Herz, das Ungeheuerliche zu wiederholen, das Graves seinem Vater unterstellte. Auch wollte er nicht, dass es so wirkte, als müsse sich sein Vater dem eigenen Sohn gegenüber rechtfertigen. »Graves glaubt, jemand vom Staatsschutz habe seine Gattin Ebony umgebracht, um damit die Veröffentlichung seines Buches zu verhindern. Ich muss beweisen, dass das nicht stimmt! Es ist … Es ist seine einzige Verteidigung. Wenn das nicht gelingt, wird man ihn in gut zwei Wochen hängen. Ich glaube ihm zwar kein Wort, aber das genügt nicht …«

Pitt wirkte benommen, zwinkerte einige Male. »Hat er dir auch gesagt, woher er das alles hat?«

»Nein. Er weiß, dass du mein Vater bist. Er schien die Situation zu genießen.«

»Er benutzt das Material also, um dich zu manipulieren? Oder um sich irgendwie an dir zu rächen, weil du ihn nicht hast retten können?«

»Nein, so ist es wohl nicht. Ich bin ja bei dem Prozess lediglich für einen anderen eingesprungen. Außerdem war er nicht noch einmal in seinem Haus, seit ich dazugekommen bin.«

»Welche Bedeutung soll es haben, dass er nicht in seinem Haus war?«

Daniel merkte, dass er die Sache nicht richtig anfasste. Allem Anschein nach war sein Vater nicht bereit zu verstehen. Am liebsten hätte Daniel ihn angebrüllt, um ihm klarzumachen, dass er sich nicht so einfach da heraushalten konnte. Warum nur war der Mann nicht bereit, zu sehen, dass es sich um eine wirkliche Bedrohung handelte?

Daniel holte tief Luft. »Ich war in seinem Haus und habe mit seinen Leuten gesprochen, von denen ihn keiner ausstehen kann. Sie sagen das nicht, aber man merkt es auch so. Die Vorstellung, dass er selbst der Mörder seiner Gattin sein könnte, scheint ihnen nicht sonderlich schwerzufallen. Ich weiß nicht, ob ich glaube, dass es sich so verhält. Weil Mr. fford Croft ihm gegenüber eine Ehrenschuld hatte, müssen wir …«

Nein, das meinte er nicht. Noch einmal von vorn.

»Es ist meine Aufgabe, in der Sache zu ermitteln«, begann er und klang verzweifelt. »Das Buch ist noch nicht ganz fertig, aber Graves hat schon eine Menge Material und eine vollständige erste Fassung des Manuskripts. Ich weiß noch nicht, wer als Verleger vorgesehen ist und inwieweit der das Buch bereits kennt.« Er war so wütend, dass sich seine Stimme fast überschlug. »Ich muss feststellen, ob dieser Ansatz zur Verteidigung glaubwürdig ist. Es ist denkbar, dass jemand versucht hat, die Veröffentlichung zu verhindern, indem er Graves in diese Situation gebracht hat. Graves sagt, wenn er seine Gattin hätte umbringen wollen, wäre ihm das auf eine Weise möglich gewesen, bei der man ihn auf keinen Fall als Einzigen verdächtigt hätte. Außerdem hätte er das mühelos als Unfall tarnen können, sodass niemand Verdacht geschöpft hätte. Da man die Frau anschließend entstellt hat, handelt es sich unbestreitbar um Mord.«

»Na schön«, sagte Pitt rasch. »Ich verstehe. So, wie das von dir beschriebene angebliche Material aussieht, fällt der Verdacht selbstverständlich auf den Staatsschutz. Narraway hat keine Verwandten, und Vespasias Enkel leben den größten Teil des Jahres im Ausland. Ganz davon abgesehen, haben sie höchstwahrscheinlich nie etwas von der Sache gehört und würden erst recht nie im Leben so etwas Gewalttätiges tun … was noch dazu völlig sinnlos wäre.«

»Er will damit den Staatsschutz in Misskredit bringen«, sagte Daniel, »und dich ruinieren.«

»Tatsächlich?« Einen Augenblick lang flackerte in Pitts Gesicht ein Ausdruck bitteren Spotts auf, der gleich wieder verschwand. »Was schreibt er denn in diesen Aufzeichnungen über mich?«

Daniel gab ihm keine Antwort.

Pitt wiederholte: »Was steht da über mich?«

Daniel hatte den Eindruck, dass sich der Raum um ihn drehte. Er biss die Zähne zusammen und holte tief Luft. »Dass du keinen Deut besser bist als Narraway. Dass du dich mit allen Mitteln an die Macht klammerst … und dazu nicht einmal vor Mord zurückgeschreckt bist.« Er sah seinen Vater an, dessen Gesichtsausdruck sich von Verblüffung zu Verstehen und schließlich zu kaum verhüllter Qual wandelte.

Eine Weile herrschte Schweigen. Dann sprach Pitt. »Und steht da auch, um welchen Mord es dabei geht, oder behauptet er lediglich, dass ich … ihn gedeckt habe?«

»Nein. Nur, dass es sich um eine äußerst gewalttätige Bluttat an einer Frau gehandelt hat.« Warum bestritt sein Vater die Behauptung nicht einfach? Warum stellte er Fragen? Offensichtlich wusste er davon. Daniel sah es seinen Augen an, hörte es aus jedem Zögern seiner Stimme heraus. Es konnte doch sicherlich nicht mehr als einen solchen Fall gegeben haben? Daniel versuchte zu sprechen, aber seine Stimme gehorchte ihm nicht. Er räusperte sich und fing erneut an. »Weißt du, was der Mann meint?« Im selben Augenblick wünschte er, er hätte den Mund gehalten, aber es war zu spät. Er saß da, während Stille ihn umbrandete.

»Ja«, sagte Pitt schließlich. »Aber mir ist völlig schleierhaft, wie er etwas davon wissen … oder auch nur annehmen kann, dass er es weiß.«

Daniel war wie vor den Kopf geschlagen. Er bemühte sich mit aller Kraft, die Ruhe zu bewahren. »Ich bin lediglich seine Notizen durchgegangen, denn ich hatte keine Zeit, alles zu lesen. Ich habe einen Manuskriptentwurf mit zahlreichen Randnotizen und durchgestrichenen Passagen. Ehrlich gesagt, möchte ich das auch gar nicht alles lesen, es sei denn, Graves ist nicht der Mörder seiner Frau … Dann könnte ich auf begründeten Zweifel plädieren …« Er hörte seine Stimme wie die eines Fremden.

»Ich weiß«, sagte Pitt, bevor Daniel Zeit hatte, sich zu überlegen, wie er seinen Satz beenden sollte. »Wenn du die Möglichkeit dazu hast, ist es deine Pflicht, das zu tun. Du musst dein Wort halten und deinen Auftrag ordnungsgemäß erledigen. Ich würde nie etwas anderes von dir erwarten.«

Daniel zuckte zusammen. Pitt nahm Begriffe wie Ehre oder Pflicht nicht oft in den Mund. So etwas war im Alltag selbstverständlich, darüber brauchte man keine Worte zu verlieren. Daniel wünschte, er wäre nicht gekommen, hätte das heikle Thema nicht angesprochen. Er hatte ganz offenkundig die Achtbarkeit seines Vaters und damit dessen ganze Lebensleistung infrage gestellt.

Pitt ergriff erneut das Wort. »Ich weiß, worauf sich dieser Graves bezieht. Im Großen und Ganzen stimmt, was er sagt. Eine bedeutende Persönlichkeit im politischen Leben

Portugals, Luz dos Santos, hatte zu einer Zeit, als er sich hier in London befand, mit seiner Frau Amalia eine heftige Auseinandersetzung, die tragisch endete. Er hat ihr einen so wuchtigen Schlag versetzt, dass sie starb. Ja, es war Mord. Der Mann war aufbrausend und gewalttätig.«

»Und du hast ihm geholfen? Warum?«

»Das war vor zwei Jahren, kurz bevor der portugiesische König zusammen mit seinem Sohn einem Attentat zum Opfer gefallen ist.«

»Was hat das damit zu tun?«

»Damals ging es in Portugal turbulent zu, ein Zustand, der auch heute noch andauert. Ich hoffe sehr, dass es nicht zu weiteren Rebellionen kommt, aber man muss damit rechnen, nur dass es diesmal weit schlimmer würde. In ganz Europa herrscht Unruhe, überall gibt es Aufstände von Sozialisten. Ehrlich gesagt, kann ich die Leute in gewissem Maße sogar verstehen.«

»Was? Du billigst Rebellion und Attentate?«

»Nein, Daniel, keinesfalls. Ich habe gesagt, dass ich ein gewisses Verständnis dafür aufbringe, wenn diese Menschen gegen Armut und Unterdrückung aufbegehren, gegen ein Herrschaftssystem, das weder Gerechtigkeit noch ein Recht auf Beschwerde kennt.«

»Und die Frau hat also ihren Mann unterdrückt?«, fragte Daniel. Sogleich bereute er den sarkastischen Ton, in dem er das gesagt hatte. Ob er sich entschuldigen sollte? Er hatte sich zu diesem ungehörigen Verhalten hinreißen lassen, weil er nicht glauben konnte, was er da aus dem Munde seines eigenen Vaters gehört hatte.

»Wir sind gehalten, die Gesetze zu befolgen«, erwiderte Pitt, dem es ebenfalls schwerfiel, sich zu beherrschen, »aber diesen Luxus kann ich mir nicht immer leisten. Bei Revolutionen geht es in erster Linie um Verstöße gegen das Gesetz.«

»Aber Mord?«, fragte Daniel in herausforderndem Ton. Die ganze Situation war ihm zuwider, doch da er A gesagt hatte, konnte er die Dinge nicht einfach auf sich beruhen lassen, sondern musste zähneknirschend auch B sagen. Die Grundsätze seines Vaters waren die Grundlage seiner eigenen. Dazu gehörte, dass man sich korrekt und aufrichtig verhielt und Vorschriften nicht nur befolgte, wenn es einem passte, sondern gerade auch dann, wenn sie einem gegen den Strich gingen. Von klein auf hatten ihm seine Eltern beigebracht, dass man sich an diese Grundsätze halten musste – wieso sollte das mit einem Mal nicht mehr gelten? Er fühlte sich verlorener denn je.

»Daniel!«, sagte Pitt mit Schärfe.

Daniel hob den Blick und sah ihn an.

»Nicht ich habe die Frau umgebracht. Ich hätte sie gerettet, wenn es mir möglich gewesen wäre, aber als ich dort eintraf, war sie bereits tot. Der Mann war im Besitz zu vieler vertraulicher Informationen und hätte nicht gezögert, sie öffentlich bekannt zu machen, wenn ich ihn der Polizei übergeben hätte, damit er vor Gericht gestellt wurde. Ihn zu verschonen war mir in tiefster Seele zuwider, aber damit, dass ich das tat, konnte ich vielen Menschen das Leben retten, die sonst umgekommen wären.«

Daniel merkte, wie Hoffnung in ihm aufstieg. Er wollte so sehr, dass der Wahrheit entsprach, was ihm sein Vater sagte. Fast so, wie jemand um Luft rang, der den Kopf lange unter Wasser hatte. »Was hast du getan? Der Polizei die Unwahrheit gesagt?«

»Ja.«

»Und ist jemand anders dafür vor Gericht gestellt worden?«

»Nein«, erwiderte Pitt mit Nachdruck. »Natürlich nicht. Es ist uns gelungen, die Sache als Unfall hinzustellen. Offiziell war sie die Treppe hinabgestürzt.«

»Und der Mann?«

»Ich habe ihn aus dem Land geschafft.«

»Aber der Anschlag auf den portugiesischen König hat stattgefunden?«

»Ja.«

»Und was ist mit den Menschen, die sonst hätten sterben müssen? Leben die noch?«, fasste Daniel nach.

»Daniel, ich versuche nicht, die politische Lage im Ausland zu ändern«, antwortete ihm Pitt. »Ich bemühe mich, zu verhindern, dass Gewaltakte dieser Art hier bei uns um sich greifen. Die Hälfte der Extremisten Europas, also der Revolutionäre, befindet oder befand sich in London. Spanier, Italiener, Deutsche und Russen fühlen sich hier sicher. Manche von denen leben sogar auf Dauer in unserem Land. Gott allein weiß, was sie planen. Und genau darüber möchte ich gern so viel wie möglich wissen. Darin besteht die Aufgabe der Abteilung Staatsschutz: unser Land vor Terrorismus und gewaltsamen Veränderungen des politischen Systems zu bewahren.« Er verzog das Gesicht zu einer Art Lächeln.

»Ich verstehe ...«

»Meinst du?«

»Ich glaube schon. Jedenfalls zum Teil. Das Buch, an dem Graves arbeitet, ist ziemlich ... abstoßend.«

»Ich werde mir die Sache genau ansehen«, gab Pitt zurück. »Wir hätten uns denken müssen, dass jemand etwas in der Art plant. Der Mann muss ziemlich gründlich recherchiert haben. Sollte sich herausstellen, dass ihm jemand vom Staatsschutz Informationen zugespielt hat, wird mir der Betreffende sehr gute Gründe dafür nennen müssen, warum ich ihn nicht vor die Tür setzen soll. Außerdem muss er mir genau sagen, wonach ihn Graves gefragt und was er ihm geantwortet hat.« Er fuhr sich mit der Hand durch das wirre

Haar, das dadurch noch mehr in Unordnung geriet. »Es ist dir wohl sehr schwergefallen, mir das zu sagen.«

Daniel empfand eine sonderbare Mischung aus Mitgefühl für die in Graves' Buch Angeprangerten, schlechtem Gewissen, weil er seinem Vater davon berichtet hatte, und dem unbändigen Wunsch, etwas Hilfreiches unternehmen zu können. Vor allem aber fürchtete er, dass sich alle Gewissheiten in seinem Leben, alle Werte und sogar seine eigene Identität auflösen könnten.

»Es tut mir leid …«

Ruckartig hob Pitt den Kopf. »Es würde dir noch sehr viel mehr leidtun, wenn du nichts gesagt und den Fall einem anderen übergeben hättest. Graves ist doch dein Mandant?«

»Ja, aber …«

»Hier gibt es kein *aber*. Du darfst nichts von dem, was er dir anvertraut hat, weitergeben, wenn das gegen seine Interessen verstößt. Du musst der Sache nachgehen, wohin auch immer sie dich führt. Nur wenn du auf etwas stoßen solltest, was die Sicherheit des Landes gefährdet, wirst du mir davon Mitteilung machen. Ich kann mir nicht denken, dass es dazu kommt. Wenn aber doch, könnte für dich ein Interessenskonflikt entstehen. In dem Fall frag Marcus fford Croft – er wird dir sagen, was zu tun ist«, erklärte Pitt.

»Würde es gegen die Interessen des Landes verstoßen, wenn du deine Aufgabe nicht erfüllen könntest?«

Pitt lächelte gequält und sagte mit unüberhörbarer Selbstironie: »Das ist Ansichtssache. Natürlich hoffe ich das, aber zweifellos sind manche der Ansicht, dass es im wohlverstandenen Interesse des Landes wäre, wenn man einen anderen an meine Stelle setzte. Für den einen oder anderen von denen würde sich das sogar mit ihrem eigenen Interesse decken.«

Daniel wusste nicht, was er darauf antworten sollte. Er hätte viel darum gegeben, wenn all das nicht nötig gewesen wäre und er seinem Vater etwas anderes hätte berichten können, als dass ihn wohl mindestens einer seiner Mitarbeiter hintergangen hatte. Er suchte verzweifelt nach Worten, aber ihm fiel nichts ein, was aufrichtig genug klingen würde.

»Dir sind die Hände gebunden«, wiederholte Pitt. »Nachdem Graves dir das gesagt hatte, war es mit deiner Handlungsfreiheit vorbei.« Er überlegte einen Augenblick. »Was hast du seitdem erfahren? Ich frage dich das, weil es meine Aufgabe ist, festzustellen, wer davon wissen konnte, ja, musste. Wenn der Betreffende Kenntnis davon hatte, warum hat er nicht getan, was seine Pflicht war? Ich muss wissen, ob Nachlässigkeit oder Absicht dahintersteckt.«

Daniel fiel nichts Rechtes ein, was er hätte sagen können. Obwohl er nichts dazu konnte, kam es ihm so vor, als sei es seine Schuld. Da Graves sein Mandant war, konnte er natürlich jederzeit darauf verweisen, dass es seine Aufgabe war, ihn vor der Hinrichtung zu bewahren, ganz gleich, ob er seine Gattin umgebracht hatte oder nicht. Dabei hatte Graves den Strang wirklich verdient!

Allerdings musste man, bevor man jemanden hängen konnte, die Gewissheit haben, dass er die Tat begangen hatte. Das Urteil über die moralische Seite spielte da nicht hinein.

»Was wirst du jetzt tun?«, fragte Daniel seinen Vater.

»Feststellen, woher die Informationen stammen. Und du wirst mir dabei helfen. Ich möchte in Einzelheiten wissen, woran du dich erinnern kannst, was Graves an die Öffentlichkeit bringen will. Was hat er insbesondere über Narraway gesagt und was über Tante Vespasia, soweit es nicht Klatschgeschichten sind, die alle Welt kennt? Allerdings liegen die Zeiten lange zurück, in denen man über sie geklatscht hat. Bezieht er sein Wissen aus erster oder aus zweiter Hand? Und was sagt er über mich? Die Daten weiß ich, aber ich brauche Einzelheiten.«

»Es ist widerlich …«, sagte Daniel, wobei er dem Blick seines Vaters auswich.

»Einzelheiten!«, wiederholte Pitt mit Schärfe. »Wenn ich genau weiß, was der Mann weiß, kann ich die Sache vermutlich bis an die Quelle zurückverfolgen. Da, wo es um Wahrheit geht, steckt der Teufel tatsächlich im Detail, Daniel. Was erzählt man sich über Narraway?«

Daniel versuchte sich zu erinnern, was genau er in Graves' Aufzeichnungen gelesen hatte. »Es ging um einen Fall in Irland – ein gewisser O'Neill soll verraten worden und umgekommen sein. Außerdem um eine Frau, die Narraway erst verführt und dann verraten hat. Ein Intrigant beim Staatsschutz soll dich auf eine sinn- und ergebnislose Reise nach Frankreich geschickt haben, nach Paris.«

»Bist du sicher, dass da Paris stand?«

»Ja.«

»Interessant, denn in Wirklichkeit war es Saint Malo. Weiter.«

»Würde man da nicht zuerst nach Paris fahren?«

»Nein. Paris liegt im Landesinneren und Saint Malo weit westlich davon an der Küste. Ich habe eine Kanalfähre nach Le Havre genommen und bin von dort nach Saint Malo gefahren.«

Daniel fühlte sich von einer leisen Hoffnung erfüllt, die ihn wärmte wie Sonnenschein an einem Wintertag. »Außerdem ging es um einen jungen Drogensüchtigen, der einen Unbeteiligten erschossen hat und die Tat der Polizei in die Schuhe schieben wollte. Narraway soll dich beauftragt haben, den jungen Mann rauszuhauen.«

»Interessante Einzelheiten. Steht da auch, wie ich das angestellt habe oder warum Narraway das wollte?«

»Er wollte … Es hatte damit zu tun, dass der Vater des jungen Mannes ein hohes Tier war.« Daniel versuchte sich an möglichst viele Details zu erinnern, doch ihm fiel nichts weiter ein.

»Besorg mir alles, was du kannst – nach Möglichkeit Kopien von Graves' Aufzeichnungen«, sagte Pitt. »Es handelt sich um tatsächliche Fälle, nur stellt Graves sie falsch dar. Der junge Mann war todkrank, und ich habe lediglich dafür gesorgt, dass er die letzten Monate seines Lebens im Krankenhaus verbringen konnte statt im Gefängnis, wo er unter unerträglichen Schmerzen gestorben wäre. Seinen Vater hätte ich mit Freuden zur Hölle fahren sehen, aber seine Mutter war ein guter Mensch. Was noch?«

Daniel teilte ihm alles mit, woran er sich erinnern konnte, und versprach ihm, so bald wie möglich weitere Einzelheiten zu liefern.

Als er schließlich aufstand, um zu gehen, jagten sich die Gedanken in seinem Kopf. Alles, woran er sich erinnerte, und weitere Fakten, die er seinem Vater mitteilen konnte, würden Pitt unter Umständen helfen, Daniel auf die Fährte dessen zu führen, der Ebony Graves ermordet und dafür gesorgt hatte, dass man ihren Mann der Tat verdächtigte. Ob jemand beim Staatsschutz den Auftrag dazu gegeben hatte? Und war der Betreffende dann ein Verräter – oder ein Patriot? Hing das davon ab, ob Narraway oder Pitt selbst so gehandelt hatte, wie Graves das beschrieb? Oder war das unerheblich? Und sofern all das während der Zeit geschehen war, in der Pitt an der Spitze der Abteilung stand, bedeutete das dann, dass er die Schuld daran trug?

Daniel blieb zum Abendessen, obwohl er eigentlich gern in seine eigene Bleibe zurückgekehrt wäre, um in Ruhe über die nächsten Schritte nachzudenken. Als Allererstes galt es, die Unterlagen zu Graves' Buch sorgfältig durchzugehen, die er aus dessen Arbeitszimmer mitgenommen hatte.

Wäre er nicht zum Essen geblieben, hätte er seiner Mutter den Grund dafür erklären müssen. Dann hätte sie sich geängstigt, und hätte er den Eindruck zu erwecken versucht, alles sei in Ordnung, hätte sie das sofort durchschaut. Das wusste er seit seinem sechsten Lebensjahr. Sie kannte ihn besser als er sich selbst. Inzwischen stimmte das nicht mehr so ganz, aber die Erinnerung war stark, und bisweilen brachte seine Mutter es nach wie vor fertig, ihn zu überraschen.

Die Mahlzeit wurde im Esszimmer aufgetragen, nicht wie früher all die Jahre in der Küche. Wenn er nicht dagewesen wäre, hätten seine Eltern vielleicht auch an diesem Abend in der Küche gegessen.

Daniel schob alle Gedanken an Russell Graves beiseite und erzählte seiner Mutter stattdessen haarklein, wie er den Fall Roman Blackwell beinahe verloren hätte, aber letzten Endes gleichsam aus dem Nichts den Erfolg herbeigezaubert hatte, ungefähr so wie ein Varietékünstler das Kaninchen aus dem Zylinder. Anschließend berichteten seine Eltern über Jemimas letzten Brief aus New York, in dem sie schilderte, wie es ihrem Mann Patrick und vor allem ihren beiden Töchterchen ging.

Es war schon nach neun, als sich Daniel verabschiedete. Wie immer schüttelte er seinem Vater die Hand. Dieser hielt die seine einen Augenblick länger als sonst fest. Seine Mutter brachte Daniel zur Haustür, und er umarmte sie zum Abschied.

»Du darfst gern jederzeit kommen, wenn du es allein nicht schaffst«, sagte sie leise. »Wir sind immer für dich da.«

»Was meinst du mit *nicht schaffen*?«, fragte er gespielt ahnungslos.

»Was immer es ist«, erwiderte sie leicht ungehalten. »Ich war schon mit einem Polizeibeamten verheiratet, bevor du zur Welt gekommen bist, mein Junge. Ich weiß, dass da etwas faul ist. Denk dran … wir sind immer für dich da.« Sie stellte sich auf die Zehenspitzen, küsste ihn rasch auf die Wange und schob ihn dann förmlich zur Tür hinaus.

Daniel öffnete die Haustür, so leise er konnte. In der Diele brannte nur das Nachtlicht. Auf der Treppe zum ersten Stock achtete er darauf, nicht auf die knarrende Stufe zu treten.

Auf dem Tisch seines Zimmers fand er eine Mitteilung in der untadeligen Handschrift seiner Wirtin vor: *Werter Mr. Pitt, ein Mr. Roman Blackwell war hier. Er bittet Sie, ihn aufzusuchen. Hochachtungsvoll, Mrs. Portiscale.*

Worum auch immer es da ging, es würde bis zum nächsten Tag warten müssen. Vielleicht hatte Blackwells Mutter Mercedes etwas Interessantes in Erfahrung gebracht …

Daniel setzte sich an den Tisch, schloss die Schublade auf und machte sich daran, für seinen Vater Graves' Notizen abzuschreiben. Er nutzte die Gelegenheit, um sie sich selbst noch einmal genauer ins Gedächtnis zu rufen. Danach wusste er endlich, wo er anfangen sollte.

Es war fast zwei Uhr nachts, als er schließlich zu Bett ging.

KAPITEL 13

Daniel fuhr hoch, als er merkte, dass helles Sonnenlicht durch das Fenster hereinfiel. Es war nach acht. Seine Gedanken waren am Vortag so sehr in Aufruhr gewesen, dass er vergessen hatte, den Wecker zu stellen. Möglicherweise würde er zum Frühstück zu spät kommen. Noch wichtiger aber war, dass er Dinge zu erledigen hatte, die keinen Aufschub duldeten.

Nachdem er sich gewaschen, rasiert und angezogen hatte, eilte er nach unten, um zu sehen, ob der Frühstückstisch noch gedeckt war. Doch dann überlegte er es sich anders, entschuldigte sich flüchtig bei seiner Wirtin und suchte den nächstgelegenen Stand für Motordroschken auf, um sich zum Haus der Blackwells bringen zu lassen.

Es ging nur langsam voran, denn inzwischen war es fast neun Uhr, die verkehrsreichste Tageszeit. Als er am Ziel den Fahrer entlohnte, wunderte er sich über den hohen Preis, musste sich aber eingestehen, dass der Mann den Staus über Nebenstraßen geschickt ausgewichen war, womit Daniel bei den Blackwells früher als angenommen eingetroffen war. Er stieg aus, ging auf das Haus zu, und bevor er an der Tür klopfen konnte, wurde sie geöffnet.

Mrs. Blackwell musterte ihn von Kopf bis Fuß. »Sie sehen ziemlich mitgenommen aus«, begrüßte sie ihn. Ihr war deutlich anzusehen, dass sie ihm am liebsten die Krawatte zurechtgerückt hätte. »Aber kommen Sie doch rein«, sagte sie und trat beiseite.

»Es tut mir leid, ich habe die Mitteilung Ihres Sohnes gestern Abend so spät vorgefunden, dass ich erst jetzt kommen konnte«, entschuldigte er sich. »Ich war … ausgegangen …« Er musste unbedingt vermeiden, dass sie den Grund seiner Verwirrung erkannte oder erriet.

»Frühstück?«, fragte sie mit sonderbar brummiger Stimme.

»Nein, Abendessen bei meinen Eltern.«

»Ich meine, ob Sie gern frühstücken möchten«, verdeutlichte sie ihr Angebot. »Mit leerem Magen erbringt niemand gedankliche Höchstleistungen.«

»Werden denn gedankliche Höchstleistungen von mir erwartet?«, fragte er. Der betont muntere Ton gelang ihm nicht so recht. Von unangenehmen Überraschungen hatte er eigentlich genug.

»Unbedingt«, gab Mrs. Blackwell knapp zurück.

Sie ging mit ihm in die Küche, wo ihr Sohn vor einer Tasse kalt gewordenem Tee am Tisch saß.

»Ah!«, sagte er bei Daniels Eintreten. »Was gibt es Neues?« Bei dieser Frage verzog er das Gesicht, als rechnete er mit einer schlechten Nachricht und versuchte sie zu erraten, bevor sie ihm mitgeteilt wurde.

»Sie hatten um meinen Besuch gebeten«, erwiderte Daniel, während er sich ihm gegenüber setzte.

»Stimmt«, bestätigte Blackwell. »Mama, gib ihm was zu essen. Er sieht ja grauenhaft aus.«

»Das ist mir auch schon aufgefallen«, gab sie zurück, ohne sich umzudrehen. Sie war bereits dabei, Brot zu schneiden, das sie rösten wollte. »Und benimm dich,

Roman. Ich bin immer noch deine Mutter, vergiss das nicht.«

Blackwell lächelte belustigt. »Meine einzige Freude, auf die ich mich immer verlassen kann, besteht darin, Mutter zu ärgern. Sie springt jedes Mal darauf an.«

»Quatsch!«, knurrte sie. »So ein Blödsinn.«

»Was haben Sie inzwischen rausgekriegt?«, fragte Blackwell Daniel. »Ich glaube, ich kann auch was beisteuern.«

»Ziemlich viel«, erklärte Daniel, wobei ihm bewusst war, dass er im Begriff stand, Blackwell einen Teil der Wahrheit vorzuenthalten, zumindest, was den Mord des Portugiesen und den Kompromiss anging, zu dem sich sein Vater verpflichtet gesehen hatte. »Aber ohne Beweise ist das alles wertlos«, fügte er hinzu.

Unter Blackwells durchdringendem Blick kam sich Daniel ungefähr so vor wie ein mit einer Stecknadel aufgespießter Schmetterling.

»Blöde Sache, was?«, begann Blackwell. »Aber Ihnen kann es doch egal sein, ob Graves baumeln muss. Das hat er nicht anders verdient, wenn er seiner Frau das angetan hat. Davon abgesehen, ist er so oder so ein übler Schweinehund. Warum zerbrechen Sie sich also den Kopf? Setzt der alte fford Croft Sie etwa auf die Straße, wenn Sie den Halunken nicht freikriegen? Oder geht es Ihnen darum, Kitchener, oder wie der heißt, zu retten?«

»Kitteridge«, verbesserte Daniel ihn. »Er sucht nach Gesetzeslücken …«

»Na, wenn er keine findet, ist er ein Trottel! Die Gesetze sind doch so löchrig wie ein Sieb«, sagte Blackwell empört. »Manche Lücken sind so riesig, dass man da mit einer Kutsche durchfahren könnte. Aber es gibt keine, die Russell Graves retten kann. Warum ist fford Croft eigentlich so scharf darauf? Sind Sie schon dahintergekommen?«

»Es hat mit einer Gewissensschuld zu tun, einer alten Geschichte, bei der er gegenüber Graves' Vater versagt hat«, erläuterte Daniel.

»Ach, war das auch so ein übler Kerl?«, fragte Blackwell mit vor Verblüffung gehobenen Brauen.

»Was man verspricht, muss man halten«, erwiderte Daniel, der sich immer mehr in die Enge getrieben fühlte. »Es geht um einen selbst, nicht um den, dem man etwas versprochen hat.« Während er das sagte, hörte er förmlich die Stimme seines Vaters.

»Trinken Sie erst mal einen Schluck Tee.« Blackwell drehte sich auf seinem Stuhl um. »Kocht das Teewasser schon?« Es war nicht als Frage gemeint, sondern als Erinnerung. Dann wandte er sich erneut Daniel zu. »Und warum knien Sie sich da so rein? Kommen Sie bloß nicht auf den Gedanken, mich zu belügen – das merke ich sofort. Dafür sind Sie nicht durchtrieben genug. Werden es wohl auch nie sein. Man kann ja richtig sehen, wie Ihnen die Sache an die Nieren geht. Warum eigentlich?«

Mrs. Blackwell stellte eine Kanne mit frisch aufgegossenem Tee und ein mit durchwachsenem Speck belegtes krosses Sandwich vor Daniel auf den Tisch.

Roman Blackwell hörte aufmerksam zu, und seine Miene verfinsterte sich immer mehr, während Daniel ihm, so kurz es ging, von Graves' Buch und seiner Absicht berichtete, darin Narraway und dessen Gattin Vespasia Cumming-Gould zu diffamieren. Zum Schluss legte er ihm Graves' Folgerung dar, dass derjenige, der ihn zugrunde richten wollte, dem Staatsschutz angehören müsse, und logischerweise müsse das entweder dessen Leiter Thomas Pitt oder ein von ihm Beauftragter sein. Daniel merkte, dass er sich unbehaglich fühlte, weil er dabei nähere Angaben über seinen Vater wie auch den Mord des Portugiesen ausließ.

Er bemühte sich, seine Worte möglichst sorgfältig zu wählen, weil er sich von seinen Gefühlen nicht überwältigen lassen wollte. »Mein Vater hat nichts von dem Buch gewusst«, sagte er und merkte gleich, dass er ihn damit unabsichtlich als unfähig hingestellt hatte. »Es wäre seine Aufgabe gewesen, das zu wissen. Es kann gar nicht anders sein, als dass der eine oder andere von seinen Leuten Zugang zu diesen Informationen hatte …«

Blackwell schürzte die Lippen. Sein Abscheu war unübersehbar, aber er verschwendete keine Worte daran. »Hat Graves einen Verleger für das Ding?«

»Er sagt ja«, gab Daniel zurück. »Ach so, ich verstehe. Sie meinen, warum sollte der Verleger bereit sein, so ein Buch herauszubringen und damit seinem eigenen Ansehen zu schaden? Würden nicht Menschen, die darin vorkommen, Schadenersatz verlangen – vorausgesetzt, sie leben noch? Aber gerade darin besteht die Infamie: diejenigen, auf die Graves es in erster Linie abgesehen hat, sind Narraway, der Vorgänger meines Vaters, und Lady Vespasia.« Er spürte, wie sich ihm bei diesen Worten plötzlich die Kehle zuschnürte. Ihr Tod lag noch nicht lange zurück, und der Verlust schmerzte nach wie vor. Er hatte das Gefühl, nun würde der Platz, den sie eingenommen hatte, für immer leer bleiben. »Welchen Grund könnte der Verleger haben, es zu veröffentlichen?«, fragte er und versuchte zugleich, sich von seiner Gemütsbewegung nicht überwältigen zu lassen. »Ich werde feststellen, wer sich hinter dem Verlagsnamen versteckt.«

»Passen Sie bloß auf, dass Sie damit nicht in ein Wespennest stechen«, mahnte Blackwell. »Warum lassen Sie mich das nicht tun? Ganz unauffällig.«

»Könnten Sie das denn?«, fragte Daniel. Ob Blackwell bereits weit mehr wusste oder zumindest ahnte als er selbst?

»Man kann weit mehr erreichen, als man denkt, wenn man weiß, wen man fragen muss.« Lächelnd goss sich Blackwell noch einmal Tee ein. »Natürlich muss man auch die richtigen Fragen stellen.«

Daniel fiel so manches ein, wonach man fragen könnte, wie auch eine ganze Reihe von Dingen, die Blackwell tunlichst beachten sollte. Dann aber sagte er einfach: »Danke.« Er nahm einen Bissen von seinem Sandwich und einen Schluck aus seiner Tasse, wobei er merkte, dass der Tee noch ziemlich heiß war. Jetzt fiel ihm erst richtig auf, wie hungrig er war, und er sprach erst weiter, als er sein Sandwich vollständig verzehrt hatte.

Unterdessen teilte ihm Blackwell mit, was er dachte. »Ich wüsste gern, was für ein Süppchen der Verleger kocht. So dämlich, dass er meint, die Sache würde kein Aufsehen erregen, kann er ja wohl nicht sein.«

Seine Mutter legte die Brotscheibe aus der Hand, die sie gerade mit Butter bestrich. »Da lässt sich bestimmt eine Menge in Erfahrung bringen«, sagte sie nachdenklich. »Und eine ganze Reihe von Gründen dafür, dass er das tut oder sein lässt.«

Daniel sah zu ihr hinüber. Das Licht fiel auf ihre weiße Haarsträhne, bis sie den Kopf beiseite drehte und diese wieder im Schatten lag.

»Was könnte das sein, abgesehen von Geld?«, fragte er. »Rachegelüste? Da müsste der Hass schon ziemlich tief sitzen, wenn sich einer an Toten rächt, oder? Jemand, der zu viel Angst vor diesen Leuten hatte, als sie noch lebten?«

»Ihr Vater leitet den Staatsschutz, nicht wahr?«, sagte sie nachdenklich und schob ihre Toastscheibe an eine weniger heiße Stelle der Herdplatte.

»Ja.«

»Dann legt er wohl eher Wert darauf, den guten Ruf seiner Freunde zu schützen als seinen eigenen. Das gehört sich von alters her so, und außerdem ist es der älteste Trick der Menschheit.«

»Das würde er durchschauen«, hielt Daniel dagegen, doch noch während er das sagte, fragte er sich, ob das der Wahrheit entsprach. Freunde, wahre Freunde, die miteinander Seite an Seite Schlachten geschlagen hatten und ungeachtet ihrer Erschöpfung weiterkämpften, standen einander in unverbrüchlicher Treue zur Seite. Auch in der Niederlage ließen sie einander nicht im Stich. Freunde kannten die gegenseitigen Schwächen, ohne einander fallen zu lassen. Sie lachten und trauerten miteinander, feierten gemeinsam Siege und beklagten gemeinsam Verluste. Pitt würde seine Freunde nie im Stich lassen. Falls sie schuldig waren, war es unter Umständen nicht möglich, sie vor den Aasgeiern zu schützen, die es nicht gewagt hatten, sie offen anzugreifen, als sie noch lebten. Trotzdem würde er tun, was er konnte. Darin bestand das Wesen der Freundschaft. Es kannte keine Unaufrichtigkeit und bisweilen auch kein Stillschweigen.

Diese Haltung hatte Daniel an seinem Vater gesehen, solange er denken konnte, und ebenso bei seiner Mutter. Sie war sogar noch eher als er bereit, hilflosen Menschen beizustehen, und fragte nicht unbedingt danach, ob sie das überhaupt verdienten. Wenn Daniel es recht bedachte, konnte er sich nicht erinnern, dass sie dergleichen je getan hatte. Sie hatte ihn gegenüber anderen in Schutz genommen, wenn er im Unrecht war, ihn aber anschließend selbst bestraft. Jetzt konnte er darüber lächeln, aber damals hatte er vor ihrem Zorn gezittert.

Was für eine sonderbare Sache die Loyalität doch war; sie bedeutete bedingungslosen Schutz für die Hilflosen. Wem durfte man trauen? Welcher Sache sollte man treu sein? Nach welchen Idealen streben? Es gab so viele! Was waren sie wert, wenn zu ihnen nicht Gnade gehörte?

Als er erneut einen Schluck Tee nahm, legte ihm Mrs. Blackwell noch eine Scheibe Toast mit durchwachsenem Speck auf den Teller. Er dankte ihr aufrichtig und biss sogleich hinein.

»Wir müssen feststellen, woher Graves seine Informationen hat, und am besten mit denen anfangen, die der Wahrheit entsprechen«, fasste Blackwell zusammen.

»Das sind nicht viele«, sagte Daniel ein wenig zu rasch.

Mrs. Blackwell tätschelte ihm den Arm. »Auf jeden Fall ist das die einzige Möglichkeit, in der Sache voranzukommen. Wer die Informationen hat, kann auch die Leute finden. Sollten wir auf etwas stoßen, wovon wir gern hätten, dass es der Wahrheit entspricht, was sich aber als Lüge erweist, haben wir einen Punkt, an dem wir ansetzen können, um das eine vom anderen zu scheiden.«

Nach einer Weile verstand Daniel, was sie damit sagen wollte.

»Aber was haben wir davon, wenn wir herausbekommen, von wem Graves die Informationen hat?«

»Was für ein Ziel verfolgen Sie?«, fragte sie daraufhin zurück.

Daniel zögerte. In allererster Linie lag ihm daran, unwiderlegbar zu beweisen, dass man seinem Vater nicht vorwerfen konnte, unehrenhaft einen Mord vertuscht zu haben, weil er nämlich zwingende Gründe dafür hatte, die jeder vernünftige Mensch verstehen musste. Graves' Darstellung des Falles ging auf diese Zwänge nicht ein. Wenn aber klar war, dass diese Gründe existierten, konnte er Pitt mit seinen Behauptungen nicht mehr bloßstellen. Außer Frage stand, dass Graves wusste, dass Pitt weder die Ermordung seiner

Gattin Ebony je gebilligt noch ein Auge zugedrückt hätte, falls jemand anders das getan haben sollte.

Lief das nicht letzten Endes auf die Frage hinaus, ob Narraway eins der ihm zur Last gelegten Delikte begangen hatte?

Dann kam Daniel ein anderer Gedanke. Angenommen, Narraway war schuldig … hatte der Drahtzieher hinter der ganzen Geschichte zu der Zeit, als die Taten begangen wurden, davon gewusst? Hatte ein stillschweigendes Einverständnis zwischen den beiden bestanden?

Und was wollte er, Daniel? Beweisen, dass Graves unschuldig war oder dass zumindest ein begründeter Zweifel an seiner Täterschaft bestand? Oder wollte er ihn in Wahrheit mit reinem Gewissen am Strang enden sehen?

Mrs. Blackwell wartete schweigend und sah ihn aufmerksam an.

Vielleicht wollte er tatsächlich, dass man den Mann hängte.

»Ich habe mehrere Ziele«, sagte er. »Soll ich sie in der Reihenfolge aufzählen? Ich möchte beweisen, dass Graves seine Gattin ermordet hat und daher zu Recht gehängt wird. Für den Fall, dass er es nicht war, möchte ich ermitteln, wer der Täter ist, und die Beweise dafür finden. Außerdem möchte ich belegen, dass mein Vater nicht …« Er brach ab. Er hatte bereits zu viel gesagt. War Verrat wirklich so einfach – ein unbedachtes Wort, das man sagte, weil man die Last eines Geheimnisses nicht allein tragen konnte? Weil man den Zweifel unerträglich fand?

»Und das eben mal im Lauf der nächsten zwei Wochen«, ergänzte Mrs. Blackwell mit schwarzem Humor.

»Ja, mehr oder weniger«, bestätigte Daniel mit einem gequälten Lächeln. Dann schilderte er knapp seinen Besuch im Hause Graves in Herne Hill zusammen mit Miriam fford Croft und was sie dabei im Schlafzimmer der Toten entdeckt hatten.

Mrs. Blackwell goss sich eine Tasse Tee ein und setzte sich neben ihn. »Falls Graves die Wahrheit sagt, spielt weder der Charakter noch das Verhalten seiner Gattin in diesem Zusammenhang eine Rolle, sondern beides hat nichts mit ihrem Tod zu tun. Allem Anschein nach geht es bei der ganzen Sache doch lediglich darum, Graves als Schuldigen hinzustellen und zum Schweigen zu bringen.«

Daniel nickte. »Ein ziemlich brutales Vorgehen.«

»Ja«, gab sie ihm recht.

Er überlegte einen Augenblick, wobei er sich zwang, die Frage im Auge zu behalten, über die sie gerade sprachen. »Wieso hat man in dem Fall ihr Gesicht entstellt? Damit wirkt das Ganze doch sehr persönlich.«

»Soweit ich gehört habe, war sie ein Mensch, der in anderen starke Empfindungen hervorrief«, sagte sie nachdenklich. »Auf jeden Fall waren ihr viele Menschen zugetan, und nur wenige haben sie abgelehnt. Sie hat sich nachdrücklich für ihre Überzeugungen eingesetzt und auch dann ihre Meinung gesagt, wenn es vielleicht klüger gewesen wäre, den Mund zu halten. Das ging auf ihre Begeisterungsfähigkeit zurück. Wenn sich andere Menschen davon anstecken ließen, fand sie das großartig, wenn nicht, konnte sie richtig ausfallend werden. Jemand hat einmal über sie angemerkt, dass sie einen ziemlich … bissigen Humor hatte.« Mit einem Mal legte sich ein Ausdruck tiefer Besorgnis auf Mrs. Blackwells Gesicht, als ob die Wirklichkeit sie eingeholt hätte. »Ich glaube, sie hätte mir gefallen.«

Ihr Sohn wollte etwas sagen, doch sie gebot ihm mit erhobener Hand, zu schweigen. »Ich weiß.« Sie rümpfte die Nase. »Mir ist klar, dass es alles andere als einfach gewesen sein muss, jemandem das Gesicht zu verbrennen. Man braucht dazu ein eiskaltes Herz, ein unabweisbares Bedürfnis und außerdem etwas, was ein Feuer in Gang hält. Fleisch verbrennt nicht einfach so. Aber warum tut man so etwas?« Sie sah zu Daniel. »Ich habe versucht, herauszubekommen, ob sie etwas gewusst hat, was jemandem gefährlich werden konnte. Ohne Ergebnis. Das Ganze ergibt keinen Sinn.«

Daniel holte tief Luft. »Sie meinen also, dass man sie vielleicht einfach nur umgebracht hat, um ihren Mann an den Galgen zu bringen?«

Blackwell nickte bedächtig.

»Meine Mutter hat mir alles gesagt, was sie erfahren hat. Niemand hatte einen Grund, die Frau umzubringen, außer vielleicht aus Eifersucht.« Seinem Gesicht war anzusehen, was er davon hielt. »Bestimmt hat es Menschen gegeben, die mit ihren Zielen nicht einverstanden waren. Wobei ich ohnehin fürchte, dass es in den nächsten zehn Jahren zu keiner der von ihr befürworteten Veränderungen kommen wird. Erst danach setzen sie sich vielleicht durch. Wenn jemand sie im Streit erstochen hätte, würde ich das glauben. Vielleicht steckt tatsächlich die Eifersucht einer anderen Frau dahinter. Aber sich zu einer Tageszeit, da die Kinder im Hause sind, dort Zugang zu verschaffen – niemand hat was gehört, kein Fenster ist eingedrückt und kein Türschloss geknackt worden – und dann ihr Gesicht verbrennen?« Er sah erst seine Mutter und dann Daniel an.

»Ich verstehe«, sagte Daniel. »Sie haben recht. Im Falle einer persönlichen Auseinandersetzung wäre die Sache von einem Augenblick auf den anderen aufgeflammt und an Ort und Stelle ausgetragen worden. Da wäre niemand in der Dunkelheit in das Haus eingedrungen und hätte sie in ihrem Boudoir überfallen, ohne die geringste Spur zu hinterlassen.«

»Außerdem muss sich der Täter bestens vorbereitet haben«, ergänzte Mrs. Blackwell. »Keiner von allen, mit denen ich gesprochen habe, hat etwas von Beziehungen gewusst, die über einen harmlosen Flirt hinausgegangen wären. Nach allem, was ich über Graves gehört habe, kann ich Ebonys Zurückhaltung nicht genug loben. Ich wäre sehr viel weiter gegangen.«

»Du hättest ihn verlassen«, sagte ihr Sohn.

»Ich hätte es sogar verstanden, wenn jemand ihn umgebracht hätte«, sagte Mrs. Blackwell mit finsterer Miene, ehe sie Daniel anschaute. »Es tut mir leid, ich weiß nichts, was Ihnen weiterhelfen könnte.« Sie machte einen zerknirschten Eindruck, und Daniel erkannte, wie sehr sie wünschte, die Schuld dafür abtragen zu können, dass er ihren Sohn vor dem Galgen bewahrt hatte.

Er zwang sich zu einem Lächeln, merkte aber sogleich, dass es gekünstelt wirkte. »Es gibt bestimmt noch andere Gelegenheiten.« Er lehnte sich auf seinem Stuhl zurück und sah erneut zu Blackwell hinüber. »Ich wollte, ich könnte glauben, dass Graves sie umgebracht hat. Das würde alles sehr viel einfacher machen. Ich brauchte dann auch kein schlechtes Gewissen zu haben, wenn er gehängt wird, denn ich wüsste, dass ich alles getan habe, was ich konnte.«

Wieder holte er tief Luft. »Aber ich kann es einfach nicht glauben. Ich höre die Qual in seiner Stimme, sehe die Angst in seinen Augen und auch seine Wut. Er will nicht nur sein Leben retten, er ist auch aufrichtig davon überzeugt, dass es sich lohnt, zu kämpfen, weil man ihm Unrecht getan hat.«

Mrs. Blackwell verdrehte die Augen. »Mit Ihrem weichen Herzen schaden Sie sich selbst. Jemanden vor Gericht zu verteidigen bedeutet doch nicht, dass man an seine Unschuld glauben muss!«

»Aber Sie haben vorhin selbst gesagt, dass Sie von keinem Menschen wissen, der Ebony so abgrundtief gehasst haben könnte, dass …«

»Keiner von denen, die sie kannten«, unterbrach Mrs. Blackwell ihn. »Ich kann mir durchaus vorstellen, dass ihr Mann sie so sehr gehasst hat. Nehmen wir an, sie hat ihn verspottet, ihn zurückgewiesen, sich über ihn lustig gemacht … durchblicken lassen, dass sie an seinen Fähigkeiten zweifelt. Er hat seinen Stolz, wie wir wissen.« Sie verzog leicht angewidert das Gesicht. »Verstehen Sie? Es kann ohne Weiteres sein, dass er sie geschlagen hat. Sie selbst haben ihn als überheblich und herablassend charakterisiert …«

»Ja, so hat er sich mir gegenüber aufgeführt, nach dem Todesurteil, als er große Angst hatte, was in seiner Situation kein Wunder war«, gab Daniel zurück. »Er hat mich verständlicherweise gehasst, weil ich Zeuge seiner Niederlage war und er für seine Rettung wohl oder übel auf mich angewiesen ist. Da ist es nicht besonders erstaunlich, dass er sich in seinem Stolz zutiefst gekränkt fühlt.«

»Nehmen wir einmal an, er hätte im Bett versagt und seine Frau hätte ihn deshalb ausgelacht. Meinen Sie nicht, dass ihn das noch viel tiefer in seinem Stolz getroffen hätte?«, fragte Mrs. Blackwell. »Das hätte er nie verwinden können, und sie hätte ihn durch ihre bloße Gegenwart immer daran erinnert, sodass er es nicht hätte vergessen können. Da ist es doch gut möglich, dass er in seiner Wut zugeschlagen und sie dabei getötet hat.«

»Aber warum hätte er ihr Gesicht verbrennen sollen?«, ließ Daniel nicht locker.

»Um das spöttische Lächeln darauf auszulöschen«, gab sie achselzuckend zurück, als verstehe sich die Antwort von selbst.

»Es könnte so gewesen sein, aber das hilft Ihnen nicht weiter.« Roman Blackwell beugte sich ein wenig vor. »Sie müssen unbedingt feststellen, wer Graves das Material für sein Buch geliefert hat. Außerdem haben Sie die Pflicht, den guten Ruf der Menschen zu schützen, die Ihnen nahestehen, ihre Schwächen, sofern sie welche hatten, vor den Augen der Öffentlichkeit zu verbergen. Auf so etwas ist jeder von uns angewiesen. Vor allem aber müssen Sie sich vergewissern, dass keiner der Mitarbeiter Ihres Vaters dahintersteckt.« In seiner Stimme lag nicht die geringste Spur von Unsicherheit.

Daniel wollte schon etwas dagegen sagen, sah jedoch an dem Gesicht des Mannes, dass er die Situation vollständig erfasst hatte. Vor allem aber erkannte er die Güte darin. Vielleicht liebte er seine Mutter auf eben diese Weise, ohne zu werten oder sie zu verdammen.

»Uns bleiben nur noch in etwa zwei Wochen«, sagte er.

»Dann sollten wir besser gleich an die Arbeit gehen.«

Mrs. Blackwell goss frischen Tee ein, gleichermaßen als Symbol für einen neuen Anfang. »Was müssen Sie wissen?«

Daniel überlegte kurz. »Woher hat Graves seine Informationen, und wie vertrauenswürdig sind die? Hat jemand vom Staatsschutz an Narraway oder an meinem Vater Verrat geübt? Falls ja, wer? Ich glaube nicht, dass es jetzt noch wichtig ist, zu wissen, ob aus Fahrlässigkeit oder absichtlich – ob jemand dem falschen Mann vertraut, im betrunkenen Zustand etwas ausgeplaudert oder einer Geliebten vertrauliche Angaben weitergegeben hat. Wir müssen nur einfach wissen, wer das war, damit kein anderer in die Sache verwickelt wird.«

Blackwell machte sich Notizen. Er schien sich dabei einer Art privater Geheimschrift zu bedienen. »Kümmert sich nicht Ihr Vater ohnehin darum?«, fragte er.

»Ja. Aber im Unterschied zu mir hat er keinen Kontakt zu Graves.« Während er das sagte, zuckte er zusammen. Der bloße Gedanke, den Mann erneut aufzusuchen und um Informationen zu bitten, jagte ihm trotz des heißen Tees einen kalten Schauder über den Rücken.

Blackwell, der den Bleistift für den nächsten Punkt auf der Liste bereithielt, lächelte ihm trübselig und voll Mitgefühl zu.

»Das genügt für den Anfang. Mr. Kitteridge versucht weiter, in den Gesetzen etwas Brauchbares zu finden«, sagte Daniel.

»Die Mühe kann er sich sparen, da gibt es bestimmt nichts«, tat Blackwell diesen Hinweis ab. »Er sollte sich lieber mit was Wichtigem beschäftigen. Er ist doch kein Dummkopf.« Er sah Daniel offen in die Augen. »Das mit Ihrem Vater brauchen Sie ihm ja nicht auf die Nase zu binden. Falls Sie es nicht schaffen sollten, die Drucklegung dieses Buchs zu verhindern, würde er es sowieso erfahren, genauso wie die ganze Öffentlichkeit! Da bleibt Ihnen nichts anderes übrig, als jetzt in den sauren Apfel zu beißen.«

Daniel entging die leichte Geringschätzung in der Stimme des Mannes nicht. Er wollte schon zurückschlagen, merkte dann aber, dass ihm keine passende Antwort einfiel.

»Sie stehen sich selbst im Weg«, fuhr Blackwell fort. »Lassen Sie sich doch von Kitteridge helfen. fford Croft hat keinen Grund, sich zu beschweren. Schließlich hat der Sie in diese Geschichte reingeritten. Sie brauchen ihm das gar nicht zu sagen, das weiß er selbst.«

Daniel ließ das alles stillschweigend über sich ergehen.

»Noch etwas«, fügte Blackwell hinzu. »Sie müssen unbedingt feststellen, auf welche Weise man der Frau das Gesicht verbrannt hat. Ein Streichholz hätte ihr höchstens ein Loch ins Kleid gebrannt, mehr aber bestimmt nicht. Ein glühendes Stück Kohle aus dem Kaminfeuer würde sich an einer Stelle ins Fleisch fressen, aber ihr nicht das ganze Gesicht verbrennen. Hatte jemand, der die Tat geplant hat, das dafür nötige Material mitgebracht oder gewusst, wo er es im Haus finden konnte? Wir müssen die Leiche ausgraben, damit ein Spezialist uns sagen kann, was man verwendet hat. Kann die Frau, von der Sie gesprochen haben, fford Crofts Tochter, das?«

»Nie im Leben würde man uns so etwas gestatten!«, erwiderte Daniel, wobei er inständig hoffte, dass Blackwell nicht ernsthaft vorschlug, dass sie die Leiche auf eigene Faust ausgruben. »Mann Gottes, wir können doch nicht Grabräuber spielen! Ganz davon abgesehen, würde kein Gericht einen solchen Nachweis anerkennen – immer vorausgesetzt, wir säßen bis dahin nicht schon selbst im Gefängnis und hätten Gelegenheit, ihn vorzulegen!«

Blackwell schlug sich die Hand vor die Stirn. »Können wir bitte mal vernünftig reden? Wir beantragen natürlich ganz offiziell eine Exhumierung.«

»Da der Fall für das Gericht abgeschlossen ist, wird so etwas grundsätzlich nicht gestattet. Das Beweismaterial ist gesichert worden, und der Polizeiarzt oder jemand anders hat die Leiche untersucht.«

»Jemand anders?«, fragte Blackwell mit gehobenen Brauen.

»Was weiß ich? Ich bin erst kurz vor Ende des Prozesses dazugekommen. Auf jeden Fall wird man uns keine solche Genehmigung erteilen.«

»Würde diese Miriam die Leiche untersuchen, wenn wir es schaffen, sie mit offizieller Erlaubnis rauszuholen?«

»Dazu wird es nicht kommen …«

Blackwell schlug mit der flachen Hand auf den Tisch. »Würde sie es machen, ja oder nein?«

»Vermutlich ja.«

»Schön. Dann überlassen Sie alles andere mir. Ich besorge die Anordnung zur Exhumierung.«

»Aber keine Fälschung!«

Blackwell machte ein entrüstetes Gesicht und lächelte dann breit. »Nein, keine Fälschung. Keine Sorge, ich beschaffe eine echte. Machen Sie einfach mit Ihrer Sache weiter. Ich melde mich, wenn ich das Dokument habe.«

»Aber unbedingt ein echtes«, betonte Daniel. Er wusste, wie gut sich Blackwell auf Fälschungen verstand.

»Selbstverständlich! Sie würden sich wundern, wenn Sie wüssten, wie viele Wege nach Rom führen.«

Daniel fügte sich.

Als er sich von Mrs. Blackwell verabschiedete, gab sie ihm noch einen Rat mit auf den Weg: »Seien Sie bei diesem Graves vorsichtig. Eine in die Ecke getriebene Ratte beißt jeden, der sich ihr nähert, und in diesem Fall sind Sie das.«

»Ich weiß«, stimmte Daniel ihr zu. »Danke für das Frühstück.«

Sie lächelte. »Manchmal ist so etwas das Einzige, was hilft.«

KAPITEL 14

Vom Haus der Blackwells begab sich Daniel auf dem kürzesten Weg nach Lincoln's Inn, wo er fford Croft Bericht erstatten wollte. Das war ein Gebot der Höflichkeit, und er wollte das lieber tun, wenn er von sich aus etwas zu sagen hatte, als dann, wenn man nach ihm schickte.

fford Croft las an seinem Schreibtisch in irgendwelchen Papieren. Als Impney Daniel ankündigte, hob er hoffnungsfroh das Gesicht, doch schon als Daniel vor ihn trat, machte sich Enttäuschung auf seinen Zügen breit.

»Guten Morgen, Sir.«

fford Croft ließ die Dokumente auf die goldgeprägte lederne Schreibtischunterlage fallen. »Guten Morgen. Ist es denn ein guter Morgen, Mr. Pitt? Haben Sie etwas zu berichten?«

»Ja, Sir. Aber ich wüsste auch gern, ob Mr. Kitteridge etwas Brauchbares entdeckt hat. Falls nicht, würde ich ihn gern um seine Mithilfe bitten.«

»Wobei?« fford Croft setzte sich aufrecht hin und verlagerte sein beträchtliches Körpergewicht auf der Sitzfläche. Man hätte glauben können, er fühlte sich unbehaglich.

»Das hängt von dem ab, was ich in den nächsten Tagen herausbekomme, Sir. Ich hoffe, dass mich Miss fford Croft bei einer Autopsie unterstützt«, gab Daniel zurück.

fford Croft sah ihn verblüfft an. »Eine Autopsie? An wem?«

»An Mrs. Graves' Leiche. Selbstverständlich mit behördlicher Genehmigung …«

»Großer Gott! Man hat die Ärmste längst mit allen Riten beigesetzt. Falls Sie die Hoffnung hegen sollten, Kitteridge könnte Ihnen die Erlaubnis für eine Exhumierung beschaffen, nachdem die Polizei die Todesursache amtlich festgestellt hat, dürfen Sie die getrost fahren lassen.«

»Nein, darum werde ich ihn nicht bitten«, gab Daniel mit möglichst gleichmütiger Stimme zurück. »Aber, Sir, haben Sie sich schon einmal gefragt, wieso das Gesicht der Frau vollständig verbrannt war?«

»Nein. Nein, das habe ich nicht. Spielt das denn jetzt noch eine Rolle? Was haben Sie ermittelt? Gibt es wirklich Grund zu der Annahme, dass Graves womöglich doch nicht schuldig ist?« Er senkte den Kopf und raufte sich die Haare. »Großer Gott, das hat noch gefehlt! Hat es doch mit dem Staatsschutz zu tun?« Zögernd sah er Daniel an, wobei ein Ausdruck von Mitgefühl in seine Augen trat. »Muss ich Sie von dem Fall abziehen? Gegenwärtig ist sonst niemand frei, andernfalls hätte ich Sie ohnehin nie zu dem Prozess abgeordnet. Sie sind all dem noch nicht gewachsen, aber ich habe wirklich niemanden außer Ihnen. Es tut mir leid …«

»Nein, Sie brauchen mich nicht von dem Fall abzuziehen, Sir«, sagte Daniel rasch. »Und ich weiß auch nicht, ob Graves der Täter war oder nicht. Falls er es nicht getan hat, schulden Sie ihm jede Möglichkeit, das zu beweisen.«

fford Croft machte große Augen. »Oh! Und das ist wohl Ihre Aufgabe? Und wenn Sie nun damit Ihren eigenen Vater oder einen seiner Untergebenen ans Messer liefern? In den Augen der Öffentlichkeit läuft es auf dasselbe hinaus. Ich lasse nicht zu, dass Sie das tun!«

»Dann geben Sie mir Gelegenheit, die Wahrheit zu ermitteln. Ich habe keine Angst, dass mein Vater damit zu tun haben könnte!« Das stimmte nicht ganz. Nach wie vor war die Besorgnis in ihm lebendig, Thomas Pitt könnte auf irgendeine Weise mit in die Angelegenheit hineingezogen werden, und sei es nur wegen falsch aufgefasster Pflichterfüllung. Es würde nicht einfach sein zu beweisen, dass da kein geheimes Einverständnis bestand. »Wirklich nicht!«, beteuerte er, ohne fford Crofts Blick auszuweichen.

»Wonach wollen Sie suchen?«, fragte der Kanzleichef. »Was glauben Sie da finden zu können?«

»Ihre Tochter hat gesagt, dass wir bei einer Autopsie feststellen könnten, welches brennbare Material diese starke Entstellung hervorgerufen hat«, gab Daniel zurück. »Sofern es etwas war, was Graves keinesfalls im Haus haben konnte, muss ein Außenstehender es mitgebracht haben. Als Nächstes wäre dann die Frage zu klären, wie der Betreffende ins Haus gelangt ist. Wer hat ihn eingelassen? Ein Dienstbote oder Mrs. Graves selbst? Und warum wurde sie so entstellt? Für diese ungewöhnliche und extreme Handlungsweise musste der Täter große Sorgfalt und viel Zeit aufwenden – Zeit, in der er hätte fliehen können. Sir, an dem Fall gibt es etwas, was wir nicht verstehen. Zu keinem Zeitpunkt hat der Ankläger auch nur ansatzweise eine Lösung dieser Frage geliefert. Wir könnten eine finden – vorausgesetzt, wir geben nicht auf.«

»Ach, ist dieser Punkt im Prozess nicht angesprochen worden?«, fragte fford Croft. »Sollte Kitteridge wirklich so nachlässig oder unachtsam gewesen sein?«

»Nein, Sir, keins von beiden. Wir hatten keinen anderen Verdächtigen, den wir dem Gericht hätten präsentieren können. Wir haben versucht, im Bekanntenkreis des Ehepaars Graves jemanden zu finden, dem Ebony so sehr zuwider war, aber wie sich herausgestellt hat, war sie ziemlich beliebt, wenn auch ein wenig … überspannt. Auch hatte sie, soweit wir feststellen konnten, keine Affären.«

ffford Croft hob die Hand. »Schön! Falls Sie die Erlaubnis zur Exhumierung bekommen, was ich sehr bezweifle, werde ich meine Tochter bitten, die Autopsie für Sie durchzuführen. Sie würden keinen angesehenen Arzt finden, der dazu bereit wäre. Ich kann Ihnen aber jetzt schon sagen, dass Miriam den Ergebnissen des Polizeiarztes auf keinen Fall widersprechen wird.«

»Es tut mir leid, um die Autopsie gebeten zu haben, Sir. Muss Miss ffford Croft … deswegen mit Scherereien rechnen?«

ffford Croft hob ruckartig die Brauen. »Scherereien? Miriam? Die hat ein noch größeres Talent als Sie, sich Ärger zuzuziehen! Ich werde ihr das Ansinnen vorlegen, aber ich gedenke nicht, sie unter Druck zu setzen. Zum Glück hat sie weder einen Rang noch Ansehen zu verlieren. Auf jeden Fall aber ist sie eine ausgezeichnete Wissenschaftlerin!«

»Danke, Sir.« Daniel lächelte kurz und entschuldigte sich dann, um Kitteridge aufzuspüren. Außerdem brauchte er Zeit, um sich so gründlich wie möglich vorzubereiten, bevor er Graves erneut gegenübertrat.

Kitteridge war sichtlich niedergeschlagen und widmete dem in Leder gebundenen Folianten, in dem er las, ganz offenkundig keine rechte Aufmerksamkeit. Er sah zu Daniel auf. »Falls Sie sich von mir was erhofft haben – ich habe nichts«, erklärte er.

»Wie wär's mit Mittagessen?«, fragte Daniel.

»Keine Zeit. Ich lass mir von Impney ein Sandwich bringen. Dabei hat das Ganze keinen Sinn. Es besteht keinerlei Aussicht, in der Schwarte hier einen Präzedenzfall zu finden. Wenn Sie essen gehen wollen, nur zu …«

»Ich muss heute Nachmittag zu Graves«, fiel ihm Daniel ins Wort. Er war fest entschlossen herauszubekommen, wer dem Mann die Informationen hatte zukommen lassen, die Thomas Pitt mit dem Mord des Portugiesen in Verbindung brachten, hatte aber nicht die Absicht, das Kitteridge mitzuteilen. »Aber vorher möchte ich mit Ihnen reden. Wenn ich Sie jetzt ganz höflich bitte, mit mir essen zu gehen? Ich bin leider nicht in der Lage, das anzuordnen, sonst täte ich es.«

»Richtig, sind Sie nicht«, bestätigte Kitteridge. »Aber vielleicht kann ich Ihnen den Gefallen tun. Was ich hier mache, ist ohnehin reine Zeitverschwendung. Von mir aus soll man den Mistkerl ruhig hängen.« Er schob seinen Stuhl zurück und stand auf. »Das übliche Pub?«

Sie schritten durch den kräftigen Wind zu ihrem Stammlokal. Am Tresen holten sie sich einen rustikalen Imbiss aus Brot, eingemachtem Mischgemüse und Käse, dazu ein Glas helles Bier.

»Na, was haben Sie, was es wert ist, mich dafür aufzustören?«, fragte Kitteridge hoffnungsvoll, als sie am Tisch Platz genommen hatten.

»Ich halte es für möglich, dass Graves tatsächlich unschuldig ist, zumindest, was den Mord an seiner Frau betrifft«, gab ihm Daniel zur Antwort.

Kitteridge, der gerade ein Stück Brot zum Mund führen wollte, hielt starr vor Staunen mitten in der Bewegung inne. »Und in Bezug worauf ist er dann schuldig? Was Sie da sagen, ergibt keinen Sinn. Dies ist nicht der rechte Augenblick für seltsame Geschichten, Pitt. Die Oberrichter am Berufungsgericht haben wenig Humor und verstehen in solchen Angelegenheiten keinen Spaß. Ich habe Sie gewarnt.«

»An der Sache ist überhaupt nichts spaßig«, entgegnete ihm Daniel. »Haben Sie schon einmal einen Blick in Graves' Notizen für sein nächstes Buch geworfen?«

»Flüchtig. Was ich dabei gesehen habe, erschien mir ziemlich unerfreulich. Das Ganze dreht sich um einen gewissen Narraway, der aber nicht mehr lebt, und ist ziemlich unflätig. Allerdings ist es nicht ungewöhnlich, dass man berühmte Leute, vor allem, wenn sie Macht hatten, durch den Dreck zieht. Hängt da sonst noch jemand mit drin?«

»Seine Gattin und wahrscheinlich eine ganze Menge andere Leute. Wissen Sie, wer dieser Narraway war?«

»Nicht so richtig. Wieso?«

»Er war Leiter der Abteilung Staatsschutz.«

»Großer Gott im Himmel!« Kitteridge sah Daniel entsetzt an, als ihm schlagartig aufging, was das bedeutete. »Heißt das, es könnte sich um Landesverrat handeln? Mein Gott, ist denn Graves noch zu retten? Soll das heißen, dass man ihn zum Schweigen bringen wollte, aber statt seiner seine arme Frau erwischt hat?«

»Ich weiß es nicht. Es kann auch sein, dass man ihm den Mord an ihr angehängt hat. Falls das die Absicht war, hat es ja auch funktioniert – so weit.«

Kitteridge machte ein sorgenvolles Gesicht. »Warum hat er uns nichts davon gesagt? Es wäre eine glaubwürdige Verteidigung gewesen. Was ist mit dem Mann bloß los?«

»Auch das weiß ich nicht«, gestand Daniel unglücklich. »Ich habe einen großen Teil seiner Notizen gelesen. Wenn er das Buch auf den Markt bringt, macht er damit ein Vermögen. Haben Sie eine Ahnung, wer sein Verleger ist?«

Kitteridge zuckte die Achseln. »Nein. Das hat er bis jetzt für sich behalten, und ich hatte auch keinen Grund anzunehmen, dass das wichtig sein könnte, habe also nicht nachgebohrt. Ich weiß lediglich, dass er es nicht seinem bisherigen Verleger angeboten hat. Ich kann mich ja mal umhören. Das dürfte nützlicher sein als das, was ich im Augenblick tue.« Er sah Daniel mit zusammengekniffenen Augen misstrauisch an. »Das ist aber doch nicht alles, oder?«

Daniel war gespalten. Eigentlich hatte er niemandem etwas von den Hintergründen sagen wollen, sah sich aber außerstande, die Sache mit sich allein auszumachen. Er konnte unmöglich zum Verräter an seinem Vater werden, indem er anderen etwas über diese Geschichte sagte, die sie dann weitererzählen würden. Sein Vater hatte ihm Geheimnisse anvertraut, weil er sich darauf verließ, dass er sie für sich behielt. Außerdem war er davon überzeugt, dass Daniel ihm vertraute, ganz wie er es von klein auf getan hatte.

Was aber, wenn diese Sache Pitt zugrunde richten würde, weil Daniel sich aus Stolz und Angst niemandem anvertraute, der vielleicht dabei helfen konnte, genau das zu verhindern?

»Pitt!«, sagte Kitteridge in scharfem Ton. »Wir können nicht im Dunkeln kämpfen. Was ist mit Ihnen los?«

Daniel war unschlüssig. Er sah die Dinge nicht klar genug. »Ich bin nicht sicher, was Graves will …«, setzte er an.

»Nun, auf keinen Fall will er gehängt werden, das ist so sicher wie das Amen in der Kirche«, sagte Kitteridge mit fester Stimme. »Betrachten Sie das als Ausgangspunkt für Ihre weiteren Schritte.«

»Vermutlich glaubt er wirklich, dass der Staatsschutz hinter dem Mord an seiner Frau stecken könnte«, fuhr Daniel fort.

»Warum sollte der zu so extremen Maßnahmen greifen, nur um nichts auf das Ansehen eines früheren Leiters kommen zu lassen?«, entgegnete Kitteridge. Dann wurde seine Stimme leiser und etwas weniger aggressiv. »Oder ist es noch schlimmer? Behauptet Graves etwa, dass auch Ihr Vater dahintersteckt? Soll da etwas gedeckt werden, in das er verwickelt war? Machen Sie sich deshalb solche Sorgen?«

Daniel brauchte es gar nicht zuzugeben. Er konnte an Kitteridges Zügen ablesen, dass er die Situation durchschaut hatte, und erstaunlicherweise enthielt er sich jeden Urteils.

»Ist es persönlich oder dienstlich?«, erkundigte er sich.

»Dienstlich. Es hat mit irgendeinem portugiesischen Regimekritiker zu tun. Da der Mann ein hohes Tier war, hatte er, wie es aussieht, erstklassige Verbindungen.« Jetzt musste die ganze Wahrheit auf den Tisch; alles andere war sinnlos. »Er hat seine Frau in einem Wutanfall umgebracht und es dann mit der Angst zu tun bekommen. Er hat von meinem Vater verlangt, ihm beim Verlassen des Landes zu helfen, damit man ihm nicht hier den Prozess machen konnte. Mein Vater hat das getan, vermutlich, weil ihn der Mann unter Druck gesetzt hat. Der Portugiese wusste offenbar Dinge über den Staatsschutz, die unter keinen Umständen öffentlich bekannt werden durften; die hätte er aber mit Sicherheit ausgebreitet, wenn man ihn hier vor Gericht gestellt hätte.«

Kitteridge nickte. Er fragte nichts weiter, als habe er begriffen, dass Daniel mehr nicht wusste. »Ich verstehe, dahinter steckte wahrscheinlich die politische Unruhe in den Ländern Europas. Vermutlich muss Ihr Vater all die Systemkritiker im Auge behalten, die hier nach London kommen. Der Teufel soll diesen Graves holen!«

»Glauben Sie denn, er könnte etwas mit Politik zu tun haben?«, fragte Daniel zweifelnd.

»Ach was, nicht die Bohne«, gab Kitteridge zurück. »Er hat nichts als Geld im Kopf.«

»Ich nehme an, dass er jetzt richtig Angst hat«, sagte Daniel. »Ich … ich würde lieber etwas anderes glauben, aber ich bin wirklich der Ansicht, dass er unter Umständen unschuldig ist.«

»Sie meinen also tatsächlich, dass es der Staatsschutz war?«

»Nein!«

»Dann sollten wir zusehen, dass wir beweisen können, wer dahintersteckt.«

»Darf ich Graves sagen, dass Sie keine Begründung für eine Revision finden können?«, erkundigte sich Daniel.

»Selbstverständlich. Es ist aussichtslos, danach zu suchen. Da würde ich lieber Ihnen zur Hand gehen. Es sieht ja ganz so aus, als müssten wir das Königreich retten, was?«

Daniel machte eine abweisende Miene, doch ein Blick auf Kitteridges Gesicht zeigte ihm, dass dieser ihn hatte necken wollen und das Hilfsangebot durchaus ernst meinte. »Ja, danke«, nahm er den Vorschlag an. »Stellen Sie bitte fest, wer der verdammte Verleger ist.«

Daniel machte sich erneut auf den Weg zum Gefängnis, wo ihn der Wärter schon nach einem kurzen Wortwechsel mit Graves im Besuchsraum allein ließ. Als Daniel sich Graves gegenüber an den Tisch mit der verzogenen Platte setzte, kam es ihm plötzlich vor, als sehe er ihn als Leiche vor sich. Ein Schauder überlief ihn.

Der Anflug von Hoffnung, der kurz in Graves' Augen aufgeflackert war, erlosch, als er Daniels Gesichtsausdruck sah.

Gern hätte ihm Daniel eine gute Nachricht gebracht. Er hatte sogar ein schlechtes Gewissen, weil er ihm gegenüber so gut wie kein Mitleid empfand.

»Was wollen Sie?«, fragte Graves. Seine Stimme klang rau, als sei seine Kehle vom langen Schweigen ausgedörrt.

»Ich bin etwas gründlicher der Frage nachgegangen, ob tatsächlich jemand, so, wie Sie gesagt haben, bewusst dafür gesorgt hat, dass die Beweislage gegen Sie spricht …«, begann Daniel.

Von einem Augenblick auf den anderen erstarrte Graves. »Und? Wer ist das? Was für Beweise haben Sie?«

»Ich weiß nicht, wer es ist«, erklärte Daniel mit ruhiger Stimme. »Aber ich halte es durchaus für möglich. Die Gründe dafür sind hinreichend überzeugend. Es wird mir sicherlich möglich sein, Beweise beizubringen, sobald ich weiß, woher Sie Ihre Informationen für das Buch über Lord Narraway haben. Ich nehme an, dass Sie sich alle Quellen schriftlich notiert haben, weil es unter Umständen nötig sein könnte, sie erneut zu konsultieren? Ihnen muss von Anfang an bewusst gewesen sein, dass der eine oder andere versuchen würde, die Fertigstellung des Buches zu verhindern – notfalls, indem man Ihren Namen in Verruf bringt oder Sie aus der Welt schafft.«

»Wie schön, man glaubt mir«, spottete Graves. »Ich würde Ihnen applaudieren, wenn meine Hände nicht gefesselt wären.«

Daniel ging nicht auf seinen Sarkasmus ein. »Warum haben Sie uns nicht früher darauf hingewiesen? Dann hätten wir mehr Zeit gehabt.«

»Weil ich meine Frau nicht umgebracht habe. Ich hatte angenommen, Ihre Fähigkeiten würden ausreichen, das dem Gericht klarzumachen«, sagte Graves in anklagendem Ton.

»Das ist fast eine Woche her«, erwiderte Daniel schroff.

»Ich dachte, Ihr Mr. Kitteridge würde eine Art Hintertürchen finden. Hat sich fford Croft von seinem breiten Hintern erhoben und was unternommen? Statt seine Schuld mir gegenüber einzulösen, sieht er in aller Ruhe zu, wie man mich hängt.« Er war so sehr von Hass zerfressen, dass er fast an den Worten erstickte. »Ihnen bleiben noch zwei Wochen.« Der Blick, mit dem er Daniel ansah, schwankte zwischen Abscheu, da man ihm die Rolle eines Bittstellers aufzwang, und der Überzeugung, dass er im Recht war.

Wenn das möglich gewesen wäre, hätte Daniels Abneigung dem Mann gegenüber noch zugenommen. Zugleich aber erschien Graves ihm durch die brutale Offenheit seines Ausbruchs noch glaubwürdiger.

War es der Mühe wert, ihm zu antworten? Wahrscheinlich nicht.

»Woher haben Sie Ihre Informationen?«, wiederholte er seine ursprüngliche Frage. »Aus Zeitungen? Gesprächen mit Gewährsleuten? Aus Briefen? Vertraulichen Mitteilungen? Glauben Sie, dass jemand Verrat an Ihnen geübt hat? Wer?«

»Da fangen Sie am besten bei Ihrem Vater an!«, knurrte Graves. Der Blick, mit dem er Daniel ansah, zeigte nichts als unverhohlenen Hass.

»Das habe ich schon getan«, erwiderte Daniel. Es war ziemlich nah an der Wahrheit. Er war nicht bereit gewesen zu glauben, dass sein Vater in dieser Angelegenheit die Finger im Spiel hatte, doch war ihnen beiden bewusst, dass es darum nicht ging. Graves dürfte kaum angenommen haben, dass Pitt so dumm sein würde, in einer solchen Angelegenheit selbst tätig zu werden. Er vermutete, dass dieser einen Mitarbeiter vorgeschickt hatte, was seiner Überzeugung nach nichts daran änderte, dass die moralische Schuld bei Pitt lag.

»Ich kann mir nicht vorstellen, dass Sie so beschränkt sind, wie Sie tun«, hielt Graves ihm vor. »Natürlich hat er das von einem Vertrauensmann erledigen lassen. Wen würde er die Drecksarbeit erledigen lassen? Einen Mann, auf den er sich verlassen kann und von dem er weiß, dass der ihn nicht ans Messer liefert – einen, der sich das nicht leisten kann! Wenn man bedenkt, wie viele vertrauliche Informationen er hat, dürfte er von der Sorte eine ganze Menge zur Verfügung haben.«

»Ja, viele vertrauliche Informationen«, stimmte Daniel zu, ihn bewusst missverstehend. »Warum sollte es nicht der eine oder andere von denen gewesen sein, die weit mehr

Dreck am Stecken haben, als sich mit einer kurzen Notiz in einem Buch erfassen lässt?«

Einen Augenblick lang schien Graves unsicher zu sein. Der Ausdruck von Gewissheit war aus seinen Zügen verschwunden.

Eins war Daniel klar: sofern es ihm nicht gelang, von ihm Namen zu erfahren, war nicht nur jede Hoffnung dahin, ihn vor dem Galgen bewahren zu können, sondern auch jede Aussicht, seinen Vater zu retten. Versteckte Andeutungen, die ihn belasten sollten, würden vor Gericht keinen großen Schaden anrichten, umso mehr aber in der öffentlichen Meinung. Wenn der Innenminister dem Leiter der Abteilung Staatsschutz nicht mehr vertraute, war Pitt in seinem Amt nicht länger tragbar.

»Nennen Sie mir wenigstens Ihre Hauptquellen«, verlangte Daniel. »Zumindest diejenigen, die befürchten müssen, dass Sie sie ruinieren könnten.«

Nach einigem Zögern zählte Graves ein halbes Dutzend Namen auf, und Daniel schrieb mit. Bei einem wie dem anderen handelte es sich um Persönlichkeiten des öffentlichen Lebens. Der angerichtete Schaden würde unermesslich sein.

»Das sagen Sie jetzt so – gibt es auch Beweise?«

Graves sah ihn höhnisch an. »Sie meinen, damit Sie hingehen und sie vernichten können? Ja, es gibt Beweise. Was haben Sie damit vor? Wollen Sie die Ihrem Vater geben? An die Leute zurückverkaufen? Oder Sie selbst verwenden und mich um mein Buch bringen?«

Voller Empörung gab Daniel zurück: »Wenn Sie tot sind, gibt es sowieso kein Buch. Ich möchte herausbekommen, wer Ihre Gattin umgebracht hat, verstehen Sie das nicht? Wer immer das war, verdient …« Er schluckte den Rest seines Satzes herunter und sah Graves fordernd an. »Namen!«

»Die geben Sie dann Ihrem Vater weiter – glauben Sie etwa, dass der die Liste durchgeht und Ihnen den Mörder ausliefert? Vermutlich nennt er Ihnen tatsächlich den einen oder anderen Namen, aber woher wollen Sie wissen, dass das die richtigen sind? Großer Gott! Sie sind ja wirklich noch ein grüner Junge!«

»Ist das für Sie von Bedeutung, wenn Sie dadurch dem Galgen entgehen?«, fragte Daniel in einem Ton, als handele es sich um eine neue Situation.

Einen Augenblick lang schaute Graves ihn verständnislos an.

»Dachte ich es mir doch«, sagte Daniel verdrießlich.

»Sie bilden sich also ein, dass Sie die verhören und die Ihnen sagen werden, wie es war?« Graves' Stimme klang ungläubig.

»Das würde ich Kitteridge überlassen. Er versteht sich darauf. Ich habe vor, die Leiche Ihrer Gattin für eine erneute medizinische Untersuchung exhumieren zu lassen, die deutlich gründlicher ausfallen wird als die erste.«

Graves sah ihn entgeistert an. »Was wollen Sie tun?«

»Sie haben es gehört – sie exhumieren lassen.«

»Wozu denn das? Was soll damit bewiesen werden, was Sie noch nicht wissen?«

»Warum ihr Gesicht verbrannt worden ist.«

»Ich habe es nicht getan!« Graves' Stimme war rau und so laut, dass seine Worte fast wie ein Aufschrei klangen.

»Und womit. Fleisch brennt nicht einfach so. Dafür ist eine sehr hohe Temperatur erforderlich.«

Graves' Gesicht wurde kreideweiß, und seine Augäpfel quollen förmlich hervor. »Was sagen Sie da?«

Daniel beugte sich leicht vor. »Man hat behauptet, Sie hätten bei einem Streit mit Ihrer Gattin die Beherrschung verloren. In dem Fall müsste etwas Brennbares verwendet worden sein, was bereits im Haus war und sich spontan verwenden ließ. Sollte sich aber herausstellen, dass der Täter eigens etwas mitgebracht hat, weist das nicht nur auf Vorsatz, sondern vor allem auf einen Außenstehenden hin.«

Mit einem angedeuteten Lächeln fragte Graves: »Und wer soll das gewesen sein? Etwa der Liebhaber, den die Zofe ins Haus gelassen hat?«

»Höchstwahrscheinlich«, stimmte Daniel zu.

»Dann sehen Sie gefälligst zu, dass Sie rauskriegen, wer am lautesten verlangt, dass man mich hängt!«, schrie Graves ihn an. »Tun Sie, was Ihre Pflicht ist! Oder verlangt die, dass Sie tatenlos mit ansehen, wie man mich zum Galgen schleift?« Angst entstellte seine Züge, er richtete sich auf und zerrte an seinen Fesseln, bis ihm das Metall ins Fleisch schnitt. »Oder haben Sie den Auftrag, die Beweislast so hinzudrehen, dass man mich hinrichten kann? Die Leute, die dahinterstecken, verstehen es gut, einen Mord zu vertuschen – fragen Sie nur Ihren Vater! Jede Wette, dass er es Ihnen nicht sagt. Fragen Sie ihn nach Amalia dos Santos! Was man ihr angetan und wie man den Mord vertuscht hat. Wer waren seine Handlanger? Das hat er auf keinen Fall alles allein getan.«

»Wer hat Sie zu diesen verleumderischen Aussagen angestiftet?«, verlangte Daniel zu wissen. »Falls Sie es mir nicht sagen, werde ich wirklich die Hände in den Schoß legen und zusehen, wie man Sie hängt.«

»Als ob das nicht ohnehin Ihre Absicht wäre! So sieht der Plan doch aus: Ihr Vater hat mir die Falle gestellt, und Sie bringen mich an den Galgen.«

»Ich versuche Sie im Gegenteil davor zu bewahren. Sehen Sie das doch endlich ein! Das kann ich aber nur, wenn ich alles weiß.« Mit einem Mal kam ihm ein Gedanke. »Sie haben doch das Buch noch nicht mal verkauft, nicht wahr?«

»Oh doch! Ich habe … Angebote …« Graves ließ sich wieder auf den Stuhl sinken. »Ich sehe schon, Sie wollen wissen, wer es herausbringt. Das sage ich Ihnen auf keinen Fall.«

»Doch, Sie werden es mir sagen. Andernfalls überlasse ich Sie Ihrem Schicksal. Ich habe dann einfach so viel zu tun, dass ich Sie nicht mehr aufsuchen und auch nicht mit Ihrem Verleger reden kann – was zu tun allerdings in Ihrem wohlverstandenen Interesse wäre …«

Er merkte, dass Graves nachzudenken begann. Ob er ihm die Wahrheit sagen würde? Bestimmt gab es schriftliche Belege für einen Vorschuss. Wer würde ein Werk auf der Grundlage eines solchen Entwurfs veröffentlichen?

Mit einem Mal begriff er. »Jemand auf der Liste! Natürlich! Und das Honorar wird nicht in Geld gezahlt, habe ich recht? Sie brauchen kein Geld, nachdem Sie gerade erst geerbt haben. Und der Betreffende ist auf Ihr Stillschweigen angewiesen. Wenn es darauf ankommt, wird er jeden vernichten, um damit seine eigene Sicherheit zu erkaufen. Gleichzeitig wird er damit das Ansehen Narraways und meines Vaters ruinieren.«

Graves war bleich, sein Atem ging schwer. Angstschweiß bedeckte Gesicht, Nacken und Halsansatz. »Gott ist mein Zeuge, ich habe sie nicht getötet!« Seine Stimme klang erstickt. »Aber Sie laden die Schuld an meinem Tod auf sich. Das wird Sie bis zum Ende Ihrer Tage verfolgen. Sie leisten einem Mord Vorschub, ganz wie Ihr Vater!«

Ein Kältegefühl erfasste Daniel, während er den Mann ansah. »Sie haben kein Recht, mich so herabzusetzen. Ich bin alles, was zwischen Ihnen und dem Galgen steht. Sie brauchen mich an Ihrer Seite. Wie kommen *Sie* dazu, *mich* für dumm zu halten?«

Graves sah aus, als habe man ihm einen Schlag versetzt, und eine dunkle Röte stieg ihm ins Gesicht. Seine Augen glühten vor Hass. »Wollen Sie zulassen, dass man mir den Strick um den Hals legt?«

Daniel beugte sich ein wenig vor. »Jemand hasst Sie allem Anschein nach so sehr, dass er Ihre Frau getötet, ihr Gesicht verbrannt und Sie in diese Situation gebracht hat. Gebe der Himmel, dass es nicht viele Menschen gibt, die zu so abgrundtiefem Hass fähig sind. Überlegen Sie gut. Wir müssen herausbekommen, wer das ist.«

»Wer ist *wir*? Sie selbst? Und wer noch? fford Croft? Kitteridge?«

»Sofern mein Vater tatsächlich im Besitz von Narraways Namensliste sein sollte, werde ich ihn bitten, der Sache nachzugehen«, gab Daniel zurück. »Bestimmt weiß er, wie gefährlich jeder einzelne dieser Leute ist. Immer vorausgesetzt, eine solche Liste existiert, sollten wir uns die zunutze machen, meinen Sie nicht auch?«

Graves schäumte vor Wut, aber ihm war bewusst, dass er in der Falle saß. »Ja.«

KAPITEL 15

Vom Gefängnis fuhr Daniel nach Lincoln's Inn in die Kanzlei und von dort kurz nach sechs Uhr in die Keppel Street. Er wollte seinem Vater die Liste mit den Namen übergeben, die ihm Graves genannt hatte. Es empfahl sich nicht, das in seiner Dienststelle zu tun, denn nach wie vor fürchtete Daniel, dass tatsächlich jemand vom Staatsschutz die Informationen an Graves weitergegeben und ihn durch Schmeichelei, Bestechung oder Drohungen dazu gebracht hatte, sie so zu verwenden, dass nicht nur der Abteilung Staatsschutz ein möglichst großer Schaden entstand, sondern auch ein möglichst großer Teil ihrer Vergangenheit in ein schlechtes Licht gerückt wurde. Daniel erschauderte bei der Vorstellung, wie sehr sich der Vorwurf der Korruption und des erpresserischen Verhaltens auf die Funktionsfähigkeit des Staatsschutzes im Inland auswirken würden, vom Ausland ganz zu schweigen.

Vor allem aber sollte ihm sein Vater alle Fakten über den Fall Luz dos Santos berichten. Was wusste Graves darüber, und was hatte er lediglich erraten? Letzten Endes würde das allerdings so gut wie keine Rolle spielen, denn bereits bloße Andeutungen würden reichlich Schaden anrichten. Hinzu kam, dass es für seinen Vater keine Möglichkeit gab, öffentlich zu erklären, wie die Dinge in Wirklichkeit lagen. Ganz gleich, ob er das verdient hatte oder nicht, er würde bei der vorgesetzten Stelle in Ungnade fallen, wenn ihm nicht sogar ein noch schlimmeres Schicksal drohte.

Daniel saß seinem Vater in dessen Arbeitszimmer gegenüber und reichte ihm über den Schreibtisch hinweg die Liste derer, die Graves als Quellen für sein Buch genannt hatte.

Pitt nahm sie entgegen, dankte ihm und warf einen Blick darauf.

Daniel wartete auf eine Reaktion.

»Es sind im Großen und Ganzen genau die, mit denen ich gerechnet hatte«, sagte Pitt. »Ein oder zwei hätte ich nicht erwartet. Es wird Zeit, dass ich mich umsehe, ob ich etwas finde, was diese Angaben bestätigt, denn ich denke nicht daran, auf das Wort eines mir Unbekannten hin den Stab über jemanden zu brechen.« Mit trübseligem Lächeln fuhr er fort: »Auf jeden Fall bringt das die Leute in Misskredit. Möglicherweise ist das schon alles, was Graves sich erhofft hat. Danke, Daniel.«

»Ich glaube nicht, dass Graves seine Gattin umgebracht hat«, sagte Daniel. Es klang entschuldigend, was nicht seine Absicht war. »Ich kann nicht zulassen, dass … man ihn hängt, weil er einen miesen Charakter hat.« Er wollte, dass sein Vater seine Haltung verstand. »Ich wollte, er wäre schuldig.«

»Wenn du zuließest, dass er gehängt wird, weil er einen miesen Charakter hat, wie du dich ausdrückst, wäre das mehr oder weniger dasselbe, als hättest du ihn selbst umgebracht«, erklärte Pitt. »Ich nehme an, dass er über seine Gattin ähnlich gedacht hat wie du über ihn. Allerdings entschuldigt das nichts.«

»Nach allem, was ich über sie gehört habe, muss sie ausgesprochen liebenswert gewesen sein«, erwiderte Daniel. »Ich hätte sie vermutlich gut leiden können. Sie war ein weit besserer Mensch als er. Ihre Kinder haben sie mir als interessiert, lustig und mutig beschrieben.«

»Wie alt sind die?«

»Warum?«

»Viele Kinder sehen ihre Eltern eine Zeit lang unkritisch positiv, während sie anderen als ausgesprochen langweilig erscheinen«, sagte Pitt mit einem Anflug von Wehmut.

»Oh …« Dann sah Daniel, dass sein Vater das Gesicht zu einem Lächeln verzog, und er merkte, wie er errötete. »Ich weiß, dass wir alle eine Weile brauchen, bis wir wirklich erwachsen sind. Die Tochter Sarah ist neunzehn und kümmert sich um ihren gebrechlichen sechzehnjährigen Bruder Arthur, der auf den Rollstuhl angewiesen ist.«

»Lass dir den Blick nicht durch Mitleid trüben«, riet ihm Pitt. »Sonst siehst du nur einen Teil der Wahrheit.«

»Die Mutter fehlt ihnen«, sagte Daniel, als müsse er die beiden gegen einen Vorwurf in Schutz nehmen. »Für ein so junges Mädchen lastet auf Sarah eine schwere Verantwortung, und das nicht nur, weil sie für ihren Bruder sorgen muss.«

»Das tut mir wirklich leid. Wir halten es zu Unrecht für selbstverständlich, dass wir gesund sind. Trotzdem solltest du dich nicht durch dein Mitleid beeinflussen lassen.« Jetzt blitzte Humor in seinem Gesicht auf. »Ich habe so manchen, der andere getötet hatte, weit besser leiden können als seine Opfer. Versuch alle mildernden Umstände zu ermitteln, aber verliere die Wahrheit nie aus den Augen. Hör mir gut zu, Daniel! Meist haben beide Seiten ein wenig recht. Deine Aufgabe ist es, so gut wie möglich die genauen Umstände zu ermitteln, nicht aber, die Anteile zu gewichten oder etwas zu vertuschen.«

»Hast du schon mal was vertuscht?«, fragte Daniel. Die Ungläubigkeit war seiner Stimme deutlicher anzuhören, als er gewollt hätte, aber die Geschichte von der ermordeten Portugiesin ließ ihm keine Ruhe.

Pitt hielt seinem forschenden Blick stand. »Ja. Mein Auftrag lautet, die Interessen des Landes gegen jeden zu verteidigen, der Terror und Anarchie verbreiten will oder befürwortet. Deine Aufgabe ist eine andere. Du musst Einzelne gegen falsche Anschuldigungen verteidigen oder, wenn das gegen sie ergangene Urteil in der Sache begründet ist, dafür sorgen, dass ihre Strafe nicht unnötig hart ausfällt.«

»Ich weiß«, bekräftigte Daniel. »Und ich halte Graves nicht für den Täter. Dass er es nicht war, ist wirklich schade, denn er ist gefährlich und tückisch. Wäre er es doch nur gewesen! Er liebt die Macht, andere zu vernichten, und ist ganz versessen darauf, sie zu nutzen – erst gegen Narraway und Tante Vespasia, und danach will er dann dich und den ganzen Staatsschutz in den Abgrund reißen.«

Sie sahen einander unverwandt an.

Es war Daniel bewusst, dass dies der richtige Augenblick war. Wenn er ihn ungenutzt verstreichen ließe, würde er womöglich nie wiederkehren.

»Wie war das genau mit dem Mord an der Portugiesin? Graves hat mir klargemacht, dass er nicht locker lassen wird. Bitte erklär mir den Fall, damit ich nicht im Dunkeln tappe.«

Pitt schwieg.

»Ich muss es unbedingt wissen! Ich bin Anwalt, du hast gewollt, dass ich diesen Beruf ergreife. Du darfst dich darauf verlassen, dass ich dein Vertrauen nicht missbrauchen werde!«

Pitt nickte matt. »Ich glaube zwar nicht, dass dieser Graves wirklich etwas über die Sache weiß, aber für den wenig wahrscheinlichen Fall, dass ihm doch etwas bekannt sein sollte, ist es vielleicht besser, wenn ich dich einweihe.«

»Für dich ist es doch auch wichtig, zu wissen, ob es in deiner Abteilung einen Verräter gibt. Sofern das zutrifft, musst du ihn aufspüren.«

»Das werde ich auch tun, das darfst du mir glauben. Was soll ich dir über den Mord an Amalia dos Santos sagen?«

Daniel schluckte. »Alles. Nur dann kann ich sicher sein, niemandem in die Falle zu gehen.«

Pitt lehnte sich zurück und sah Daniel an, während er berichtete. »Luz dos Santos hat mir nicht nur äußerst wertvolle Informationen über Agitatoren und Anarchisten geliefert, die hier in London ihr Unwesen trieben, sondern auch über Pläne für Aufstände hier und im übrigen Europa. Ich konnte ihn nicht besonders gut leiden, aber als Gewährsmann war er unentbehrlich. Er hat mich eines Abends angerufen, es war schon ziemlich spät, und mit beinahe hysterischer Stimme erklärt, er habe bei einem Streit mit seiner Gattin die Beherrschung verloren. Sie sei tot und ich solle ihm helfen, die Sache zu vertuschen. Er hat mir überdeutlich zu verstehen gegeben, wie sehr ich auf ihn angewiesen sei.«

Nicht mehr ganz so entspannt fuhr Pitt fort: »Als ich in seinem Haus eintraf, bot sich mir ein entsetzliches Bild ...« Schwer atmend hielt er inne, als müsse er um Fassung ringen.

Daniel hätte ihn am liebsten gebeten, nicht weiter zu reden, und das beinahe auch getan. Dann aber ging ihm auf, dass er ihn in dem Fall würde bitten müssen, noch einmal von vorn anzufangen. Das würde alles sicherlich noch schwerer machen.

»Überall sah man zu Bruch gegangenes Glas und Porzellan. An der unnatürlichen Haltung, in der seine Gattin am Fuß der geschwungenen Treppe lag, erkannte ich, dass sie sich das Genick gebrochen haben musste. Da Gesicht, Arme und Beine voll Blut waren, lag auf der Hand, dass er sie umgebracht haben wusste.« Mit belegter Stimme fuhr Pitt fort:

»Das habe ich ihm auch auf den Kopf zugesagt, und er hat es zugegeben. Dann hat er mir mitgeteilt, ihm seien Identität und Adresse von mindestens einem halben Dutzend britischer Agenten in Lissabon bekannt. Zum Beweis hat er mir ihre Namen genannt und erklärt, wenn ich ihm nicht behilflich sei, werde er sie den Revolutionären ans Messer liefern. Mir war sofort klar, dass das für sie alle den sicheren Tod bedeutet hätte. Er hat dann hinzugefügt, er habe vor seinem Anruf bei mir das dazu Nötige veranlasst. Sofern er diese Anordnungen nicht widerrufe, sei ihr Schicksal besiegelt. Mir war bewusst, dass er es ernst meinte. Seine Gattin war tot, für sie konnte ich nichts tun, wohl aber konnte ich unsere Leute in Portugal retten. Sie waren nicht in meinem Auftrag dort, aber ich wusste, wer sie dorthin geschickt hatte.« Er sah Daniel an. »Es war eine folgenschwere Entscheidung, doch die Alternative hätte noch weit schlimmere Folgen gehabt. Ich habe dann Tellman angerufen – du erinnerst dich an ihn?«

»Natürlich. Auf ihn war immer Verlass.« Daniel kannte Tellman von frühester Kindheit an, seit dem Tag, an dem er bei Pitt angefangen hatte. Im Laufe der Zeit war er zum engsten und zuverlässigsten Mitarbeiter seines Vaters geworden. Inzwischen leitete Tellman als Polizeikommissar die Wache in der Bow Street.

»Wir haben dann gemeinsam im Hause dos Santos Ordnung geschaffen«, fuhr Pitt fort »und dafür gesorgt, dass es so aussah, als sei die arme Frau betrunken ins Stolpern geraten und die Treppe hinabgefallen. Die Polizei, die wir natürlich benachrichtigt haben, hat uns die Geschichte abgenommen.«

»Und was ist aus dos Santos geworden?«

»Wir haben dafür gesorgt, dass er sicher nach Portugal zurückkehren konnte.«

Pitt sah seinen Sohn so durchdringend an, dass diesem klar war: das war zwar keine Lüge, aber auch nicht die ganze Wahrheit.

»Er ist also damit durchgekommen – er hat seine Frau umgebracht, und ihr habt ihn unbehelligt in seine Heimat zurückkehren lassen?«

Pitt sah unbehaglich drein, wich aber Daniels Blick nicht aus. »Na ja, nicht ganz. Nur den größten Teil der Strecke. Es hat unterwegs Verzögerungen gegeben, die genügten, um unsere Leute aus Lissabon herauszuholen.«

»Ihr …«

»Er hatte einen Unfall«, sagte Pitt mit ausdrucksloser Stimme.

Ein Blick in die Augen seines Vaters genügte, um Daniel zu zeigen, dass es nicht klug wäre, weiter in ihn zu dringen, und so sagte er einfach: »Danke.«

Über den Tisch hinweg legte ihm Pitt freundlich die Hand auf den Arm. »Es ist ein schmutziges Geschäft«, sagte er, »und es wäre mir lieber, du brauchtest nichts davon zu wissen. Aber hier handelt es sich um einen nicht erklärten Krieg, und eine ganze Reihe unserer Gegner richten so viel Schaden an, dass wir ihnen in den Arm fallen müssen.«

Daniel begriff zum ersten Mal, welche Last auf den Schultern seines Vaters ruhte und warum er mitunter Entscheidungen treffen musste, gegen die sich das Gewissen auflehnte: weil die Alternative noch schrecklicher wäre. Da war es schon besser, dass Pitt sie zu treffen hatte als jemand, dem der Gebrauch von Macht alles bedeutete. Einen Augenblick lang war er von seiner Gemütsbewegung überwältigt.

Pitt brach das Schweigen. »Für den Fall, dass er nicht schuldig ist, musst du ihn retten, aber das weißt du ja bereits«, sagte er leise. »Du darfst der Gerechtigkeit nicht in den Arm fallen. Falls du das doch tust, wirst du es dein Leben lang bedauern. Ganz gleich, was für ein Widerling der Mann sein mag – wenn du wider besseres Wissen zulässt, dass er hingerichtet wird, hast du dich selbst verloren, und er ist sozusagen der moralische Sieger …«

»Dazu wird es auf keinen Fall kommen, wenn ich die Möglichkeit habe, das zu verhindern. Du hast ja wohl nicht wirklich geglaubt, dass ich so etwas tun würde?«

»Nein. Aber Fehler, die ich unter Umständen gemacht habe, geben dir nicht das Recht, dich ebenso zu verhalten.«

Mit einem gequälten Lächeln versuchte Daniel seine innere Anspannung zu lösen, die allmählich unerträglich wurde. »Keine Sorge, ich werde andere Fehler machen.«

Auch Pitt lächelte. In die Besorgnis auf seinem Gesicht mischte sich unendliche Zärtlichkeit. »Nur zu, mach dich an die Arbeit. Viel Glück.«

»Danke.« Bevor ihn die Rührung vollständig übermannte, verließ Daniel den Raum.

Den größten Teil des folgenden Tages verbrachte Daniel mit Dingen, die ihn keinen Schritt voranbrachten.

Um die Mitte des Vormittags des übernächsten Tages – es waren noch genau zwei Wochen bis zum Hinrichtungstermin, kam der Bürovorsteher Impney zu ihm und teilte ihm voll Zweifel in der Stimme mit, ein gewisser Roman Blackwell sei da, um eine dringende Mitteilung zu überbringen.

»Danke, schicken Sie ihn bitte rein«, erwiderte ihm Daniel.

»Wünschen Sie Tee, Sir?«, erkundigte sich Impney mit kaum wahrnehmbar gehobenen Brauen.

»Nein, oder jedenfalls nicht gleich. Es kann sein, dass ich sofort aufbrechen muss.«

»Sehr wohl, Sir.«

Kaum hatte Impney den Raum verlassen, als Roman Blackwell, vor Selbstzufriedenheit strahlend, zu Daniel hereinkam und nur ein Wort sagte: »Mitternacht.«

»Was?«

Er trat an Daniels Schreibtisch. »Mitternacht«, wiederholte er mit gesenkter Stimme. »Um diese Stunde werden Leichen ausgegraben.«

»Das ist mir bekannt …«, setzte Daniel an, ohne seinen Satz zu beenden. »Soll das heißen … Sie haben die Genehmigung?« Er merkte, dass ihm der Atem stockte.

»Ja.« Blackwell griff in die Jackentasche und nahm mit schwungvoller Geste ein Dokument heraus. »Ermächtigung, den Leichnam von Ebony Jane Graves zu exhumieren. Ordnungsgemäß ausgestellt, gestempelt und unterzeichnet.« Er legte es vor Daniel hin.

Nach einem kurzen Blick darauf sah Daniel Blackwell an. »Ist das eine Fälschung?«

Blackwell war sichtlich gekränkt. »Aber nein, was denken Sie! Es ist eine ganz und gar echte Genehmigung, vom zuständigen Richter persönlich unterschrieben. Würde ich Sie ohne echte Papiere um Mitternacht auf einen Friedhof schicken, um eine Leiche auszugraben? Ganz von dem Aufwand abgesehen, den es bedeutet, sie aufzuschneiden … oder was auch immer Sie damit vorhaben.«

Daniel war zwar überzeugt, dass Blackwell genau das tun würde, wenn die Aussicht bestand, damit durchzukommen, doch war dies nicht der richtige Augenblick, um das zu sagen.

»Wie haben Sie das geschafft?«, fragte er stattdessen.

»Genieße ich das Mandantenprivileg?«, fragte Blackwell.

»Sie meinen, ob ich Sie verteidigen würde, wenn wir deswegen Ärger bekommen?«

»Nein, das meine ich nicht!«, gab Blackwell entrüstet zur Antwort. »Ich wüsste nur gern, ob Sie vertraulich behandeln, was ich Ihnen sage.«

»Kann schon sein …«

»Es ist besser, wenn Sie es nicht wissen. Die berufliche Zukunft Ihres Vaters hängt davon ab, dass Sie diesen Fall lösen …«

»Ist er denn in die Sache verwickelt?«

»Nein!«

»Dann wüsste ich gern … Blackwell! Was haben Sie getan?«

»Ich nehme Ihre Interessen wahr. Mehr brauchen Sie nicht zu wissen. Reden Sie nicht länger, sondern sehen Sie zu, dass Miss fford Croft tut, was zu tun ist. Die Namen von Ihnen beiden tauchen in dem Dokument nicht auf. Sagen Sie ihr Bescheid.« Blackwells Miene war schlagartig ernst geworden. »Also um Mitternacht. Der Schweinehund muss baumeln, und es ist wichtig, dass Sie dabei ein reines Gewissen haben. Weiß der Geier, warum Sie sich da so reinknien. Ich habe keine Ahnung, wonach Sie suchen, aber ich nehme an, Sie wissen es.«

Daniels Gedanken überschlugen sich, während er alle denkbaren Lösungen durchging und überlegte, welche sich als zutreffend herausstellen würde. War das Ganze der Mühe wert? Was mochte Blackwell getan haben, um an das Dokument zu kommen? Er konnte es sich nicht denken.

Blackwell sah ihn ausdruckslos an.

Daniel stand auf. »In Ordnung, vielen Dank. Sagen Sie mir nichts weiter.«

»Das war ohnehin nicht meine Absicht. Sie verstehen Ihr Fach, und Ihnen fällt auch manchmal was Pfiffiges ein, aber Sie wissen nicht, wann man besser den Mund hält«, entgegnete Blackwell.

Daniel warf ihm einen vernichtenden Blick zu. Da er es für unter seiner Würde hielt, auf die Stichelei einzugehen, begnügte er sich mit einem »Vielen Dank. Kommen Sie mit auf den Friedhof?«

»Ich gehe mit meiner Mutter ins Theater. Heute Abend soll es übrigens kalt und windig werden«, gab Blackwell zurück.

Daniel gab die richterliche Exhumierungs-Anordnung an fford Croft weiter, der dank seiner herausgehobenen Position am ehesten dafür sorgen konnte, dass sie unverzüglich befolgt wurde. Immerhin war nicht auszuschließen, dass man sonst einen Unschuldigen hängen würde, weil das Gericht nicht alle Beweismittel ausgewertet hatte.

»Sie brauchen nicht darauf zu warten«, sagte fford Croft, erhob sich hinter seinem Schreibtisch und wedelte mit dem Dokument. »Ich gebe die Sache an die zuständigen Leute weiter. Das Grab wird heute um Mitternacht geöffnet. Informieren Sie inzwischen meine Tochter Miriam. Ich schreibe Ihnen unsere Adresse auf. Wahrscheinlich widmet sie sich in der Bibliothek irgendeinem Projekt, aber das hat Zeit. Stehen Sie nicht herum – machen Sie sich auf den Weg.«

Mit diesen Worten verließ er den Raum geradezu begeistert, und Daniel folgte ihm.

fford Crofts Butler ließ ihn ein, als habe er ihn erwartet, und führte Daniel zur Bibliothek. »Miss Miriam, der junge Herr, den Ihr Vater angekündigt hat, wünscht Sie zu sprechen. Soll ich im Esszimmer einen Imbiss servieren?«

Ganz wie fford Croft gesagt hatte, beschäftigte sie sich in der umfangreichen Bibliothek des Hauses mit irgendwelchen Studien. Sie trug eine schlichte weiße Bluse und einen dunklen Rock. Die hier und da sichtbaren Haarklammern vermochten ihr halb aufgelöstes kastanienbraunes Haar kaum zu bändigen.

»Oh?« Lächelnd hob sie den Blick von dem Buch, in das sie vertieft war. »Später, Membury, vielen Dank. Es kann gut sein, dass wir dafür jetzt keine Zeit haben. Guten Tag, Mr. Pitt.« Sie erhob sich. »Sie haben also eine Exhumierungs-Anordnung? Ausgezeichnet. Wie haben Sie das nur geschafft?«

Ihr Gesicht leuchtete vor Interesse.

Schon unterwegs hatte er sich überlegt, was er ihr sagen wollte. »Ich habe einen Bekannten um Unterstützung gebeten, der die richtigen Leute für so etwas kennt«, sagte er leichthin.

Sie sah ihn aufmerksam an. »Ach ja? Ich hoffe, dass ein Richter die Anordnung erlassen hat?«

»Selbstverständlich!« Er war froh, Blackwell danach gefragt zu haben, denn es wäre ihm nicht recht gewesen, Miss ffford Croft irrezuführen. Immerhin hatte sie sich bereit erklärt, ihm in einer Situation zu helfen, in der das angesichts der Umstände und der Eile kein anderer Mediziner getan hätte. Außerdem hatte er sie auf der Fahrt, die sie vor einigen Tagen unternommen hatten, um den Tatort zu besichtigen, zu schätzen gelernt.

»Dann werden wir also dafür sorgen, dass das Grab …«

»Darum kümmert sich bereits Ihr Herr Vater. Müssen Sie irgendeinen Raum reservieren … zum Beispiel ein Labor?«

Da er noch nie einer Obduktion beigewohnt hatte, wusste er nicht, was dafür nötig war.

Sie lächelte. »Nein, vielen Dank. Ich habe mein eigenes Labor; es enthält alles Erforderliche. Wir brauchen lediglich ein Fahrzeug für den Transport des Sargs. Darüber hinaus benötige ich Hilfe beim Herausheben der Leiche und dergleichen. Könnten Sie das tun? Vielleicht ist sie auch zu schwer für uns beide. Außerdem könnten Sie mir bei der Obduktion assistieren, Instrumente anreichen und dergleіchen. Meinen Sie, dass Sie das schaffen, oder haben Sie einen schwachen Magen?« Sie sah ihn belustigt, aber nicht unfreundlich, an. Ihm war klar, dass sie nicht den Eindruck erwecken wollte, ihn über Gebühr zu beanspruchen – allein schon deshalb nicht, weil sie nicht wusste, ob er den Anblick und vor allem den Geruch einer zwei Monate alten Leiche zu ertragen vermochte.

Er selbst war keineswegs sicher, dass er dazu imstande sein würde, fand aber die Peinlichkeit, die damit verbunden wäre, dass er sich übergab oder gar in Ohnmacht fiel, weniger schlimm als eine Weigerung, ihr zur Hand zu gehen. »Das versteht sich von selbst«, sagte er. Fast hätte er hinzugefügt »Ich will es versuchen«, schluckte es aber herunter.

»Gut. Dann holen Sie mich bitte heute Nacht um halb zwölf hier ab. Ich habe noch Verschiedenes vorzubereiten und Sie sicherlich auch.« Mit einem Lächeln fügte sie hinzu: »Ziehen Sie sich auch unter dem Mantel warm an. Auf einem Friedhof nachts in der Kälte herumzustehen ist nicht besonders angenehm. Auch im Labor wird es kalt sein. Glauben Sie mir, es ist besser so. Noch etwas, Mr. Pitt … Danke, dass Sie mir diese Aufgabe anvertraut haben. Im schlimmsten Fall stellen wir fest, dass es nichts zu finden gibt – dann aber haben wir die Gewissheit und nicht bloß die Vermutung.« Sie stand auf. »Vielleicht kommen Sie besser doch schon um Viertel nach elf. Um diese späte Stunde herrscht zwar nicht viel Verkehr, aber eine zusätzliche Viertelstunde für Unvorhergesehenes kann nie schaden.«

»Danke, Miss fford Croft. Bis Viertel nach elf«, erwiderte Daniel und trat ins Vestibül hinaus, wo der Butler Membury wartete.

Als Daniel um Punkt Viertel nach elf an die Tür von fford Crofts Haus klopfte, wurde ihm sofort geöffnet. Miriam stand in einem dunklen Mantel gleich hinter Membury. Unter ihrem Kopftuch schimmerten ihre Haare im Licht des Vestibüls. Ihrer Kleidung nach hätte sie ohne Weiteres ein Dienstmädchen auf dem Weg zu einer heimlichen Verabredung sein können. Daniel war froh, dass auch er seine ältesten und abgetragensten Kleidungsstücke angezogen hatte. Zwar fand er, dass das respektlos wirkte, aber wie konnte man respektvoll sein, wenn man eine Leiche ausgrub, um sie zu sezieren?

Miriam nickte dem Butler dankend zu, kam heraus und begrüßte Daniel.

Er führte sie zu dem geschlossenen Wagen, den er gemietet hatte, und half ihr auf den Bock neben dem Kutscher.

Niemand sprach, während das Fuhrwerk im Licht des Mondes seinem Ziel entgegenstrebte – dies war nicht der rechte Augenblick für eine Plauderei. Es war nicht sonderlich kalt, aber ein frischer Wind ließ die Blätter der Bäume entlang der Straße zittern.

Da es unterwegs keine Verzögerung gab, kamen sie zu früh am Friedhof an. Erst zehn Minuten nach ihnen trafen die Totengräber in Begleitung des Kirchendieners ein. Nur gut, dachte Daniel, dass er den Kutscher für die Wartezeit bezahlt hatte, denn so konnten sie sich im Inneren des Kastenwagens vor dem Wind schützen. Er nahm das Dokument aus der Tasche und gab es dem Kirchendiener, der es im Schein seiner Laterne las. Anschließend steckte er es ein und bedeutete den Totengräbern, dass sie mit der Arbeit beginnen konnten.

Der Wind frischte so stark auf, dass Wolkenfetzen am Mond vorüberjagten und die Zweige der Bäume sich bogen. Als Daniel merkte, dass sich die neben ihm stehende Miriam auf der dem Wind zugewandten Seite befand, stellte er sich dorthin, um sie zu schützen. Ein Stück weiter sah er etwas, was wie eine undurchdringliche dunkle Wand aussah: finstere alte Eiben drängten sich aneinander, ein stummer Schmuck der Gräber. Warum nur pflanzte man diese Bäume mit ihren giftigen Früchten so häufig auf Friedhöfen? Die Erde unter ihnen war schwarz und schien stets feucht zu sein.

Um etwas sehen zu können, hatten die Männer ein halbes Dutzend Laternen an Stangen aufgehängt. Sie schwankten im Wind, sodass ihr Licht über den kahlen Boden zwischen den Gräbern tanzte, wo zu wenig Platz war, als dass dort viel hätte wachsen können.

Die Totengräber machten sich im Gleichtakt ans Werk. Die Erde häuften sie sorgfältig am Rand des Grabes auf, um sie gleich anschließend zurückschaufeln zu können.

Obwohl sie die Arbeit mit dem Spaten sichtlich gewöhnt waren, ging es nur langsam voran. Niemand sagte etwas.

Eine heftige Bö riss eine der Laternen klirrend zu Boden. Die beiden Arbeiter standen bereits bis zur Hüfte in der von ihnen ausgehobenen Grube. Da sich der Kirchendiener ein Stück weit entfernt befand, sodass er mit der Dunkelheit verschmolz, fast wie eine der den Kummer verkörpernden Grabmalfiguren, trat Daniel mit einigen langen Schritten näher und beugte sich über die erloschene Laterne. Dabei stieg ihm der beißende Geruch von Lampenöl in die Nase.

»Im Wind kriegen Sie die nicht wieder zum Brennen«, rief ihm der Kirchendiener zu. »Am besten nehmen Sie auch die daneben mit, sonst gehen Ihnen beide aus.«

Mit den Laternen ging Daniel zwischen den Grabsteinen zum Schutzdach vor dem Eingang der Kirche. Er stellte beide auf den Boden, nahm den Schirm von der einen und zündete mit ihrer Flamme vorsichtig die andere wieder an. Nachdem er beide Schirme wieder aufgesetzt hatte, machte er sich auf den Rückweg. Von ferne wirkte die Szene am

Grab geisterhaft, zumal man inzwischen nur noch die Köpfe der Totengräber sah. Es sah aus, als gehörte Miriam mit ihren vom Wind geblähten Röcken und den wehenden Enden ihres Umschlagtuchs nicht so recht dazu. Gerade als Daniel wieder zu der Gruppe stieß, hörten die Männer auf zu graben und verlangten Seile.

Es war ausgesprochen beschwerlich, den Sarg aus dem Grab herauszuholen. Obwohl Daniel und der Kirchendiener mit zupackten, dauerte es eine ganze Weile. Dann wurde der Sarg auf einen bereitstehenden Flachwagen gehoben. Als sie ihn zwischen den Grabsteinen zu dem an der Straße wartenden Fuhrwerk schoben, merkte Daniel, wie erhitzt er war. Nur seine Hände waren kalt. Nachdem der Sarg eingeladen war, blieb für Daniel gerade genug Platz, um sich mit dem Rücken zur Fahrtrichtung darauf zu setzen. Miriam stieg wieder auf den Bock zum Kutscher, der das Pferd antrieb, das im Stehen eingeschlafen zu sein schien, ohne auf das Treiben der Menschen zu achten.

An fford Crofts Haus lud Daniel zusammen mit dem Kutscher unter großer Mühe den Sarg ab.

»Ich rufe rasch den Butler und den Lakaien«, sagte Miriam. »Sicher haben Sie nichts gegen eine Tasse heißen Tee und ein Stück Kuchen?«, fragte sie den Kutscher.

»Nein, Ma'am, vielen Dank«, nahm er an.

»Dann warten Sie hier«, gebot sie ihm und schloss die Tür zum Lieferanteneingang an der Rückseite des Gebäudes auf.

Der Mann sah zu Daniel hinüber, als wollte er ihn nach einer Erklärung für das Ganze fragen, sagte aber nichts. Vielleicht wollte er es auch gar nicht wirklich wissen.

Membury kam mit dem Lakaien heraus, und beide halfen dabei, den Sarg über die Hintertreppe in den Keller zu transportieren.

Miriam machte in der Küche Tee für den Kutscher, Daniel und sich selbst und stellte die Kanne zusammen mit dicken Scheiben eines Rührteigkuchens mit Zitronat auf den Tisch.

Gegen drei Uhr nachts fuhr der Kutscher mit einem großzügigen Trinkgeld für seine Dienste davon. Der Butler und der Lakai hatten sich längst wieder schlafen gelegt, und Miriam hatte Daniel mitgeteilt, dass sie ihm das Gästezimmer zugedacht habe, damit er beizeiten für die Obduktion bereit war.

Daniel frühstückte um sechs Uhr in der Küche. Obwohl die Sonne schon recht hoch am Himmel stand, denn es waren nur noch fünf Wochen bis zum längsten Tag des Jahres, kam es ihm vor, als sei es noch mitten in der Nacht. Aus dem Fenster sah er, dass der Rasen wie auch die Kräuter in den kleinen Beeten nahe der Hintertür nicht mehr taubenetzt waren. Er aß mit großem Appetit und hoffte, möglichst rasch wach zu werden, um Miriam zur Hand gehen zu können. Erst nach der dritten Scheibe Toast mit bitterer Orangenmarmelade fiel ihm ein, dass er die bevorstehende Aufgabe vielleicht besser mit leerem Magen in Angriff genommen hätte. Doch dafür war es jetzt zu spät.

Punkt halb sieben erschien Miriam und wünschte mit munterer Stimme einen guten Morgen. Sie verschwendete keine Zeit damit, ihn zu fragen, wie er geschlafen habe und wie er sich fühle, sondern kam gleich zur Sache. – Da sie bereit war, setzte sie voraus, dass er es ebenfalls war. »Membury und der Lakai haben mir beim Abnehmen des Deckels geholfen. Der Sarg ist offen, wir können sie also herausnehmen und anfangen.«

Fest entschlossen, seinen Versprechungen die Tat folgen zu lassen, begleitete Daniel sie nach unten. Der große Kellerraum, der etwa die Hälfte der Grundfläche des Hauses einnahm, war für eine Obduktion bestens eingerichtet. Er bot nicht nur reichlich Platz, sondern verfügte auch über fließendes Wasser und große Arbeitsflächen. Türen führten in andere Räume; Daniel nahm an, dass sie Utensilien und Apparate für Analysen und Experimente enthielten, vielleicht sogar eine Kühlvorrichtung, in der man die Leiche nach der Obduktion bis zur erneuten Beisetzung aufbewahren konnte.

Auf mehreren Tabletts lagen allerlei Instrumente und Gerätschaften bereit. Er erkannte Bunsenbrenner, Grob-, Fein- und Präzisionswaagen, Tastzirkel sowie mehrere Lupen unterschiedlicher Stärke.

Miriam führte ihn zum Sarg, der auf Böcken etwas unter Tischhöhe stand. Der Deckel lehnte an einer Wand, sodass man nur noch die Leiche herauszuheben brauchte.

Daniel holte tief Luft, bevor er einen Blick auf Ebony Graves warf.

Sie wirkte klein, und ihr Gesicht war so sehr verbrannt, dass er sich nicht vorstellen konnte, wie sie ausgesehen haben mochte. Von ihren Haaren war so gut wie nichts mehr vorhanden, sodass man nicht einmal hätte sagen können, von welcher Farbe sie gewesen waren. Der Unterkiefer hing in einem unnatürlichen Winkel herab; er war wohl gebrochen. Auf der linken Seite war ihr Schädel oberhalb des Ohrs entsetzlich verformt.

Daniel richtete den Blick auf ihre Augen und musste erneut hinsehen – sie hatte keine. An ihrer Stelle waren nur noch tiefe Höhlen. Beim genaueren Hinsehen erkannte er, dass sie auch keine Nase hatte. Ging auch diese Entstellung auf das Feuer zurück?

Miriam stieß ihn leicht am Ellbogen an.

Vorsichtig hoben sie die Leiche heraus, Daniel an den Schultern, Miriam an den Füßen, und legten sie auf den Untersuchungstisch.

»Während wir die Detektivarbeit leisten, müssen Sie vergessen, was für ein Mensch sie war; ihre Seele hat sie verlassen – wo sie jetzt ist, ist eine Glaubensfrage. Halten Sie sich ausschließlich an das, was für Sie von Bedeutung ist.«

»Ihre Haare …«, begann er. »Ihre Augen und … Was ist da passiert? Sie sieht so … klein aus.«

»Genau das wollen wir herausbekommen«, sagte Miriam freundlich. »Sie schreiben alles auf, was ich feststellen kann, ohne sie zu berühren. Hier haben Sie einen Block und einen Bleistift. Sie brauchen sich nicht um Schönschrift zu bemühen; es genügt, wenn es leserlich ist.«

Das kann mir nur recht sein, ging es Daniel durch den Kopf. Es würde ihm schwer genug fallen, den Stift ruhig zu halten.

Miriam gab ihm die Körpergröße an, die sie gemessen hatte, und fügte hinzu, da die Leiche nicht ganz gerade liege, müsse Mrs. Graves vermutlich etwas größer gewesen sein. Dann beschrieb sie ihm Kleidung und Schuhe. Sie berührte einen von ihnen ganz leicht. »Er sieht mir … zu klein aus. Er sitzt nicht richtig. Ich frage mich, woran das liegt. Ausgesprochen modisches Schuhwerk. Teuer. So ein Paar kostet mehrere Gold-Guineen.«

»Ob sie aus Eitelkeit zu kleine Schuhe getragen hat?«, fragte Daniel.

»Das kann ich mir nicht vorstellen. Mit einem vor Schmerz verzogenen Gesicht wirkt keine Frau schön.« Sie machte eine kleine Handbewegung, die wohl Mitleid ausdrücken sollte. »Die Schuhe sind deutlich zu klein. Ich frage mich, ob das Leder geschrumpft sein könnte. Oder sind ihre Füße geschwollen? Ich muss noch genauer darüber nachdenken, wenn ich mir die angesehen habe. Aber vorher kümmere ich mich um die Verbrennungen.«

Sie arbeitete sich langsam aufwärts. »Das Kleid ist zu kurz«, bemerkte sie. »Nicht viel, aber nach dem Inhalt ihres Kleiderschranks zu urteilen, hat sie sehr auf ihre Erscheinung geachtet und hätte daher mit Sicherheit nie im Leben von einer anderen Frau abgelegte Kleider getragen.«

Da Miriam eine ganze Weile stumm weiterarbeitete, hatte Daniel Gelegenheit, die Leiche gründlich zu betrachten. Es ließ sich leicht erkennen, wo der tödliche Schlag sie getroffen hatte, und ebenso, wo unterhalb des Hinterkopfes das Fleisch an einigen Stellen bis auf den Knochen weggebrannt war. An anderen Stellen sah er, dass sich das Fleisch von den angesengten Knochen gelöst hatte. Der unmittelbare Eindruck des Todes erschütterte ihn.

Es hatte geheißen, die Frau sei schön gewesen, und es bedrückte ihn, ihre sterblichen Überreste in diesem Zustand zu sehen. Diese Ansammlung von zerfetzten und verbrannten Kleidungsstücken, das verkohlte Fleisch, das grauenhaft entstellte Gesicht, all das, was jetzt so ohne jede Würde und ohne jeden Sinn vor ihm lag, war noch vor wenigen Monaten ein lebensvoller Mensch gewesen. Ob der Tod immer so … verheerend war, so endgültig?

Wie ungewöhnlich, dass man sie in dem Kleid begraben hatte, in dem sie umgekommen war. Vielleicht war es ihr Lieblingskleid gewesen, doch da es nicht einmal besonders gut saß, war das wohl eher unwahrscheinlich.

Miriam fiel auf, wie still Daniel geworden war. Sie hob den Blick und fragte: »Wollen Sie eine Weile hinausgehen?«

Er schüttelte den Kopf. »Sie sieht kaum noch aus wie ein Mensch. Sie ist … so anonym. Sie hat ja nicht mal mehr … ein Gesicht.«

»Ja«, sagte Miriam leise. »Sie braucht jetzt keins mehr. Aber wir müssen feststellen, wer es zerstört hat, auf welche Weise, und auch, warum. Mehr, als ich inzwischen weiß, kann ich ihrer Kleidung nicht entnehmen, und ich kann mir auch noch keinen rechten Reim darauf machen, was das alles zu bedeuten hat.«

»Was haben Sie denn herausbekommen?« Er wollte es wissen, musste es unbedingt wissen, und dennoch hatte er Angst. Die unmittelbare Begegnung mit dem Tod hatte ihn tiefer getroffen, war weit wirklicher, als wenn man nur darüber sprach.

»Ich habe das Kleid an einer Stelle aufgeschnitten. Sie wirkt älter, als ich angenommen hatte. Das gilt auch für ihre Hände. Bei vielen Frauen findet man die Altersspuren, die man erwarten würde, sogar dann, wenn sie Gesicht und Haare besonders pflegen. Von ihren Haaren ist … nichts mehr übrig.« Eine Weile betrachtete sie Gesicht und Nacken der Leiche mit tiefster Konzentration.

Es erschien Daniel unfassbar, dass sie imstande war, das so teilnahmslos zu tun. So, als handele es sich nicht um die Überreste einer Frau, die noch vor wenigen Monaten voller Leben gewesen war, über Scherze gelacht, ihre Kinder geliebt hatte, eine Frau, die sich für Ziele eingesetzt hatte, an die sie fest glaubte. Jetzt war sie bis zur Unkenntlichkeit entstellt.

Der Kontrast zwischen der Toten und der lebenden und atmenden Miriam, die sich von Zeit zu Zeit eine Strähne ihres leuchtend kastanienbraunen Haars aus dem Gesicht strich, war überwältigend. Die Haut ihres nur eine halbe Armlänge von Ebony entfernten Gesichts war makellos.

Jetzt richtete sie den Blick ein wenig weiter nach unten auf die Stelle, an der die verbrannte an die unversehrte Haut stieß. »Lupe«, sagte sie und wies dorthin, wo die Vergrößerungsgläser lagen.

Daniel kam der Aufforderung nach.

Miriam betrachtete aufmerksam die Stelle des Übergangs.

Daniel hielt den Atem an.

Nach einer Weile fuhr sie fort: »Ganz offensichtlich hat man eine Substanz verwendet, die dazu diente, das Feuer zu verstärken. Hier sind beispielsweise einige Tropfen davon auf die Haut und auf das Kleid gefallen, sodass diese Stellen ebenfalls angesengt sind. Ich wüsste gern, was das war. Hier übrigens auch.« Sie wies auf ein Stück verkohlten schwarzen Knochen, dort, wo Ebonys Nase gewesen war.

Daniel, der trotz aller Mühe nichts zu erkennen vermochte, sah Miriam verwirrt an.

»Das hier«, sagte sie, wobei sie mit einer Pinzette verkohlte Reste aufnahm, »ist verbranntes Textilgewebe. Ich habe unterhalb der Brust ein kleines Stück mit Öl getränkte Seide gefunden, das sich in den Falten ihres Kleides verfangen hatte. Vermutlich sollte diese Ölseide dazu dienen, das Feuer zu nähren.«

»Was …«, setzte Daniel an.

»Ölseide ist ein äußerst leicht entzündliches Material«, erläuterte sie mit finsterer Miene. »Man nennt es auch Isolierleinen. Da es leicht und wasserundurchlässig ist, sich gleichmäßig in Falten legen und nähen lässt, eignet es sich für viele Zwecke. Aber es brennt wie Zunder. Wenn man dann noch eine größere Menge Öl auf Baumwolle oder ein anderes leichtes Gewebe gießt, bekommt man ein Feuer, in dem sogar Fleisch verbrennt.«

Daniel schluckte. »Was für Öl?«

»Jede Art von verflüssigtem Fett, Schmalz und vermutlich auch Butter. Haben Sie nicht gesagt, dass der Sohn malt?«

»Ja.«

»Nun, das Leinöl, das Maler verwenden, würde sich bestens für diesen Zweck eignen.«

»Sie glauben doch nicht etwa, dass Arthur …«

»Nein. Aber jemand anders könnte es verwendet haben.« Sie richtete sich wieder auf. »Gehen wir jetzt an die Niederschrift. Setzen Sie sich.«

Er hatte nichts dagegen. Ihm war übel, und er war Miriam dankbar, dass sie so tat, als merkte sie nichts davon. Er setzte sich auf einen Stuhl ihr gegenüber.

»Sicher wollen Sie wissen«, sagte sie, »was die Frau so zugerichtet hat. Ich habe gute Gründe zu der Annahme, dass man hochentzündliche Ölseide zusammen mit einem Stück locker gewebter leichter Baumwolle verwendet und das Ganze mit Leinöl getränkt hat. Das würde sofort mit heißer Flamme und auch ziemlich lange brennen, wenn genug Baumwollgewebe da ist, um das Feuer eine Weile in Gang zu halten. Das hätte auf jeden Fall genügt, um ihr Gesicht so zuzurichten. Ach ja …«

Sie zögerte kurz. »Es tut mir leid, das sagen zu müssen, aber ich bin nicht einmal sicher, dass das hier Ebony Graves ist. Das Feuer hat das Gesicht der Leiche vollständig unkenntlich gemacht. Wenn man bedenkt, dass ihr die Schuhe und das Kleid nicht passen, drängt sich der Gedanke auf, dass sie es nicht ist.«

»Aber die Angehörigen … die eigene Tochter hat sie identifiziert!«

»Bevor man ihr das angetan hat oder danach?«, fragte Miriam. Ihr Gesicht war bleich, und sie konnte vor Entsetzen angesichts der Möglichkeiten kaum sprechen.

»Großer Gott!« Daniel sah sie verblüfft an. »Worauf haben wir uns da nur eingelassen?«

Sie legte eine Hand auf die seine. »Uns bleiben noch einige Tage Zeit. Wir müssen es herausbekommen.«

KAPITEL 16

Daniel half Miriam, die Leiche anzuheben, obwohl diese nicht besonders schwer war. Er sah zu, während sie Proben aus den Eingeweiden, der Lunge und anderen Organen nahm. Sie sprach ausschließlich dann, wenn sie ihm ihre Beobachtungen und Schlussfolgerungen diktierte. Er schrieb alles Wort für Wort nieder, wobei er sie das eine oder andere Mal nach der Schreibweise ausgefallener anatomischer Begriffe oder bestimmter Chemikalien fragen musste.

Sie schien bei dieser Untersuchung nicht viel Neues erfahren zu haben. Das aber änderte sich, als sie die Leiche mit äußerster Vorsicht in die Nähe einer Vorrichtung legten, wie Daniel sie noch nie zuvor gesehen hatte und deren Zweck er sich nicht erklären konnte.

»Damit lassen sich elektrische Fotografien erzeugen«, sagte sie stolz. »Mein Vater hat es mir zu Weihnachten und zum Geburtstag zusammen geschenkt.« Ihr Gesicht leuchtete förmlich vor Freude, und er konnte sich leicht vorstellen, wie sie ein riesiges Paket mit einer roten Schleife darum öffnete und dieses sonderbare Gerät darin entdeckte.

»Daniel!« Sie riss ihn aus seinen Gedanken, und er merkte, dass er nicht zugehört hatte, während sie ihm voll Stolz die Möglichkeiten des Geräts erläuterte.

»Entschuldigung …«

»Es macht es möglich, nicht nur durch das Fleisch hindurch die Knochen zu sehen, sondern auch an beliebiger Stelle im Inneren eines Körpers feste Stoffe aufzuspüren, beispielsweise ein Projektil oder das abgebrochene Stück einer Klinge. Man kann auch Metall, das jemand verschluckt hat, sagen wir, eine Münze, im Verdauungstrakt orten.«

»Ach, dafür wird das gebraucht?«, fragte er überrascht. Er konnte sich nicht vorstellen, dass es für ein solches Gerät viele Verwendungsmöglichkeiten gab.

»Nicht im Krankenhaus«, wies sie seinen Gedanken zurück. »Vielleicht entdecken wir an den Knochen etwas, was uns weiterhilft – einen verheilten Bruch oder eine anatomische Anomalie.«

Er antwortete nicht darauf, sondern sah zu, wie sie erst einen und dann einen anderen Körperteil unter das Gerät schob, das ungefähr wie eine übergroße Kamera aussah und so am Arbeitstisch befestigt war, dass zwischen ihm und der Platte ein Abstand von gut dreißig Zentimetern blieb, der es gestattete, Dinge, die durchleuchtet werden sollten, darunter zu legen.

Am oberen Ende des Geräts, das eine Reihe von Skalen, Einstellvorrichtungen und anderen rätselhaften Bestandteilen aufwies, deren Sinn Daniel nicht verstand, befand sich eine Art röhrenförmiges Okular, durch das Miriam angespannt auf eine darunterliegende durchscheinende Fläche blickte, die sie als »Fluoreszenzschirm« bezeichnete.

Mit einem Mal erstarrte sie und forderte Daniel auf: »Sehen Sie sich das mal an.« Sie trat beiseite, und er legte das Auge an das Okular. Ein unscharfes schwarz-weißes Bild zeigte eine Vielzahl von Schatten und Flecken. Erst nach einer Weile begriff er, was das sein musste. »Das ist ja ein Fuß!«, rief er verwundert aus. »Sind das lauter einzelne Knochen?«

Sie lächelte. »Ja! Ist das nicht wunderbar? Es fällt schwer, sich vorzustellen, dass das lauter Bestandteile eines menschlichen Skeletts sind.«

Er sah erneut hin. »Und woran merken Sie, ob etwas, was Sie sehen, normal oder ungewöhnlich ist? Zum Beispiel der verschwommene Fleck da.« Er wandte sich ihm erneut zu.

»Genau den habe ich mir vorhin näher angesehen. Er ist deutlich heller als der übrige Knochen und auch ein wenig breiter. Sehen Sie?«

»Ja. Und was hat das zu bedeuten?«

»Es ist ein gut verheilter alter Bruch. Da sind noch mehr.«

»Heißt das, dass sie viele Knochenbrüche hatte? Von einem Unfall?« Unwillkürlich zuckte er zusammen, während er sich gesplitterte Knochen vorstellte. Er hatte sich beim Fußball einmal den Arm gebrochen, was höllisch geschmerzt hatte. Die Heilung hatte gut sechs Wochen gedauert, und manchmal spürte er die Stelle immer noch.

»Das weiß ich nicht«, sagte sie. »Bei einem anderen Knochen hätte ich gesagt, dass wahrscheinlich ein Unfall die Ursache war. Beispielsweise kann man sich das Handgelenk brechen, wenn man mit der Hand einen Sturz abfangen möchte. Aber mehrere Finger, Unterarm, Zehen …«

»Sie meinen, ihr Mann hat sie geschlagen? So heftig, dass dabei Knochen gebrochen sind?« Mit einem Mal erfüllte ihn tiefer Hass auf Graves. Ob er seine Frau so behandelt hatte, wenn sie sich ihm widersetzt hatte? Dann fiel ihm ein, was Mrs. Warlaby, die Wirtschafterin, gesagt hatte, und er begriff, dass es sich genau so verhielt.

»Vermutlich. Aber das hier ist aufschlussreich …« Bei diesen Worten wies Miriam auf die hellste Stelle des Knochens. Sie war nahezu weiß.

»Was bedeutet das?«

»Hier ist der Bruch verheilt.«

»Und was ist daran aufschlussreich?«

»Sehen Sie es sich mal genauer an.« Daniel blickte durch die Lupe, die sie ihm hinhielt, erkannte aber auch in der Vergrößerung nicht, worauf sie hinauswollte. »Die Knochendichte. Vergleichen Sie mit den anderen«, forderte sie ihn auf.

»Die sehen anders aus. Jedenfalls kommt es mir so vor. Was hat das zu bedeuten?« Er wandte sich ihr zu. Ihre Augen leuchteten, und ihre Wangen waren leicht gerötet.

»Der Knochen, den Sie da sehen, ist vor vielen Jahren gebrochen«, sagte sie mit einer Stimme, in der Anspannung mitschwang. »Mindestens zwanzig. Knochen verlieren im Laufe der Zeit an Masse. Sie werden brüchiger, sind nicht mehr so dicht wie zu der Zeit, als sie gebrochen sind.«

»Heißt das, sie sind wegen einer Krankheit gebrochen, und die Krankheit ist geheilt worden?«, fragte er.

Ein dunkler Schatten legte sich auf ihr Gesicht, schwand aber sogleich wieder. »Nein, dafür gibt es keine Heilung … Bessere Ernährung und mehr Bewegung verzögern die Sache vielleicht, heilen sie aber nicht. Die Knochen sind vor über zwanzig Jahren gebrochen, mindestens. Es dürften eher fünfundzwanzig sein. Die verminderte Knochendichte hängt mit dem Alter zusammen. Deswegen brechen sich ältere Leute bei einem Sturz ziemlich oft einen Knochen, jüngere hingegen nicht. Die Knochen von Kindern biegen sich mitunter einfach nur, statt zu brechen. Bei Frauen nimmt die Festigkeit der Knochen gewöhnlich stärker ab als bei Männern. Diese Frau hier ist schätzungsweise zehn Jahre älter, als Mrs. Graves von sich gesagt hat.«

»Welchen Grund könnte sie dazu gehabt haben?«, fragte er. »Und wie konnte sie damit durchkommen? Zehn Jahre machen doch einen gewaltigen Unterschied …«

Sie wandte sich ab.

»Würde man das denn nicht merken?«, fuhr er fort. »Könnte ihr Tod damit zu tun haben? Wenn ihr Mann dahintergekommen ist …«

»Halten Sie das für ein so schweres Vergehen?«, fragte sie, wobei sie nicht ihn ansah, sondern wieder durch das Okular blickte. »Sie hatte Kinder; so alt kann sie nicht gewesen sein.«

Er sah zu Miriam, die erneut aufmerksam durch das Vergrößerungsglas schaute. Dabei musste er an die Worte ihres Vaters über ihre Studien und ihre Intelligenz denken wie auch daran, dass man von offizieller Seite weder ihre Leistungen gewürdigt noch ihr einen akademischen Grad zuerkannt hatte, obwohl sie alle Prüfungen bestanden hatte, und das sogar mit Auszeichnung.

Ihm ging durch den Kopf, dass sich niemand darum kümmerte, wie alt ein Mann war, wenn er eine Ehe schloss; eine Frau hingegen musste, um als Braut akzeptiert zu werden, jung genug sein, um gesunde Kinder zur Welt zu bringen, also vermutlich höchstens Mitte zwanzig. Mithin hätte Mrs. Graves gute Gründe gehabt, sich als jünger auszugeben. »Aber nach allem, was mir Mrs. Blackwell gesagt hat, war sie ein fröhlicher und bezaubernder Mensch, mutig und klug«, sagte er. »Außerdem auf ihre Art auch schön. Warum also hätte Graves die Frage ihres Alters wichtig sein sollen?«

»Ich glaube nicht, dass es damit zu tun hatte«, gab sie zurück. Vielleicht hatte sich Daniel nur eingebildet, dass sie nicht ganz so gefasst wirkte wie sonst. Er überlegte, ob sie seine Bemerkung als taktlos aufgefasst hatte.

»Womit denn dann?«, fragte er. Er wusste nicht, was er denken sollte.

»Wissen Sie noch, wie wir uns über das Kleid und vor allem über die Schuhe gewundert haben?«

»Ja.«

»Die Schuhe passen ihr nicht richtig.«

»Worauf wollen Sie hinaus?« Ein Gedanke begann sich in seinem Kopf herauszuschälen und wurde immer deutlicher. Er holte tief Luft. »Sie wollen sagen, dass das hier nicht Ebony Graves ist.«

Miriam sah ihn an und nickte. Ihre Augen leuchteten wieder. »So ist es. Damit erhebt sich eine ganze Reihe von Fragen: Wer ist diese Frau? Und wo ist Mrs. Graves? Lebt sie noch, oder ist sie ebenfalls tot? Und warum hat Sarah behauptet, es sei ihre Mutter? War sie davon überzeugt? Hat sie sich die entsetzlich entstellte Leiche überhaupt gründlich genug angesehen, um etwas darüber sagen zu können? Und wieso hat man dieser Frau Mrs. Graves' Kleider und Schuhe angezogen, die ihr zu klein sind?«

»Wer hat sie umgebracht?«, ergänzte Daniel. »Und warum? Wenn wir das herausbekommen, ergibt sich möglicherweise alles andere von selbst.«

»Vielleicht sollten wir den Leuten in Graves' Haus noch einmal ein paar Fragen stellen, um der Sache auf den Grund zu gehen.« Miriam hatte sich aufgerichtet und sah Daniel an. »Kommen Sie mit. Bestimmt brauchen Sie die Antworten genauso dringend wie ich. Es ist nicht ganz von der Hand zu weisen, dass Graves die Wahrheit sagt, wenn er darauf beharrt, dass er seine Frau nicht umgebracht hat. Allerdings ist es ohne Weiteres möglich, dass er einen anderen Menschen getötet hat.«

»Wir fahren morgen mit dem Frühzug hin«, sagte er.

»Warum nicht gleich jetzt?«, hielt sie ungeduldig dagegen. »Wir haben keine Zeit zu verlieren.«

»Ich habe heute Nachmittag noch etwas zu erledigen.«

Sie wirkte bestürzt. »Oh.«

Daniel begriff, dass ihr seine Worte den Eindruck vermittelt hatten, er halte ihr Einverständnis für selbstverständlich. »Bitte nehmen Sie mir das nicht übel, aber es geht um eine ziemlich heikle Angelegenheit, mit der ich mich nur ungern beschäftige.«

Sie lächelte mitfühlend. »Das tut mir leid für Sie.«

»Müssen wir irgendwas von dem hier mitnehmen?« Bei diesen Worten wies er auf ihre Gerätschaften und Instrumente.

»Nein. Aber ich muss diese Frau, wer auch immer sie ist, in die Kühlkammer legen und darauf achten, alle meine Notizen mitzunehmen. Wenn wir erst morgen früh aufbrechen, kann ich mir mit der Auswertung Zeit lassen.«

»Ich gehe in die Kanzlei, um Kitteridge und Ihrem Vater Bericht zu erstatten.«

»Was?« Marcus fford Croft riss die Augen weit auf, und ein Ausdruck von Verblüffung trat auf seine Züge. »Ich kann nur hoffen, dass das nicht Ihre Art von Humor ist, Pitt.« Er schüttelte ungläubig den Kopf.

»Nein, Sir«, antwortete Daniel schlicht. »Ihre Tochter hat Hinweise gefunden …«

»Miriam …« fford Croft raufte sich die Haare. »Grundgütiger Himmel! Weiß Kitteridge schon davon? Vermutlich nicht.«

»Ich nahm an, dass es meine Pflicht war, es Ihnen zuerst mitzuteilen, Sir.«

»Das war es in der Tat. Jetzt sollten Sie aber besser zu ihm gehen und es ihm sagen.«

»Danke, Sir.«

Daniel machte sich sogleich auf die Suche nach Kitteridge. Er fand ihn in der Bibliothek.

»Sie sehen ja ganz aufgeregt aus«, bemerkte der und sah Daniel fragend an.

Daniel holte tief Luft. »Bei der Leiche handelt es sich nicht um Mrs. Graves«, sagte er ohne Vorrede. »Wer sie ist, wissen wir aber nicht.«

Kitteridge schwankte zwischen Gelächter und einem Wutausbruch und entschied sich für das Lachen. »Gott steh uns bei!«, sagte er aufrichtig. »Das hat uns gerade noch gefehlt.«

Für den folgenden Vormittag hatten sich Daniel und Miriam am Bahnhof verabredet. Es würde nicht einfach sein, sie in der Menschenmenge zu finden, weil sie keinen Treffpunkt vereinbart hatten. Am Vortag hatten sie, bevor er mit seinem Bericht in die Kanzlei zurückgekehrt war, ihre Notizen vervollständigt und die Leiche in die Kühlkammer gebracht. Danach mussten alle benutzten Instrumente und Gerätschaften wie auch die, die auf andere Weise verunreinigt sein konnten, gründlich gereinigt und weggeräumt werden. Es hatte eine ganze Weile gedauert, bis auch der Fußboden geputzt und die verbrannten Reste von Haut und Haaren beseitigt waren. Miriam wollte das auf keinen Fall so lange hinausschieben, bis sie den Raum für die nächste Obduktion benötigte – vermutlich wieder nur eine Aushilfsarbeit, bei der etwas nachgeholt werden musste, was zu tun jemand versäumt hatte. Oder vielleicht etwas, was zur Vorbereitung einer Anatomie-Lehreinheit an einer der Hochschulen dienen sollte. Auch wenn sie sich nicht beklagte, erkannte Daniel auf ihrem Gesicht, dass es sie kränkte, ausschließlich mit solch unbedeutenden Aufgaben betraut zu werden.

Hätten sie doch nur einen Treffpunkt vereinbart! Am Vortag hatte er nicht daran gedacht, weil er zu müde und zu sehr mitgenommen war. Die Normaluhr hätte sich hervorragend dafür geeignet, denn die meisten Fahrgäste warfen irgendwann einen Blick darauf. Er konnte nur hoffen, dass sie den gleichen Gedanken hatte. In den knapp fünf Minuten, die er dort stand, beobachtete er die Männer, die vorüberhasteten, den zusammengerollten Regenschirm in der einen und eine Zeitung in der anderen Hand. Obwohl es ein heller Maimorgen war, trugen die meisten einen grauen oder schwarzen Anzug, selbstverständlich mit Nadelstreifen. Es war wie eine Uniform für Büromenschen, und vermutlich gab es auch unter ihnen eine Rangordnung: Befehlshaber, Unteroffiziere und Gemeine, nur dass diese nicht wie beim Militär im Gleichschritt marschierten und statt einer einheitlichen Uniform die verschiedensten Braun- und Grautöne trugen. Ob auch er in zehn oder fünfzehn Jahren wie einer von ihnen aussehen würde?

War die Arbeit als Anwalt auch so eine Art Kriegsführung, bei der es darum ging, die Mandanten vor dem Feind zu retten, Männer wie Blackwell – oder solche wie Graves, bei dessen Verurteilung man am liebsten einen Seufzer der Erleichterung ausgestoßen hätte? Aber in erster Linie würde es um Lappalien wie Einbruchdiebstahl gehen und gelegentlich um schwere Körperverletzung.

»Daniel?«

Er wandte sich um und sah Miriam, die über den Bahnsteig auf ihn zueilte. Zu einem erstklassig geschnittenen dunkelgrauen Kostüm trug sie eine gestärkte weiße Bluse mit einem Hauch von Spitze am Kragen. Vielleicht war der Hut angesichts des Wetters nötig, aber Daniel sah ihr leuchtendes Haar lieber ohne ihn. Beinahe hätte er das auch gesagt, doch fiel ihm rechtzeitig ein, dass eine solche Äußerung gegenüber einer Frau, die er kaum kannte, zu plump vertraulich gewesen wäre.

»Guten Morgen, Miss fford Croft«, sagte er förmlich. »Der Zug geht in einer Viertelstunde. Da wäre noch Zeit für eine Tasse Tee.«

»Vielen Dank. Ich habe bereits gefrühstückt. Sie nicht? Und nennen Sie mich doch bitte Miriam.«

»Doch, ich auch. Meine Zimmerwirtin, Mrs. Portiscale, mästet mich geradezu. Vielleicht lädt man uns ja zu Mittag in den Speisesaal des Personals ein. Bei meinem vorigen Besuch war das Essen dort sehr gut. Außerdem bekommt man bei den Gesprächen der Dienstboten untereinander eine Menge mit.« Er ging neben ihr her, während sie dem Bahnsteig zustrebten, auf dem der Zug zur Abfahrt bereitstand.

»Wem wollen Sie unsere Entdeckung zuerst mitteilen?«, fragte sie und legte ihre kleine Reisetasche ins Gepäcknetz, bevor er Gelegenheit hatte, ihr seine Hilfe anzubieten. Sie hatten vereinbart, vorsichtshalber alles Nötige für eine eventuelle Übernachtung mitzunehmen. Er legte seine Tasche neben die ihre und setzte sich erst, nachdem sie am Fenster in Fahrtrichtung Platz genommen hatte.

»Sarah als der Älteren sollte man es zuerst sagen. Zwar ist der Butler Falthorne de facto Haushaltsvorstand, er würde es aber vermutlich für unpassend halten, wenn wir es einem anderen eher als ihr mitteilten«, sagte er. Er hatte beim vorigen Besuch gemerkt, dass Falthorne die Ordnungsliebe über alles ging. Von seiner Mutter hatte Daniel gelernt, dass Ordnung immer dann, wenn es im Leben drunter und drüber ging, einen gewissen Trost und Halt bot. Auch in solchen Situationen musste der Mensch essen, schlafen und brauchte frische Wäsche. Der Rhythmus des Alltags konnte die Welt zusammenhalten, wenn sie in Stücke zu gehen schien. Im Hause Graves war ein Mord vorgefallen – man hielt das Opfer für Arthurs und Sarahs Mutter. Der Vater sollte in weniger als zwei Wochen hingerichtet werden, danach würden die beiden allein sein. Das Haus würde verkauft werden, die dann in alle Winde verstreuten Dienstboten würden sich eine neue Anstellung suchen müssen. Der Schatten des Skandals würde sich an die Fersen eines jeden von ihnen heften.

Miriams Gesichtsausdruck zeigte Daniel, dass sie die Situation vollständig erfasst hatte.

Er beschloss, während der Fahrt nicht darüber, sondern von etwas anderem zu sprechen.

»Wo haben Sie studiert?«, erkundigte er sich.

»In Cambridge«, gab sie mit einem Lächeln zur Antwort. »Mein Professor hat mir gesagt, was mir an Bescheidenheit fehlte, würde ich durch ein Übermaß an eigener Meinung reichlich wettmachen. Sollte ich ansatzweise die Genialität besessen haben, die mir meine Lehrerin in der Schule unterstellt hat, habe ich die, das gebe ich offen zu, benutzt, um unangenehme Fragen zurückzuweisen. Das waren mehr als bei allen anderen Studenten zusammen.«

Er lächelte. »Ich glaube, den Mann kenne ich.«

»Dabei habe ich Ihnen nicht mal gesagt, wie er heißt.«

Gleich darauf begriff sie und lachte. »Vermutlich hat sich sein Name herumgesprochen.«

»Hat es Ihnen in Cambridge gefallen? Immerhin gibt es da eine ganze Menge mehr zu sehen als ein paar sich ewig wiederholende aufgeblasene Professoren.«

»Unbedingt. Die Stadt ist herrlich, und ich habe sie immer gern durchstreift. Außerdem habe ich beim Laientheater mitgespielt.« Sie hielt inne und sah ihn mit trübseligem Gesichtsausdruck an. »Ziemlich albern, was? Passt überhaupt nicht zu Chemikern.«

»Aber wunderbar zu Menschen«, sagte er mit Überzeugung in der Stimme. »Und das ist viel wichtiger. Wer sich mit nichts als Mathematik und Naturwissenschaft beschäftigt, weiß vielleicht alles über den Bau der Welt, aber nichts über ihren Daseinszweck. Da liegt der Unterschied zwischen einem Weisen und einem Narren. Wichtig ist nicht, dass man Sterne zählt oder weiß, woraus sie bestehen, sondern dass man sie sieht und sich für sie interessiert.«

»Sind Sie sicher, dass Jura das Richtige für Sie ist?«

Sie sah ihn ernst an.

»Nein. Eigentlich nicht. Manchmal aber doch. Als ich Blackwell herausgepaukt habe, war ich begeistert. Bei Graves bin ich mir nicht sicher. Dem Geist wie dem Buchstaben des Gesetzes nach habe ich mich ausschließlich um die Frage zu kümmern, ob er im Sinne der Anklage schuldig ist oder nicht. Ich habe kein Recht, ihn zur Rechenschaft zu ziehen, wenn seine einzige Schuld darin besteht, dass er darauf aus ist, Menschen zugrunde zu richten, die mir nahe stehen, und im Staatsschutz damit ein Chaos auslöst.«

Jede seiner Empfindungen spiegelte sich auf ihrem Gesicht. Jetzt zeigte es Besorgnis. »Und was werden Sie tun?«

»Wenn ich das wüsste«, gab er zur Antwort. »Feststellen, mit wessen Leiche wir es zu tun haben. Falls Graves die Frau umgebracht hat, hätte ich nicht das Geringste dagegen, ihn am Strang zu sehen. Nur würde es bis dahin eine Weile dauern, weil man ihm dann, sofern Ebony noch lebt, noch einmal den Prozess machen müsste. Möglicherweise dauert der dann so lange, dass er tatsächlich das verfluchte Buch zu Ende schreiben und herausbringen kann. Ich habe keine Vorstellung, was ich in dieser Hinsicht unternehmen könnte. Vielleicht fällt Blackwell etwas ein.«

»Und Ihr Vater?«

»Ich wünschte, er hätte nichts davon erfahren müssen.«

Am liebsten wäre es Daniel gewesen, Sarah Graves nicht befragen zu müssen, doch da das nicht möglich war, wollte er selbst mit ihr sprechen, um ihr unnötige Seelenqualen zu ersparen. Soweit sie wusste, war ihre Mutter tot, und wie es aussah, würde auch ihr Vater bald nicht mehr leben. Ihr tapferer und empfindsamer Bruder war in jeder Hinsicht auf sie angewiesen.

Daniel beschloss, das Gespräch im Wohnzimmer zu führen, wo die Atmosphäre nicht so kühl und formell war wie im Empfangszimmer. Außerdem lag es weit von dem Raum entfernt, in dem, wie Sarah annehmen musste, ihre Mutter ermordet worden war. Ganz gleich, ob die Tote Ebony war oder nicht, auf jeden Fall hatte man dort einen Menschen ermordet und, beinahe noch schlimmer, grässlich entstellt.

Miriam setzte sich schweigend in eine Zimmerecke. Es war Daniel klar, dass sie ausschließlich dann etwas sagen würde, wenn sie es für unerlässlich hielt.

Bei Sarahs Eintreten erhob er sich. Ihre angespannten Schultern wie auch die Art, wie sie den Kopf hielt, zeigten ihm, dass sie Angst hatte. Die blasse Gesichtsfarbe mochte auf ihren Kummer oder auf seelische Erschöpfung zurückgehen. Sie sah kaum zu Miriam hin.

Mit den Worten »Bitte nehmen Sie Platz, Miss Graves« wies er auf einen Sessel ihm gegenüber. »Miss fford Croft ist als Anstandsdame mitgekommen, damit Sie niemanden von Ihren Leuten bemühen müssen. Immerhin ist denkbar, dass Sie etwas sagen wollen, wovon das Personal nichts erfahren soll.«

Sarah zögerte einen Augenblick, als wollte sie ihm widersprechen, fügte sich dann aber. Ohne ihn anzusehen, setzte sie sich, dic Hände im Schoß, kerzengerade hin. Bestimmt war sie imstande, mit einem Buch auf dem Kopf durch den Raum zu gehen, ohne dass es zu Boden fiel – die klassische Übung für die bei höheren Töchtern unerlässliche Körperhaltung. Er erinnerte sich, wie sich seine Schwester Jemima ihr maulend unterzogen hatte. Wie unbeschwert ihrer beider Jugend verglichen mit der Situation im Hause Graves doch gewesen war!

Wie sollte er am besten vorgehen? Wäre es barmherziger, sie offen mit der Wahrheit zu konfrontieren, statt lange um den heißen Brei herumzureden, was Sarahs Ängste vermutlich nur steigern würde? Abgesehen von ihren gegenwärtigen Lebensumständen, wusste er nichts über sie.

Vermutlich war es das Beste, unerschrocken zu sagen, was er ihr mitzuteilen hatte, ohne sich den Kopf über ihre Empfindungen zu zerbrechen. Lieber sollte er sich überlegen, wie er sie am wirksamsten dazu brachte, ihm die Wahrheit zu sagen.

»Miss Graves, wir haben uns den Leichnam Ihrer Mutter angesehen.«

Sie riss die Augen weit auf. »Wie denn? Sie ist doch … begraben.«

»Wir haben sie … exhumieren lassen … Es tut mir leid. Ihre Seele befindet sich nicht mehr in ihrem Körper. Sie hat ihren Frieden gefunden … nehme ich an.«

Einen Augenblick lang war die Verwirrung auf Sarahs Gesicht unübersehbar. »Sie … nehmen das an? Sind Sie sich Ihrer Glaubensgrundsätze nicht sicher, Mr. Pitt? Oder stellen Sie infrage, ob sie es verdient hatte … in den Himmel zu kommen?« Im nächsten Augenblick blitzten ihre Augen zornig auf.

Er war mehr als überrascht. »Keineswegs, Miss Graves. Wohl aber stelle ich infrage, dass es sich bei der Leiche um Ihre Mutter handelt.«

Mit einem Blick auf Miriam fragte Sarah: »Sie haben die falsche Leiche ausgegraben?« Der Vorwurf in ihrer Stimme klang bitter.

»Nein!« Daniel schluckte. »Nein, es war das richtige Grab; wir haben uns eigens vergewissert.«

»Danke.«

Er musste von vorn beginnen. Diesmal ging er entschlossener vor. Seine Achtung vor Sarah war gewachsen, obwohl ihn das in seinem Bemühen behinderte, die Wahrheit zu erfahren. »Bei der Leiche handelt es sich zwar um eine Frau, die an einer schweren Schädelverletzung gestorben und deren Gesicht durch starke Verbrennungen vollständig entstellt ist, aber es gibt Gründe, zu vermuten, dass das nicht Ihre Mutter ist.«

»Ich …«, setzte Sarah an, sprach aber nicht weiter.

»Ja?«

»Mr. Falthorne hat sie in ihrem eigenen Schlafzimmer identifiziert. Wer hätte das sonst sein können? Außerdem hatte sie die Kleider meiner Mutter an.«

»Heißt das, Sie haben sie selbst gar nicht gesehen?«, fragte er. Vermutlich hatte sie mit ihrer Aussage, die Leiche identifiziert zu haben, den Butler schützen wollen. Daniel hätte wohl auch weniger Achtung vor ihr gehabt, wenn sie das nicht getan hätte.

»Er … wollte mir das ersparen.« Die Worte fielen ihr erkennbar schwer.

Beunruhigte dieser Gedanke sie – oder zögerte sie, Falthorne die Schuld an etwas zu geben, was sich als schwerer Fehler erweisen konnte? Oder jagte Daniel einem lächerlichen Hirngespinst nach, und sie wagte es nicht, ihm das zu sagen?

Aber alles wies darauf hin, dass die Tote nicht Ebony Graves war.

»Wer das sonst sein könnte, weiß ich nicht«, beantwortete er ihre Frage. »Wer hätte sie besucht haben können? Übrigens war das nicht im Schlafzimmer, sondern im Boudoir – dem Raum, der sich geradezu dafür anbietet, eine gute Bekannte zu empfangen. Er ist behaglicher und weniger formell als das Empfangszimmer.«

Wieder schien sie zu erstarren. Zwar war es kaum wahrnehmbar, aber auch der letzte Rest von Farbe wich aus ihrem Gesicht. Er sah auf ihre Hände; die Knöchel waren weiß. Nur gut, dass Miss fford Croft mitgekommen war – was täte er ohne sie, wenn Sarah in Ohnmacht fiel?

Er beugte sich leicht vor. »Miss Graves, sofern es sich nicht um Ihre Mutter handelt und Sie durch Ihr Schweigen zulassen, dass Ihr Vater für einen Mord gehängt wird, den er nicht begangen hat, machen Sie sich an seinem Tod mitschuldig. Wie auch immer die Dinge in Wahrheit liegen mögen, ich kann mir nicht vorstellen, dass Sie das wollen. Wer würde sich in dem Fall, einmal ganz von der moralischen Seite abgesehen, um Ihren Bruder Arthur kümmern?«

Sie sah ihn mit einem Blick an, in dem durchaus Hass liegen mochte, gab aber keine Antwort.

»Wer war die Frau, und auf welche Weise ist sie umgekommen?«

Sie biss die Zähne fest zusammen, als wollte sie sich selbst daran hindern, aus Versehen etwas zu sagen.

»Hat Ihr Vater sie umgebracht?«, ließ er nicht locker.

Sie schloss die Augen und senkte den Kopf ein wenig. War das eine Verneinung?

»Wollen Sie wirklich zulassen, dass man ihn hängt?«, fragte er.

Es war, als hätte er sie geschlagen.

Am liebsten hätte er ihr, von Mitleid überwältigt, tröstend die Hand auf den Arm gelegt, doch das wäre äußerst unpassend gewesen. Er kannte sie kaum.

»Wer war die Frau?«, wiederholte er.

Ihre Augen füllten sich mit Tränen.

»Ich glaube, ich bin nicht Miss Graves.« Der Anflug eines bitteren Lächelns, mit dem sie sich wohl selbst verspottete, trat auf ihre Lippen.

Was mochte sie mit diesem sonderbaren Satz meinen? Er war vollkommen verwirrt.

Sie sah seinen Blick und sagte mit beinahe freundlicher Stimme: »Doch, Russell Graves ist mein Vater. Ich wünschte, er wäre es nicht. Die Frau auf dem Teppich war Winifred

Graves, seine erste Ehefrau. Jedenfalls hat sie das gesagt. Ich glaube ihr.«

»Was sagen Sie da?«

Sarah schüttelte den Kopf. »Er hat kürzlich von einem entfernten Vetter geerbt – sein Adelsprädikat, ausgerechnet, mitsamt dem zugehörigen Grundbesitz, außerdem das gesamte Geldvermögen. Ist das nicht absurd?« Die Verachtung in ihrer Stimme war schneidend. »Die Frau muss irgendwie davon erfahren haben. Ich weiß nicht einmal, wo sie gewohnt hat. Jedenfalls ist sie eines Tages hier aufgetaucht, um uns mitzuteilen, dass er sich nie von ihr hatte scheiden lassen, sodass sie nach wie vor Anspruch auf ihren Anteil an seinem Reichtum hatte. Dem Gesetz nach gelten Arthur und ich nun mit einem Mal als unehelich und unsere Mutter als unverheiratet, als Konkubine eines Bigamisten.«

Daniel begriff sogleich die Situation. Er konnte an Sarahs Gesicht ablesen, was für eine Katastrophe das für sie bedeutete und wie tief diese Ungerechtigkeit sie getroffen haben musste. Sie war rechtlos, hatte keine Stellung in der Gesellschaft mehr und konnte, sofern ihr Vater das für richtig hielt, von einem Tag auf den anderen mittellos und ohne Obdach dastehen.

Graves selbst würde die Schande allerdings auch nicht erspart bleiben. Bigamie war ein Verbrechen, auf das Gefängnis stand. Vielleicht hatte er darin ein Motiv gesehen, jene Winifred umzubringen. Doch auch für Ebony – und bei Licht besehen ebenso für Sarah – wäre das ein Motiv gewesen, ja, sogar für Arthur. Allerdings kam er wegen seiner Behinderung als Täter nicht infrage. Einen flüchtigen Augenblick lang überlegte Daniel, ob Sarah nicht doch, gleichsam als Rächerin ihrer Mutter, Winifred den tödlichen Schlag versetzt haben könnte. Ein Wutanfall, der Gedanke an den unerträglichen Verlust, den die neue Situation nicht nur für

Ebony selbst, sondern mehr noch für ihre Kinder bedeutete. Ein solch gewaltiges Ausmaß an Ungerechtigkeit würde jeden an seine Grenzen treiben.

Er kehrte in die Wirklichkeit zurück. »Wer hat die Frau getötet?«, fragte er erneut. Graves durfte man als Täter keineswegs von vornherein ausschließen. Würde Sarah lügen? Es wäre für sie eine einfache Lösung. »War es Ihr Vater?«

Würde sie ihm die Wahrheit sagen? Oder würde sie schweigen, gleichsam tatenlos zulassen, dass man ihren Vater hinrichtete?

Mit Tränen in den Augen schüttelte sie den Kopf kaum wahrnehmbar. Wenn Daniel sie nicht so aufmerksam beobachtet hätte, wäre ihm diese winzige Bewegung wohl entgangen. Sie schien auf ihrem Stuhl ein wenig zu schwanken. Miriam stand auf, ging schweigend zu ihr und legte die Arme um sie, als wollte sie sie stützen.

»Und, wer war es?«, fragte sie, beinahe flüsternd.

Sarah lehnte sich an sie. »Es war ein Unfall«, sagte sie mit unsicherer Stimme. »Sie hat meine Mutter angegriffen, und die hat sich gewehrt. Dabei ist Winifred ausgerutscht und mit dem Kopf auf die Kaminumrandung geprallt. Wenn Sie schon so viel wissen, ist Ihnen sicherlich auch bekannt, dass ihr Kopf nur eine einzige Verletzung aufweist.« Jetzt liefen ihr die Tränen über die Wangen, aber ihre Augen blickten wieder herausfordernd. Sie war entschlossen, sich zur Wehr zu setzen, um Mutter und Bruder zu schützen.

»Hat Ihr Vater davon gewusst?«, fragte Daniel. Er hatte nicht vor, zu fragen, ob Arthur im Bilde war. Sie würde auf jeden Fall lügen, um ihren Bruder zu decken, und Daniel war bereit, das durchgehen zu lassen.

»Nein.«

Mehr als dieses eine Wort war nicht nötig. Graves war also tatsächlich unschuldig – jedenfalls, was den Mordvorwurf betraf. Zwar freute sich Daniel, jetzt die Wahrheit zu wissen, aber zugleich bedrückte ihn der Gedanke an eine unerträgliche Ungerechtigkeit.

»Dann darf ich nicht zulassen, dass man ihn hängt«, sagte er unglücklich.

»Und auch Sie dürfen es nicht zulassen«, sagte Miriam zu Sarah, und es klang wie eine unumstößliche Tatsache. »Sie würden Ihres Lebens sonst nie wieder froh.«

Sarah hob ruckartig den Kopf und sah Daniel an. »Ich kann aber auch nicht zulassen, dass er zurückkommt und Mutter oder Arthur wieder schlägt. Was wird man mit ihr tun? Wir können nicht beweisen, dass es ein Unfall war. Man würde mir nicht glauben, selbst wenn ich einen Eid auf einen ganzen Stapel Bibeln ablegte. Arthur und ich gelten jetzt als unehelich. Wer würde sich um meinen Bruder kümmern, wenn man uns auf die Straße setzte? Wer würde für seine Medikamente aufkommen? Ich werde nicht dulden, dass das geschieht, nur weil mein Vater ein … ein Bigamist ist und …« Leise schluchzend lehnte sie den Kopf an Miriams Schulter. Trotz aller Mühe gelang es ihr nicht, den hilflosen Zorn und die Verzweiflung zu unterdrücken. Miriam schloss sie fester in die Arme und ließ sie sich ausweinen.

Was konnte Daniel tun? Er musste etwas unternehmen!

Auf jeden Fall musste er Ebony finden und dann jemanden mit der Wahrheit konfrontieren. Doch wen? Marcus ffford Croft? Man durfte Russell Graves nicht hinrichten, denn er war, wie es aussah, kein Mörder. Aber, großer Gott, er hatte sich so vieles andere zuschulden kommen lassen! Ihn straflos davonkommen zu lassen, wäre eine grobe Ungerechtigkeit.

Ob Blackwell da helfen konnte? Daniel kannte ihn gut genug, um zu wissen, dass er sich dafür auf keinen Fall an das Gericht wenden würde.

Kitteridge? Er würde das Gericht bemühen – und dabei käme nichts heraus.

Vielleicht war Miriam die Einzige, die hier helfen konnte. Dank ihrer naturwissenschaftlichen Kenntnisse würde sie beweisen, dass Ebony keine Schuld an Winifreds Tod trug, auch wenn sie an ihm nicht gänzlich unbeteiligt sein mochte. Daniel sah zu ihr hin, wie sie Sarah in den Armen hielt. Er war sich ganz sicher, dass sie alles in ihren Kräften Stehende tun würde, ohne sich um Gesetze und die damit verbundenen Gefahren zu kümmern.

Mit einem Mal fiel ihm ein, was der Fingerabdruckspezialist Ottershaw gesagt hatte: Geschworene waren grundsätzlich darauf aus, ein Urteil zu fällen, das zu ihren Vorstellungen von Gerechtigkeit passte. Vielleicht ließe sich beweisen, dass Winifreds Tod die Folge eines Unfalls war? Mit den Verbrennungen verhielt es sich allerdings gänzlich anders, doch als man ihr die zufügte, war sie bereits tot. Ebony hatte die Gelegenheit ergriffen, um vor ihrem Mann zu fliehen und so zu tun, als gebe es keine Winifred, in der Hoffnung, Graves werde dafür an den Galgen kommen. Oder hatte sie gar nicht so weit gedacht? Auf jeden Fall hätten Sarah und Arthur in dem Fall den Namen des Vaters oder zumindest sein Geld behalten können. Das war keine ideale Lösung, aber immerhin hätte es ihr Überleben gesichert.

»Miss Sarah«, sagte Daniel leise.

Sie wandte sich zu ihm um und sah ihn an.

»Führen Sie uns zu Ihrer Mutter, und wir bringen die Sache in Ordnung.« Ihm war bewusst, dass er damit große Versprechungen machte. Er war durchaus entschlossen, diese zu halten, wusste aber nicht, ob es ihm möglich sein würde. »Das müssen Sie um Arthurs wie auch um Ihrer selbst willen tun. Er hat sich nicht das Geringste zuschulden kommen lassen, kann aber nicht auf sich allein gestellt leben.

Lassen Sie ihn nicht im Stich. Mir ist klar, dass Sie dazu viel Mut brauchen, aber Davonlaufen würde alles nur schlimmer machen.« Nach kurzem Zögern wagte er sich noch weiter vor. »Es ist meine Pflicht, Ihren Vater vor dem Galgen zu bewahren, aber ich werde dafür sorgen, dass er wegen Bigamie ins Gefängnis kommt.« Gebe der Himmel, dass sie ihm die Wahrheit gesagt hatte, sonst könnte er selbst in Teufels Küche kommen.

Langsam hob sie den Kopf und sah ihn an. »Ja«, sagte sie nach einem kaum wahrnehmbaren Zögern, »ich bringe Sie zu ihr.«

KAPITEL 17

Als Miriam und Daniel wieder allein waren, wandte sie sich ihm zu. Ihr Gesicht war bleich, und sie sah aus, als könnte sie jeden Augenblick in Tränen ausbrechen. Sie straffte die Schultern und bemühte sich, ihre Gefühle nicht zu zeigen.

»Uns bleibt höchstens eine Stunde, um zu entscheiden, was wir tun wollen«, sagte sie. Allem Anschein nach war sie entschlossen, das Problem mit ihm gemeinsam zu lösen, und er war erleichtert, sie nicht darum bitten zu müssen.

»Wir … Ich … habe keine Wahl …«, begann er.

»Man hat immer eine Wahl«, fiel sie ihm ins Wort. »Irgendwie …«

»In diesem Fall nicht«, widersprach er leise, aber entschieden. Es war ein Eingeständnis, kein Sieg. »Außer im Hinblick auf die Art unseres Vorgehens. Wir müssen unbedingt wissen, ob diese andere Frau wirklich Ebony ist. Dass die Tote es nicht ist, wissen wir – das haben Sie nachgewiesen.«

Sie zuckte kaum merklich zusammen. Es schmerzte ihn, weil er die Qual dahinter erkannte und begriff, dass sie stark sein wollte. Zum ersten Mal sah sie beiseite.

»Die Naturwissenschaft gewährt Sicherheit«, sagte sie ohne jeden Nachdruck, »wenn sie auch nicht unbedingt den Geist beruhigt. Sie kann einen Menschen dazu zwingen, alles Mögliche ins Auge zu fassen, was er vielleicht gar nicht sehen will. Sie vermag die großartigen Vorstellungen zu zerstören, die man sich unter Umständen von der Menschheit gemacht hat. Sie kann uns bisweilen im gleichen Maße verwirren wie erleuchten. Aber sie rührt nicht ans Herz … Was für ein törichter Ausdruck – man fühlt ja nicht mit dem Herzen! Womit fühlt man? Mit der Vorstellungskraft? Wo sind unsere Empfindungen? Überall! Wer den Schmerz eines anderen erkennt, bei dem bleibt kein Teil seines Wesens davon unberührt.«

»Ich weiß. Das Gesetz bedeutet Sicherheit, aber nur auf dem Papier. Es wirkt elegant und kultiviert. Dabei sind seine Auswirkungen mitunter so verheerend wie die eines Vorschlaghammers. Kaum hat man mit Hilfe des Gesetzes an einer Stelle Ordnung geschaffen, taucht die nächste Schwierigkeit auf. Aber was auch immer geschieht: sofern Ebony noch lebt, müssen wir um jeden Preis verhindern, dass Graves an den Galgen kommt. Sie dürfen mir glauben, wenn ich wüsste, auf welche Weise sich die ganze Geschichte im Einvernehmen mit dem Gesetz entwirren ließe, ohne dass Sarah die Last der Schuld tragen muss, ich würde es tun.«

Sie sah ihn erneut an, sprach aber nicht sofort. Dann sagte sie in verwundertem Ton: »Das würden Sie tun?«

»Leider ist das lediglich eine rein hypothetische Überlegung. Niemand kann etwas, was er weiß, aus seinem Gedächtnis tilgen.«

»Und wenn sich nicht beweisen ließe, ob es Ebony ist oder nicht?«, fragte sie.

Er lächelte. »Es lässt sich beweisen«, sagte er. Seine Stimme klang sicher. »Ihre Kinder sind ihr ähnlich. Nicht so, dass man es auf den ersten Blick sieht, aber in Gesten, im Klang der Stimme, dem gegenseitigen Verstehen, bevor ein Satz zu Ende gesprochen ist. Arthurs Teint und Haarfarbe, die Art, wie Sarah den Kopf hält. Und auch ganz davon abgesehen, wird es ihr unmöglich sein, vor uns zu verbergen, was sie für die beiden empfindet.«

Auf Miriams Gesicht legte sich ein kaum erkennbarer flüchtiger Schatten, der sich in ihren Augen spiegelte. »Ähneln Sie Ihrer Mutter?«

Die Frage überraschte ihn. »Ich denke schon. Wenn Sie uns zusammen sähen, würden Sie das merken. Mein Körperbau ist zwar der meines Vaters, aber Gesichts- und Haarfarbe habe ich von ihr. Außerdem … Ich kann es nicht genau sagen; es sind lauter Kleinigkeiten. Bei meiner Schwester Jemima ist das sogar noch ausgeprägter. Die Ähnlichkeit liegt in der Art, wie sie sich bewegt, in bestimmten Gesten, Dingen, die sie zum Lachen bringen …« Er hielt inne, weil er merkte, dass seine Freude, die Sehnsucht, die er empfand, wenn er über diese Familienähnlichkeiten sprach, auf Miriams Zügen kein Echo fand. Offensichtlich war ihr das Thema schmerzlich.

»Ich kann mich an meine Mutter so gut wie gar nicht erinnern«, sagte sie. »Bei ihrem Tod war ich noch sehr klein. Wir haben auch keine Bilder von ihr. Da zwischen meinem Vater und mir keine besondere Ähnlichkeit besteht, vermute ich, dass ich eher ihr ähnele. Das Einzige, was ich über sie weiß, ist, dass sie rote Haare hatte und mein Vater sie sehr liebte. Er hat es nicht über sich gebracht, wieder zu heiraten, nicht einmal, damit ich eine Mutter bekam. Es wäre aber auch schrecklich, das einer Frau anzutun – sie ohne Liebe zu heiraten, damit sie sich um das Kind kümmert.«

Daniel wusste so vieles über seine Mutter, dass er gar nicht gleichzeitig an alles denken konnte. An jedem Tag seines Lebens war sie auf die eine oder andere Weise in seinem Leben gegenwärtig gewesen, sei es in Gedanken oder in Person. Es gab keinen Tag, an dem er nicht etwas von ihr gelernt, sie ihm nicht etwas gegeben hatte, sie nicht gemeinsam etwas lustig gefunden oder gegen etwas aufbegehrt hatten. Welche Worte waren bedeutend genug, um dem gerecht zu werden?

Wie es schien, hatte Miriam seine Schwierigkeit erkannt. Sie lächelte. »In dem Fall werden Sie Ebony identifizieren, falls es mir nicht gelingt. Daran hängt jetzt alles. Können wir die Frau dazu bringen, sich den Behörden zu stellen? Hätte man mich so behandelt wie sie, ich hätte entsetzliche Angst zurückzukehren. Falls wir Graves retten – und das müssen wir –, können wir dann auch sie retten?« Ein Schatten legte sich auf ihr Gesicht. »Und dann ist da noch die Sache mit dem Buch. Was können wir ihr versprechen, ohne dass wir Gefahr laufen, es nicht halten zu können?«

Daniel richtete den Blick in die Zukunft. »Ich bin nicht sicher. Auch eine Hinrichtung Graves' würde das Erscheinen seines Buches nicht zwangsläufig verhindern. Wir müssen dafür sorgen, dass er in einem schlechten Licht erscheint, oder der Öffentlichkeit zumindest zeigen, dass seine Behauptungen unwahr sind. Es gibt so viel zu tun …«

Sie deutete ein Lächeln an. »Dann sollten wir uns besser beeilen, um diesen Teil der Geschichte hinter uns zu bringen. In dem Punkt bleibt uns tatsächlich keine Wahl.«

Sie hielt inne und schloss einen Moment lang die Augen, um sich zu konzentrieren. »Wenn es sich bei der Frau, zu der Sarah uns bringen will, tatsächlich um Ebony handelt, ist es unsere Pflicht, Graves zu retten.« Sie schüttelte den Kopf, als wollte sie sich selbst etwas ausreden. »Und was ist, wenn Sarah uns nicht die Wahrheit gesagt und Ebony diese Winifred vorsätzlich umgebracht hat? Wie schützen wir sie in dem Fall, ohne Sarahs Vertrauen zu missbrauchen? Dass sie uns vertraut, beweist sie ja damit, dass sie uns zu ihr führen will …«

»Wir haben ihr keine Wahl gelassen«, wandte Daniel ein.

Sie sah ihm offen ins Gesicht. »Das genügt nicht. Sie hätte sich einfach weigern können. Vor die Wahl gestellt, ob ihr Vater oder ihre Mutter gehängt werden soll, würde sie auf jeden Fall den Vater preisgeben. Sie hasst ihn und hat Angst vor ihm. Angst nicht nur um sich selbst, sondern auch um Arthur – und letzten Endes auch um Falthorne, der ihr von klein auf stets treu ergeben war. Wir müssen auf der Hut sein, Daniel, und mit größtem Geschick vorgehen.«

»Das ist mir bewusst. Ehrlich gesagt, tue ich das nur mit größtem Widerwillen. Aber wir müssen Graves retten, zumindest aber Sarah vor dem Verdacht bewahren, sie habe sich gleichsam damit einverstanden erklärt, dass man ihn für ein Verbrechen hinrichtet, von dem wir alle wissen, dass er es nicht begangen hat. Davon würde es keinen Weg zurück geben.«

Miriam runzelte die Stirn. »Meiner festen Überzeugung nach gibt es immer einen. Aber er könnte sehr schwer werden.«

»Ich möchte Graves an einem Ort sehen, von dem kein Weg zurück führt!«, stieß er wütend hervor. »Und wir dürfen nicht länger damit warten.«

Sie streckte besänftigend die Hand aus. »Ich weiß … ich weiß.«

Während sie und Daniel auf die Tür zugingen, hörten sie Schritte im Vestibül. Dann sahen sie Sarah, die, zum Ausgehen gekleidet, dort auf sie wartete.

»Ich bin bereit«, sagte sie mit leicht unsicherer Stimme.

»Ist es weit?«, erkundigte sich Miriam.

»Ungefähr zwanzig Minuten zu Fuß«, gab Sarah zur Antwort, wobei sie den Blick auf Miriams Füße richtete, um zu sehen, ob sie für einen solchen Weg geeignetes Schuhwerk trug. Offenbar war sie mit dem Ergebnis zufrieden. »Kommen Sie bitte mit.«

Es ging die Straße entlang durch den Kern des großen Dorfes, das im Begriff stand, eine Kleinstadt zu werden. Zwar breitete sich London rasch immer weiter aus, sodass es nach und nach nahtlos mit den umliegenden Gemeinden verschmolz, doch besaß Herne Hill nach wie vor eine erkennbare Ortsmitte mit Geschäften, Kirchen und einigen äußerst ansehnlichen großbürgerlichen Wohnhäusern sowie verschiedenen Kontoren. Sarah nickte Menschen zu, an denen sie vorüberkamen, blieb aber bei niemandem stehen, um einige Worte zu wechseln. Ihre Situation war außergewöhnlich unangenehm. Sicherlich merkte sie nichts von dem sonnigen Mainachmittag.

Am Ortsende ging es auf offenes Land mit Bauernhöfen, Schweinen und Ziegen. Hier und da grasten Kühe. Sarah verlangsamte den Schritt, als sei sie unsicher. Wusste sie nicht weiter, oder hatte sie es sich anders überlegt und war nicht länger bereit, sie zu ihrer Mutter zu führen?

Nach einem raschen Blick zu Daniel beschleunigte Miriam ihre Schritte, bis sie Sarah erreicht hatte, die lustlos wirkte, und hängte sich, wie es schien, freundschaftlich bei ihr ein. Daniel war überzeugt, dass sie entschlossen war, sie nicht loszulassen, bis sie an ihrem Ziel angelangt waren.

Nach einer Weile blieb Sarah vor einem hölzernen Gartentor stehen, holte tief Luft und stieß es dann auf. Miriam und Daniel folgten ihr auf dem Fuß. Über eine Grasfläche strebten sie der Tür eines kleinen Hauses entgegen. Eine Frau in einem schlichten braunen Kleid kam heraus. Nach einem fragenden Blick auf Sarah sah sie misstrauisch erst zu Daniel und dann zu Miriam.

»Es ist in Ordnung, Mrs. Wilson«, sagte Sarah mit ruhiger Stimme. »Es sind Freunde, die gekommen sind, um zu helfen. Wo ist meine Mutter?«

Mrs. Wilson wandte sich um und blickte in den Flur, aus dem mit langsamen Schritten eine sehr schlanke mittelgroße Frau trat. Ihr Gesicht war bleich, sie wirkte erschöpft und furchtsam. Beim Anblick ihres tiefschwarzen Haars und der Augen, die ausgesprochen dunkel waren, wusste Daniel sofort, dass sie Sarahs Mutter sein musste. Auch im Gesicht der beiden, der Form des Mundes und der schlanken Form der Hände gab es Ähnlichkeiten. Niemandem konnte entgehen, dass die beiden miteinander vertraut waren.

»Mutter, sie haben herausbekommen, dass du lebst, und sie sind hier, um dir … um uns zu helfen. Uns bleibt keine andere Möglichkeit.« Sarahs Stimme klang so angestrengt, als sei ihre Kehle ausgedörrt.

Daniel spürte ihre Angst, als sei es seine eigene. Miriam trat vor. »Ebony!« Sie konnte sie in dieser Situation unmöglich Mrs. Graves nennen. »Für jeden von uns gibt es nur noch einen Ausweg. Sie und Sarah dürfen nicht dulden, dass er gehängt wird. Das Schuldgefühl würde Ihre Tochter lebenslang verfolgen. Verlangen Sie das nicht von ihr.«

Daniel ließ den Blick von der Mutter zur Tochter wandern und erkannte Verzweiflung auf Sarahs Gesicht. Als er erneut zu Ebony sah, merkte er, dass sie die Schultern hängen ließ. Alle Willenskraft schien sie verlassen zu haben.

Auch Sarah entging das nicht. »Bitte, nein …«, begann sie, ohne weiterzusprechen.

An Daniel gewandt, wollte Ebony wissen: »Was soll ich Ihrer Ansicht nach tun?« Es war keine Kapitulation, sondern eine einfache Frage. Noch gab sie nichts preis.

Wieder kam die Antwort von Miriam. »Wir sollten hineingehen, sofern Mrs. Wilson damit einverstanden ist. Ich bin Medizinerin und möglicherweise in der Lage, zu beweisen, wie übel man Ihnen und Sarah mitgespielt hat.«

»Knochenbrüche verheilen im Laufe der Zeit«, sagte Ebony bitter. »Sie schmerzen bei Kälte und Nässe, aber das kann man nicht sehen. Ohnehin darf ein Mann seine Frau nach Belieben schlagen. Er verstößt damit gegen kein Gesetz. Auch seine Kinder, das ist ebenso wenig verboten.«

»Aber Sie sind doch gar nicht seine Frau«, sagte Miriam.

Ebony zuckte zusammen. »Ich dachte immer, ich sei es«, erwiderte sie voll Bitterkeit.

»Es ist ohne Weiteres möglich, dass er wegen Bigamie zu einer Haftstrafe verurteilt wird«, meldete sich Daniel zu Wort. »Darauf stehen bis zu sieben Jahre Gefängnis. In der Zeit kann viel geschehen. Und Winifred wird ihn jetzt nicht mehr beerben. Ich weiß nicht, wie das Ganze ausgehen wird, aber wir müssen vor allem die Hinrichtung verhindern, denn andernfalls würde Ihnen und Ihrer Tochter die Schlinge für den Rest Ihrer Tage um den Hals liegen. Und übrigens auch Ihrem Sohn, falls er eingeweiht war.« Mit einem Mal kam Daniel ein Gedanke. »Das gilt ebenfalls für Ihren Butler Falthorne, sofern er Ihnen geholfen hat. Das hat er doch wohl getan, nicht wahr? Können Sie wirklich zulassen, dass ihn diese Last sein Leben lang bedrückt? Das würde sie zweifellos tun.«

Ebony schlug sich die Hände vors Gesicht. Ihre Schultern waren starr, aber sie weinte nicht. Vielleicht war sie sogar dafür zu erschöpft. Zwar war sie in die Enge getrieben und zu ermattet, als dass sie sich länger hätte wehren können, doch sie dachte nicht daran, aufzugeben.

»Mr. Graves ist nach wie vor im Gefängnis«, teilte Daniel ihr in freundlichem Ton mit. »Miss fford Croft hier wird mit einem speziellen Gerät, das durch die Haut eines Menschen hindurch Knochenbrüche anzeigen kann, beweisen, dass er Sie misshandelt hat. Damit lässt sich sogar nachweisen, dass das über einen längeren Zeitraum hinweg geschehen ist.«

Ebony nahm die Hände herunter und sah ihn ungläubig an.

»Es gibt vieles, was wir tun können«, beeilte er sich hinzuzufügen. »Aber um etwas zu erreichen, müssen wir geschickt und rasch vorgehen. Für einen Berufungsantrag ist es noch nicht zu spät. Falls Mr. Graves hingerichtet würde, wären wir alle an seinem Tod mitschuldig.«

»Müssen wir zu ihm zurück?«, fragte sie mit leiser, gequälter Stimme. Das war alles, was sie herausbringen konnte.

»Nein. Sie können ins Haus zurückkehren, in Ihr Haus. Er ist im Gefängnis, und ich werde alles mir Mögliche tun, um zu erreichen, dass man ihm wegen Bigamie den Prozess macht und ihn verurteilt. Allerdings lässt sich nicht vermeiden, dass Sie sich den Behörden stellen, um den Nachweis zu erbringen, dass Sie am Leben sind.« Er holte tief Luft und stieß sie langsam wieder aus. So schwer es ihm fiel, das Nächste zu sagen, ihm blieb keine Wahl. Es wäre nicht nur unredlich, es aufzuschieben, sondern er würde auch Ebonys Vertrauen damit unwiederbringlich verlieren.

»Es wird leider auch nötig sein, dass Sie bestätigen, wer Winifred war und auf welche Art sie umgekommen ist«, fuhr er fort. »Außerdem werden Sie zugeben müssen, dass Sie die Leiche vorsätzlich entstellt haben, damit es so aussah, als handele es sich um Sie selbst … und dass Ihnen bewusst war, dass man Russell Graves unter Umständen als Mörder hinrichten würde.«

»Muss ich ins Gefängnis? Und was ist mit Sarah und Arthur? Sie haben nichts davon gewusst.«

Der Klang ihrer Stimme und die Angst in ihren Augen zeigten Daniel deutlich, dass sie die Unwahrheit sagte. Dazu war er nicht auf Sarahs Geständnis angewiesen. Was mit Arthur war, wollte er lieber gar nicht erst wissen.

»Ihre Tochter hat Ihnen geholfen …«

»Nein! Sie hat nichts davon gewusst.« Ebonys Stimme klang schrill, und sie schüttelte heftig den Kopf.

»Sie haben dazu Ölseide und aus den Malutensilien Ihres Sohnes Leinöl benutzt …«

Sie warf rasch einen Blick auf ihre Tochter und zwang sich dann, erneut Daniel anzusehen. »Nein!«

»Doch«, sagte Miriam mit ruhiger Stimme und ohne jeden Nachdruck. Ebony mochte das Leid darin nicht gehört haben, doch Daniel entging es nicht.

»Die Frau war bereits tot; Sie haben ihr keine Schmerzen zugefügt, sondern sie lediglich so zugerichtet, damit man sie mit Ihnen verwechselte. Und vorher haben Sie das Kleid der Toten in Ihren Schrank gehängt und ihr eines Ihrer eigenen angezogen. Es war für Sie eine Möglichkeit, endlich Russell Graves zu entkommen.«

»Sarah hat nichts …«

Daniel schaltete sich erneut ein. »All das haben Sie also allein getan. Oder wollten Sie damit sagen, dass Ihnen Mr. Falthorne zur Hand gegangen ist?«

Der Zwiespalt auf ihren Zügen war unübersehbar. Es schmerzte Daniel, diesen Kampf mit anzusehen.

»Ich kann Ihnen helfen, Ebony. Dazu muss ich aber die volle Wahrheit wissen.« Versprach er übereilt etwas, was er nicht würde halten können? »Wenn Sie lügen, wird das Gericht dahinterkommen! Wollen Sie als Winifreds Mörderin gehängt werden?«

»Ich habe sie nicht getötet!« Jetzt lag Verzweiflung in ihrer Stimme. »Wie eine Hyäne ist sie laut kreischend über mich hergefallen. Ich habe sie von mir gestoßen, weil ich Angst hatte, sie würde mir die Augen auskratzen. Dabei ist sie rücklings über ihren Rocksaum gestolpert, hingefallen und hat sich den Kopf an der Kaminumrandung eingeschlagen. Das schwöre ich!«

»Dann helfen Sie mir bitte, das zu beweisen. Wenn schon nicht in Ihrem eigenen Interesse, dann um Ihrer Kinder willen«, appellierte Daniel an sie. Er wollte für die Frau einen Freispruch erwirken und zugleich dafür sorgen, dass die Öffentlichkeit Graves als Lügner und Verleumder wahrnahm. Wenn es nach ihm ginge, würde das Gericht den Bigamisten zu einer so langen Freiheitsstrafe verurteilen, dass sie ihn seelisch zerbrach.

Sie sah Daniel lange an, suchte in seinem Blick nach Hoffnung, nach Hinweisen darauf, dass sie ihm vertrauen durfte. Sie konnte es nicht recht glauben, aber sie war des Kämpfens müde. Außer ihm hatte sie niemanden, an den sie sich hätte wenden können. »Einverstanden. Aber Sie müssen dem Gericht klarmachen, dass Sarah nichts damit zu tun hatte.«

Daniel sah zu Miriam hinüber. Ganz wie vermutet, machte sie eine kaum wahrnehmbare verneinende Kopfbewegung.

Er unterließ es, Ebony zu sagen, dass das nicht der Wahrheit entsprach und ihm das bekannt war. In dieser verzwickten Situation ging es darum, die Probleme eins nach dem anderen zu lösen. Eine andere, bessere Möglichkeit gab es nicht.

Miriam hielt Ebony die Hand hin. Zu erschöpft, um weiter zu kämpfen, griff diese zögernd danach.

KAPITEL 18

Jetzt war es nur noch eine gute Woche, bis man Russell Graves hinrichten würde, wenn keine Berufung gegen das Todesurteil eingelegt wurde. Da Ebony nachweislich noch lebte, dürfte es keine übermäßigen Schwierigkeiten bereiten, dessen Aufhebung zu erreichen.

Miriam hatte Röntgenaufnahmen von Ebony wie auch von Sarah gemacht und war mit deren Qualität zufrieden – alles, worauf es ankam, ließ sich deutlich erkennen.

»Sehen Sie hier«, sagte sie in ihrem Kellerlabor zu Daniel und wies auf die Aufnahmen von Ebonys Skelett. »Sie hatte an mehreren Stellen Knochenbrüche, unter anderem am Handgelenk.«

»Ließe sich das nicht auch als Folge eines Unfalls ansehen?« Daniel hoffte aufrichtig, dass es sich nicht so verhielt.

»Dann müssten es schon mehrere Unfälle gewesen sein«, gab Miriam zur Antwort. »Sehen Sie, wie unterschiedlich die Stellen schattiert sind? Die hier am Handgelenk ist ziemlich dunkel, die andere ein stumpfes Weiß, und die hier leuchtend weiß. Das bedeutet, dass die Fraktur dort länger zurückliegt als die anderen. Sie ist vor langer Zeit verheilt, meiner Schätzung nach vor sechzehn oder siebzehn Jahren.

Es gibt noch andere solche Stellen, zum Beispiel am linken Bein und am rechten Fuß, außerdem an drei Rippen. Keine zwei davon sind zur selben Zeit entstanden. Es ist mehr als unwahrscheinlich, dass jemand so oft einen Unfall erleidet.«

»Wir können aber wohl nicht beweisen, dass er ihr das zugefügt hat, oder?« Daniel hatte zwar nur wenig Hoffnung, stellte aber die Frage trotzdem. »Irgendjemand müsste das doch mitbekommen haben.«

»Wahrscheinlich ihre Zofe. Nur dürfte Graves der gekündigt haben. Ich bin bereit, zu wetten, dass sie eine ganze Reihe von Zofen gehabt hat.«

»Hätte Ebony nicht Wert darauf gelegt, ihre Zofe zu behalten, damit die sich um sie kümmerte? Bestimmt hat sie doch einen Menschen um sich haben wollen, dem sie vertrauen konnte«, ließ er nicht locker.

Miriam verdrehte die Augen in gespielter Verzweiflung. »Sie hatte bei der Einstellung oder Entlassung von Personal kein Mitbestimmungsrecht. Diese Entscheidungen hat mit Sicherheit immer er getroffen, und sicherlich hat er auch Hausangestellte entlassen, die zu viel wussten. Ganz davon abgesehen, ist es noch sehr die Frage, ob sie überhaupt den Mut aufgebracht hätten, Außenstehenden etwas über solche Vorfälle zu sagen.«

Schlagartig und mit tiefem Mitgefühl begriff Daniel, wie unendlich einsam die Frau gewesen sein musste. Wie tapfer sie in der Gesellschaft, vor ihren Bekannten und all denen, an deren Seite sie für die gemeinsame Sache kämpfte, den Schein gewahrt haben musste – ja, sogar dem Hauspersonal gegenüber.

Wie viele der Dienstboten mochten davon gewusst haben, ohne sich aus Taktgefühl – oder Furcht – etwas anmerken zu lassen? Daniels Abscheu Graves gegenüber wurde nahezu übermächtig. »Wir müssen es unbedingt beweisen. Wir dürfen keinesfalls zulassen, dass das wieder von vorn anfängt. Und Sarah …«

»Ich wünschte, man könnte das Todesurteil bestehen lassen«, sagte Miriam. Dass es ihr damit ernst war, ließ sich überdeutlich sehen, denn alle Begeisterung war aus ihrem Gesicht geschwunden. »Aber das geht nicht.« Sie sah ihn fragend an. »Was werden Sie jetzt tun?«

»Ich kann die Sache nicht länger hinausschieben; ich muss Kitteridge davon berichten, denn es ist sein Fall. Außerdem muss ich Ihrem Vater Bescheid geben, sobald ich sicher bin, dass ich Beweise in der Hand habe. Aber …« Er hielt inne. Er wollte ihr mehr über die Biografie sagen, die ihm nach wie vor zu schaffen machte. Er suchte nach einer Möglichkeit, das zu tun, ohne ansprechen zu müssen, dass gewisse Anschuldigungen, die seinen Vater betrafen, der Wahrheit entsprachen.

Jedenfalls galt das für Dinge, die Narraway über bestimmte Personen gewusst und in einer Namensliste notiert hatte. Diese Menschen waren erpressbar geworden, weil sie irgendwann einen Fehler begangen hatten, der nicht bekannt werden durfte. Daniels Vater hatte eingeräumt, dass eine solche Akte existierte. Die Arbeit beim Staatsschutz brachte es mit sich, dass man mit den Geheimnissen dieser und jener Menschen in Berührung kam. Da galt es, abzuwägen, inwieweit man das Lebensglück des einen möglicherweise gegen das Leben eines anderen ausspielen konnte oder sollte. Es war eine Frage des Urteilsvermögens.

Ob Narraway jederzeit richtig geurteilt hatte? War dazu überhaupt jemand fähig?

Daniel wollte auf keinen Fall in die Lage kommen, über andere urteilen zu müssen, am allerwenigsten über Menschen, die ihm nahestanden und deren Tun und Handeln er nie infrage gestellt hatte. Ging das den meisten Menschen so? Behandelten sie diejenigen liebevoll, die ihnen etwas bedeuteten, und solche, die sie nicht leiden konnten, feindselig? Das gehörte sich nicht, war bösartig und überdies unklug. Ganz davon abgesehen, entsprach es nicht dem Geist des Gesetzes. Unvoreingenommenheit war die Grundlage jeder Rechtsprechung. Wie oft irrten sich Menschen in ihren Gefühlen für andere!

Wäre Graves tatsächlich in der Lage, mit seinem Buch dem Staatsschutz und dessen Fähigkeit zu schaden, das Maß an Macht auszuüben, das er zur Erfüllung seiner Aufgaben brauchte? Gab es die Möglichkeit, die Sache vom Standpunkt seines Vaters aus darzustellen? Jemand – er hatte vergessen, wer – hatte ihm einmal gesagt, Demut sei eine wichtige Voraussetzung auf dem Weg zur Weisheit.

Er würde seinen Vater aufsuchen und mit ihm sprechen. Zumindest wollte er ihn auf das vorbereiten, was ihn unter Umständen erwartete. Aber zuvor musste er zu Kitteridge. Das war er ihm schuldig.

Von Impney wusste Daniel, dass sich Kitteridge in der juristischen Bibliothek aufhielt. Schon beim Betreten des Lesesaals erkannte er ihn an der Haltung, mit der er sich, in tiefer Konzentration, wie es schien, über den riesigen Bibliothekstisch beugte. Erst als Daniel vor ihm stand und sein Schatten auf den Folianten vor Kitteridge fiel, hob dieser den Blick.

»Was wollen Sie?«, fragte er flüsternd. »Ich weiß inzwischen, wer der Verleger ist, habe aber sonst nichts weiter herausbekommen.« Er wirkte eher müde und enttäuscht als ärgerlich. Seine Aufgabe als der Ältere und Ranghöhere war es, die wichtigen Vorarbeiten zu leisten.

»Ich habe etwas«, sagte Daniel.

»Ach, tatsächlich?« Kitteridge rieb sich die Augen. »Und was?« Er bemühte sich, Daniel korrekt zu behandeln, aber seine Stimme klang uninteressiert.

»Lassen Sie uns eine Tasse Tee trinken«, schlug Daniel vor. »Da kann ich es Ihnen in Ruhe berichten.«

Kitteridge wirkte lustlos. »Dafür haben wir keine Zeit. Für den Revisionsantrag bleibt uns nur noch eine Woche.«

»Die Zeit reicht gut und gern, wenn Sie mir zuhören und helfen«, sagte Daniel beschwörend, wobei er jeden Impuls, zu frohlocken, unterdrückte. Wenn ihn Kitteridge nicht unterstützte, würde es ihm keinesfalls gelingen, Graves der verdienten Strafe zuzuführen, ohne dass dieser eine Gelegenheit bekam, sein Buch herauszubringen. Das aber zu verhindern, hielt Daniel für weit wichtiger als alles, womit sich Kitteridge gerade beschäftigen mochte.

Kitteridge erhob sich schwerfällig; seine langen Beine fanden unter dem Bibliothekshocker so recht keinen Platz.

Schweigend traten sie aus dem Lesesaal in den langen Korridor und verließen das Gebäude durch die Doppeltür. Erst als sie die Teestube erreicht und sich gesetzt hatten, war Kitteridge bereit, sich anzuhören, was ihm Daniel zu sagen hatte.

»Also, was gibt es?«, begann er.

»Graves hat Ebony nicht umgebracht«, teilte ihm Daniel mit. »Daran kann nicht der geringste Zweifel bestehen, denn sie lebt noch.«

Kitteridges Gesichtszüge spannten sich an. »Ich bin nicht in der Stimmung für lahme Witze, Pitt. Man wird den Mann hängen, es sei denn, wir finden einen Grund, eine Revision des Urteils zu beantragen.«

»Wie ich gesagt habe, sie lebt noch«, wiederholte Daniel. »Die Tote war eine gewisse Winifred, Graves' erste Ehefrau – genauer gesagt, seine *einzige rechtmäßige*. Der Mann ist Bigamist. Sie hatte von seinem unverhofften Erbe erfahren und war gekommen, um ihren Anteil daran zu fordern …«

»Herrgott!«, stieß Kitteridge hervor. »Und wer hat sie dann umgebracht? Etwa Ebony? Verdenken könnte ich es ihr nicht. Der Teufel soll den Burschen holen!«

»Es war ein Unfall«, erklärte Daniel. »Und ich denke, wir können das auch beweisen. Miriam fford Croft hat Aufnahmen von den Knochen gemacht, die eindeutig nachweisen, dass Ebony über einen Zeitraum von etwa zwanzig Jahren immer wieder misshandelt wurde. Außerdem möchte ich den Mann wegen Bigamie ins Gefängnis bringen.«

»Kein Mord, sondern ein Unfall? Es dürfte schwerfallen, das zu beweisen. Wenn stimmt, was Sie mir da sagen, hatte Ebony reichlich Grund, die Rivalin aus dem Weg zu räumen.«

Kitteridge verzog das Gesicht zu einer sonderbaren Grimasse des Mitgefühls. Offenbar war er fest davon überzeugt, dass seine Annahme zutraf, und das quälte ihn.

Dies Mitgefühl machte ihn Daniel sympathischer. »Einfach wird das nicht«, gab er zu. »Aber wir müssen es versuchen. So recht es uns vielleicht wäre, dürfen wir nicht zulassen, dass man Graves für den Mord an einer Frau hängt, von der wir wissen, dass sie noch lebt.«

»Für den war es bestimmt mächtig peinlich, dass seine vorige oder, wie Sie sagen, eigentliche Ehefrau aufgetaucht ist. Könnte *er sie* umgebracht haben?«, fragte Kitteridge hoffnungsvoll.

»Nein, leider nicht. Wäre das seine Absicht gewesen, hätte er das früher getan und so hingedreht, dass Ebony oder sonst jemand dafür hätte geradestehen müssen. Die Leiche hätte er wahrscheinlich verschwinden lassen. Das wäre in einem solchen Fall das einzige erfolgversprechende Vorgehen gewesen.«

»Aber wir wissen, dass es eine Leiche gibt. Ist es wirklich sicher, dass Ebony die Frau nicht umgebracht hat?«, fragte Kitteridge.

»Ja, und der Grund für den ganzen Feuerzauber war, dass sie die günstige Gelegenheit nutzen wollte, um aus Graves' Leben zu verschwinden«, antwortete ihm Daniel. »Ebony hat Winifred entstellt, damit es so aussah, als ob es sich bei der Toten um Ebony selbst handelte.«

»Und Graves sollte dafür an den Galgen kommen. Hübsch ausgedacht.« Dem Gesichtsausdruck Kitteridges war nicht zu entnehmen, ob er das eher sarkastisch oder erbittert meinte. »Und warum sagen Sie mir das alles jetzt?«

»Weil ich Ihre Hilfe brauche.«

»Ich nehme an, dass Marcus fford Croft die Sache selbst in die Hand nehmen will, so als eine Art letztes Hurra. Er war in seiner aktiven Zeit als hervorragender Strafverteidiger bekannt«, sagte Kitteridge.

»Möglich«, entgegnete Daniel, »aber das würde er sicher nicht ohne Ihre Unterstützung tun. Auf jeden Fall sollten wir mit ihm sprechen, damit er dafür sorgt, dass Graves im Interesse seiner Angehörigen wegen Bigamie der Prozess gemacht wird. Sobald die Existenz der ersten Ehefrau öffentlich bekannt wird, sind Ebony und die Kinder überall unten durch. Ich muss aber noch etwas anderes tun, und das ist mir sogar noch wichtiger als …«

Kitteridge wollte aufbegehren, aber er sah in Daniels Augen etwas, was ihn daran hinderte. »Nämlich?«

»Das Buch, an dem Graves arbeitet«, erklärte Daniel. »Ich habe Ihnen ja gesagt, dass er darin verschiedene Personen angreift. In erster Linie sind das zwei, die mir wichtig sind, auch wenn sie nicht mehr leben, und dann natürlich mein Vater, der durchaus noch lebt.«

»Sie haben von Lord Narraway und seiner Gattin gesprochen …«

»Ja, Lady Vespasia Cumming-Gould …«

»Lady Vespasia Narraway«, korrigierte ihn Kitteridge.

»Ich habe sie den größten Teil meines Lebens als Lady Vespasia Cumming-Gould gekannt.«

Kitteridge machte große Augen. »Sie haben sie gekannt? Wirklich?«

»Meine Eltern waren ziemlich eng mit ihr befreundet. Ich muss eine Möglichkeit finden, zu verhindern, dass das Buch erscheint, bevor wir bekanntgeben, dass Graves keinen Mord begangen hat. Dafür genügt es nicht, dass er der Bigamie schuldig ist.«

»Wissen Sie auch schon, wie Sie das anstellen wollen?«, erkundigte sich Kitteridge.

»Bis jetzt habe ich nur eine … ziemlich verschwommene Vorstellung davon. Uns bleibt nicht viel Zeit …«

»Das können Sie laut sagen.«

»Was empfehlen Sie mir?«, fragte Daniel unwillkürlich etwas schärfer, als er beabsichtigt hatte.

»Sagen Sie fford Croft erst einmal nichts davon. Ich meine … warten Sie bis morgen. Später Nachmittag.«

Daniel hätte es gern noch länger hinausgezögert, aber das wäre Kitteridge gegenüber nicht anständig gewesen. Es war sein Fall, und er schuldete keinem der beiden Pitts etwas, weder Daniel noch dessen Vater.

Kitteridge sah ihn abwartend an.

Daniel erwiderte seinen Blick. »Entschuldigung«, sagte er. »Ich wäre Ihnen dankbar, wenn Sie möglichst viele Einzelheiten über Graves' erste Ehe heraussuchen könnten. Ich weiß lediglich, dass sie vor über zwanzig Jahren in einem Umkreis von etwa hundertfünfzig Kilometern um London geschlossen wurde. Winifreds Mädchenname war Carter. Ich würde sehr dumm dastehen, wenn sich herausstellte, dass die Ehe irgendwann für ungültig erklärt oder gar annulliert wurde.«

»Oder eventuell auch nie geschlossen wurde«, vervollständigte Kitteridge die Liste der Möglichkeiten. »Machen Sie sich keine Sorgen, das ist nicht besonders schwierig. Es wäre zwar nützlich, wenigstens das Datum oder den Ort zu kennen, aber ich bekomme es heraus. Wenn man den Namen des Kirchspiels hätte, wäre es ja beinahe zu einfach. Man braucht nur alle Kirchenbücher gründlich durchzuarbeiten, und schon hat man, was man wissen will – außer, wenn auch das nicht seine erste Eheschließung und er Doppel-Bigamist war.« Als er Daniels Gesichtsausdruck sah, fügte er rasch hinzu: »Winifred ist kein besonders häufiger Vorname. Ein Glück, dass sie nicht Mary oder Elizabeth hieß. Uns bleibt noch ungefähr eine Woche, allerdings wird es dann wirklich knapp.«

»Zu knapp!«

»Sehen Sie zu, dass Sie mit dem Staatsschutz oder wem auch immer Verbindung aufnehmen«, sagte Kitteridge mit einem gequälten, aber nicht unfreundlichen Lächeln. »Eine Notiz mit dem Namen des Verlegers liegt übrigens auf Ihrem Schreibtisch.«

Daniel bedachte ihn mit einem dankbaren Lächeln und verließ den Raum.

Daniel nahm eine Motordroschke nach Lisson Grove und nannte dem Fahrer als Ziel eine Nebenstraße, die etwa einen Häuserblock vom Büro seines Vaters entfernt lag. Diese Anweisung gab er automatisch und ohne darüber nachzudenken, so sehr war er daran gewöhnt, dass die genaue Anschrift der Dienststelle möglichst geheim gehalten werden sollte. Falls sein Vater nicht dort war, würde er auf ihn warten. Immerhin war er oft genug da gewesen, dass man ihn kannte. So würde er niemandem erklären müssen, wer er war oder gar, was sein Anliegen war.

Er lehnte sich bequem in seinem Sitz zurück und überlegte, wen er noch aufsuchen könnte, was genau er seinem

Vater sagen wollte und was dieser besser nicht erfuhr. Als er ausstieg, war sein Plan fertig.

Er teilte Pitts Stellvertreter mit, dass er seinen Vater dringend sprechen müsse. Nach etwa zehn Minuten verließ der Staatssekretär des Inneren Pitts Büro, und Daniel wurde vorgelassen.

»Entschuldige, aber die Sache ist wirklich dringend und betrifft den Staatsschutz«, sagte er, bevor er sich setzte.

Pitt lächelte halb belustigt, halb betrübt, doch sein Gesicht war ernst. »Das hatte ich angenommen«, gab er zur Antwort. »Du hast nicht genug in der Hand, um Graves an der Veröffentlichung seiner Schmähschrift zu hindern. Die Leserschaft wird sich umso bereitwilliger darauf stürzen, wenn sie weiß, dass er am Strang geendet ist. Das habe ich vorausgesehen.«

»Nein, so ist es nicht.« Daniel schüttelte den Kopf. »Aber immerhin weiß ich jetzt, dass niemand vom Staatsschutz Mrs. Graves getötet hat …«

»Hoffst du das, oder ist das sicher?« Daniels Mitteilung hatte Pitt offenkundig nicht so recht beruhigt.

»Absolut sicher. Sie lebt noch.«

Pitt runzelte die Stirn. »Man hat ihr den Schädel eingeschlagen, Gesicht und Oberkörper durch Feuer entstellt, und sie soll noch am Leben sein?«, fragte er ungläubig.

»Nein – Ebony Graves war gar nicht das Opfer. Genauer gesagt, war es … die erste Mrs. Graves, nicht die jetzige.«

»Daniel?«

»Ich weiß, es klingt verwirrend. Lass es mich dir erzählen.« Er berichtete, so knapp er konnte, alle wichtigen Tatsachen. »Aber ich sehe zu, dass er wegen Bigamie verurteilt wird. Möglichst zur Höchststrafe, sieben Jahre Gefängnis. Zwanzig Jahre wären mir, ehrlich gesagt, noch lieber, wenn das Gesetz es zuließe.«

»Trotz allem würde sich das Buch verkaufen, und das wahrscheinlich sogar umso besser«, gab Pitt zu bedenken.

»Du hast recht«, sagte Daniel in kläglichem Ton. »Mir bleiben nur noch wenige Tage, um zu erreichen, dass die Veröffentlichung unterbleibt. Am liebsten hätte ich dir die vollständige Lösung vorgelegt, aber ich weiß nicht mal, wo ich anfangen könnte, ganz davon zu schweigen, wie ich es in der verbleibenden Zeit schaffen soll. Ich habe nach wie vor keine Ahnung, woher der Mann seine brisanten Informationen hat oder wie ich das rechtzeitig ermitteln könnte.« Er holte tief Luft und stieß sie langsam wieder aus. Die ganze Angelegenheit war ihm äußerst zuwider.

Pitt wartete. Es sah ganz so aus, als sei er nicht bereit, seinem Sohn zu helfen. Dabei musste er doch wissen, was Daniel sagen würde!

»Hast du irgendwas unternommen?«, erkundigte sich Daniel. »Du hattest doch gesagt, du würdest der Sache nachgehen.«

»Ich habe so viel herausbekommen, wie mir möglich war«, gab Pitt mit ernster Miene zur Antwort. »Der Mann scheint seine Versprechungen nur dann zu halten, wenn es ihm passt, seine Drohungen macht er aber immer wahr. Falls du wissen willst, ob ich etwas gefunden habe, was man gegen ihn verwenden kann, muss ich dich leider enttäuschen. Ich bin nicht einmal auf das gestoßen, was du entdeckt hast. Hast du Beweise?« In der Frage lag nicht die kleinste Spur von verstecktem Tadel. Daniel fragte sich, woran das liegen mochte. Fasste Pitt ihn mit Samthandschuhen an, weil er sein Vater war? Legte er an Daniel nicht dieselben Maßstäbe an wie an jeden anderen?

»Ich habe Kitteridge gebeten, danach zu suchen«, gab Daniel zurück, um einen möglichst sachlichen Ton bemüht. »Mit Sicherheit wissen wir bisher über diese Frau nur zweierlei: erstens, dass sie eine geborene Winifred Carter war, und zweitens, dass Graves sie vor deutlich mehr als zwanzig, und vermutlich weniger als vierzig, Jahren geheiratet hat. Das ist eine ziemlich große Zeitspanne. Darüber hinaus dürfen wir nichts als erwiesen ansehen. Vor allem sollten wir Graves nicht über den Weg trauen. Eigentlich meinte ich mit meiner Frage, ob du in deinen, genauer gesagt, Narraways, geheimen Unterlagen etwas gefunden hast, was uns weiterhelfen könnte.« Er merkte, dass er errötete, weil er gewagt hatte, das zu sagen. Noch vor einer Woche hätte er das nicht einmal im Traum erwogen. War seine Rechtschaffenheit möglicherweise nur dann über jeden Zweifel erhaben, wenn er nichts zu tun brauchte, was sie gefährdete?

»Ich nehme nicht an, dass Narraway von diesem Wissen jemals Gebrauch gemacht hat, um seine Haut zu retten. Ganz davon abgesehen, hat die Frage, ob er es getan hat oder nicht, nichts damit zu tun, ob ich so handeln würde. Was schlägst du vor? Soll ich bestimmten Leuten androhen, dass ich sie zugrunde richten werde, wenn sie mich nicht dabei unterstützen, das Erscheinen des Buches zu verhindern?«

Daniel war gekränkt. »Natürlich nicht. Aber es besteht doch die Möglichkeit, dass über den einen oder anderen von denen etwas in dem Buch steht. Wenn sie das wüssten, würden sie das vielleicht in ihrem eigenen Interesse von sich aus tun. Mit Sicherheit erhebt Graves präzise Beschuldigungen, denn mit allgemeinen Behauptungen kann er niemanden bloßstellen. Vermutlich ist er darauf aus, bestimmte Menschen wegen gewisser Schwächen, Fehler, wenn nicht gar Verbrechen an den Pranger zu stellen, die nicht zur Anklage gekommen, aber auch noch nicht verjährt sind. Damit würde er sie in der Öffentlichkeit unmöglich machen. Entsprechendes gilt für private Skandale, Tragödien … Ganz gleich, ob seine Opfer schuldig oder unschuldig sind, wird er alte Wunden aufreißen, diese Menschen für alte Vergehen noch einmal zahlen lassen. Er ist ein … Er ist ein …« Daniel brachte das Wort, an das er dachte, vor den Ohren seines Vaters nicht heraus.

Pitt lächelte ein wenig gequält. »Da bin ich ganz deiner Meinung«, sagte er. »In gewisser Weise würde er damit genau das tun, was er uns unterstellt.«

»Soll das heißen, dass wir nichts unternehmen?« Daniel Schaffte es nicht, seinen Ärger zu unterdrücken.

»Ja. Du hast selbst gesagt, dass dir nur noch wenige Tage bleiben. Diese Zeit musst du klug nutzen …«

»Und du bleibst untätig?«, fiel ihm Daniel ins Wort.

»Liefere mir Fakten, und ich werde etwas tun, immer vorausgesetzt, dass ich eine Möglichkeit dazu habe.«

»Es geht aber doch um deine Freunde! Ich sehe sie noch vor mir, wie sie die halbe Nacht bei uns in der Küche saßen …«

»Da warst du längst im Bett.«

Unerschrocken entgegnete ihm Daniel: »Das glaubst du! Ihr habt angenommen, Jemima und ich würden schlafen, aber in Wirklichkeit haben wir auf den Treppenstufen gesessen und zugehört.«

»Tatsächlich?«

»Ja. Aber darum geht es jetzt nicht. Ihr habt gemeinsam an den Fällen gearbeitet, du, Mama, Narraway und Tante Vespasia. Ganz zu Anfang war auch Gracie noch dabei. Ihr habt die Schlachten gemeinsam geschlagen und auch dann nicht aufgegeben, wenn ein Fall unlösbar zu sein schien. Genau darum geht es bei einer Freundschaft: gemeinsam gewinnen oder verlieren, weil man an dieselbe Sache glaubt. Du kannst dich jetzt nicht zurücklehnen und zulassen, dass dieser … dieses … verkommene Subjekt deine Freunde verunglimpft. Du …«

»Das tue ich auch nicht«, unterbrach ihn Pitt. »Aber wenn mich ein Graves dazu brächte, genau die Waffen zu verwenden, deren Gebrauch er Narraway vorwirft, wäre er der moralische Sieger.«

»Und was ist mit Tante Vespasia? Wollen wir zulassen, dass er sie, höflich ausgedrückt, als Kurtisane diffamiert?«, wollte Daniel wissen.

Eine leichte Röte trat auf Pitts Wangen. »Was, glaubst du, würde er denken und zweifellos auch sagen, wenn ich so aufgebracht reagierte wie du?«

Anfangs begriff Daniel nicht, doch dann ging ihm ein Licht auf, und auch ihm stieg die Röte ins Gesicht. »Dass auch du …«

Er brachte es nicht über sich, das über seinen eigenen Vater zu sagen. Etwas zu denken war eine Sache, es auszusprechen eine gänzlich andere. Er schluckte. »Dann müssen wir jemanden finden, der wirklich eine solche Waffe verwendet hat und sich dessen nicht schämt. Einen Mächtigen, der Graves das Fell über die Ohren ziehen würde, wenn er diese Anschuldigungen veröffentlichte«, begann er.

»Lieber nicht«, wandte Pitt ein.

»Warum nicht? Wenn du es nicht tust, tue ich es.«

»Ich denke, man sollte nicht Graves das Fell über die Ohren ziehen. Wenn sich alles so entwickelt, wie du es dir vorstellst, kommt er ohnehin wegen Bigamie ins Gefängnis. Es wäre weit wirksamer, dem Verleger das Handwerk zu legen oder, wie du dich ausdrückst, das Fell über die Ohren zu ziehen.«

Daniel schloss die Augen. »Natürlich! Wie konnte ich nur so … dumm sein?«

»Du hast auf diesem Gebiet noch wenig Erfahrung«, sagte Pitt freundlich. »Stell fest, wem Vespasia nach wie vor am Herzen liegt oder wer es sich nicht leisten kann, dass die

Schwächen seiner Eltern öffentlich bekannt werden. Außerdem sieh zu, dass du möglichst viele von denen ermittelst, die Narraway angeblich erpresst hat. Dann werden wir sehen, welche der Anschuldigungen uns am meisten nützen. Am besten sind natürlich die offenkundig falschen Anschuldigungen – die Androhung eines Prozesses wegen Verleumdung könnte den Verleger sehr rasch dazu bringen, dass er es sich anders überlegt.«

»Würde der nicht sowieso prüfen, ob die Anschuldigungen berechtigt sind?«, warf Daniel ein. »Wenn Graves damit durchkommen will, müssten sie meiner Meinung nach zumindest den Anschein der Wahrheit haben. Auch Berühmtheiten haben diese oder jene Schwäche. Er würde doch nie im Leben so dumm sein, in seinem Buch Menschen anzugreifen, von denen er wissen muss, dass sie ihre Unschuld beweisen können.«

»Manche seiner Behauptungen treffen möglicherweise zu«, sagte Pitt. »Du musst solche finden, die nicht stimmen oder sich deutlich stärker auswirken würden als beabsichtigt. Sicherlich wäre der Verlag für Hinweise darauf dankbar. Auch diesen Leuten ist das Hemd näher als der Rock. Lies das Manuskript aufmerksam, und sag mir, was du dabei entdeckt hast. Lass aber bei aller Eile die Sorgfalt nicht außer Acht. Wir dürfen uns keine Fehler leisten.«

Daniel erhob sich langsam, entschlossen, die Sache unverzüglich in Angriff zu nehmen. Er war erleichtert. Vor allem aber erfüllte ihn Hochachtung vor seinem Vater, ja, beinahe so etwas wie Bewunderung. Er fühlte sich fast ein wenig berauscht, so, als hätte er süßen Wein getrunken. »Ja, Vater, das werde ich tun!«

KAPITEL 19

Daniel kehrte in seine Unterkunft zurück und bat Mrs. Portiscale um belegte Brote und eine Kanne Tee. Auf ihre besorgte Frage hin versicherte er ihr, dass er keinerlei gesundheitliche Beschwerden, sondern lediglich übermäßig viel zu erledigen habe.

Das war nicht übertrieben. Es zeigte sich, dass das Manuskript, das er zur Hand nahm, über vierhundert Seiten umfasste, überwiegend Notizen, die noch der Ausformulierung bedurften. Es war eine entmutigende Aufgabe. Wonach suchte er? Nach Namen bedeutender Persönlichkeiten, denen noch etwas an Vespasia oder Narraway lag. Nach Menschen, deren Ruf dic Veröffentlichung der von Graves aufgestellten Behauptungen schaden konnte.

Mit einem Notizblock und drei gespitzten Bleistiften machte er sich an die Arbeit. Um elf Uhr abends brannten ihm die Augen vom Lesen der kleinen Schrift, er hatte Kopfschmerzen, und seine Hand war vom Schreiben verkrampft. Und dabei hatte er noch keinen einzigen Namen gefunden, der ihm von Nutzen gewesen wäre.

Zögernd gestand er sich ein, dass er viel zu langsam vorankam. Bei diesem Schneckentempo würde er Tage brauchen, und so viel Zeit hatte er nicht. Er musste sich nach Hilfe umsehen. Er kennzeichnete die Stelle, bis zu der er gekommen war, mit einem Lesezeichen und legte den Manuskriptstapel zurück in die Schachtel, die er in eine Reisetasche steckte. So leise er konnte, verließ er das Haus, winkte am Ende der Straße einer Motordroschke und nannte dem Fahrer Blackwells Adresse. Falls weder dieser noch seine Mutter zu Hause wäre, würde er eine Nachricht mit der dringenden Bitte um Hilfe hinterlassen und in seine Unterkunft zurückfahren.

Nach mehrfachem Läuten und längerem Warten steckte Blackwell vorsichtig den Kopf zur Tür heraus. Er war im Nachthemd und wirkte ausgesprochen verschlafen.

»Ich brauche Hilfe«, erläuterte Daniel. »Ich komme allein nicht weiter. Da ich nicht sicher bin, ob Kitteridge der richtige Mann für diese Aufgabe wäre, selbst wenn er Zeit hätte, wende ich mich an Sie.«

»Kommen Sie erst mal rein«, forderte ihn Blackwell mit einem Blick auf, der starr wie der einer Eule war. »Aber bezahlen Sie vorher den Fahrer, sonst bleibt der die ganze Nacht hier stehen. Nur ein Dummkopf haut so einen Menschen übers Ohr, schließlich kann man nie wissen, wann man ihn noch mal braucht.«

»Vielen Dank«, sagte Daniel aufrichtig. Er stellte die Tasche auf die Schwelle und ging auf die Straße, um den Fahrer zu entlohnen. Bei seiner Rückkehr sah er, dass Blackwell die Tasche bereits ins Haus getragen hatte und mit neugierigem Blick auf ihn wartete.

Die Diele, die im Halbdunkel lag, war angenehm warm und roch nach Möbelwachs. »Die ganze Geschichte ist völlig anders, als wir gedacht hatten«, begann Daniel. »Vor allem ist die Leiche nicht Ebony Graves.«

Blackwell sah ihn verblüfft an. »Was? Wer sagt das? Und wer ist sie dann?«

»Miss fford Croft hat das festgestellt. Ich habe keine Zeit, Ihnen das jetzt in allen Einzelheiten zu erzählen, und dazu bin ich auch nicht hergekommen. Ich muss im Manuskript von Graves Anklagepunkte finden, von denen sich nachweisen lässt, dass sie nicht auf Wahrheit beruhen. und anschließend Leute auftreiben, die bereit sind, dagegen anzugehen …«

»Halt!« Blackwell hob die Hand. »Sagen Sie mir einfach, was ich tun soll. Den Grund dafür brauch ich nicht zu wissen. Es genügt mir, dass es wichtig ist. Was suchen wir genau?«

Daniel empfand einen Augenblick lang Furcht vor dem, was er finden könnte. Er befürchtete weniger, dass das wahr sein könnte, sondern eher, dass es nicht möglich sein würde, es zu widerlegen. Wie schwierig so etwas sein konnte, hatte er beim Umgang mit Geschworenen gemerkt. Manche Leute waren überzeugt, dass sich die Polizei nicht irren konnte – warum sollte sie schließlich jemanden vor Gericht bringen, wenn sie keine Beweise hätte? Die bloße Anklage ließ Behauptungen glaubwürdig erscheinen, etwa so, wie manche Leute etwas glaubten, weil es gedruckt war. Erpresser wie auch Politiker wussten das und machten es sich zu Nutze. Manche Menschen entwickelten das zu einer ausgefeilten und mörderischen Kunst – zu ihnen hatte auch der Volkstribun Robespierre zur Zeit der französischen Revolution gehört.

Blackwell wartete mit ausgestreckten Händen.

Daniel fragte sich, ob er Verrat an seinem Vater übte, wenn er eine angebliche oder wirkliche Schwäche offenlegte. Sollte er selbst danach suchen, damit niemand außer ihm davon erfuhr?

Blackwell wartete noch immer.

Die Zeit drängte. Es blieb Daniel nichts anderes übrig, als ihm zu vertrauen; schließlich hatte Blackwell auch ihm vertraut. Allerdings hatte es für ihn auch keine andere Möglichkeit gegeben.

Aber genau genommen, galt das jetzt auch für Daniel.

Er gab ihm einen Teil des Manuskriptstapels.

»Ich suche nach Anschuldigungen gegen Narraway oder Lady Vespasia Cumming-Gould, später Lady Narraway, deren Unwahrheit sich beweisen lässt. Am besten wäre es, wenn sich kraft dieser Beweise zeigen ließe, dass auch alle anderen in dem Manuskript enthaltenen Anschuldigungen unzutreffend sind, oder zumindest aber, dass sich jeder, der sie öffentlich aufstellt, damit sozusagen das eigene Grab schaufelt. Das müsste genügen, um den Verleger davon zu überzeugen, dass eine Veröffentlichung von Graves' Buch keinesfalls in seinem Interesse wäre.«

Daniel sah, dass Blackwell ihn verstanden hatte, bevor er mit seiner Erklärung fertig war. »Wir müssen unbedingt bei der Wahrheit bleiben«, mahnte er, wobei er lächelte, um die Schärfe seiner Worte abzuschwächen, »weil man von uns Beweise für das verlangen könnte, was wir behaupten.«

Blackwell lächelte breit. »Natürlich. Wer um einen hohen Einsatz spielt, noch dazu gegen jemanden, der viel zu verlieren hat, sollte unter allen Umständen bei der Wahrheit bleiben.«

Daniel atmete erleichtert aus. »Danke. Können wir jetzt bitte anfangen?«

»Selbstverständlich. Ich habe verstanden. Keine Zeit zu verlieren. Keinen Whisky. Aber eine Tasse Tee wäre schön.«

»Den können Sie später immer noch machen. Jetzt möchte ich Ihnen das Manuskript und die Notizen zeigen, die ich mir bisher gemacht habe.«

»Ich wollte ihn gar nicht selbst machen«, sagte Blackwell und sah Daniel verwundert an. »Spricht etwas dagegen, dass wir meine Mutter mit dazu bitten? Vermutlich weiß sie mehr über Vertrauensbrüche und Entgleisungen in der Gesellschaft als wir beide zusammen. Allerdings vermute ich, dass Sie, jung und unschuldig, wie Sie sind, ohnehin noch nicht viel davon mitbekommen haben. Sie sind so rein wie ein frisch gebadeter Säugling.«

Daniel verschwendete keine Zeit damit, dagegen aufzubegehren. »Sofern sie nichts dagegen hat, wäre es mir …«

Blackwell war schon halb zur Tür hinaus. »Ich sage es ihr«, erwiderte er zwischen Tür und Angel. »Fangen Sie ruhig schon mal mit Lesen an.«

Daniel nahm die Blätter, setzte sich in einen der Sessel und fuhr mit der Lektüre fort, wo er aufgehört hatte. Es ließ sich nicht leugnen, dass Graves schreiben konnte, auch wenn sich Daniel das nur ungern eingestand. Der Mann war alles andere als liebenswürdig, doch verstand er es, die Neugier seiner Leser zu wecken und Spannung zu erzeugen, sodass man unwillkürlich immer weiter las. Jeder Abschnitt führte auf ganz natürliche Weise zum nächsten. Wider Willen fand sich Daniel von der Lektüre gefesselt.

Etwa zwanzig Minuten später öffnete sich die Tür, und Mrs. Blackwell kam in einem dunkelvioletten Morgenmantel herein. Obwohl sie ihr Haar locker hochgesteckt hatte, wirkte es elegant, vielleicht sogar noch mehr als sonst, weil es eine natürliche und keine künstliche Frisur war.

»Wir sind also auf der Jagd«, sagte sie, als beschäftigte sie sich regelmäßig mit dergleichen und fände nichts dabei, dass man sie dafür aus dem Bett holte. Sie verlor kein Wort darüber, dass es mitten in der Nacht war. »Zeigen Sie mir, wo ich anfangen soll.« Mit diesen Worten setzte sie sich, noch bevor Daniel ganz aufgestanden war, um wenigstens die Form zu wahren.

»Sind Sie sicher?«, fragte er und kam sich sogleich töricht vor. Es gab keine gesellschaftlichen Regeln dafür, wie man sich unter solchen Umständen zu verhalten hatte.

Sie machte sich nicht die Mühe, ihm zu antworten.

»Bitte, hier.« Er gab ihr einen Stapel Blätter. »Wir suchen …«

»Ich weiß Bescheid, Roman hat es mir schon gesagt«, unterbrach sie ihn. »Skandalöses über bestimmte Personen, in erster Linie Dinge, bei denen sich beweisen lässt, dass nichts daran ist. Zuerst müssen wir alle Hinweise auf den betreffenden Menschen finden, dann feststellen, was von den Geschichten sich widerlegen lässt. Vielleicht ist es auch gut, darauf zu achten, wer sonst noch angegriffen wird, und sei es nur indirekt. Man weiß nie, wen man als nützlichen Verbündeten brauchen kann. Soll ich die Namen aufschreiben, zusammen mit den Seitenzahlen, wo sie erwähnt werden? Es könnte immerhin sein, dass wir eine lange Liste bekommen.« Sie lächelte ihn strahlend an und machte sich sogleich an die Arbeit.

Zehn Minuten später brachte ihr Sohn ein Tablett mit einer Kanne Tee, Bechern, einem Krug Milch und einem Teller voller Kuchenstücke herein. Wortlos, um seine Mutter und Daniel nicht bei der Arbeit zu stören, goss er allen ein. Sobald jeder einen Becher Tee und ein Stück Kuchen vor sich hatte, nahm auch er sich einen Teil des Manuskripts vor.

Obwohl Daniel beiden für ihre Unterstützung äußerst dankbar war, fand er über das hinaus, was er bereits gesagt hatte, keine Worte; es war dringender und wichtiger, die Aufgabe zu lösen.

Im Großen und Ganzen ging das Lesen ziemlich flott voran. Was die Sache verlangsamte, war die Notwendigkeit, immer wieder Namen von Menschen zu notieren, die er kannte oder von denen er gehört hatte. Im Laufe der Zeit kam er dahinter, dass der Verfasser in vielen Fällen lediglich versteckte Andeutungen machte und Behauptungen aufstellte, statt Tatsachen zu berichten. Gerade das übte auf den Leser einen Sog aus wie Treibsand. Eine kleine Anspielung hier, die Andeutung eines Skandals oder einer unschicklichen Liebschaft da, ein oder zwei spaßige Formulierungen – ihm fiel auf, wie er bei der Suche nach einem Namen, einer aufschlussreicheren Aussage immer rascher weiterblätterte.

Zweimal merkte er, dass er nur flüchtig las, um einen weiteren Hinweis auf eine Frau zu finden, die in erster Linie über die Wirkung dargestellt wurde, die sie auf bestimmte Männer ausübte. Obwohl sie ständig lachte, waren die Männer von ihrer Art zu lachen fasziniert. Die Anmut, mit der sie sich bewegte, ließ andere Frauen schwerfällig aussehen. In ihrer Gegenwart strafften Männer die Schultern, drückten die Brust heraus und bemühten sich um ein elegantes Auftreten. Daniel wendete Blatt um Blatt, um dahinterzukommen, wer sie war. In seinem unbezwingbaren Drang, weiterzulesen, vergaß er, sich die Namen der Menschen zu notieren, die mit ihr zu tun hatten.

Als er das merkte, zwang er sich, an eine bestimmte Stelle im Manuskript zurückzukehren und sie aufmerksamer noch einmal zu lesen. Er tat das nur ungern, weil er vorankommen wollte, aber es war wichtig, auf den Wortlaut zu achten, denn offensichtlich hatte Graves die Schwächen der Menschen durchschaut und verstand es, hässliches Verhalten als bloße Schwäche hinzustellen, Bespitzelung anderer als ungezwungene Vertrautheit und nicht als das, was es war, nämlich ein Eindringen in die Privatsphäre.

Daniel warf einen Blick zu Roman Blackwell hinüber, der sich, über seinen Papierstapel gebeugt, nahezu wie ein Automat eine Notiz nach der anderen machte. Ob er diese Dinge ebenso sah? Sollte man über Schwächen lieber den

Mantel des Mitgefühls breiten, als sie aufzudecken? Daniel hatte ihn sowohl als humorvoll als auch als mitfühlend erlebt, kannte ihn aber nicht gut genug, um zu wissen, welche dieser Eigenschaften die Schwächen anderer eher in ihm weckten.

Auf welche Weise sein Vater mit den Schwächen und Entgleisungen seiner Mitmenschen umging, war Daniel bekannt, hatte er doch oft genug Gespräche über dessen Fälle mit angehört, um zu wissen, dass er so etwas nach Möglichkeit für sich behielt und dass es ihn schmerzte, wenn er sie aufdecken musste.

Sah Graves dieses Verhalten etwa auch bei Daniel als Schwäche an?

Die Frage reichte tiefer, als er ursprünglich angenommen hatte. Was bedeutete Schwäche? Wo verlief die Scheidelinie zwischen Schwäche und Mitgefühl? Ging es da um eine Gewissensentscheidung? Es sah ganz so aus, als ob das für Graves die Stelle war, an der Gefahr für das eigene Ich auf sein Gewinnstreben traf. Welche Gefahr lief er dabei? Natürlich ging es ihm auch um den Genuss, den Boshaftigkeit und Rache bereiten konnten und der mitunter wohlfeil zu haben war. Lag für ihn die Gewissensentscheidung im Abwägen zwischen Preis und Genuss?

Eine weitere Stunde verging. Allmählich begannen die Buchstaben vor Daniels Augen auf dem Papier zu tanzen. Er rieb sich die Augen, doch das änderte nichts.

»Das muss erst einmal genügen«, sagte Mrs. Blackwell, die das mitbekommen hatte. »Legen Sie sich schlafen. Nach dem Aufstehen werden wir frisch oder zumindest etwas munterer sein als jetzt, und ich werde uns Frühstück machen. Speck, Eier, Toast mit Orangenmarmelade, heißen Tee.« Sie erhob sich langsam und bewegte dabei die Schultern vor und zurück, als sei ihr Rücken steif.

Daniel stand auf, um ihr zu helfen, kam aber zu spät.

»Sie schlafen ja schon halb«, sagte sie zu ihm. »Gehen Sie zu Bett. Oben an der Treppe die erste Tür rechts. Widersprechen Sie nicht, dafür habe ich keine Zeit und auch nicht die Kraft. Gute Nacht.«

»Gute Nacht«, antwortete er gehorsam. »Und vielen Dank.«

»Sie haben Roman das Leben gerettet. Was erwarten Sie da anderes von mir?«

Daniel schlief wider Erwarten tief und fest. Als er aufwachte, durchflutete Sonnenlicht den Raum, und Mrs. Blackwell stand, vollständig angekleidet und mit ihrer üblichen Frisur, bei der die weiße Strähne sichtbar war, vor seinem Bett.

»Frühstück in einer Viertelstunde«, sagte sie. »Ich hoffe, Sie können bis dahin fertig sein. Anschließend machen wir uns gleich wieder an die Arbeit.« Sie ging hinaus, ohne auf seine Antwort zu warten.

Alle drei arbeiteten sie den Rest des Vormittags und den ganzen Nachmittag hindurch. Keiner sprach davon, dass der letzte Tag für den Revisionsantrag, mit dem man zumindest einen Aufschub der Hinrichtung erreichen wollte, immer näher rückte. Es bedurfte keiner Worte, dass sie angesichts der geänderten Umstände Graves nicht gehängt sehen wollten.

Da Daniel unbedingt bis zum Vormittag des folgenden Tages einen fertigen Plan haben wollte, stand ihm viel zu tun bevor. Möglicherweise würde er auch noch die Nacht dazunehmen müssen.

Um die Mitte des Nachmittags hatte er seinen Stapel durchgearbeitet, und Mrs. Blackwell war kurz darauf anscheinend ebenfalls fertig.

Sie sah auf. »Und wie geht es jetzt weiter?«, fragte sie.

Daniel fühlte sich in der Defensive. Das Zentralthema des Buchs war Victor Narraway. Daneben enthielt es längere

Passagen über Menschen, die er gekannt hatte, sowie private Korrespondenz, die nur wenig mit seiner Berufslaufbahn zu tun hatte. Zusammengenommen war es eine rücksichtslose Mischung aus Dichtung und Wahrheit. Die meisten darin beschriebenen Vorfälle ließen sich auf mehr als eine Art auslegen, und Graves hatte sich durchgehend für die Deutung entschieden, die zu seiner Einschätzung Narraways als eigennützig, habgierig und eitel passte. Ein großer Teil dessen, was Daniel und die beiden Blackwells gefunden hatten, grenzte hart an Verleumdung, ohne je diese Grenze zu überschreiten. Es kam Daniel immer mehr so vor, als ob jeder Versuch, die Angeschuldigten zu verteidigen, deren angebliche Schwächen eher noch unterstreichen würde. Denn wenn es nichts am Verhalten dieser Menschen zu bemängeln gab, warum sollte sie dann jemand in Schutz nehmen? Ja, der Versuch, sie zu verteidigen, würde die Aufmerksamkeit erst recht auf etwas lenken, was ursprünglich nichts als ein unbedeutender Irrtum gewesen war, woraufhin die meisten zwangsläufig annehmen würden, dass auf jeden Fall etwas an den Anschuldigungen sein musste.

»Der Bursche ist zwar mit allen Wassern gewaschen«, sagte Mrs. Blackwell, »aber meiner Ansicht nach auch nicht unfehlbar.«

»Wie meinen Sie das?«, fragte Daniel mit einer Stimme, die in seinen eigenen Ohren absurderweise voller Hoffnung zu sein schien.

»Nehmen Sie das hier.« Sie hielt ein Blatt hoch und schob sich eine Haarsträhne aus den Augen. »Da behauptet Graves, Narraway hätte eine Affäre mit einer gewissen Dorothy Devoke gehabt und sie ausgehorcht, um persönliche Informationen über ihren Mann, Richard Devoke, einen hohen Regierungsbeamten, zu bekommen. Dann soll er Devoke unter Druck gesetzt haben, damit der ihn bei irgendeinem gewagten Unternehmen unterstützte. Als das danebenging – Devoke hat dabei ein Vermögen verloren –, soll sich gezeigt haben, dass Narraway keinen Penny eigenes Geld in das Unternehmen gesteckt hatte. Daraufhin habe Dorothy einen Wutanfall bekommen und ihrem Mann öffentlich – zu allem Überfluss im Luxushotel Claridge's – eine äußerst hässliche Szene gemacht. Als Ergebnis von all dem sei Devoke aus dem Staatsdienst ausgeschieden und habe sich aufs Land zurückgezogen. Narraway soll dabei einen guten Schnitt gemacht haben.«

Daniel nickte. »Klingt ziemlich übel …«

»Aber nur wegen der raffinierten Art, wie Graves das darstellt«, erklärte Mrs. Blackwell. »Das sind nichts als Mutmaßungen. Anders formuliert, klingt die Sache deutlich weniger dramatisch. Ich weiß ziemlich viel über Dorothy Devoke und könnte die Geschichte mühelos genau andersherum erzählen … nämlich, dass Narraway den Mann vor einer möglichen Fehlspekulation gewarnt und Devoke das aus reiner Dickköpfigkeit in den Wind geschlagen hat.«

»Nützt uns das denn etwas?«, fragte Daniel. Bloße Zweifel würden nicht genügen, erst recht nicht, wenn sich herausstellte, dass Richard Devoke seinen Regierungsposten aus Wut über die Verluste aufgegeben hatte.

Mrs. Blackwell gab sich geduldig. »Mir scheint, Sie verstehen die Zusammenhänge nicht richtig. Robert Devoke, Richards Sohn, ist inzwischen sehr mächtig. Er macht kein Aufhebens davon, aber er hat das Ohr einiger äußerst wichtiger Männer. Er weiß, wie die Dinge in Wahrheit lagen. Für den Fall, dass er sich nicht mehr so recht an die Geschichte erinnern kann, bin ich gern bereit, sein Gedächtnis aufzufrischen. In Wahrheit hat Narraway Roberts Vater geholfen. Ich weiß das zufällig, weil ich …« Sie brach mitten im Satz ab. »Ich weiß es einfach.«

Daniel wollte weder in ihr Privatleben eindringen noch Dinge hören, von denen man besser nichts wusste.

»Er würde seinen Vater mit Wonne rächen. Falls das Buch herauskommt, wird er … äußerst peinlich berührt sein. Mit Sicherheit wäre es ihm am liebsten, wenn diese Geschichte ein für alle Mal vergessen würde. Sofern Sie das wünschen, weise ich ihn gern darauf hin, dass Graves sie in dem Buch wieder aufwärmt und dabei Richard Devoke in einem denkbar ungünstigen Licht erscheinen lässt. Dann würde der Sohn dafür sorgen, dass der Verleger wünschte, er hätte es nie in sein Programm aufgenommen.«

»Gut!«, sagte Daniel mit erkennbarer Erleichterung, und sie gab ihm die betreffenden Seiten.

»Danke.« Er heftete sie zusammen. Als er den Blick wieder hob, sah er, dass Mrs. Blackwell bereits erneut in ihrem Manuskriptstapel las.

Er sah zu Roman Blackwell hinüber, der so konzentriert war, dass er die Anwesenheit Daniels und seiner Mutter vergessen zu haben schien. Seine Stirn war tief zerfurcht, und seine Mundwinkel wiesen nach unten, als fände er das, was er da las, ausgesprochen abstoßend.

Die Gedanken jagten sich in Daniels Kopf. War Blackwell etwa gerade auf eine Wahrheit gestoßen, von der ihm klar war, dass sie Daniel zutiefst verstören würde, und überlegte er, auf welche Weise er sie ihm mitteilen sollte, weil sich das nicht vermeiden ließ?

Daniel konnte Blackwell gut leiden, der auf seine eigene Weise aufrichtig war. Zwar ließ er Fakten gern im Ungefähren, doch an seiner moralischen Integrität gab es keinen Zweifel. Hinterhältigkeit und Heuchelei waren ihm ebenso zuwider wie Überheblichkeit. Er hielt sich mit seinem Urteil über andere allein schon deshalb zurück, weil er nicht wollte, dass man scharf über ihn urteilte.

Während Daniel ihn beim Lesen beobachtete, war er überzeugt, dass er eine der Schändlichkeiten entdeckt hatte, die er aus tiefstem Herzen verachtete.

Doch Daniel konnte es sich nicht leisten, dazusitzen, ihm zuzusehen und sich zu fragen, was Blackwell entdeckt haben mochte und ob es ihn schmerzen würde, wenn er davon wüsste. Er würde weder seinem Vater noch dem Andenken Narraways und Vespasias einen Dienst erweisen, wenn er es nicht fertigbrachte, sich dem Finsteren ebenso zu stellen wie dem Strahlenden. Alle Menschen machten Fehler, sogar die, die einem am nächsten standen. Ein Freund erwartete nicht, dass man vollkommen war und seine allerhöchsten Erwartungen erfüllte. Wer es dennoch tat, war unreif, verhielt sich ungerecht und denkbar lieblos. Es war Daniel bewusst, dass auch er Fehler gemacht hatte, von denen die Menschen, die ihn liebten, nach Möglichkeit nichts erfahren sollten. Solche Lasten trug man am besten allein. Wurden diese Fehler bekannt, was mitunter vorkam, fühlte man sich versucht, zu lügen und nach Ausreden zu greifen, doch letztlich wurde dadurch die Last nur noch drückender.

Wie könnte er Genaueres über Narraway finden? Wie es aussah, stützte sich das ganze Buch auf Belanglosigkeiten. Zwangsläufig hatte Narraway neben den Erfolgen, die er feiern konnte, auch Fehlschläge einstecken müssen, andernfalls wären Graves' Versuche, es mit dessen Wissen, Fähigkeiten, Urteilsvermögen und Rechtschaffenheit nicht so genau zu nehmen, von vornherein zum Scheitern verurteilt gewesen. Was für eine Art Mensch war er? Was Daniel jetzt umtrieb, war nicht, dass Narraway Fehler unterlaufen waren, sondern die Frage, ob er dafür geradegestanden oder sie anderen in die Schuhe geschoben hatte.

Daniel beugte sich erneut über seine eigenen Manuskriptseiten.

Er stieß auf einzelne Fehler Narraways, von denen Graves offenbar deshalb Kenntnis hatte, weil sich Narraway offen dazu bekannt hatte. Dieses Material hatte Graves reichlich dadurch ausgeschmückt, dass er ihm Vorfälle zuschrieb, mit denen er nichts zu tun hatte. Daniel überlegte, dass man diese Beschuldigungen mit hinreichender Sorgfalt widerlegen oder zumindest als fragwürdig hinstellen könnte. Zugleich war ihm klar, dass es wie eine Vertuschung wirken würde, wenn man sie, wie erfolgreich auch immer, hinwegerklärte. In dem Fall würde die Öffentlichkeit Narraway als abstoßend und selbstgerecht wahrnehmen. Graves hatte ihn als blutrünstig, gerissen und heimtückisch hingestellt – ein Bild, das im Gedächtnis haften blieb.

Es dürfte kaum genügen, einem Verleger Angst einzujagen, um zu verhindern, dass er das Buch auf den Markt brachte.

Daniel beugte sich neuerlich vor und suchte weiter.

Zehn Minuten später unterbrach ihn Mrs. Blackwell. »Ich habe hier einen Bericht über Lady Vespasia gefunden, von dem ich mit Sicherheit sagen kann, dass er nicht der Wahrheit entspricht«, teilte sie ihm mit Triumph in der Stimme mit. »Lord Shadox, der dabei angeblich eine Rolle spielte, lebt noch und besitzt zusammen mit seinen zahlreichen Verwandten eine Reihe von Geldhäusern. Sie könnten, wenn sie das für richtig hielten, eine ganze Reihe von Krediten kündigen. Sollten sie den Eindruck gewinnen, man habe Lady Vespasia oder sie selbst beleidigt, wäre es ihnen mühelos möglich, dem Verleger das Leben äußerst unangenehm zu machen.«

Sie gab ihm das Blatt. »Wenn diese Behauptungen stimmten, würde der gegenwärtige Lord Shadox seinen Anspruch auf den Adelstitel und damit seinen Familiensitz in Northumberland verlieren, an dem, wie ich weiß, sein ganzes Herz hängt. Ah, da hat sich Graves einen üblen Schnitzer geleistet. Lord Shadox ist nämlich für sein ziemlich aufbrausendes Temperament bekannt.« Ihr zufriedenes Lächeln wurde noch breiter. »Man könnte sogar sagen, dass er zum Jähzorn neigt. Diese niederträchtigen Behauptungen werden ihm ganz und gar nicht gefallen.« Sie sah Daniel an. »Victor Narraway scheint ja eine bemerkenswerte Persönlichkeit gewesen zu sein. So manche der Geschichten hier könnten ziemlich vielen Leuten äußerst peinlich werden. Es fällt auf, dass Graves die Anfänge jeweils zutreffend beschreibt und dann seiner Fantasie freien Lauf lässt. Er ist gerissen, aber ich denke, dass er sich hier selbst ein Bein gestellt hat. Die Andeutungen, die er macht, sind schamlos. Er erweckt den Eindruck, als hätte Narraway alle hier aufgeführten Skandale gegen Zahlung von Schweigegeld vertuscht. Leser, die es nicht besser wissen, werden es glauben, ganz gleich, ob es der Wahrheit entspricht oder nicht. Da hat Graves mächtig danebengegriffen.«

»Das können wir aber nicht beweisen«, wandte Daniel ein, »und deshalb haben wir keine Möglichkeit, das dem Gericht vorzutragen.«

Sie hob die Brauen. »Großer Gott im Himmel! So weit wollen wir es doch gar nicht kommen lassen. Sie sollten mit diesem Material den Verleger aufsuchen und ihm vor Augen führen, wer die Leute sind, die sich das nicht gefallen lassen werden, und welche Möglichkeiten denen zu Gebote stehen, ihre Interessen zu wahren. Verleumdungsklagen, ungeheure Summen für Schadenersatz – das wird der Verleger fürchten, denn damit wäre er nicht nur geschäftlich am Ende, sondern müsste sogar befürchten, auf der Straße zu landen.«

Zum ersten Mal seit nahezu einer Stunde sah Blackwell von seinem Teil des Manuskripts auf. »Ich habe hier eine Anschuldigung gegen Ihren Vater, von der ich beweisen kann, dass sie auf reiner Gehässigkeit beruht. Ich bin fest davon überzeugt, dass die Person, um die es hier geht, es zutiefst bedauern würde, wenn die Sache noch einmal zur Sprache käme. Man hat dem Mann nachgewiesen, dass nichts daran ist – er hatte die Anschuldigung gegen Ihren Vater erhoben, um sein eigenes übles Verhalten zu verdecken. Graves schließt sich seiner Sehweise an, doch wenn man der Sache nachgeht, zeigt sich nur, dass der Verleumder selbst noch mehr Dreck am Stecken hat. Zwar lässt sich derlei nicht strafrechtlich verfolgen, es wäre aber für ihn zutiefst peinlich, wenn es bekannt würde. Mit einer Veröffentlichung der Behauptungen über Ihren Vater würde sich der Verleger neue und äußerst gefährliche Feinde machen.« Lächelnd fuhr Blackwell fort: »Wenn man der Sache nachgeht, zeigt sich, dass Ihr Vater andere Menschen äußerst nachsichtig beurteilt. Auf den ersten Blick könnte man sogar glauben, er habe töricht oder naiv gehandelt, doch wer weiterliest, erkennt, dass er mit seinem Verhalten die Sympathie vieler Menschen gewonnen hat, was nicht immer zu seinem eigenen Vorteil ausschlug, wohl aber zu dem seiner Dienststelle. Im Übrigen ist es noch sehr die Frage, ob er vertrauensselig war oder in Wahrheit äußerst gewitzt vorgegangen ist.« Mit einem versonnenen Lächeln fügte er hinzu: »Wenn ich sein Feind wäre, würde ich es lieber nicht darauf ankommen lassen. Ich denke, wir können erreichen, dass der Verleger das ebenso sieht. Die ganze Geschichte könnte als so etwas wie Hochverrat ausgelegt werden, wenn wir es darauf anlegen. Auf jeden Fall ist Mr. Graves nicht so klug, wie er annimmt.« Sein wohlgefälliges Lächeln wurde noch breiter. »Aber wir haben noch viel zu tun und müssen sehr sorgfältig planen, bevor wir morgen aktiv werden. Am liebsten würde ich ihn baumeln sehen, doch ich weiß ja, dass Sie das verhindern müssen.«

»Mir geht es ebenso«, sagte Daniel mit Nachdruck, »aber es würde mir später leidtun.«

»Ach was, es würde Ihnen sofort leidtun«, korrigierte ihn Blackwell. »Sie sind genau wie Ihr Vater.«

Einen Augenblick lang war Daniel nicht sicher, ob ihm dieser Vergleich gefiel, doch nach kurzem Nachdenken war er damit einverstanden.

KAPITEL 20

»Ja, Sir.« Daniel stand am letzten Tag, der ihnen blieb, in Marcus fford Crofts Büro. »Mir ist bewusst, dass wir in Zeitnot geraten sind, weil wir lange nach Revisionsgründen gesucht und keine gefunden haben, sodass uns jetzt nur noch die Möglichkeit bleibt, in Berufung zu gehen, wofür wir aber alles nötige Material haben. Hinzu kam, dass in diesem Fall ungewöhnlich viele Aspekte zu berücksichtigen waren.« fford Crofts Gesicht verdüsterte sich. Daniel überlegte, ob er sagen sollte, dass er Kitteridge auf dem Laufenden gehalten hatte. Doch das wäre Kitteridge gegenüber unfair gewesen und konnte von fford Croft so ausgelegt werden, als wollte Daniel die Schuld abwälzen.

»Ich wollte sicherstellen, dass das Buch nicht veröffentlicht wird. Es hätte großen Schaden angerichtet, nicht nur, was meinen Vater und damit den Staatsschutz ganz allgemein betrifft, sondern auch eine ganze Reihe anderer, Sir …«

fford Croft saß mit versteinerter Miene da. Er ließ sich nicht gern ausstechen, schon gar nicht von einem seiner unbedeutendsten Mitarbeiter. »Und Sie sind nicht auf den Gedanken gekommen, mir diese Dinge zu berichten?«

Daniel reckte das Kinn ein wenig höher. »Doch, Sir. Aber ich habe mich lieber von Mr. Kitteridge bezüglich der Rechtslage beraten lassen, damit Sie für den Fall, dass die Sache schiefgehen sollte, die Möglichkeit haben, reinen Herzens zu sagen, dass Sie keine Kenntnis davon hatten.« Er sah fford Croft etwas beklommen in die Augen. »Sie hatten mir gesagt, dass Sie Mr. Graves versprochen hatten, alles zu tun, damit er nicht verurteilt wird, Sir. Es kann nicht der geringste Zweifel daran bestehen, dass man ihn von der Anklage freisprechen wird, seine Gattin ermordet zu haben. Damit haben Sie ihm gegenüber Wort gehalten.«

»Und was ist mit der Veröffentlichung seines Buches?« fford Croft hob fragend die Brauen.

»Mir ist nicht bekannt, ob Sie meinem Vater oder dem Staatsschutz wie auch immer geartete Zusagen gemacht haben, Sir. Sollte das der Fall sein, hätten Sie auch ihnen gegenüber Wort gehalten.«

»Sie sind ziemlich respektlos, junger Mann«, hielt ihm fford Croft ein wenig steif vor.

»Entschuldigen Sie bitte, Sir. Für mich sind diese verwickelten Geschichten völlig neu.« Zwar fiel es Daniel nicht ganz leicht, den Unschuldigen zu spielen, doch konnte er es sich nicht leisten, dass sein Kanzleichef annahm, er gebe ihm sarkastische Antworten.

fford Croft entspannte sich allmählich, und ein Lächeln erschien auf seinem Gesicht. »Unsinn«, sagte er, »Sie sind der geborene Verschwörer und werden eines Tages ein glänzender Anwalt sein. Allerdings kann ich mir vorstellen, dass Sie stets eine Vorliebe für die falschen Fälle haben werden. Führen Sie mir aber Kitteridge nicht auf Abwege, selbst wenn er dazu bereit sein sollte! Haben Sie mich verstanden?«

»Ja, Sir.« Ein Gefühl der Erleichterung breitete sich in Daniel aus. »Ich nehme an, dass Mr. Kitteridge stets auf der Seite des Gesetzes stehen wird.«

»Sie etwa nicht?« fford Croft hob abwehrend eine Hand. »Nein, sagen Sie es mir nicht. Ich werde mich unwissend stellen, solange ich kann. Der Verlag wird also Graves' widerwärtiges Machwerk nicht veröffentlichen? Sind Sie sich da sicher?«

»Ich hoffe es stark, Sir. Wir konnten einige Menschen, deren Namen darin genannt werden, dazu veranlassen, dem Verleger gegenüber ihre Missbilligung zum Ausdruck zu bringen und ihm klarzumachen, wie teuer es ihn zu stehen käme, wenn er ein Buch herausbrächte, das sie, ihre Eltern oder andere Verwandte in verleumderischer Weise bloßstellt. Ein Angehöriger des Hochadels mit Sitz im Oberhaus hegt noch heute liebevolle Erinnerungen an Lady Vespasia. – Wenn Graves Gelegenheit bekäme, die Schwächen anderer Menschen auszubreiten, würde das für den Verleger ähnlich kostspielige Konsequenzen nach sich ziehen. Das Buch würde eine Menge … hässlicher Erinnerungen wachrufen, die man lieber ruhen lassen sollte.«

»Und wie haben Sie das alles herausgefunden, junger Mann?«

»Durch viele intensive und detaillierte Nachforschungen, Sir«, erwiderte Daniel, ohne mit der Wimper zu zucken.

»Sowie zweifellos mit der tatkräftigen Unterstützung dieses Halunken Blackwell«, ergänzte fford Croft spöttisch.

»Ein wenig«, räumte Daniel ein.

fford Croft brummte: »Seien Sie vorsichtig, wem Sie vertrauen, Daniel. Sie sind noch sehr jung und viel zu idealistisch.«

»Ja. Sir.«

fford Croft ließ die flache Hand auf den Tisch niedersausen. »Schluss jetzt mit Ihrem ewigen ›Ja, Sir‹, zum Kuckuck! Mir ist klar, dass es keinen Sinn hat, Sie zu warnen. Ich habe das schon bei Ihrem Vater versucht, und er hat seinen eigenen Kopf durchgesetzt. Aber solange Sie für die Kanzlei fford

Croft & Gibson arbeiten, werden Sie tun, was ich Ihnen sage. Und wehe, ich erwische Sie dabei, dass Sie sich nicht daran halten!«

»Ja, Sir.«

»Wie darf ich dieses ›Ja, Sir‹ verstehen? Werden Sie sich vorsehen?«

Daniel lächelte unschuldig. »Ja, Sir.« Er richtete sich ein wenig auf. »Aber uns bleibt noch eine Menge zu tun, Sir. Mrs. Ebony Graves muss sich heute Vormittag vor Gericht verantworten. Ich habe versprochen, sie zu vertreten, Sir, und ich bin überzeugt, dass man die Anklage gegen Graves fallen lässt. Mit Ihrer Erlaubnis, Sir, wird auch Mr. Kitteridge im Gericht sein und darauf achten, dass alles ordnungsgemäß abläuft.«

»Ich werde selbst zugegen sein«, teilte ihm fford Croft mit. »Das Schauspiel lohnt es sich anzusehen. Ich vermute, dass auch meine Tochter mitgehen wird. Miriam würde es mir nie verzeihen, wenn ich ihr das vorenthielte. Wir werden um elf dort sein. Jetzt ordnen Sie Ihr Material, und machen Sie unserer Kanzlei keine Schande, indem Sie sich blamieren, wo Sie den Fall schon so gut wie gewonnen haben!«

»Nein, Sir, vielen Dank.« Mit einem tiefen Seufzer der Erleichterung wandte sich Daniel zum Gehen. Der Gedanke daran, wie viel noch vorzubereiten war, gab ihm einen Schub neuer Energie.

Als er kurz darauf die Kanzlei verließ, wäre er beinahe mit Blackwell zusammengestoßen. Bei dessen Anblick schien sich ein eiserner Ring um Daniels Brust zu legen, und er konnte kaum atmen.

Ein zufriedenes Lächeln trat auf Blackwells Züge.

»Sagen Sie schon!«, drängte Daniel.

»Ich war persönlich bei besagtem Verleger«, begann Blackwell »und es ist mir gelungen, ihn endgültig davon zu überzeugen, dass es seinen Interessen ausgesprochen zuwiderlaufen würde, eine gewisse Biografie zu veröffentlichen, weil er sich damit eine bemerkenswert große Zahl von Persönlichkeiten in hoher Position zu Feinden machen würde. Ich freue mich, Ihnen mitteilen zu können, dass ihm das eine Heidenangst eingejagt hat.« Mit strahlendem Lächeln fügte er hinzu: »Das geschieht dem Mistkerl recht!«

Überglücklich ergriff Daniel Blackwells Hand und schüttelte sie. »Herzlichen Dank, ganz herzlichen Dank!«

Die Berufungsverhandlung im Fall Russell Graves mit dem Ziel, die Todesstrafe wegen Mordes an seiner Frau Ebony aufzuheben, weil sich neue Tatsachen ergeben hatten, begann um Punkt elf. Kitteridge vertrat den Angeklagten, der aschfahl dasaß. Er sah mindestens zehn Jahre älter aus als beim vorigen Mal, als ihn Daniel gesehen hatte.

Kitteridge wirkte nervös, obwohl kaum Aussicht bestand, dass er unterlag.

»Eure Lordschaften, man hat Mr. Russell Graves des Mordes an seiner Gattin Ebony Graves für schuldig befunden. Um zu beweisen, dass er es nicht ist, möchte ich, sofern Eure Lordschaften das gestatten, eine Zeugin aufrufen.«

Einen Augenblick lang herrschte völliges Schweigen, dann nickte einer der drei Berufungsrichter bedeutungsvoll. »Wir hoffen sehr, dass Sie sich Ihrer Sache zweifelsfrei sicher sind, Mr. Kitteridge. Wer ist Ihre Zeugin, und inwieweit ist ihr Erscheinen für diesen Fall beweiserheblich?«

»Meine Zeugin ist Mrs. Ebony Graves, Euer Ehren«, erklärte Kitteridge mit fester Stimme.

Nach einem Augenblick ungläubiger Stille hörte man Keuchen, Ausrufe und das Scharren von Füßen, als mehrere Presseberichterstatter aufsprangen und hinausstürmten, um ihre Redaktionen aufzusuchen. Daniel wandte sich um und sah zur Anklagebank hinauf. Graves war vor Entsetzen wie gelähmt. Es schien, als könne er nicht glauben, was Kitteridge gesagt hatte.

Nach einer Weile beugte sich der Vorsitzende Richter vor. »Ich bin nicht gesonnen, in dieser äußerst ernsthaften Angelegenheit Leichtfertigkeit zu dulden, Mr. Kitteridge. Ich weise Sie darauf hin, dass Ihrem Mandanten die Todesstrafe bevorsteht, wenn Sie Ihre Behauptung nicht beweisen können. Darüber hinaus müssen Sie selbst mit einer empfindlichen Strafe rechnen, wenn sich herausstellen sollte, dass Sie nicht in gutem Glauben gehandelt haben.«

»Euer Ehren, ich kann nach bestem Wissen und Gewissen sagen, dass meine Zeugin Mrs. Ebony Graves ist oder es zumindest Anfang dieses Jahres noch war«, gab Kitteridge zur Antwort.

Die Geduld des Richters schien nahezu erschöpft zu sein. »Ich weiß nicht, was Sie damit sagen wollen. Fahren Sie fort, aber ich wiederhole: Sollte sich herausstellen, dass Sie nicht in gutem Glauben handeln, wird nicht nur Ihr Mandant am Ende seines Lebens, sondern werden auch Sie am Ende Ihrer Karriere stehen.«

»Sehr wohl, Euer Ehren. Ich rufe Ebony Graves in den Zeugenstand.«

Atemlose Stille herrschte im Saal, als Ebony aufrecht und mit hoch erhobenem Kopf der Aufforderung folgte. Man konnte die Anspannung aller förmlich spüren. Obwohl es ein heller Maimorgen war, hatte sich Ebony dunkelgrau gekleidet. Sie wirkte ernst und gefasst. Ihr schwarzes Haar schimmerte im Licht der Lampen des Gerichtssaals. Auf den ersten Blick hätte man annehmen können, die Situation beeindrucke sie nicht sonderlich, aber Daniel erkannte, wie verkrampft ihre Schultern waren, und sah, dass die Knöchel ihrer ihm zugekehrten Hand vor Anspannung weiß waren.

Nachdem sie vereidigt worden war, begann Kitteridge ihre Befragung.

»Sind Sie Ebony Graves?«

»Nein«, sagte sie ganz ruhig. »Ich war zwar der Ansicht, es zu sein, musste aber Anfang März erfahren, dass ich es nicht bin. Wie es aussieht, habe ich zwanzig Jahre lang in einer bigamistischen Ehe gelebt. Daher gelten meine beiden Kinder als unehelich, und ich bin nach wie vor Ebony Cumberford, als die ich zur Welt gekommen bin.« Ihr Gesichtsausdruck und ein leichtes Zittern in ihrer Stimme zeigten an, dass es sie Mühe kostete, ihre Gefühle zu beherrschen.

»Aber bis dahin waren Sie der Ansicht, Ebony Graves zu sein?«, fuhr Kitteridge fort.

»Ja.«

»Und es gab Ihres Wissens niemanden sonst mit diesem Namen?«

»Nein.«

»Auf welche Weise haben Sie Kenntnis davon erlangt, dass Sie sich in der von Ihnen beschriebenen Situation befinden? Soll ich Sie mit Miss Cumberford anreden?«

»Ich denke, schon. Ich habe keinen anderen Namen … mehr.«

»Auf welche Weise haben Sie von dieser für Sie neuen Situation erfahren?«, wiederholte Kitteridge seine Frage.

»Eine Frau hat mich bei uns zu Hause aufgesucht – jedenfalls nahm ich zu jener Zeit noch an, dass es mein Zuhause war. Sie hat sich als Winifred Graves vorgestellt, aber erst, als sie sich bereits oben im Haus befand.«

»Oben?«, unterbrach Kitteridge sie.

»Ja, Sir. Ich habe … oder, besser gesagt, hatte im Obergeschoss ein Boudoir für private, nicht so formelle Besuche.«

»Ich verstehe. Fahren Sie bitte fort.«

»Anfangs nahm ich an, sie müsse meine Schwägerin sein. Mein Mann hatte nie über seine Angehörigen gesprochen. Ich wusste lediglich, dass er eine Schwester hatte. Von einem Bruder hatte er nie etwas gesagt.« Sie holte tief Luft und fuhr mit zittriger Stimme fort: »Als ich nach einem längeren Gespräch meine beiden Kinder, Sarah und Arthur, erwähnte, brach sie in schallendes Gelächter aus und erklärte, die beiden täten ihr leid.«

»Inwiefern?«

»Sie hat mir mitgeteilt, sie sei keineswegs meine Schwägerin, sondern die erste und folglich die einzig rechtmäßige Gattin meines Mannes. Er habe sie vor nahezu dreißig Jahren geheiratet, und da die Ehe nie aufgelöst wurde, bestehe sie nach wie vor, weshalb sie, und sonst niemand, Mrs. Russell Graves sei. Sie habe erfahren, dass er vor Kurzem ein Adelsprädikat zusammen mit einem beträchtlichen Landbesitz und Geldvermögen geerbt habe, und sei entschlossen, ihren Anteil daran zu fordern. Für mich, erklärte sie, werde nichts davon abfallen, sondern im Gegenteil werde man meine Kinder und mich auf die Straße setzen.«

»Das bedaure ich zutiefst«, sagte Kitteridge voll Mitgefühl. Er ließ einen Augenblick verstreichen, bevor er fortfuhr.

Es war Daniel bewusst, dass Kitteridge angespannt war. Es ging ihm nicht einfach nur darum zu gewinnen, wie in allen Fällen, die er vor Gericht vertrat, sondern seine Sympathien waren auch unübersehbar auf Ebonys Seite. Die Erfahrungen, die er mit seinem eigentlichen Mandanten Graves hatte machen müssen, erfüllten ihn mit tiefem Abscheu diesem gegenüber. Genau genommen, war Ebony nicht seine Mandantin – er benötigte lediglich ihre Informationen, um die Aufhebung des Todesurteils und einen Freispruch für Graves zu erreichen.

»Das muss für Sie ein entsetzlicher Schock gewesen sein«, fasste er zusammen. »Wie ist es dann weitergegangen?«

»Wir sind miteinander in Streit geraten«, gab Ebony zur Antwort. »Ich weiß nicht mehr genau, was für Worte dabei gefallen sind. Ich habe ihr gesagt, wenn meine beiden Kinder nach dem, was sie mir mitgeteilt hatte, unehelich seien, stünde ich vor dem Nichts. Ich verfüge nicht über die Mittel, die nötig wären, ohne meinen – wie ich glaubte – Gatten … für sie sorgen zu können. Ich habe an ihre Barmherzigkeit appelliert …« Sie hielt inne. Der Gedanke an die demütigende Situation, in der sie sich befand, belastete sie unübersehbar.

Kitteridge sagte nichts.

Daniel spürte, wie sich ihm der Magen zusammenzog. Ihm war klar, warum Kitteridge schwieg, und ebenso war ihm klar, dass einzugreifen ein Fehler wäre. Ob der Richter die Verzweiflung der Frau begriff und verstand, dass sie sich erfolglos bemüht hatte?

»Sie hat mir ins Gesicht gelacht«, sagte Ebony. Sie hob den Kopf und sah zu Kitteridge. »Sie hat gesagt, er habe auch sie jahrelang geschlagen und gedemütigt und dass ihr zustehe, was sie sich jetzt holen wollte. Es sei ihre Absicht, ihn vor eine Wahl zu stellen: wenn er sie nicht angemessen beteilige, werde sie publik machen, dass sie seine rechtmäßige Gattin war und das beweisen könne – ich habe keinen Augenblick lang daran gezweifelt –; sofern er ihr aber jeden Monat einen bestimmten Betrag für ihr Stillschweigen zahlte, dürfte ich von ihr aus gern bleiben … mich weiterhin von ihm misshandeln lassen und so tun, als wisse ich nichts von meiner wahren Situation – eine ausgehaltene Frau, eine Mätresse, aber keine Ehefrau zu sein. Außerdem hätten meine Kinder ohnehin weder einen Anspruch auf Unterstützung durch ihn noch auf ein Erbe. Ich …« Sie hielt erneut inne.

»Ist das – ich meine das Erbe – für Sie von Bedeutung, Mrs. … Miss Cumberford?«

»Ja, durchaus. Mein Sohn Arthur ist wegen einer Behinderung auf einen Rollstuhl angewiesen. Eine regelmäßige medizinische Betreuung ist für ihn überlebenswichtig. Es gibt eine Behandlung, die ihm unter Umständen nach einer gewissen Zeit eine Art normales Leben ermöglichen könnte, aber sie ist kostspielig. Wenn Mr. Graves nicht länger für uns sorgt, verfügen wir über keinerlei Mittel zum Überleben, geschweige denn über Geld für eine medizinische Versorgung. Außerdem hätte meine Tochter Sarah, sobald bekannt würde, dass sie … unehelich ist, keine Aussicht auf eine Ehe, in der sie versorgt wäre.«

»Wohl nicht in ihrer eigenen Gesellschaftsschicht«, gab ihr Kitteridge recht, »aber vielleicht könnte sie einen Mann finden, der sie um ihrer selbst willen liebt …« Er verstummte, da ihm klar geworden war, dass das mit dem Fall, um den es ging, nichts zu tun hatte. »Haben Sie diese Frau getötet, Mrs. … Miss Cumberford?«

Ihr Gesicht war fahl. »Ja … Ich glaube schon. Es war aber nicht meine Absicht. Sie hat beleidigende Ausdrücke benutzt, mich als Hure und Abenteurerin sowie meine Kinder als Bastarde bezeichnet. Ich habe sie meinerseits beschimpft. Ich weiß nicht mehr genau, was ich gesagt habe, aber es war auch nicht besser. Sie ist dann auf mich losgegangen und hat mich geschlagen. Dabei bin ich ins Straucheln geraten, und als ich wieder fest auf den Füßen stand, habe ich mich gewehrt und ihr mit der flachen Hand ins Gesicht geschlagen. Dabei hat sie einen Schritt rückwärts getan, das Gleichgewicht verloren, ist seitwärts hingestürzt und mit dem Kopf auf die Kaminumrandung gefallen. Sie hat sich nicht mehr gerührt, und nach einer Weile habe ich gemerkt, dass sie nicht mehr atmete und am Kopf eine blutende Wunde hatte.

»War sie tot?«

»Ja.«

»Aber sie hatte keine Verbrennungen?«

»Nein.« Ihre Stimme war kaum hörbar.

»Haben Sie Hilfe geholt? Ein Dienstmädchen gerufen oder den Butler?«

»Nein.«

Es war offensichtlich, dass sie log. Daniel erkannte es an ihrem Gesichtsausdruck wie auch an ihrer starren Körperhaltung. Sahen die Richter das ebenso deutlich wie er? Gehörte diese Aussage zu Kitteridges Plan? War das unglaublich unbeholfen von ihm oder, noch schlimmer, hatte er die Absicht, Ebony zu hintergehen, indem er Sarah oder den Butler Falthorne mit in die Sache hineinzog? Ihm würde gar nichts anderes übrig bleiben! Jeder, der Ebony verteidigte, würde diesen Weg wählen müssen. Sie konnte das unmöglich allein getan haben. Aber wie weit war Kitteridge zu gehen bereit? Was war denn noch nötig, um zu beweisen, dass Graves schuldlos war?

»Ihr Gatte hat Ihnen also in keiner Weise geholfen? – Entschuldigung. Ich meine natürlich, Mr. Graves … hat Ihnen nicht geholfen?«

Sie sah überrascht drein. »Nein, natürlich nicht! Wenn er das getan hätte, hätte er doch gewusst, dass ich nicht tot bin. Dann wäre es gar nicht so weit gekommen, dass man ihn wegen Mordes an mir vor Gericht gestellt hätte, ganz davon zu schweigen, dass man ihn demnächst an den Galgen bringen will.«

Kitteridge machte ein nachdenkliches Gesicht. »Aber Winifred Graves hat doch sicherlich für ihn eine ebenso große Bedrohung bedeutet wie für Sie, nicht wahr?«

Sie sah ihn ausdruckslos an. »Ihn konnte sie nicht als unrechtmäßig verheiratet erklären, und ihm hätte sie auch die materielle Grundlage seines Lebens nicht entziehen können.«

Kitteridge bemühte sich, ein schiefes Lächeln zu unterdrücken, was ihm nicht so recht gelang. »Da haben Sie recht. Auch ist es vermutlich, vorsichtig gesagt, nicht gegen seinen Willen zur Trennung von Winifred Graves gekommen. Seine Ehe mit Ihnen erfüllt den Tatbestand der Bigamie, was strafbar ist.«

»Ich habe doch nichts davon gewusst!«, begehrte sie auf.

»Nicht Sie haben sich strafbar gemacht, Miss Cumberford, wohl aber Russell Graves, denn er ist derjenige, der bewusst diese zweite Ehe eingegangen ist. Möglicherweise wäre das nie ans Licht gekommen, wenn Winifred Graves nicht in Ihrem Hause aufgetaucht wäre.«

Ihrem Gesicht war deutlich anzusehen, dass sie mit der Versuchung kämpfte.

Der Richter beugte sich über die Brüstung seines erhöhten Pultes vor und setzte schon zum Sprechen an, als sie schließlich sagte: »Er hat nichts damit zu tun. Ich habe … ihr Gesicht entstellt, damit man sie nicht erkennen konnte. Ich habe ihr eins meiner Kleider angezogen und Feuer gelegt, um …«

Kitteridge ließ sie nicht ausreden. »Wie haben Sie das bewerkstelligt, Miss Cumberford? Dazu waren doch gewiss viel Mut und Kraft erforderlich.«

»Vermutlich.«

Kitteridge musste dafür sorgen, dass der Richter ihm glaubte. Daniel hatte gemerkt, wie unsicher er vor der Verhandlung gewesen war.

»Sie haben der Toten also eins Ihrer eigenen Kleider angezogen und sie dann wieder dorthin gelegt, wo sie gestürzt war, sodass es nach wie vor wie ein Unfall aussah. Womit haben Sie ihre Kleidung und ihr Fleisch in Brand gesetzt? Dass Kleidung brennt, kann ich mir vorstellen, aber Fleisch?«

Ebony war mittlerweile so bleich, dass Daniel fürchtete, sie werde jeden Augenblick in Ohnmacht fallen. Das konnte auch Kitteridge nicht entgehen. Er tat ihm aufrichtig leid, was Daniel nie für möglich gehalten hätte.

»Ich … ich habe Leinöl aus den Malutensilien meines Sohnes genommen«, fuhr sie mit belegter Stimme fort. »Ich hatte etwas Ölseide. Sie ist wasserundurchlässig. Ich wusste, dass die beiden Materialen brennen würden. Ich habe ein Stück von einem alten Baumwolllaken genommen, es mit dem Leinöl getränkt und dann zusammen mit der Seide angezündet.«

»Ich verstehe. Und all das haben Sie allein getan, ohne fremde Hilfe?«

»Ja.«

»Denken Sie gut nach, Miss Cumberford. Hier geht es nicht nur um das Leben von Russell Graves, sondern auch um ihr eigenes. Ich möchte Ihnen gern glauben, aber es fällt mir schwer. Die andere Frau war schwerer als Sie, wenn auch nicht viel, und es ist allgemein bekannt, dass sich ein lebloser Körper alles andere als einfach handhaben lässt. Sie behaupten also, dass Sie sie ganz allein, ohne jede fremde Hilfe, erst entkleidet, ihr dann eins Ihrer eigenen Kleider angezogen und sie danach wieder genau in dic frühere Position gelegt haben? Sagen Sie mir bitte die Wahrheit. Sind Sie sicher, dass Ihnen Mr. Graves dabei nicht zur Hand gegangen ist?«

»Völlig sicher! Meinen Sie etwa, er würde sich lieber hängen lassen, als zuzugeben, dass ich noch lebe und er mir geholfen hat, dafür zu sorgen, dass die andere genauso aussah wie ich? So sehr liebt er mich nicht, dass er für mich in den Tod gehen würde! Offen gesagt, liebt er mich überhaupt nicht. Ich glaube, er hat mich nie geliebt. Sonst hätte er mich nicht geschlagen …«

»Wer hat Ihnen also geholfen?«

Sie schwieg.

»War es Falthorne, der Butler?«

»Nein! Glauben Sie, ich würde …« Sie brach ab.

»Ihm trauen? Ja, das glaube ich. Aber ich glaube nicht, dass Sie es zulassen würden, wenn man ihm die Schuld für etwas gäbe, was er nicht getan hat. Ich nehme an, dass Ihre Tochter Sarah Ihnen geholfen hat. Ihr war bekannt, wie heftig Russell Graves Sie immer wieder misshandelt hat, denn er hat auch seine Tochter geschlagen. Ich kann mir gut vorstellen, dass Sie beide da eine Gelegenheit gesehen haben, ihm zu entkommen, und die haben Sie genutzt, vermutlich, ohne sich Gedanken über die Folgen zu machen. Meiner Überzeugung nach haben Sie weder vorausgesehen, dass man Russell Graves wegen Mordes an Ihnen zum Tode verurteilen würde, noch haben Sie bedacht, was Ihre Handlungsweise für Ihre beiden Kinder bedeuten würde, das Schuldgefühl, das ihr Leben lang auf ihnen lasten könnte. Ich bin überzeugt, dass Sie sich jetzt, ungeachtet der möglichen Folgen für Sie selbst, gemeldet haben, um genau das zu verhindern. Sie hätten alles auf sich genommen und behauptet, Ihre Tochter habe Ihnen nicht geholfen, so abwegig das auch scheint. Ich kann Ihnen deswegen keine Vorhaltungen machen, Miss Cumberford, aber ebenso wenig kann ich Ihnen glauben.«

Sie gab ihm keine Antwort.

Kitteridge wandte sich dem Richter zu. »Euer Ehren, das ist mein Beweisantrag dafür, dass Russell Graves nicht des Mordes an Ebony Cumberford schuldig ist, dem Gericht zuvor unter dem Namen Ebony Graves bekannt.«

»Danke, Mr. Kitteridge. Das Gericht braucht sich zur Beratung über das Urteil nicht zurückzuziehen. Ganz offenkundig lebt Miss Cumberford – oder Mrs. Graves – und ist wohlauf. Der Schuldspruch gegen Russell Graves wird aufgehoben. Die dafür nötigen geeigneten Maßnahmen werden unverzüglich ergriffen.«

»Danke, Euer Ehren.«

»Allerdings ist die Angelegenheit damit keineswegs erledigt. Gegen Miss Cumberford muss Anklage erhoben werden. Angesichts der geschilderten Tatumstände scheint es mir nicht erforderlich, Miss Sarah … Cumberford wegen Beihilfe zur Leichenschändung an Mrs. Winifred Graves vor Gericht zu stellen. Es gibt keinen Beweis dafür, dass sie mehr getan hätte, als unter äußerst tragischen Umständen ihrer Mutter beizustehen, die zweifellos verängstigt war und unter Schock stand. Sie hat sich dem Gericht gestellt, bevor es zu spät war.«

»Danke, Euer Ehren«, sagte Kitteridge aus tiefstem Herzen.

»Ebony Cumberford hingegen wird in Gewahrsam genommen, bis man ihr den Prozess macht, und zwar für die Entstellung einer Leiche, durch die sie einen Unfall als ein durch einen anderen begangenes Verbrechen hinstellen wollte. Das hat dazu geführt, dass der Mann, mit dem sie in eheähnlicher Gemeinschaft gelebt hat, fälschlich und grundlos vor Gericht gestellt und verurteilt wurde. Die Verhandlung ist geschlossen.«

Daniel wusste, was unvermeidlich als Nächstes geschehen würde. Ebony wurde wegen ihrer Straftat festgenommen und inhaftiert. Insgesamt war das Gericht weit weniger streng verfahren, als er befürchtet hatte. Sarah blieb in Freiheit, machte sich aber so große Sorgen um ihre Mutter, dass sie das kaum zur Kenntnis zu nehmen schien. Als sie Daniel ansah, erkannte er in ihren Augen neben Entsetzen auch Schuldbewusstsein.

»Ihre Mutter hatte keine Wahl«, sagte er zu ihr, als sie im Vorraum des Gerichtssaals standen. »Wenn sie die Sache länger hinausgezögert hätte, wäre sie wegen Mordes angeklagt worden.«

»Aber was wird mit ihr geschehen? Und was mit uns, mit Arthur und mir? Wir haben kein Zuhause mehr, und ich bin allein nicht imstande, für ihn zu sorgen.«

»Sie werden nicht allein sein.«

»Wir bleiben auf keinen Fall bei unserem Vater!« Sie wirkte wie gelähmt vor Angst.

»Er kommt nicht zurück«, versicherte Daniel ihr. »Man wird ihn wegen Bigamie in Haft nehmen. Er hat keine Möglichkeit, Ihnen etwas anzutun, und Ihnen bleibt viel Zeit, sich Ihre nächsten Schritte zu überlegen. In sieben Jahren kann vieles geschehen.«

»Aber jeder weiß jetzt doch, dass wir … unehelich geboren sind. Wir haben kein Geld und auch …«

»Als Erstes müssen wir jetzt an die Verteidigung Ihrer Mutter denken. Heute können Sie auf jeden Fall mit dem Gefühl nach Hause gehen, dass Sie in Sicherheit sind.«

»Übernehmen Sie die Verteidigung? Wir können Sie nicht bezahlen …«

»Geben Sie mir eins von Arthurs Bildern. Das ist Bezahlung genug. Nicht sein Lieblingsbild – irgendein anderes.«

»Das wird ihn freuen.« Mit einem plötzlichen Lächeln sagte sie: »Die sind schön, nicht wahr?«

Bevor er das bestätigen konnte, traten Marcus fford Croft und Kitteridge hinzu.

»Danke, Mr. Kitteridge«, sagte Sarah, und man hörte, dass es von Herzen kam. »Ich weiß, dass man meinen Vater nicht besser hätte verteidigen können, als Sie es getan haben. Mr. fford Croft, ich bin Ihnen aufrichtig dankbar. Ich nehme an, dass mein Vater begleichen wird, was er Ihnen schuldet. Vielleicht übernehmen Sie ja auch seine Verteidigung im Verfahren wegen Bigamie. Mir ist klar, dass ich nicht darüber zu befinden habe, aber … könnten Sie Mr. Pitt gestatten, meine Mutter zu verteidigen? Ich bin sicher, dass sie ihn darum bitten würde, wenn man ihr die Möglichkeit dazu gäbe.«

»Ich werde Ihren Vater nicht verteidigen«, teilte fford Croft ihr mit. »Ich habe meine Schuld ihm gegenüber getilgt, und ich halte es für durchaus wahrscheinlich, dass ihm ein anderer Anwalt lieber wäre. Einer, der ihn … ohne Vorbehalte verteidigen würde. Meine Kanzlei ist gern bereit, Ihre Mutter zu vertreten. Mr. Kitteridge ist mein bester Prozessanwalt, und er wird Ihrer Mutter gern zur Seite stehen. Ich werde ihn zu ihr schicken, sobald das möglich ist. Wir müssen zusehen, dass die Sache das bestmögliche Ende nimmt.«

Daniel dachte daran, dass der Fall bei Weitem noch nicht abgeschlossen war. Es ging nicht einfach darum, Ebony zu verteidigen; man musste dafür sorgen, dass am Ende Russell Graves' Ruf irreparabel beschädigt war. Das gegen ihn wegen Bigamie geführte Verfahren musste unbedingt so ausgehen, dass er die Höchststrafe bekam und ihm niemand mehr die Lügen glauben würde, die er über andere, insbesondere über Sir Thomas Pitt, verbreitete.

Was, wenn es Kitteridge nicht gelang, für Ebony einen Freispruch oder zumindest eine Bewährungsstrafe zu erwirken? Die Anklage gegen sie war schwerwiegend und das Beweismaterial erdrückend. Es war ohne Weiteres möglich, dass man Graves, der zweifellos auf Rache erpicht war, als Zeugen gegen sie aufrief. Diesmal hatte sich der Richter ihr gegenüber als verständnisvoll erwiesen, doch beim nächsten durfte man sich nicht darauf verlassen.

Im vollen Bewusstsein dessen, dass er möglicherweise zu weit ging, wandte sich Daniel an fford Croft. »Sir, dürfte ich diesen Fall übernehmen? Bitte …« Er warf einen Seitenblick auf Kitteridge, den er auf keinen Fall kränken wollte. Überrascht merkte er, dass ihm dessen Empfindungen wichtig waren. Aber sicherlich verstand Kitteridge ihn. Der Mann war es gewohnt, sich auf den Buchstaben des Gesetzes zu stützen, und selbiges sprach gegen Ebony. In diesem Fall ging es darum, die Geschworenen für Ebony einzunehmen, damit sie Gründe sahen, sie für »nicht schuldig« zu befinden oder zumindest Milderungsgründe zu erkennen.

fford Croft sah ihn verblüfft an.

»Sicher würde mir Mr. Kitteridge … beistehen und … darauf achten, dass ich mich genauestens an alle gesetzlichen Vorschriften halte, Sir«, sagte Daniel eindringlich.

Kitteridge machte große Augen. Der bloße Gedanke, als Gehilfe wessen auch immer tätig werden zu müssen, war für ihn, zurückhaltend gesagt, kränkend, und die Vorstellung, einem blutigen Anfänger wie Daniel Pitt zu assistieren, entsetzte ihn geradezu.

fford Croft blickte von einem zum anderen. »Nun, Kitteridge?«, erkundigte er sich zögernd.

»Aber nur dies eine Mal«, erklärte Kitteridge sein Einverständnis mit sichtlichem Widerwillen. »Als absolute Ausnahme!«

»Ich danke Ihnen«, sagte Daniel schlicht.

fford Croft nickte und wandte sich zum Gehen.

»Ich werde Sie unterstützen, so gut das möglich ist«, versprach Kitteridge mit leiser Stimme.

KAPITEL 21

Als Daniel eine knappe Woche später an seinem Schreibtisch in der Kanzlei über die bevorstehende Verhandlung nachdachte, fühlte er sich alles andere als sicher. Wäre es nicht doch besser gewesen, weniger überheblich zu sein und den Fall dem ebenso erfahrenen wie gewieften Kollegen zu überlassen? Wie war er nur auf den Gedanken gekommen, er könne das besser als Kitteridge? Bei einem Gerichtsverfahren ging es um Gesetze, nicht um Gefühle, und schon gar nicht um Gerechtigkeit. Das hatte ihm sein Professor in Cambridge oft genug gesagt. »Vor Gericht bekommt man nicht Gerechtigkeit, sondern ein auf die Gesetze gestütztes Urteil.«

Jetzt war es zu spät. Sein Gegenspieler war ein Anwalt namens Grisewood, ein jovial aussehender korpulenter Mann von etwa vierzig Jahren, über den niemand so recht etwas zu wissen schien. Er kam nicht aus London, sondern irgendwo aus den Midlands, und stand, wie es schien, im Begriff, sich einen Namen zu machen.

In Daniels trübe Gedanken hinein sagte Kitteridge: »Ich habe alle Zeugen beisammen, die Sie haben wollten.«

»Ach ja, vielen Dank …« Eigentlich hatte Daniel ihn nicht um Rat bitten wollen, aber der Gedanke an die große

Aufgabe schüchterte ihn ein. »Habe ich Ihrer Ansicht nach möglicherweise jemanden übersehen?«

Kitteridge hob die Brauen. »In dem Fall hätte ich Ihnen das gesagt. Glauben Sie etwa, ich möchte mit ansehen müssen, wie man Ihren Beweisantrag abschmettert? Ich halte Graves für einen ganz üblen Mistkerl und würde ihn mit Freuden am Galgen sehen, wenn die Gesetze das nur von ferne hergäben. Leider ist das nicht der Fall. Man kann niemanden dafür hängen, dass er ein mieser Hund ist.«

Daniel sagte nichts darauf. Er hatte nicht den Wunsch, den Mann am Galgen zu sehen. Die bloße Vorstellung des Vorgangs war grauenhaft: der Strick um den Hals, der leere Raum unter der Falltür, dann das plötzliche Ende – erst war da ein lebendiger Mensch, der dachte und Gefühle hatte, und wenige Minuten später war da nur noch eine Leiche. Was, wenn sich im Prozess jemand geirrt hatte? Aber selbst, wenn alles fehlerlos abgelaufen war, bedeutete ein Todesurteil doch eine Entscheidung, die das Menschenmaß überstieg …

Vielleicht dachte er zu viel. Das konnte einen Menschen handlungsunfähig machen. Sarah und Arthur waren beide darauf angewiesen, dass er alles richtig machte. Ihnen hatte er sein Wort gegeben. Warum hatte er das getan? Weil er es nicht ertragen konnte, sie so verängstigt zu sehen. Er wollte, dass sie sich sicher fühlten. Jetzt musste er sein Versprechen halten.

»Pitt?«, sagte Kitteridge.

»Was ist?« Daniel sah ihn an.

»Sie sollten Grisewood nicht unterschätzen«, warnte Kitteridge ihn. »Er ist dafür bekannt, dass er der Gegenseite den Eindruck vermittelt, sie habe gewonnen, nur um dann noch rasch einen Trumpf aus dem Ärmel zu ziehen.«

»Danke. Ich werde aufpassen.«

»Offen gesagt, spiele ich äußerst ungern die zweite Geige«, fuhr Kitteridge fort. »Erst recht bei einem so unerfahrenen Kollegen wie Ihnen. Aber wenn ich in dieser Position keine einwandfreie Leistung erbringe, schaffe ich das am ersten Pult auch nicht. Und ob Sie es mir glauben oder nicht, ich möchte den Fall beinahe ebenso dringend gewinnen wie Sie.«

»Das glaube ich Ihnen.« Daniel lächelte ihm zu. »Sie können Sarah gut leiden!« Ihm war aufgefallen, dass Kitteridge immer wieder zu ihr hingesehen hatte, und auch das leichte Erröten war ihm nicht entgangen, das immer dann auf seine Wangen getreten war, wenn sie mit ihm sprach.

»Sie tut mir leid«, erwiderte Kitteridge, kehrte an seinen Schreibtisch zurück und beschäftigte sich mit den Papieren darauf.

Daniel sagte nichts, doch wurde ihm Kitteridge im Laufe der Tage deutlich sympathischer, als er es je für möglich gehalten hätte.

Zwei Tage später begann die Verhandlung. Nachdem alle Präliminarien erledigt waren, erhob sich Grisewood, um die Anklage vorzutragen. Er schien sich in seiner Robe und mit der Perücke nicht recht wohlzufühlen, so, als seien beide für einen eleganteren Mann gemacht. Dennoch wirkte er siegesgewiss. Er trat in die Mitte des Gerichtssaals, verneigte sich vor dem Richter und stellte sich den Geschworenen gegenüber.

»Meine Herren, Sie werden eine ungewöhnliche Geschichte über eine ehrgeizige, schöne und kluge Frau hören, die aus einfachen Verhältnissen stammt und ebenso skrupellos wie kaltblütig ist. Sehen Sie sie bitte nicht an, achten Sie weder auf ihre Tränen noch auf ihr Lächeln und auch nicht darauf, dass sie behauptet, man habe sie und ihre Tochter so sehr misshandelt, dass beide dabei Knochenbrüche erlitten haben. Achten Sie ausschließlich auf das, was ich beweisen werde.

Mein verehrter Kollege, der sie verteidigt, wird Ihnen sagen, dass die ganze Geschichte, um die es hier geht, eine Kette aus Zufällen ist, hinter denen keinerlei böse Absicht stand, sondern ausschließlich blanke Angst, nicht Habgier, sondern das Bestreben einer Frau, für ihre Kinder zu sorgen, weder Hinterlist noch bewusste Gewalttätigkeit, sondern nichts als verhängnisvolle Umstände, die ihr über den Kopf gewachsen sind.«

Er schüttelte bedächtig den Kopf. »Ich werde Ihnen zeigen, wie Gerissenheit, Arglist und Gewissenlosigkeit zu einem Ausbruch von Gewalttätigkeit geführt haben, die ihrem Wesen keineswegs fremd war.«

Daniel wandte sich an Kitteridge. »Wovon zum Teufel redet der da?«

Kitteridge schien verblüfft. »Keine Ahnung.«

»Die Verteidigung wird Ihnen einzureden versuchen, es habe sich um einen unvorhergesehenen, plötzlich eingetretenen Unfall gehandelt, meine Herren. Ich werde Ihnen zeigen, dass es in Wahrheit vorsätzlicher und grausamer Mord war.«

Während Daniel benommen dasaß, sprang Kitteridge auf. »Euer Ehren, der Angeklagten wird nicht Mord zur Last gelegt, sondern Entstellung einer Leiche. Befindet sich unser verehrter Kollege womöglich im falschen Gerichtssaal? Soweit ich weiß, ist er nicht von hier. Da kennt er sich vielleicht nicht besonders gut aus.«

Von den Zuschauerrängen hörte man leises Lachen.

Grisewood bleckte die Zähne zu einem kalten Raubtierlächeln. »Recht und Gesetz unterscheiden sich in London nicht von denen in anderen Teilen des Landes, Euer Ehren. Wer den Tod eines Menschen plant, herbeiführt und dann den Tatort verlässt, gilt auch in London als Mörder.« Er sah zu Kitteridge. »Sie scheinen nicht mitbekommen zu haben, dass die Anklage geändert wurde. Vielleicht haben Sie es in letzter Zeit versäumt, einen Blick in Ihre Unterlagen zu werfen.« Er sah zu Daniel. »Oder unser junger Freund hier hat das versäumt – immer vorausgesetzt, dass er für die Verteidigung zuständig ist.«

Es überlief Daniel eiskalt, als ihm blitzartig einfiel, dass der Bürovorsteher Impney am Vortag einen versiegelten Umschlag gebracht und ihm auf den Tisch gelegt hatte. Er war handschriftlich adressiert, und er hatte ihn – womöglich gehörte das zu Grisewoods Plan – für einen privaten Brief gehalten und einstweilen beiseitegelegt. Es wäre sinnlos gewesen, das zu bestreiten. Es würde nur Zeit kosten und zu nichts führen.

Er stand auf. »Euer Ehren, ich habe in der Tat gestern einen handschriftlich adressierten Brief bekommen, den ich zu meinem Bedauern nicht gleich geöffnet habe, da ich ihn für privat hielt. Es spielt aber auch keine Rolle, wir plädieren nach wie vor auf ›nicht schuldig‹, und ich werde die Beweise dafür zu gegebener Zeit liefern.«

»In Ordnung, Mr. Pitt. Benötigen Sie noch etwas Zeit, oder sind Sie bereit?«

»Ich bin bereit, Euer Ehren. Die Wahrheit hat sich ebenso wenig geändert wie unsere Beweismittel dafür.«

»Dann sprechen Sie jetzt bitte zu den Geschworenen, aber fassen Sie sich kurz.«

»Danke, Euer Ehren.« Daniel wandte sich den Geschworenen zu, die aufmerksam auf seine Ausführungen warteten. Er meinte bei dem einen oder anderen auch eine gewisse Sympathie zu erkennen.

»Meine Herren, wie mein verehrter Kollege dargelegt hat, geht es in dieser Angelegenheit um die unterschiedlichsten Empfindungen. Es beginnt mit Zuneigung auf der einen und Täuschung auf der anderen Seite. Darauf folgen Duldung, Beschimpfungen sowie betrüblicherweise ein Leben voller Enttäuschungen und Gewalttätigkeit – letztere allerdings nicht durch die Personen, denen er sie unterstellt. Am Ende stehen Entsetzen, Fehleinschätzungen und schließlich Erlösung. Ich werde Ihnen das Ganze Schritt für Schritt beweisen.«

Von der Galerie herab hörte man Gemurmel und das Rascheln von Kleidungsstücken, als Zuschauer unruhig auf ihren Sitzen hin und her rutschten. Niemand sprach.

Grisewood rief seinen ersten Zeugen auf – Falthorne.

Daniel sah, wie der untadelig in einen dunklen Anzug gekleidete Butler, der sich ganz offensichtlich unbehaglich fühlte, die Stufen zum Zeugenstand emporstieg. Nachdem er geschworen hatte, die Wahrheit, die ganze Wahrheit und nichts als die Wahrheit zu sagen, nannte er seinen Namen sowie seine Stellung im Hause von Russell Graves.

»Haben Sie diese Stellung auch in der Nacht bekleidet, in der Mrs. Graves verschwunden ist?«, fragte Grisewood.

»Ja, Sir.«

»Sie haben diese Position seit rund zwanzig Jahren inne. Ist das richtig?«

»Ja, Sir.« Grisewood war Falthorne ganz offensichtlich zutiefst unsympathisch. Möglicherweise erkannte das nicht jeder, wohl aber Daniel, der dem Butler mehrere Male begegnet war und ihn, außer bei seinem ersten Besuch, bei dem er selbst sehr angespannt war, aufmerksam beobachtet hatte. Er fand Falthorne nicht nur angenehm im Umgang, sondern achtete ihn auch. Am Klang seiner Stimme und der Art, wie er die Arme steif herabhängen ließ, merkte er, dass der Butler für den Vertreter der Anklage nichts als Verachtung empfand.

»Mithin war es wohl ganz natürlich, dass Mrs. Graves, wenn sie sich in einer verzweifelten Lage befand, mit der sie allein nicht fertig wurde, Sie um Hilfe bat, in der Gewissheit, dass Sie ihr die nicht versagen würden?«, fragte Grisewood.

»Das hoffe ich, Sir.«

Grisewood behandelte Falthorne unübersehbar wie einen unkooperativen Zeugen. Daniel fragte sich, ob er ihm das offen vorwerfen würde. Fiel den Geschworenen die Spannung zwischen den beiden auf? Je nachdem, welcher Seite sie zuneigten, würden sie Falthornes Verhalten entweder als Treue der Herrschaft gegenüber oder als Bockigkeit auffassen. Ob sich da für Daniel eine Gelegenheit bot, ihnen das Beziehungsgeflecht im Hause Graves vor Augen zu führen?

Grisewood lächelte. »Hat sie sich also an Sie gewandt, als sie ihr Opfer tot vor sich sah, ohne eine befriedigende Erklärung dafür liefern zu können, von einer rechtlich zulässigen Begründung ganz zu schweigen?«

Daniel erhob sich. »Ich erhebe Einspruch, Euer Ehren. Bisher wurde nicht nachgewiesen, dass es keine rechtlich zulässige Begründung gab. Ganz im Gegenteil beabsichtigen wir zu zeigen, dass sie durchaus vorliegt, denn die fremde Frau hat Mrs. Graves angegriffen, wobei sie ausgeglitten und gestürzt ist.«

Grisewood hielt sofort dagegen. »Es ist keineswegs rechtlich zulässig, Feuer an eine Leiche zu legen, um sie unkenntlich zu machen, Euer Ehren – das gilt auch in London. Niemand vermag sich vorzustellen, dass so etwas zulässig sein könnte … Offen gesagt, fällt es schwer, sich dergleichen überhaupt vorzustellen!«

»Auch das ist nicht nachgewiesen, Euer Ehren«, gab Daniel zurück. »Mein verehrter Kollege hat gefragt, ob Mrs. Graves den Butler gerufen hat, als sie sich einer Leiche gegenübersah … nichts weiter.«

»Sie haben recht, Mr. Pitt. Ich empfehle Ihnen, Mr. Grisewood, besser auf Ihre Fragen zu achten. In der Tat haben Sie den Zeugen gefragt, ob Mrs. Graves ihn gerufen hat, als sie sich einer Leiche gegenübersah. Mr. Falthorne, Sie können jetzt antworten.«

»Ja, Euer Ehren«, sagte Falthorne betrübt. »Ja. Sie war zutiefst erschüttert und hat mir gesagt …«

»Das genügt, Mr. Falthorne«, schnitt ihm Grisewood das Wort ab. »Haben Sie die Leiche von Mrs. Graves gesehen – ich meine die der wirklichen Mrs. Graves?«

»Ich habe die Leiche einer Frau in mittleren Jahren gesehen. Zu jener Zeit hatte ich keine Vorstellung davon, wer sie war«, gab Falthorne, um Korrektheit bemüht, zurück. Er war es seit Jahren gewohnt, sich so zu verhalten, wie man es von ihm erwartete und dabei seine eigenen Gefühle zu unterdrücken. Es würde Grisewood schwerfallen, ihn aus der Fassung zu bringen.

»Wie Sie inzwischen wissen, war es die Leiche von Mrs. Graves«, fuhr Grisewood gereizt fort. Ihm war bewusst, dass es weder beim Richter noch bei den Geschworenen einen guten Eindruck machen würde, wenn er einen Dienstboten im Zeugenstand schikanierte. »Hatte sie Brandverletzungen? Welcher Art waren ihre Verletzungen? Bitte beschreiben Sie, was Sie gesehen haben.«

»Ich habe auf dem Fußboden die Leiche einer Frau in mittleren Jahren gesehen. Ihr Kopf befand sich nahe der Kaminumrandung, die ebenso wie der Teppich daneben voll Blut war.«

»Haben Sie sich vergewissert, dass sie tot war?«

»Ja, Sir.«

»Auf welche Weise?«

»Ich konnte weder Puls noch Atmung feststellen. Die Kopfwunde schien ziemlich tief zu sein, aber ich habe sie nicht berührt.«

»Hat Miss Cumberford Ihnen in Bezug auf die Leiche irgendeinen Auftrag erteilt?«

»Zunächst nicht, Sir.«

»Also später? Lassen Sie sich doch nicht jedes Wort einzeln aus der Nase ziehen! Hat sie später von Ihnen verlangt, ihr beim Umkleiden der Leiche behilflich zu sein, sodass der Eindruck erweckt wurde, als sei sie selbst ermordet worden?«

»Nein, Sir, das Wort ›morden‹ ist nie gefallen. Sie hat mir berichtet, was geschehen war, dass es sich bei der Frau um Mrs. Graves handelte, die erste und, wie sich dann herausstellte, auch einzig rechtmäßige Gattin ihres Mannes …«

»Ich habe Sie nicht aufgefordert, die Aussage zu diskutieren, die …«

»Verzeihung, Sir. Ich war der Ansicht, dass Sie genau das von mir verlangt hatten.«

Der Richter versuchte ein Lächeln zu unterdrücken, was ihm nur teilweise gelang. Daniel, dem das nicht entgangen war, vermutete, dass die Geschworenen das ebenfalls mitbekommen hatten.

»Mr. Grisewood«, wandte sich der Richter an den Vertreter der Anklage. »Sie müssen entweder Ihre Fragen genauer formulieren, damit der Zeuge weiß, was er Ihrer Ansicht nach nicht zu sagen braucht, oder sich mit seinen erschöpfenden Antworten abfinden. Ohnehin leuchtet mir der Sinn Ihrer Beanstandung nicht ein. Wenn Mr. Falthorne diese Dinge bei der Befragung durch Sie nicht zur Sprache bringt, wird Mr. Pitt es kaum versäumen, ihn im Kreuzverhör danach zu fragen. Drücken Sie sich also bitte deutlicher aus, Sir.«

Grisewood wurde vor Ärger puterrot, doch blieb ihm nichts anderes übrig, als sich zu fügen. »Sehr wohl, Euer Ehren. Mr. Falthorne, ganz einfach gefragt: hat die Leiche, als Sie sie zum letzten Mal gesehen haben, irgendwelche Verbrennungen aufgewiesen?«

»Nein, Sir.«

»Dann sind ihr also die Verbrennungen, die zur Entstellung ihres Gesichts und Oberkörpers geführt haben, zugefügt worden, als sie bereits tot war?«

»So muss es wohl gewesen sein, Sir.«

»Waren Sie in irgendeiner Weise daran beteiligt?«

»Nein, Sir.«

»Jemand vom übrigen Personal?«

Diesmal saß Falthorne in einer Zwickmühle, das war Daniel bewusst. So unverbrüchlich der Butler auch Ebony Treue hielt, würde er nie im Leben zulassen, dass man anderen Dienstboten im Hause die Schuld an etwas gab, wovon er wusste, dass diese nicht das Geringste damit zu tun hatten. Der Widerstreit seiner Empfindungen spiegelte sich so deutlich auf seinem Gesicht, dass es möglicherweise alle im Gerichtssaal Anwesenden erkennen konnten, auf jeden Fall aber jemand, der ihn kannte.

»Mr. Falthorne?«, mahnte Grisewood.

»Nein, Sir.«

»Dann dürfen wir wohl daraus folgern, dass das auf keinen Fall eine Folge des Unfalls gewesen sein kann, nichts mit ihrem Tod zu tun hatte und niemand vom Personal daran beteiligt war. Befand sich zu jenem Zeitpunkt außer Miss Cumberford, ihrer Tochter Sarah und ihrem Sohn Arthur noch jemand im Hause?«

»Nein, Sir.«

»Danke, Mr. Falthorne, das ist alles.« Dann wandte er sich an Daniel. »Ihr Zeuge, Mr. Pitt.«

Daniel stand auf. Nachdem Grisewood ihm die Tür sozusagen einen Spaltbreit offen gelassen hatte, ging es jetzt darum, ob er es wagte, sie ganz aufzustoßen. War das eine Falle? Er war schweißüberströmt, und auch seine Hände fühlten sich feucht an. Aller Blicke ruhten auf ihm, man wartete darauf, dass er anfing. Er hatte keine Zeit gehabt, sich auf die veränderte Anklage einzustellen. Der Richter in der vorigen Verhandlung hatte Ebony geglaubt; der Vertreter der Anklage hier tat das ganz offensichtlich nicht.

Daniel musste es darauf ankommen lassen. »Mr. Falthorne, aus Ihrer bisherigen Aussage müssen wir den Schluss ziehen, dass ausschließlich Mrs. Graves, für die sie sich hielt, und möglicherweise ihre Tochter Sarah für die Entstellung der Leiche von Winifred Graves verantwortlich waren.«

Falthorne sah Daniel an, als habe er sein Vertrauen missbraucht. »Ja, Sir.«

»Aber nicht Arthur Graves – oder wie auch immer er jetzt heißt?«

»Nein, Sir. Er kann nicht gehen und sitzt im Rollstuhl.«

»Eine solche Tat erscheint ungewöhnlich. Die Situation ist verwirrend. Können Sie sich vorstellen, warum Mrs. … – darf ich sie Ebony nennen? –, unterstützt von ihrer Tochter Sarah, die besagte Winifred so umgekleidet hat, dass sie als Ebony durchgehen konnte? Wenn sie die Finger von der Leiche gelassen hätte, wäre es offenkundig gewesen, dass Winifred ausgeglitten und gestürzt war, wobei sie tödliche Verletzungen erlitt. Warum hat sie die Tote nicht in Ruhe gelassen? Warum in aller Welt ist sie verschwunden?«

Falthorne zögerte.

Bevor Grisewood Einwände erheben konnte, fuhr Daniel fort: »Mr. Falthorne, sollten Sie vor jemandem Angst haben, ist es Ihre Pflicht, das dem Gericht mitzuteilen.«

Ein Anflug von Verstehen trat flüchtig auf Falthornes Gesicht.

»Euer Ehren?«, wandte sich Daniel an den Richter.

»Sie müssen die Frage beantworten, Mr. Falthorne, sofern Sie dazu imstande sind.«

Falthorne richtete sich auf. »Ja, Euer Ehren. Ich glaube, dass … ich kann von ihr ausschließlich als Mrs. Graves denken … Angst vor Mr. Graves hatte, Sir. Er hatte sie häufig schwer misshandelt …«

»Einspruch!« Grisewood war zornentbrannt aufgesprungen.

Daniel ließ ihn nicht zu Wort kommen. »Euer Ehren, mein verehrter Kollege hat mit seiner Frage gleichsam die Tür geöffnet …«

»Ja, ja. Das hat er in der Tat. Sie dürfen antworten, Mr. Falthorne, da Sie aus eigenem Wissen berichten und nicht vom Hörensagen.«

»Danke, Euer Ehren«, sagte Falthorne, ehe er mit völlig verändertem Gesichtsausdruck Daniel ansah. »Ich spreche ungern darüber, Sir, aber die meisten Dienstboten im Hause wussten, dass Mr. Graves über Jahre hinweg immer wieder Mrs. Graves und auch seine Tochter Sarah geschlagen hat. Soweit wir wissen, hat er das früher gleichfalls mit dem jungen Herrn Arthur getan, bevor dieser auf den Rollstuhl angewiesen war.«

»Wie kommt es, dass Sie Kenntnis davon haben, wo Sie doch Ihren Aufgaben als Butler unten im Dienstbotentrakt nachgehen mussten, Mr. Falthorne?«

»Ich war häufig oben bei den Herrschaften, Sir, weil ich mich um den jungen Herrn Arthur gekümmert habe. Seine Mutter konnte alles für ihn tun, solange er … klein war, doch von einem bestimmten Alter an war das nicht mehr angebracht. Daher habe ich mitbekommen, was geschah, weil ich häufig nahe … genug war, um zu hören, was vor sich ging.« Seine innere Bewegung überwältigte ihn beinahe, und er unterdrückte sie nur mit Mühe. »Manche Verletzungen lassen sich unmöglich verbergen. Mrs. Graves' Zofe hat sich mir voll Entsetzen anvertraut, als Mr. Graves seine Gattin zum ersten Mal so heftig geschlagen hat, dass sie an Schulter und Arm Knochenbrüche davontrug.«

»Zum ersten Mal? Gab es denn noch weitere?« Daniel bemühte sich nicht einmal, die innere Bewegung aus seiner Stimme herauszuhalten.

»Ja, Sir. Ich bin mir nicht ganz sicher, aber ich denke, es waren fünf oder sechs Mal. Auch Miss Sarah. In ihrem Fall weiß ich lediglich von einem Mal, dass sie Knochenbrüche erlitten hat.«

»Sie hatten also Verständnis für Mrs. Ebonys Wunsch, Mr. Graves möge sie für tot halten, damit er sie nicht dorthin verfolgen konnte, wo sie sich verborgen hielt?«

»Ja, Sir.«

»Sie bestreiten also nicht, dass Sie ihr zumindest insofern geholfen haben, als Sie der Polizei verschwiegen haben, dass sie noch lebte und daher Mr. Graves nicht des Mordes an ihr schuldig sein konnte?«

»Nein, Sir, ich bestreite es nicht. Ich bin bereit, mich in diesem Punkt dem Urteil zu beugen. Mir war bekannt, dass Sie Mr. Graves vor Gericht verteidigten, Sir, und so war ich überzeugt, dass es Ihnen gelingen würde, ihn vor dem Galgen zu bewahren.«

»Vielen Dank«, sagte Daniel. »Da hatten Sie größeres Vertrauen in mich als ich selbst. Ich habe keine weiteren Fragen.«

Grisewood stand auf, sah zu den Geschworenen hinüber, erkannte den Ausdruck auf ihren Gesichtern und setzte sich wieder.

Der Richter entließ Falthorne.

Der Polizeibeamte, der unmittelbar nach Winifreds Tod an den Tatort gerufen worden war, trat in den Zeugenstand und erläuterte ausführlich alle näheren Umstände. Grisewood machte viel Wesens um den Zustand der Leiche und hob besonders hervor, dass Sarah sie als die ihrer Mutter identifiziert hatte.

Daniel brauchte nichts zu tun, außer wortlos zu warten und die Sache nicht unnötig in die Länge zu ziehen. Als er Anstalten traf, von sich aus noch einmal einzugreifen, schüttelte Kitteridge den Kopf.

Die Zeugenvernehmung dauerte bis zur Vertagung auf den nächsten Vormittag.

»Bis jetzt sieht es gut aus«, sagte Kitteridge zu Daniel, als sie den Gerichtssaal verließen und in den sommerlich warmen Tag hinaustraten. Der Lärm von Automobilen und Pferdefuhrwerken erfüllte die Straße. Die jungen Leute begannen sich an den Geruch der Abgase zu gewöhnen, so wie ihre Eltern einst hatten lernen müssen, den Geruch von Pferdemist zu ertragen.

Daniel schwieg. Er war voller Zweifel. Er hatte nicht vorausgesehen, dass man die Anklage auf Mord erweitern würde, und er sagte sich, dass er sich das hätte denken müssen.

Nach einigen Schritten stieß er im Ton bitterer Selbstanklage hervor: »Ich hätte wissen müssen, dass Graves mit seinen Gemeinheiten noch nicht am Ende war.«

»Das gilt für uns alle«, räumte Kitteridge ein. »Aber man kann nur mit dem arbeiten, was man hat. Dass Sie aus Falthorne die Informationen über die von Graves ausgeübte häusliche Gewalt herausgeholt haben, war ein guter Schachzug. Wie wollen wir jetzt vorgehen, um uns das zunutze zu machen? Grisewood wird morgen früh als Erstes den Polizeiarzt aufrufen, und der wird den Geschworenen das Aussehen und den Zustand Winifreds in den ekelhaftesten Einzelheiten ausmalen. Ich glaube nicht, dass es der Mühe wert ist, gegen ihn anzugehen. Wir haben Miriam auf unserer Seite. Glauben Sie, dass die Geschworenen sie ernst nehmen werden? Schließlich hat sie keine anerkannten Titel.«

»Ich weiß.« Daniel spürte, wie ihn diese Worte in die Defensive trieben. Der Polizeiarzt, Grisewood und wohl auch der Richter würden ihr das Leben schwermachen. »Sie wird ausschließlich Beweismittel vortragen, die sie ihnen zeigen kann. Mir ist klar, dass man sie nicht unbedingt ernst nehmen wird, obwohl sie mehr weiß als die alle zusammen.«

Mit einem schiefen Lächeln riet ihm Kitteridge: »Zeigen Sie auf keinen Fall, dass Sie verärgert sind. So gerechtfertigt Empörung auch sein mag, hier ist sie nicht am Platz. Hören Sie auf mich – ich weiß, wovon ich rede.«

Daniel widersprach ihm nicht. Sie hatten sich schon früher mit dem Thema beschäftigt. *Seine* Empörung würde nichts bewirken – wohl aber die der Geschworenen. Er wollte erreichen, dass sie Mitgefühl für Ebony und Sarah empfanden, aber auch für Arthur, wenn das für den Ausgang des Prozesses von Bedeutung war. »Wie wär's mit einem frühen Abendessen im *Boar's Head*, bevor wir uns richtig in die Sache reinknien?«

»Guter Gedanke«, erklärte sich Kitteridge einverstanden.

Am nächsten Vormittag rief Grisewood, ganz wie erwartet, den Polizeiarzt auf. Er war ein umgänglicher Mensch und berichtete die Fakten so, wie er sie wahrgenommen hatte, beantwortete Grisewoods Fragen eine nach der anderen und beschrieb die Entstellung der Leiche in Einzelheiten, doch ohne sich über das zu äußern, was er dabei empfunden hatte.

Als Daniel an der Reihe war, ihn zu befragen, stand er auf, entschlossen, den Mann achtungsvoll zu behandeln, und zwar so, dass die Geschworenen das mitbekamen.

»Guten Morgen, Dr. French. Sie haben uns eine detaillierte und zugleich auch leicht verständliche Schilderung dessen gegeben, was mit der Leiche von Winifred Graves geschehen war. Dürfte ich Ihnen eine oder zwei weitere Fragen stellen?«

»Selbstverständlich«, antwortete French. Er war mindestens vierzig Jahre älter als Daniel und wirkte, silberhaarig und mit schmalem Gesicht, so eindrucksvoll, dass ihn die Geschworenen wohl kaum vergessen würden. »Was möchten Sie von mir wissen?«

»Sie haben damals angenommen, dass es sich um die Leiche von Ebony Graves handelte, weil man Ihnen das gesagt hatte. Ist das richtig?«

»Ja. Man hatte mir mitgeteilt, die Tochter, Miss Sarah Graves, habe sie als ihre Mutter bezeichnet. Der Butler hatte diese Erklärung bestätigt, und die Zofe hat die Kleidung identifiziert.«

»An der Leiche selbst gab es aber nichts, was Ihnen als Bestätigung dieser Angaben dienen konnte?«

»Mrs. Graves oder Miss Cumberford, wie man sie allem Anschein nach richtigerweise nennen müsste, war mir nicht persönlich bekannt.«

»Die von Ihnen untersuchte Leiche war Mrs. Winifred Graves. Ebony Cumberford lebt und ist wohlauf.«

Sogleich bedauerte Daniel, das gesagt zu haben. Er wollte sich den Arzt nicht zum Feind machen.

French wurde förmlich. »Man hatte mir gesagt, wer sie war, und es gab für mich keinerlei Grund, das infrage zu stellen. Es handelte sich um die Leiche einer etwa sechzigjährigen Frau, die durch eine heftige Gewalteinwirkung auf den Hinterkopf getötet worden war. Die Entstellungen ihres Gesichts, des Halses und der Schultern wurden ihr nach dem Tod zugefügt. Das ist alles, was ich bezeugen kann.«

»Niemand bezweifelt Ihre Worte, Dr. French. Können Sie mir sagen, was die Ursache der Verbrennungen war? Ich meine natürlich, was die dafür nötige extreme Hitze erzeugt haben könnte.«

Der Ausdruck auf Frenchs Gesicht wechselte mehrere Male, bis schließlich ein gewisses Interesse erkennbar wurde. »Nein. Man hatte mich aufgefordert, festzustellen, ob es vor oder nach dem Tod dazu gekommen war und ob das aus Zufall hätte geschehen können. Das konnte ich verneinen.«

»Brennt Fleisch leicht?«

»Nein. Es wirft Blasen, es kommt aber zu keiner Flammenbildung. Jeder, der sich einmal verbrannt hat, hat diese schmerzhafte Erfahrung gemacht. Wenn Sie von mir wissen wollen, auf welche Weise es zu diesen Folgen gekommen ist, kann ich Ihnen das nicht beantworten. Ich hatte damals lediglich die Aufgabe, zu bestätigen, dass es weder eine Folge eines Sturzes in das Kaminfeuer noch eines Kontakts mit brennenden Holzscheiten oder einem heißen Bügeleisen sein konnte.«

»Könnte es die Folge einer vorsätzlichen Handlung gewesen sein?«

»Wenn Sie das sagen, Sir. Ich vermag nicht zu erkennen, was dabei herauskommen oder auf welche Weise das Ihrer Mandantin nützen könnte.«

»Was dabei herauskommt, ist der Beweis, dass sie die Wahrheit sagt. Vielen Dank. Ach, bevor Sie gehen … Haben Sie an der Leiche irgendwelche Hinweise auf Knochenbrüche entdeckt? Oder Narben als Folge von Schlägen?«

»Wenn ich derlei entdeckt hätte, junger Mann, hätte ich das selbstverständlich in meinem Bericht aufgeführt. Die Frau wies gut verheilte alte Narben auf, die alle möglichen Ursachen hätten haben können. Sie alle waren mindestens zwanzig Jahre alt.«

»Sie gingen also auf die Zeit ihrer Ehe mit Mr. Graves zurück?«

»Sieht ganz so aus.« Einen Augenblick lang trat ein Ausdruck von Interesse auf Frenchs Gesicht und verschwand dann wieder.

»Danke, Sir. Das ist alles, was ich von Ihnen wissen möchte.«

Mit einer angedeuteten Verbeugung verließ French den Zeugenstand.

Grisewoods letzter Zeuge war Graves selbst. Der Mann, der da zum Zeugenstand emporstieg, war ein gänzlich anderer als der, der vor nicht allzu langer Zeit auf der Anklagebank gesessen hatte. Damals war er aufgebracht, verängstigt und erschöpft gewesen, zerrissen zwischen Hoffnung und Furcht. Jetzt stand er frisch vom Friseur in einem gut sitzenden teuren Anzug und gestärkten weißen Hemd aufrecht da. Diese Äußerlichkeiten veränderten seine gesamte Haltung wie auch sein Aussehen.

Grisewood behandelte ihn mit einer Zuvorkommenheit, die an Ehrerbietigkeit grenzte. »Ich bedaure, dass man Sie nach dem Martyrium, das Sie in jüngster Zeit haben erleiden müssen, erneut quält. Erinnern Sie sich bitte einmal an den Ablauf Ihrer Ehe, die Schwierigkeiten, die Sie mit Ebony Cumberford hatten und die tragischen Ereignisse, die Sie hierhergebracht haben.«

Daniel ahnte Schreckliches. Ein Blick zu Kitteridge zeigte ihm, dass dieser unbehaglich auf seinem Stuhl hin und her rutschte, als fürchtete auch er bevorstehendes Unheil.

»Sie waren mit Winifred Graves verheiratet, als Sie Ebony Cumberford kennenlernten, nicht wahr?«

»Ja, aber wir lebten voneinander getrennt«, gab Graves zur Antwort.

»Haben Sie Miss Cumberford mitgeteilt, dass Sie verheiratet waren?«

»Selbstverständlich.«

»Sie fühlten sich zueinander hingezogen?«

»Ja. Zu jener Zeit war sie überaus anziehend.«

Daniel beobachtete aufmerksam Graves' Gesicht. Der Mann schien nicht im Geringsten nervös zu sein. Wer ihn ansah, hätte keinerlei Anzeichen von Furcht zu entdecken vermocht, lediglich den Ausdruck von Überdruss darüber, dass er sich erneut vor den Augen und Ohren fremder Menschen über seine privaten Kümmernisse befragen lassen musste. Möglicherweise empfanden die Geschworenen Mitgefühl für ihn.

»Und haben Sie sie geheiratet?«, fuhr Grisewood fort.

»Wir haben mit einer Zeremonie gefeiert, doch es war keine offizielle Eheschließung. Immerhin war ich bereits verheiratet, was Ebony auch bekannt war. Sie hatte sich bereit erklärt, mich und das Leben zu akzeptieren, das ich ihr unter diesen Umständen bieten konnte. Ich gebe zu, dass ich mich anfangs nicht auf eine so … zweifelhafte Beziehung einlassen wollte, aber sie beharrte sogar dann noch darauf, als ich ihr die damit verbundenen Nachteile vor Augen geführt hatte. Sie hat gesagt, sie werde mit mir an einen Ort ziehen, wo niemand Winifred kannte und sie uns nicht finden würde. Ich habe ihrem Drängen nachgegeben. Sie war …« Er biss sich auf die Lippe, als sei ihm die Sache peinlich. »Sie war damals schön und besaß überdies … eine bemerkenswerte Überredungsgabe.«

»Wollen Sie damit sagen, dass sie Sie gleichsam verführt hat, Mr. Graves?«, fragte Grisewood gespielt unschuldig.

»Ich fürchte, ja«, bestätigte Graves.

»Sie haben also zwanzig Jahre lang zusammengelebt, ohne dass jemand Verdacht geschöpft hat?«

»Ja. Jedenfalls, soweit mir bekannt ist.«

»Was hat sich geändert, Mr. Graves?«

»Mir ist ganz überraschend ein Adelsprädikat zusammen mit einem beträchtlichen Grundbesitz und Geldvermögen als Erbe zugefallen. Der Erblasser war kein Verwandter in direkter Linie, sondern gehörte zur Familie meiner Mutter. Nach zwei unmittelbar aufeinanderfolgenden Todesfällen wurde ich Erbe in der Seitenlinie.«

»Und das war Ebony bekannt?«

»Selbstverständlich. Ich hätte ihr so etwas auf keinen Fall verschwiegen.«

»Inwiefern haben sich die Dinge dadurch geändert? Warum in aller Welt hätte sie den Wunsch haben sollen, vor einem solchen Glücksfall davonzulaufen? Hat es irgendeine Drohung gegeben, dass Ihre ehelichen Beziehungen offengelegt würden?«

»Nichts dergleichen. Aber irgendwie hat Winifred, die inzwischen wohl harte Zeiten durchlebt hatte, davon erfahren und ist aufgetaucht, um ihre Position als meine rechtmäßig angetraute Ehefrau zu beanspruchen. Da ich nicht nur in der Öffentlichkeit ziemlich bekannt bin, sondern auch im Begriff stand, neben einem Adelsprädikat einen gewissen Wohlstand zu erlangen, glaubte sie, Anspruch auf ihren Platz an meiner Seite zu haben.«

»Genauer gesagt, auf Miss Cumberfords Platz«, ergänzte Grisewood mit einem Lächeln.

»Ja.«

»Haben Sie ihr gesagt, dass sie nicht so mir nichts dir nichts zurückkehren könne?«

»Ich habe sie überhaupt nicht zu Gesicht bekommen. Sie hat sich an Ebony gewandt. Ich habe nicht die geringste Kenntnis von dem, was vorgefallen ist. Mir ist lediglich bekannt, dass Winifred tot ist und Ebony lebt. Ich weiß nicht, ob sie überhaupt die Absicht hatte, mir von der Unterhaltung mit Winifred zu berichten, die eine so tragische

Wendung genommen hat. Jedenfalls ist sie davongelaufen, um sich den Folgen ihrer Handlungsweise zu entziehen. Zu jener Zeit habe ich verständlicherweise nichts von all dem gewusst. In der Folge hat mir völlig grundlos und zu Unrecht die Todesstrafe dafür gedroht, dass ich angeblich Ebony getötet hatte, die aber ganz offensichtlich am Leben ist. Ich habe Winifred keine Sekunde gesehen und sie auch nicht getötet. Aus den Aussagen meines früheren Butlers Falthorne wissen Sie mehr, als mir selbst bis vor Kurzem bekannt war.«

Der neben Daniel sitzende Kitteridge stieß die Luft aus. »So ein Schweinehund!«, sagte er erbittert.

Grisewood deutete eine leichte Verbeugung an, die den Geschworenen kaum entgehen konnte. Es wirkte, als erkenne er Graves als seinesgleichen an, einen Mann von Stand, dem er einen Dienst hatte erweisen können.

Kitteridge stieß Daniel an. »Soll ich?«

»Nein!« Daniel atmete tief ein. »Nein, danke.«

»Dann sorgen Sie aber auch dafür, dass ich nicht nachträglich wünsche, ich hätte es besser doch selbst getan«, sagte Kitteridge mit einem Lächeln. »Machen Sie den Schweinehund fertig!«

Daniel stand auf. »Ich brauche mich Ihnen wohl nicht vorzustellen, Mr. Graves. Wir kennen einander recht gut. Mr. Kitteridge hatte die Aufgabe, die Grundlagen für den Berufungsantrag auszuarbeiten, nachdem man Sie wegen Mordes verurteilt hatte, und in der Tat haben wir den Beweis dafür erbracht, dass Sie nicht schuldig waren. Ich vermute, Sie erinnern sich an mich?«

Im Saal entstand eine gewisse Unruhe; zweifellos war das Interesse des Publikums geweckt. Die Geschworenen sahen Daniel mit gespannter Aufmerksamkeit und sogar einem gewissen Respekt an.

»Durchaus.« Graves wusste, was sich gehörte, ganz gleich, was er gerade empfinden mochte.

»Sie haben gesagt, dass Sie weder wussten, was in jenem Boudoir vorgefallen ist, noch, dass die Tote Ihre erste Gattin war – genauer gesagt, Ihre einzige rechtmäßige Gattin. Beides glaube ich Ihnen. Äußerst zweifelhaft aber scheint mir Ihre Behauptung, Ebony Cumberford sei die treibende Kraft hinter der ›Übereinkunft‹ zwischen Ihnen und ihr gewesen – das waren wohl eher Sie selbst. Sie bestreitet diese Darstellung, unter anderem deshalb, weil sie im Besitz einer Heiratsurkunde ist, die sie stets für echt gehalten hat.« Daniel wandte sich an den Richter. »Ich beantrage, das Dokument als Beweismittel zuzulassen, Euer Ehren.«

Das Dokument wurde nach oben gereicht, und der Richter betrachtete es aufmerksam. »Falls es nicht echt sein sollte, würde es sich um eine bemerkenswert gute Fälschung handeln«, sagte er.

»Mrs. … ich meine … Miss Cumberford ist bereit, zu beeiden, dass sie es stets für echt gehalten hat, Euer Ehren«, teilte ihm Daniel mit. Dann wandte er sich erneut an Graves. »Haben Sie dieses Dokument schon einmal gesehen?«

»Nein«, gab dieser heftig zurück. »Ich habe Ebony stets gesagt, dass ich verheiratet war und sie daher nicht heiraten konnte. Sie war ganz und gar damit einverstanden, mit mir ›in Sünde‹ zu leben, wie man so sagt. Bis Winifred auftauchte und erklärte, sie wolle ihren Anteil am Erbe beanspruchen und wieder ihren Platz an meiner Seite einnehmen.« Nichts in seinem Gesicht regte sich, als handelte es sich um eine für ihn völlig belanglose Behauptung.

»Und was hätte das für Ebony bedeutet?«

»Man hätte sie vermutlich als Mätresse angesehen.«

Graves lächelte ein wenig. »Trotz ihrer lockeren moralischen Einstellungen hätte ihr das vermutlich beträchtliche

Unannehmlichkeiten bereitet. Auf jeden Fall hätte sie ihre Stellung in der Gesellschaft eingebüßt.«

»Außerdem hätte sie ohne Dach über dem Kopf und Essen auf dem Tisch dagestanden?«, fügte Daniel hinzu.

»Ja, das nehme ich an.«

»Darüber hinaus hätten die Kinder, wohlgemerkt *Ihre* leiblichen Kinder, als unehelich gegolten«, ergänzte Daniel. »In dieser Situation hätte ihre Tochter Sarah kaum Aussicht darauf gehabt, einen passenden Ehepartner zu finden. Überdies wäre ihr Sohn Arthur ein Niemand gewesen, hätte ohne die medizinische Betreuung auskommen müssen, auf die er zum Überleben angewiesen ist. Das wäre für alle drei verheerend gewesen, nicht wahr? Sie haben ja wohl keinerlei Vorsorge für sie getroffen?« Daniel sagte das, obwohl es eine Frage war, im Ton einer Behauptung.

»Darum hätte ich mich gekümmert!«, erwiderte Graves aufgebracht.

»Sie haben aber bis zum heutigen Tag nichts dergleichen getan«, hielt ihm Daniel vor, »obwohl Sie reichlich Zeit dazu hatten. Sie haben weder für die Sicherheit noch für das Wohlergehen von Frau und Kindern vorgesorgt.« Er warf einen Blick zu den Geschworenen hinüber und erkannte den Zorn und das Mitleid auf den Gesichtern der Männer sowie etwas, was wie Abscheu aussah. »Für Sarah und Arthur stellt sich die Lage so dar«, fuhr er fort, »dass Sie darauf aus sind, ihre Mutter ins Gefängnis zu bringen und sie als unehelich Geborene ihrem Schicksal zu überlassen. Vielleicht ist den beiden das noch nicht vollständig bewusst – sie sind zu tief verletzt und machen sich zu große Sorgen um ihre Mutter –, aber sie werden die Tragweite des Ganzen erkennen. Sarah fürchtet schon jetzt, dass ihr Bruder sterben muss und sie nichts tun kann, um ihn davor zu bewahren.«

Ein erneuter Blick zu den Geschworenen zeigte Daniel, dass einige von ihnen ihre Empörung und ihren Kummer nicht länger verbargen.

Grisewood schien das ebenfalls erkannt zu haben, denn er stand auf. »Euer Ehren, mir ist bewusst, dass Mr. Pitt jung und unerfahren ist, aber ich möchte doch darauf hinweisen, dass alles, was er vorträgt, nichts ist als ein Appell an Gefühle. Es hat absolut nichts mit den Tatsachen zu tun. Die aber sehen so aus, dass Miss Cumberford vorsätzlich und gewissenlos Mrs. Winifred Graves ermordet hat. Darum, und um nichts anderes, geht es in dieser Verhandlung.«

»Diesem Standpunkt Mr. Grisewoods muss ich mich anschließen, Mr. Pitt«, sagte der Richter ernst. »Bitte beschränken Sie sich auf die diesbezüglichen Tatsachen. Bisher haben Sie lediglich Mr. Grisewoods Einschätzung der Situation bestätigt. Miss Cumberford hatte unbestreitbar ein Motiv, zu wünschen, dass Mrs. Graves von der Bildfläche verschwand, und ihr Vorhaben wäre ihr auch beinahe gelungen.«

»Sehr wohl, Euer Ehren. Ich bitte das Gericht um Entschuldigung. Ich wollte lediglich Miss Cumberfords Charakter herausarbeiten und feststellen, wie es um die Rechtschaffenheit von Mr. Graves steht, der als Hauptzeuge gegen sie auftritt.«

»Ich akzeptiere das, Mr. Pitt. Haben Sie noch weitere Fragen an Mr. Graves?«

»Ja, Euer Ehren, die eine oder andere.«

»Dann stellen Sie sie, aber achten Sie darauf, dass sie zur Sache gehören.«

»Sehr wohl, Euer Ehren. Mr. Graves, Sie haben durchblicken lassen, dass Ihr Butler, Mr. Falthorne, die Unwahrheit sagt, wenn er behauptet, dass Sie Frau und Tochter immer wieder geschlagen und beide dabei ernsthaft verletzt haben. Lügt er da wirklich? Hätte die Zofe, wenn wir ihr diese Fragen gestellt hätten, etwas anderes geantwortet? Offensichtlich hatte auch Mrs. Winifred Graves ausgeprägte Narben aus der Zeit, in der sie mit Ihnen zusammengelebt hat.«

»Sie war ungeschickt!«, sagte Graves ohne nähere Erklärung.

»Und waren auch Ebony und Sarah ungeschickt?«, fragte Daniel betont sarkastisch.

»Gelegentlich«, gab Graves mit harter Stimme zur Antwort, wobei sich sein Gesicht rötete.

»Sind auch Sie ungeschickt?«, fragte Daniel. »Haben Sie sich schon einmal Knochen gebrochen?«

Erneut stand Grisewood auf. »Euer Ehren, diese Frage ist unverschämt, lachhaft und gehört nicht zur Sache.«

»Sie ist nicht völlig belanglos«, gab der Richter zurück. »Ich finde sie überhaupt nicht lachhaft und würde gern hören, was Mr. Graves darauf zu sagen hat.«

»Nein, ich bin nicht ungeschickt«, gab Graves gereizt zur Antwort.

»Und Sie haben sich nie einen Knochen gebrochen?«, fragte Daniel mit gehobenen Brauen. »Achten Sie darauf, dass Sie wahrheitsgemäß antworten, Mr. Graves. Inzwischen verfügt die Naturwissenschaft über Methoden, die sogar bei lebenden Personen zeitlich zurückliegende Knochenbrüche nachweisen können. Knochen heilen zwar, unterscheiden sich dann im Aussehen aber von solchen, die nicht gebrochen sind.«

»Nein, ich habe mir nie einen Knochen gebrochen, und keine Wissenschaft der Welt wird etwas anderes nachweisen können«, gab Graves schroff zur Antwort. »Was hat das überhaupt damit zu tun, dass Ebony Winifred ermordet und danach versucht hat, mich an den Galgen zu bringen, weil ich sie angeblich umgebracht habe?«

»Eine ganze Menge«, sagte Daniel mit einem angedeuteten Lächeln. »Aber dazu kommen wir später. Vielen Dank, Euer Ehren. Ich habe keine weiteren Fragen an den Zeugen.«

Grisewood stand auf und veranlasste Graves dazu, erneut seine vollständige Schuldlosigkeit zu betonen. Anschließend trug er vor, was der Mann hatte durchmachen müssen, weil man ihn fälschlich des Mordes an Ebony beschuldigt hatte.

An den Richter gewandt, sagte Daniel: »All das ist mir durchaus bewusst, Euer Ehren. Für den Fall, dass Mr. Graves das vergessen haben sollte: Ich bin derjenige, der Tag und Nacht daran gearbeitet hat, seine Schuldlosigkeit zu beweisen.«

»So ist es, Mr. Pitt ist allwissend«, schloss Grisewood mit einem breiten Lächeln. »Die Anklage bleibt bestehen, Euer Ehren.«

KAPITEL 22

Daniel begann unmittelbar nach der frühen Mittagspause mit seiner Verteidigung. Er hatte die Zeit genutzt, um gemeinsam mit Kitteridge alle denkbaren Varianten durchzuspielen. Sollte er möglichst viel Beweismaterial vorlegen? Oder war das zu gewagt, weil er damit die Geschworenen langweilen oder Grisewood eine Blöße bieten würde, die sich dieser zunutze machen konnte? Mit Sicherheit würde sich der Mann nach Kräften bemühen, Miriams Aussagen in der Luft zu zerreißen. Er würde alles tun, um sie im Gerichtssaal lächerlich zu machen oder ihr wenigstens die Sachkunde abzusprechen.

»Meinen Sie wirklich, dass ich sie dem aussetzen sollte?«, fragte Daniel Kitteridge immer wieder. »Er wird versuchen, sie zum Gespött zu machen, und dazu jedes denkbare Vorurteil heranziehen.«

»Großer Gott, Pitt! Sie ist eine erwachsene Frau! Wäre es Ihnen recht, wenn Ihre Mutter Sie in Watte packte, um Sie vor dem rauen Leben zu beschützen?«

»Natürlich nicht, aber das ist etwas anderes.«

»In der Tat. Sie ist Ihre Mutter; Sie zu behüten gehört zu ihren Aufgaben. Sie sind aber keiner von Miriams Eltern. Ganz im Gegenteil ist sie beinahe alt genug, um zu den Ihren zu gehören.«

»Ist sie nicht!«, erwiderte Daniel hitzig.

»Da fehlen höchstens zwei oder drei Jahre. Ganz davon abgesehen, genügt es, dass ihr Vater Marcus sie behandelt, als wäre sie ein Porzellanpüppchen. Da braucht sie nicht auch noch Sie dazu.«

Doch damit gab sich Daniel nicht zufrieden. Seine sämtlichen Zeugen waren Frauen, und er hatte den Eindruck, als fehle da etwas ganz Entscheidendes. Aber welche Männer könnte er benennen? Falthorne hatte bereits ausgesagt, ebenso Graves, der Polizeibeamte und der Polizeiarzt.

»Glauben Sie an sich selbst!«, sagte Kitteridge. »Die Geschworenen spüren es, wenn man kein Selbstvertrauen ausstrahlt, und folgen einem nicht mehr. Steigen Sie in die Arena, Pitt. Nur Mut!«

Also rief Daniel als Erste Ebony Cumberford auf.

»Ich bitte im Voraus um Entschuldigung für den Fall, dass ich mich verspreche und Sie irrtümlich als Ebony Graves anrede«, begann er. »Das würde darauf zurückgehen, dass ich Sie den größten Teil der Zeit hindurch unter diesem Namen gekannt habe.«

Sie lächelte trübselig. »Es würde mich nicht kränken«, sagte sie. »Schließlich habe ich von mir selbst zwanzig Jahre lang angenommen, so zu heißen.«

»Danke.« Er ließ sich ihr erstes Zusammentreffen mit Russell Graves von ihrem Standpunkt aus schildern. Sie erklärte, nichts von Winifreds Existenz gewusst zu haben. Graves habe ihr den Hof gemacht und sei ihr gegenüber dabei stets so aufgetreten, als sei er Junggeselle. Sie nannte mehrere Orte und Veranstaltungen, die sie gemeinsam besucht hatten. Irgendwann habe er ihr einen Heiratsantrag gemacht, und sie habe ihn angenommen.

Nach einer Weile seien sie an die gegenwärtige Adresse in einem südlich von London gelegenen Vorort gezogen. Dort sei Sarah und danach Arthur zur Welt gekommen. Nie habe Graves ihr gegenüber von einer früheren Ehe gesprochen.

Sie betonte, dass sie nichts von der Erbschaft gewusst habe, weder von einem Adelstitel noch von Grundbesitz oder Geldvermögen. Davon habe sie erst erfahren, als Winifred aufgetaucht war und mit ihr hatte sprechen wollen.

»Das muss Ihnen ja einen ziemlichen Schock versetzt haben«, sagte Daniel.

»Viel schlimmer hat mich die Eröffnung getroffen, dass sie Russells rechtmäßige Ehefrau war, ich hingegen nicht, was gleichzeitig bedeutete, dass meine Kinder sozusagen in der Luft hängen«, gab sie mit leicht zitternder Stimme zurück.

»Aber Sie haben ihr geglaubt?«

»Sie hat mir ihren Trauschein gezeigt – was hätte ich da sagen sollen?«

»Haben Sie ihr geglaubt, dass die Ehe nicht geschieden worden war?«

»Russell hatte mir gesagt, er sei nie zuvor verheiratet gewesen. Wäre er geschieden gewesen, hätte er das sicherlich gesagt. Ja, ich habe ihr aufs Wort geglaubt. Da es inzwischen um ein Adelsprädikat und ein Vermögen ging, war sie gekommen, um ihren angestammten Platz wieder einzunehmen. Da eine Geschiedene keinerlei Ansprüche hätte anmelden können, wäre ein solcher Versuch für sie in dem Fall sinnlos gewesen.«

»Was hat sie von Ihnen erwartet?«

»Das weiß ich nicht. Ich war so entsetzt, dass ich sie als Lügnerin bezeichnet und gesagt habe, ich würde um meinen Platz kämpfen. Da … da … ist sie auf mich losgegangen, ich bin zurückgewichen, und sie ist gestolpert. Ich … Sie … hat mich geschlagen, und ich habe mich gewehrt. Das muss sie überrascht haben, sie hat einen Schritt rückwärts getan, sich vermutlich den Fuß umgeknickt und ist hingestürzt.« Wieder zitterte ihre Stimme. »Dabei ist sie mit dem Kopf auf eine Ecke der Kaminumrandung geprallt. Sie … sie … hat sich nicht mehr gerührt. Kein bisschen. Ich habe einen Augenblick gewartet, weil ich annahm, sie würde wieder aufstehen, aber sie lag stocksteif da … hat nicht mal mehr … geatmet. Das habe ich gemerkt, als ich mich hingekniet und mich über sie gebeugt habe.«

»Das war Ihnen klar?«, fragte Daniel.

»Auf jeden Fall ist es mir jetzt klar. Da dachte ich … Ich dachte, … sie sei bloß bewusstlos. Ich bin dann wieder aufgestanden und habe meine Tochter Sarah gerufen. Ich wusste, dass sie in ihrem Zimmer war.«

»Warum haben Sie Ihre Tochter gerufen?«

»Ich dachte, sie könnte mir helfen, sie aufzuheben, vielleicht auf das Bett zu legen und … sie wieder zu Bewusstsein zu bringen. Ich habe ihr gesagt, dass sie Riechsalz mitbringen soll. Das ist sehr kräftig, und wenn man ohnmächtig ist …«

»Und hat sie es mitgebracht?«

»Ja … aber gleich nachdem sie sich neben die Frau gekniet und sie berührt hatte, hat sie gemerkt, dass sie tot war. Ich habe ihr gesagt, was geschehen war …« Ebony sah Daniel verzweifelt an. Anfangs hatte sie ihm gesagt, sie sei nicht bereit, Sarah mit in die Sache hineinzuziehen, doch er hatte ihr klargemacht, dass man ihr nicht glauben würde, wenn sie behauptete, die Leiche ohne jede Hilfe vom Boden aufgehoben zu haben. Wenn sie erklärte, ihre Zofe habe ihr geholfen, sei das nicht nur eine Lüge, sie würde der jungen Frau damit auch bitteres Unrecht antun. Vor allem aber würde man das für unglaubwürdig halten. Auch Sarah hatte sich gegen ein solches Betrugsmanöver ausgesprochen.

»Und hat Ihre Tochter Ihnen geholfen, die Tote zu entkleiden und ihr anzuziehen, was Sie an jenem Tag trugen? Auch die Schuhe?«, erkundigte sich Daniel.

Grisewood hätte Einspruch erheben können, weil Daniel seiner Zeugin unzulässige Suggestivfragen stellte, aber da er nichts dabei zu gewinnen hatte, begnügte er sich mit einem zweifelnden Lächeln.

»Ja«, gestand Ebony zögernd.

»Nach dem Kleidertausch haben Sie die Tote dorthin zurückgelegt, wohin sie gefallen war?«

»Ja.«

»Sie haben dann selbst etwas anderes angezogen, Winifreds Kleider in Ihren Schrank gehängt und das Haus verlassen?«

»Ja.« Ebonys Stimme wurde bei der Erinnerung an die entsetzliche Szene immer leiser.

»Und haben die Leiche durch Sarah als die Ihre identifizieren lassen?«

»Ja.«

»Aus welchem Grund? Warum haben Sie das getan, Miss Cumberford? Warum haben Sie den Vorfall nicht einfach gemeldet und berichtet, dass die Frau Sie angegriffen hatte, wobei sie zu Boden gestürzt war?«

»Weil dann herausgekommen wäre, wer sie war … und unvermeidlich auch, dass ich keine rechtmäßige Ehefrau war … und meine Kinder unehelich geboren waren.«

»Hatten Sie noch weitere Gründe?«

Sie sah ihn mit einer Mischung aus Wut und Qual an. »Ich wollte nicht wieder geschlagen werden. Ich hatte das zu oft erlebt, und ich hatte wirklich Angst. Knochenbrüche schmerzen fürchterlich. Ich … ich hätte das nicht noch einmal ertragen können.« Sie verschwieg, dass Sarah sie zu ihrer Handlungsweise überredet hatte, obwohl Sarah das Daniel selbst anvertraut hatte. Ebony war nicht bereit, ihre Tochter mehr als unbedingt nötig bloßzustellen.

»Die letzte Misshandlung lag nicht lange zurück, nicht wahr?«

Sie schloss die Augen, als könne sie den Ausdruck von Mitleid und Abscheu auf den Gesichtern der Menschen nicht ertragen. »Ja.«

»Hat er Ihnen dabei Verletzungen zugefügt?«

Grisewood erhob sich bedächtig. »Euer Ehren, auch wenn all das herzzerreißend klingt, lässt sich nichts davon beweisen. Selbst wenn uns Miss Cumberford die Peinlichkeit nicht ersparen würde, uns ihre blauen Flecken zu zeigen, gäbe es keinerlei Beweis dafür, woher sie stammen. Sie könnte beispielsweise ohne Weiteres eine Stufe verfehlt haben und die Treppe hinuntergefallen sein.« Er zuckte übertrieben die Achseln.

Der Richter sah Daniel an.

Das war der Augenblick, auf den Daniel hingearbeitet hatte. Er musste sich jetzt jedes Wort, das er sagte, genau überlegen, denn noch einmal würde sich so eine Gelegenheit nicht bieten.

»Euer Ehren, mir ist bewusst, dass es schwerfällt, eine solche Geschichte zu glauben, und ebenso ist mir bewusst, dass Miss Cumberfords Schicksal hier auf des Messers Schneide steht, wie mein verehrter Kollege deutlich zu verstehen gegeben hat.«

Grisewood war zwar nicht so weit gegangen, etwas in der Art zu sagen – aber das hatte jetzt Daniel getan.

»Nun, Mr. Pitt?«

»Ich rufe Miss fford Croft in den Zeugenstand, Euer Ehren.«

»Miss fford Croft?« Grisewoods Augenbrauen hoben sich. »Darf man fragen, in welcher Eigenschaft?«

Daniel wandte sich dem Richter zu, als habe dieser die Frage gestellt. »Sie hat Cambridge-Abschlüsse in Medizin und Chemie, Euer Ehren. Ich bin fest überzeugt, dass sich ihr Sachverstand deutlich zeigen wird.«

»Das werden wir ja sehen«, spottete Grisewood.

Der Richter warf ihm einen missbilligenden Blick zu und wandte sich dann erneut an Daniel. »Ist sie zufällig mit Marcus fford Croft verwandt?«

»Ja, Euer Ehren, sie ist seine Tochter.«

»Schön. Aber Sie werden Mr. Grisewood gestatten müssen, die Zeugin nach ihrer Aussage ins Kreuzverhör zu nehmen.« Er formulierte das fast wie eine Frage, so, als wolle er Daniel Zeit geben, seinen Antrag zurückzuziehen, für den Fall, dass er fürchtete, das Ganze werde für Miriam zu viel. Daniel aber vermutete, dass sie ihn – ganz im Gegenteil – in Stücke reißen würde, wenn er den Antrag zurückzöge.

Nachdem Miriam den vorgeschriebenen Eid abgelegt hatte, war sie bereit, sich Daniels Fragen zu stellen. Ihr schlichtes bordeauxfarbenes Kostüm war so raffiniert geschnitten, dass es zugleich nüchtern und ausgesprochen weiblich wirkte. Es brachte ihre Formen deutlicher zur Geltung, als Daniel sie in Erinnerung hatte. Der Mode entsprechend, trug sie das kupferfarben schimmernde Haar in einer Gretchenfrisur. Neben dem stämmigen Grisewood wirkte sie beinahe zerbrechlich. Mit einem Mal hatte Daniel Angst um sie. Ob es ein Fehler gewesen war, sie als Zeugin zu benennen? Mochte sie ihm auch grollen – er dachte nicht daran, sie Grisewood zum Fraß vorzuwerfen, um Ebony zu retten. Es musste eine andere Möglichkeit geben.

»Mr. Pitt?« Die Stimme des Richters holte ihn in die Gegenwart zurück.

»Miss fford Croft, würden Sie Seiner Lordschaft und dem Gericht mitteilen, welche Qualifikationen Sie besitzen, die es Ihnen gestatten, vor diesem Gericht als sachverständige Zeugin aufzutreten? Was und wo haben Sie studiert und wie lange?« Klang seine Stimme so zittrig und ängstlich, wie er sich fühlte?

»Ich habe rund sechs Jahre Medizin und fünf Jahre Chemie studiert, beides in Cambridge, Euer Ehren. Ich habe alle Prüfungen mit Auszeichnung bestanden.«

»Sie besitzen also einen akademischen Grad sowohl auf dem Gebiet der Medizin als auch der Chemie?«, fuhr Daniel fort.

»Nein, Sir.« Der Ärger darüber war auf ihrem Gesicht nicht zu erkennen, aber den Kummer konnte sie nicht ganz verbergen. »Wie man sehen kann, bin ich eine Frau.«

»Aha«, sagte Daniel. »Ich habe mich bei der Universität erkundigt, und man hat mir bestätigt, dass es sich ganz so verhält, wie Sie sagen. Vielen Dank, Miss fford Croft.« Zum Richter gewandt, fuhr er fort: »Mit Seiner Lordschaft Erlaubnis bitte ich Sie jetzt, dem Gericht mitzuteilen, was Sie über diesen speziellen Fall zu sagen haben.«

»Sie haben das Wort.« Der Richter nickte kaum wahrnehmbar.

»Danke, Euer Ehren.« Jetzt gab es für Daniel kein Zurück mehr, er musste ins kalte Wasser springen. »Miss fford Croft, der Polizeiarzt hat die am Kamin liegende Leiche in Augenschein genommen und sich damit zufriedengegeben, dass Miss Graves sie als die ihrer Mutter, Ebony Graves, identifiziert hat. Hatten Sie im Zusammenhang mit meinen Bemühungen, Mr. Graves gegen die Anklage wegen Mordes an seiner Gattin zu verteidigen, Gelegenheit, diese Leiche zu untersuchen? Falls ja, zu welchen Ergebnissen sind Sie dabei gelangt?«

Grisewood stand auf, doch bevor er seinen Einspruch formulieren konnte, wies ihn der Richter an, sich wieder zu setzen. »Wenn etwas nicht zur Sache gehören sollte, werde ich die Geschworenen auffordern, es nicht zur Kenntnis zu nehmen, Mr. Grisewood«, sagte er in verweisendem Ton. »Wir wollen es uns erst einmal anhören.«

»Was haben Sie dabei entdeckt, Miss fford Croft?«, fragte Daniel, und seine Nervosität, das merkte er selbst, schwang in seiner Stimme mit.

»Man hat ihr die Verbrennungen nach dem Tod zugefügt, und zwar mittels mit Leinöl getränkter Seide, die man mit einem Zündholz oder einem am Kaminfeuer entzündeten Holzspan in Brand gesetzt haben dürfte«, erläuterte Miriam. »Darüber hinaus hatte man ein Stück Baumwollstoff verwendet, das die Hitze verstärken und das Feuer länger in Gang halten sollte. Bei einer Untersuchung der Knochen mittels der elektrischen Fotografie habe ich vier gut verheilte alte Brüche entdeckt – drei in der Hand und einen am Fußgelenk.«

»Woher wollen Sie wissen, dass es sich dabei um alte Brüche handelte?«

»Im Verlauf des Heilungsprozesses lagert sich an der Bruchstelle des Knochens Kalzium an, etwa so, wie man einen beschädigten Porzellangegenstand mit Kitt repariert. Diese Stelle verdickt sich im Laufe der Zeit. Ich habe Aufnahmen hier, die ich den Geschworenen gern zeigen würde.« Sie hielt ein großes Röntgenbild hoch. »Gestatten Sie, Euer Ehren?« Er streckte die Hand danach aus.

Gemessenen Schrittes verließ sie den Zeugenstand und durchquerte den Gerichtssaal, um ihm die Aufnahme zu geben. Es war keins der üblichen auf Fotopapier gedruckten Bilder, sondern ein durchsichtiges Negativ.

»Danke.« Er nahm die Aufnahme und betrachtete sie.

»Das ist eine Hand«, erläuterte Miriam. »Alles ist ziemlich deutlich zu sehen, nicht wahr? Man kann den Aufbau der Hand erkennen und auch, aus wie vielen Knochen ihr Skelett besteht. Ein vollkommenes Werkzeug, kräftig und zugleich feinfühlig, beweglich und für unendlich viele Zwecke geeignet.«

Der Richter lächelte. »Sie scheinen von Ihrer Kunstfertigkeit ja richtig begeistert zu sein, Dr. … Miss fford Croft.«

»Nicht *meine* Kunstfertigkeit, Euer Ehren. Es ist die Gottes oder wer auch immer uns geschaffen hat. Ich erkläre das lediglich.«

Sie gab ihm eine weitere Aufnahme.

Er warf einen Blick darauf und fragte: »Was ist das? Das ist doch keine Hand.«

»Nein, Euer Ehren, ein Schlüsselbein. Und dort«, sie wies mit dem Finger darauf, »sehen Sie ein Schulterblatt. Gleich dahinter kann man die Wirbelsäule erkennen.«

»Und was bedeuten diese weißen Flecken?«

»Die hier?« Sie sah ihn offen an. »Das sind Stellen, an denen die Knochen gebrochen waren. Auch dort. Das liegt schon eine Weile zurück, der Bruch ist jetzt verheilt. Der hier ist jüngeren Datums, meiner Einschätzung nach liegt er weniger als ein Jahr zurück.«

Bestürzt fragte er: »Grundgütiger, was ist denn mit ihr geschehen?«

»Ich bin überzeugt, dass sie häufig durch Schläge misshandelt worden ist, Euer Ehren.«

»Was für ein Leben hat diese Frau denn geführt? Kein Wunder, dass sie versucht hat, ihr Los zu verbessern, indem sie Ansprüche gegen Mr. Graves erhoben hat.«

Miriam räusperte sich. »Diese Aufnahmen stammen nicht von Winifred Graves, Euer Ehren, sondern von der rechten Schulter und dem rechten Arm Miss Cumberfords – Mrs. Graves, als die sie sich ansah, bis Winifred auftauchte. Nach deren Unfall hat Miss Cumberford die Gelegenheit zur Flucht genutzt, selbst um den hohen Preis, dass sie damit nicht nur ihren Ruf und ihr Wohlergehen aufs Spiel setzte, sondern auch zumindest zeitweise ihre Kinder aufgeben musste.«

Der Richter sah sie eine Weile sprachlos an.

»Wenn ich meine Meinung dazu äußern dürfte, Euer Ehren«, fuhr Miriam fort, bevor er etwas sagen konnte, »glaube ich nicht, dass Miss Cumberford die für eine physische Auseinandersetzung mit Winifred erforderliche Körperkraft gehabt hätte. Das schließe ich sowohl aus dem Zustand ihrer Schultern wie auch daraus, dass sie zahlreiche andere Verletzungen aufweist, nicht nur an den Fingern und Zehen. Außer den bereits genannten hatte sie zwei Rippenbrüche, eine gebrochene Elle – das ist einer der Knochen im Unterarm – sowie ein gebrochenes Wadenbein auf der linken Körperseite. Alle diese Brüche sind verheilt, und zwar über einen Zeitraum von etwa zwanzig Jahren.«

»Großer Gott!«, rief der Richter aus. »Können Sie das beschwören, Miss fford Croft?«

»Ja, Euer Ehren. Sofern Sie aber Zweifel haben, kann jeder beliebige Spezialist diese Aufnahmen wiederholen. Die Ergebnisse werden mit Sicherheit identisch sein.«

»Ich erinnere mich, dass ich mir in jungen Jahren einmal das Fersenbein gebrochen und dabei höllische Schmerzen gelitten habe. Nach dem, was Sie hier vorgetragen haben, muss diese Frau … ein geradezu unvorstellbares Martyrium durchgemacht haben.«

»Ja, Euer Ehren. Und außerdem entsetzliche Angst vor ihrem Peiniger gehabt haben. Auch bei Miss Sarah habe ich zwei Rippenbrüche festgestellt. Ihren jüngeren Bruder Arthur habe ich nicht untersucht.«

»Zeigen Sie diese Aufnahmen den Geschworenen«, sagte der Richter. »Sollten die Männer Fragen dazu haben, beantworten Sie die, so gut Sie können.«

Während die Geschworenen die Röntgenaufnahmen tief beeindruckt betrachteten, blieb Daniel stehen. Er schwankte zwischen Hoffnung und Verzweiflung. Er sah, wie die Männer einer nach dem anderen erst zu Graves und dann zu der kreidebleichen Ebony hinübersahen.

Grisewood schien Einspruch erheben zu wollen, unterließ es aber.

Daniel überlegte, wie die Sache wohl weitergehen würde und auf welche Weise er die Kontrolle über den Ablauf des Ganzen behalten konnte. Würde Graves behaupten, er habe nichts damit zu tun? Es sei eine unerhörte Schande, dass jemand systematisch seine erste sowie seine zweite Frau und schließlich auch noch seine Tochter misshandelt habe, ohne dass er etwas davon wusste?

Miriam überließ den Geschworenen die Röntgenaufnahmen und kehrte in den Zeugenstand zurück. Der Richter bot Grisewood an, die Zeugin ins Kreuzverhör zu nehmen, doch dieser erklärte, dass er keine Fragen an sie habe.

Die Geschworenen sahen Miriam bewundernd an, offensichtlich von den klaren Abbildungen von Knochen begeistert. Daniel sah, wie mindestens zwei von ihnen die eigenen Hände hochhielten und sie betrachteten, als bestaunten sie deren Schönheit und als könnten sie sich vorstellen, was unter dem Fleisch verborgen lag, das sie Tag für Tag sahen.

Der Richter forderte beide Seiten zum Schlussplädoyer auf. Beide Anwälte fassten sich kurz. Grisewood verwies erneut auf den Tatbestand des schweren Gesetzesverstoßes sowie darauf, dass Ebony gelogen hatte. Immerhin hätte sie ohne Daniels Eingreifen zugelassen, dass ihr Mann gehenkt würde.

Dann stand Daniel auf. Noch drohte die Niederlage, war das Spiel nicht gewonnen. Er richtete den Blick auf Graves, dessen Gesicht schweißbedeckt war. Er musste ihn besiegen! Es ging nicht nur um Ebony, sondern auch um Sarah, Arthur und das Hauspersonal, das wie eine Familie war. Vor allem aber musste er im Interesse seines Vaters, Narraways und Tante Vespasias dafür sorgen, dass diesem Mann nie wieder jemand Glauben schenken würde. Und ganz davon abgesehen, ging es auch um seine eigene Position – und die von Kitteridge.

»Meine Herren Geschworenen, wer von Ihnen hat Kinder?« Er sah die meisten nicken. Der eine oder andere lächelte. »Als sie klein waren, hätten Sie alles getan, um sie zu beschützen. Haben Sie sie weniger geliebt, als sie heranwuchsen? Wenn ein Mann Ihrer Tochter etwas anzutun drohte, würden Sie sie dann nicht beschützen, ohne sich einen Augenblick lang zu besinnen?« Obwohl Daniel leise sprach, trug seine Stimme in der angespannten Stille weit. »Und würde ihre Mutter es nicht ebenso tun? Haben Sie je versucht, einer Mutter ein Kind zu entreißen? Haben Sie nicht gesehen, wie sich eine Mutter von früh bis spät abplagt, um für ihr Kind zu sorgen, die ganze Nacht an seinem Bett wacht, wenn es krank ist, es in Schutz nimmt, wenn andere, ob zu Recht oder Unrecht, etwas an ihm auszusetzen haben? Haben Sie nicht gesehen, wie eine Mutter lieber hungert, als zuzulassen, dass ihr Kind nichts zu essen hat? Selbstverständlich haben Sie all das gesehen, so wie auch ich. Keiner von uns hätte als Kind überleben können, wenn unsere Eltern nicht für uns eingetreten wären, als wir zu jung und zu schwach waren, um uns selbst zu verteidigen. Noch als erwachsene Männer denken wir an unsere Mutter, wenn wir unerträgliche Schmerzen haben, verzweifeln oder panische Angst leiden.«

Ihm war bewusst, dass er mehr nicht zu sagen brauchte.

»Ebony Cumberford wusste nicht nur von den Misshandlungen, sie musste die meisten selbst ertragen. Als dann eines Tages eine andere Frau, nämlich Winifred, auftauchte und von einem Augenblick auf den anderen nicht nur Ebonys Ehe infrage stellte, sondern auch die Sicherheit ihrer Kinder und Sarahs Aussichten, einen guten Mann zu finden, vor allem aber Arthurs künftige medizinische Versorgung, die für ihn überlebenswichtig ist, waren für sie die Regeln der Moral wie auch der gesunde Menschenverstand mit einem Schlag außer Kraft gesetzt. Sie dachte nicht einmal mehr an die möglichen Folgen für sich selbst, war nur noch eine Mutter, die ihre Kinder verteidigt – in Arthurs Fall ein verkrüppeltes Kind, das sich auf keinen Fall selbst wehren konnte.« Er sah nacheinander jeden Einzelnen der Geschworenen an.

»Winifred ist umgekommen, als sie Ebony angegriffen hat«, fuhr er fort. »Es war ein Unfall. Sie ist rücklings auf die Kaminumrandung gestürzt. Niemand hätte ihr aus diesem Winkel von hinten einen Schlag versetzen können. Sie ist auf den Stein gefallen – man hätte ihn nicht aufheben können, um sie damit zu schlagen. Gewiss, Ebony hat sich die Situation zunutze gemacht: sie hat Winifred entstellt und umgekleidet, damit man sie für Ebony hielt. Man hat das Ganze für Mord gehalten, Russell Graves angeklagt und für schuldig befunden.« Er schüttelte den Kopf.

»Nichts von alldem hat sie zu jenem Zeitpunkt vorausgesehen oder bedacht. Sie hatte ihre Handlungsweise nicht geplant. Sie wollte nur eines: sich der häuslichen Gewalt entziehen, bevor Mr. Graves damit zu weit ging und sie – oder eines ihrer Kinder – totschlug. Wer würde sich um Sarah und Arthur kümmern, wenn ihre Mutter nicht mehr lebte? Zwar würde der Butler Falthorne tun, was in seinen Kräften stand, doch Mr. Graves konnte ihn jederzeit entlassen und hätte das auch getan! Wer würde dann für Arthur sorgen? Er ist in seiner Hilflosigkeit auf den Rollstuhl angewiesen, und Sarah ist nicht kräftig genug, um alles für ihn zu tun, was nötig ist. Ja, Ebony hat falsch gehandelt. Aber wer von Ihnen würde sich in einer vergleichbaren Situation anders verhalten? Sie hat sich der Entstellung einer Leiche schuldig gemacht, ist aber keine Mörderin. Sie hat sich rechtzeitig gestellt, um zu verhindern, dass ihr Peiniger gehängt wurde. Sie hat ihn leiden lassen – möglicherweise hat er einige ebenso qualvolle Tage erlebt wie sie während des größten Teils ihres Zusammenlebens mit ihm. Aber sie hat nicht zugelassen, dass er starb. Ich appelliere an Sie, sie von der Anklage, Russell Graves ermordet zu haben, ebenso freizusprechen wie von der, durch die Eheschließung mit ihm bewusst Bigamie begangen zu haben. Schuldig ist sie lediglich der Entstellung einer Leiche und des Eintretens für ihre Kinder mit allen ihr verfügbaren Kräften.«

Die Geschworenen zogen sich zur Beratung zurück.

Unruhig schritt Daniel in der Vorhalle auf und ab. Er brachte es nicht fertig, das Gerichtsgebäude zu verlassen, nicht einmal für eine Tasse Tee oder ein Glas Bier. Kitteridge wartete mit ihm; unübersehbar lag ihm die Sache ebenso am Herzen.

Alles, was er sagte, war: »Miriam versteht ihr Fach, das muss der Neid ihr lassen.«

»Ja«, stimmte Daniel ihm zu. Mehr brachte er nicht heraus, denn seine Kehle war wie zugeschnürt.

Die Zeit schien sich endlos zu dehnen, doch war erst eine halbe Stunde vergangen, als man sie zurück in den Gerichtssaal rief.

Man würde Ebony doch wohl nicht zum Galgen verurteilen, oder? Das durfte nicht sein!

Daniel bekam kaum Luft.

Der Sprecher der Geschworenen stand auf. Er wirkte nervös.

»Sind Sie zu einem Urteil gekommen?«, fragte ihn der Richter.

»Ja, Euer Ehren.«

»Wie lautet es?«

»Mit Euer Ehren gütiger Erlaubnis befinden wir die Angeklagte für nicht schuldig.«

Vor Staunen, Erleichterung und innerem Jubel war Daniel wie betäubt. Das Erste, was er bewusst wahrnahm, war, dass ihm Kitteridge begeistert um den Hals fiel. Während er die Umarmung erwiderte, merkte er, dass ihm Tränen in den Augen standen. Es dauerte einige Sekunden, bis er Marcus fford Croft sehen konnte und hinter ihm seinen Vater und seine Mutter, die beide lächelten.

EPILOG

Am zweiten Samstag nach dem Ende des Prozesses gab Mrs. Blackwell nachmittags eine Teegesellschaft. Daniel traf als einer der ersten Gäste ein. Vor ihm waren lediglich Marcus fford Croft und Miriam gekommen. Sie saß lächelnd an einem für einen Mittsommertag unnötig großen Feuer im Kamin, ihr Vater hingegen schien sich nicht recht wohlzufühlen.

»Immer rein in die gute Stube!«, hieß Roman Blackwell Daniel willkommen. »Heute wird gefeiert!«

Besorgnis beschlich Daniel. Was hatte der Mann vor? »Tatsächlich? Was denn?« In dem Augenblick, als er die Frage gestellt hatte, bedauerte er es auch schon. Vermutlich wäre es besser, das nicht zu wissen.

»Alles«, gab Blackwell mit einem breiten Lächeln zurück. »Graves hat wegen Bigamie die Höchststrafe bekommen, sieben Jahre Gefängnis. Der Richter konnte ihn wohl nicht leiden. Durchaus verständlich, nachdem Miss fford Croft gezeigt hatte, was für ein erbärmlicher Halunke Graves ist. Wie schön, ihn für so lange Zeit los zu sein. Da er nicht tot ist, brauchen wir uns zum Glück auch keine Sorgen über die Frage zu machen, wer ihn beerbt und insbesondere sein Haus bekommt.«

»Seine Häuser«, verbesserte ihn seine Mutter Mercedes.
»Tee, Mr. Pitt?«
»Danke, gern.«
Sie stellte ihm eine dampfende Tasse und ein großes Stück Kuchen hin.
Er wandte sich an Marcus fford Croft: »Wird Ebony in dem Haus bleiben können? Sie ist nicht seine Frau und möchte es auch nicht sein.«
»Von Rechts wegen nicht, wohl aber Arthur – als sein Sohn«, gab ihm der Kanzleichef zur Antwort. »Dem Jungen ist es mehr als lieb, dass Mutter und Schwester bei ihm wohnen, und natürlich auch das gesamte Hauspersonal. Wir erwarten die drei übrigens jeden Augenblick. Der Sessel mit dem lilafarbenen Bezug dürfte für Arthur genau richtig sein.«
»Wie kann er …«, setzte Daniel an.
»Zerbrechen Sie sich darüber nicht den Kopf!« Blackwell tat die Frage mit einer wegwerfenden Handbewegung ab. »Falthorne trägt ihn. Es tut dem Jungen gut, zur Abwechslung mal die Welt außerhalb des Hauses zu sehen.«
»Und was ist, wenn Graves wieder rauskommt?«
»Mein Gott! Das hat mindestens sechs Jahre Zeit, wenn nicht gar die vollen sieben. Bis dahin kann alles Mögliche passieren. Uns wird schon etwas einfallen.«
In diesem Augenblick klopfte es an der Haustür, und Blackwell ging, um zu öffnen. Gleich darauf kehrte er triumphierend zurück, gefolgt von Ebony und Sarah sowie Falthorne, der Arthur trug.
Die neuen Gäste wurden begrüßt und Arthur sogleich in den vorgesehenen Sessel gesetzt, vor dem ein Tischchen mit Tee, Kuchen und einem Tablett voller Marmeladentörtchen stand.
Daniel ging zu Miriam hinüber, die wie gebannt in das Kaminfeuer starrte. Fühlte sie sich hier, fern von ihrem Labor,

so verlassen, dass ihr das Sicherheit bot und sie zugleich fesselte? Ein Dutzend Dinge, die er ihr gern gesagt hätte, kamen ihm in den Sinn, doch nichts davon kam ihm über die Lippen.

»Schmeckt Ihnen der Kuchen?«, fragte sie mit, wie ihm schien, leicht spöttischem Lächeln. »Mrs. Blackwell hat ihn eigens für Sie gebacken.«

Er warf einen Blick auf ihren Teller und sah, dass er leer war. »Entschuldigung, wie unaufmerksam von mir. Nehmen Sie meinen. Ich hole mir ein neues Stück.«

»Nein, vielen Dank. Ich hatte bereits eins von den köstlichen Marmeladentörtchen. Für die habe ich eine Schwäche.«

»Möchten Sie noch eins?« Jetzt, da sie kein gemeinsames Thema mehr hatten, fiel es ihm schwer, mit ihr zu sprechen, was ihm vorher so mühelos erschienen war.

»Vielleicht später. Sarah sieht inzwischen viel besser aus, finden Sie nicht auch?«

Er wandte sich um und merkte, dass Sarah zu ihm herübersah. In ihren Augen lag ein Ausdruck von Dankbarkeit. Auch Arthur wandte sich ihm zu und lächelte. Dann richtete er seine Aufmerksamkeit auf den Raum und die Fülle von Bildern, Dekorationsgegenständen und Erinnerungsstücken darin.

Kitteridge kam als Letzter. Er trug eine auffällige Krawatte und trat mit seiner üblichen Unbeholfenheit ein, als bestünde er nur aus Beinen und Ellbogen. Mrs. Blackwell hieß ihn willkommen und bot ihm Kuchen und Tee an. Er nahm beides dankend an und hätte seine Tasse um ein Haar über Sarahs Kleid verschüttet. Er entschuldigte sich wortreich, und sie versicherte ihm, dass alles in Ordnung sei und er nichts dazu könne.

Eine leichte Röte trat auf seine Wangen, und Daniel sah taktvoll beiseite. Wie die Dinge lagen, blieb als einziger noch zu erledigender Punkt das Manuskript von Graves' Biografie-Projekt. So wichtig ihm das war, so wenig wagte er mit anderen darüber zu reden. Alle wirkten erleichtert, und er wollte die fröhliche Gesellschaft nicht mit seinen eigenen Sorgen belasten.

Miriam beugte sich vor und stieß mit dem Schürhaken ins Feuer, sodass es kräftiger brannte.

»Ist Ihnen kalt?«, fragte er ungläubig.

»Aber nein, keineswegs.« Sie zögerte kurz. »Machen Sie sich immer noch Sorgen wegen des Manuskripts?«

»Ja …«, gab er zu.

Sie lächelte ihm freundlich zu. »Das ist nicht nötig«, sagte sie und stieß noch einmal kräftig ins Feuer. »Die Öffentlichkeit wird es nie zu sehen bekommen, das verspreche ich Ihnen.«

»Wie können Sie sich da so sicher sein?«

»Greifen Sie doch bitte einmal in den Kohlenkasten.«

Er klappte den Deckel auf, ertastete einen dünnen Papierstapel und zog ihn heraus. Es waren die letzten Blätter des Manuskripts.

Unendlich erleichtert gab er sie ihr, und sie legte sie schweigend ins Feuer.